Héroe

HÉROE

Samantha Young

Traducción de Ruth M. Lerga

Barcelona • Madrid • Bogotá • Buenos Aires • Caracas • México D.F. • Miami • Montevideo • Santiago de Chile

Título original: *Hero*
Traducción: Ruth M. Lerga
1.ª edición: febrero 2015

para el sello Vergara
Consell de Cent 425-427 - 08009 Barcelona (España)
www.edicionesb.com

Printed in Spain
ISBN: 978-84-666-5848-5
DL B 353-2016

Impreso por QP PRINT

Tener un héroe es un sentimiento que no atiende a lógica alguna y, por tanto, siempre es correcto.

RALPH WALDO EMERSON

1

Boston, Massachusetts

Aquello no estaba pasando.

No podía estar ocurriendo.

Cerré los puños para que dejaran de temblarme las manos mientras pasaba del recibidor al *loft* del ático, de techo altísimo, con un ventanal de pared a pared que daba a una enorme terraza. El agua de la bahía brillaba al sol. Era un edificio precioso con unas vistas espléndidas, pero yo estaba demasiado centrada en encontrarlo allí para apreciarlo.

El corazón dejó de latirme cuando lo vi fuera, de pie en la terraza.

Caine Carraway.

—¡Alexa!

Volví la cabeza de golpe hacia la cocina. Allí estaba mi jefe, Benito, con dos ordenadores portátiles y el resto del equipo necesario para la sesión fotográfica. Se suponía que yo tenía que sonreír con seguridad en ese momento y decirle que me dijera dónde quería que me pusiera. En lugar de eso, me volví de nuevo a mirar a Caine.

El zumo de naranja que me había tomado para desayunar se me revolvió en el estómago.

—¡Alexa!

De repente tenía delante a Benito, observándome atentamente con el ceño fruncido.

—Hola —lo saludé apenas—. ¿Dónde quieres que me ponga?

Mi jefe ladeó la cabeza, mirándome de un modo un poco cómico. Mientras que yo medía uno setenta y cinco, él apenas llegaba al metro setenta, pero lo que le faltaba de altura le sobraba de personalidad.

Suspiró acongojado.

—Por favor —me dijo—, dime que vuelves a ser mi Alexa de siempre. No soporto a la Alexa desastrosa del Día de la Madre. Hoy tengo que fotografiar a Caine Carraway para la revista *Mogul* sobre los hombres de menos de cuarenta que se han hecho a sí mismos. Caine saldrá en portada. —Volvió la cabeza y echó un vistazo al modelo de aquella portada—. Una elección obvia. —Arqueó una ceja—. Es una sesión importante. Por si no lo sabes, Caine Carraway es uno de los solteros más codiciados de Boston. Es el presidente del *holding*...

—Del *holding* financiero Carraway —terminé yo en voz baja—. Lo sé.

—Bueno, sabrás también lo tremendamente rico e influyente que es. Es un hombre muy ocupado y no se contenta con facilidad, así que tengo que hacer este trabajo bien y rápido.

Dejé de prestar atención a Benito para prestársela al hombre que había fundado con éxito una banca privada de inversión en cuanto se había graduado en la universidad. A partir de ahí había ido ampliando su empresa y diversificando su cartera de negocios, que incluía un banco hipotecario, compañías de seguros, fondos de inversión, negociación de valores, gestión patrimonial y demás. Caine presidía un gran *holding* de inversión que constituía un punto de referencia para muchos otros hombres de negocios ricos e influyentes.

Según los informes, lo había manejado todo con inflexible determinación, atención precisa a su organización e insaciable ambición de poder.

En aquel momento estaba hablando por teléfono con alguien mientras Marie, una guapa secretaria, se alisaba un traje chaqueta azul marino que le sentaba a la perfección. Caine era alto, medía alrededor de uno ochenta y siete o uno noventa, ancho de hombros y estaba en forma. Tenía un perfil duro, de pómulos marcados y nariz aguileña, y el pelo que Marie trataba de apartarle de la frente con la mano era espeso y tan oscuro como el mío. Aunque apretaba los labios, sabía por las fotografías que había visto de él que tenía una boca sensual, inquietante.

Definitivamente era el modelo perfecto para la portada de una revista y también, sin duda, un hombre al que no convenía hacer enfadar.

Se me había hecho un nudo en la garganta y tragué saliva.

Tenía gracia que lo tuviera allí, justo delante, después de todo lo que la repentina muerte de mi madre había sacado a la luz... de lo que él formaba parte.

Llevaba seis años trabajando de ayudante para Benito, uno de los fotógrafos con más éxito y más temperamentales de la ciudad. Por supuesto, nunca era melodramático con los clientes, solo con los empleados. Con el tiempo que llevaba colaborando para él tendría que haberme sentido segura, pero no. Hablando con propiedad, no siempre creía tener un trabajo seguro.

El fallecimiento de mi madre, tres meses antes, había revelado los asuntos sórdidos de mi familia, de algunos de los cuales hubiera preferido no enterarme. Había seguido trabajando, haciendo de tripas corazón. Sin embargo, no eres demasiado fuerte cuando has perdido a uno de tus padres. Por desgracia tuve una crisis durante una sesión para una revista de gran tirada. Eran fotos para el Día de la Madre.

Benito había tratado de ser comprensivo, aunque yo sabía que estaba muy enfadado, pero en lugar de despedirme me dijo que me tomara unas más que merecidas vacaciones.

Así pues, varias semanas después tenía un bronceado fantástico gracias al sol hawaiano, pero ni idea de a quién íbamos a fotografiar hasta que había entrado en el piso aquella mañana.

Había recibido un breve email de Benito a mi regreso con la dirección de la sesión, sin más detalles. Era su ayudante y no sabía en qué consistía su próximo trabajo... Eso no me gustaba nada.

Estaba morena, sí, pero todavía no me había quitado a mi madre de la cabeza y empezaba a temer que el trabajo por el que había estado partiéndome los cuernos durante los últimos seis años estuviera a un paso de irse por el retrete de aquel carísimo ático. Ese día no podía meter la pata.

Mi ansiedad se había multiplicado por diez al salir del ascensor y ver cuánta gente había en el pasillo y en la puerta abierta del ático, mucha más de la que solía haber en las sesiones fotográficas. Eso quería decir que íbamos a fotografiar a alguien importante. Después, cuando Sofie, nuestra becaria, me confió que el hombre al que íbamos a fotografiar no era otro que Caine Carraway, me entró el pánico.

Al oír su nombre me sobresalté y me puse a temblar de pies a cabeza.

Seguía temblando.

De pronto, Caine me miró como si hubiera notado que lo observarba. Le sostuve la mirada, tratando de contener mis emociones, hasta que él apartó sus ojos de los míos para recorrer mi cuerpo.

Benito opinaba que vistiendo de manera informal cuando tratábamos con famosos les daba a estos la impresión de que tanto él como los de su equipo no nos dejábamos intimidar por su fama, porque estábamos a su mismo nivel en talento. Creía que así sus clientes lo respetaban más. A mí me parecía una estupidez superficial, pero como me permitía vestir como me apeteciera, me guardaba mi opinión. Para las sesiones solía ponerme lo más cómodo que tenía. Ese día había escogido unos pantalones cortos y una camiseta.

Por la forma en la que Caine Carraway me estaba mirando... podría haber ido desnuda.

Se me puso la carne de gallina y un escalofrío me recorrió la espalda.

—Alexa —me llamó Benito la atención.

—Perdón —me disculpé, intentando no pensar en la mirada de Caine, que había hecho que un calor lacerante me ardiera en el pecho.

Mi jefe cabeceó impaciente.

—Vale, vale... Ten, aquí está la BlackBerry. —Me la puso en la mano. Se la había devuelto antes de irme de vacaciones, para que se la diera a mi sustituta. La vida de Benito estaba en aquella BlackBerry. Tenía en ella todos sus contactos, emails, su agenda de trabajo, todo. Vi que el icono del correo electrónico indicaba que había quince emails sin leer de aquella mañana—. Organiza al equipo antes de ponerte a trabajar. Empezaremos en la terraza, con la bahía al fondo. Después sacaremos fotos dentro, en el salón. Está un poco más oscuro, así que encárgate de eso.

A partir de aquel momento puse el piloto automático. Conocía mi trabajo de pe a pa, y esa fue la única razón por la que conseguí trabajar con eficacia, porque tenía la cabeza en otra parte, en el hombre al que casi no podía ni mirar mientras me ocupaba de que un empleado llevara el ordenador y la cámara a la terraza y el equipo iluminara el interior para más tarde.

Caine Carraway.

Sabía más de lo que debía acerca de él porque en los últimos meses cada vez que había escuchado su nombre o lo había leído en la prensa le había prestado atención, por curiosidad morbosa, digamos.

Se había quedado huérfano a los trece años y había entrado en un centro estatal. Contra todo pronóstico, acabó el instituto como el primero de su promoción y continuó sus estudios en la Escuela de Negocios de Wharton con una beca completa. Acababa de graduarse cuando fundó el banco gracias al cual había acabado siendo el presidente del *holding* financiero Carraway. A los veintinueve años era ya uno de los empresarios más prominentes de la ciudad. Ahora, a los treinta y tres, temido y respetado por todos sus colegas, la elite de la alta sociedad de Boston lo acogía con los brazos abiertos y era uno de sus solteros más deseados. Aunque muy celoso de su vida privada, en las páginas de sociedad publicaban fotos suyas siempre que tenían ocasión, la mayoría de las veces tomadas en actos llenos de *glamour*. Siempre iba acompañado de alguna belleza, pero rara vez era fotografiado con la misma más de unos meses.

Todo eso me decía que era un hombre solo, solitario y hermético.

El dolor de mi pecho se intensificó.

—Alexa, ven a conocer al señor Carraway.

Empecé a respirar agitadamente y dejé de mirar a Scott, nuestro técnico de iluminación. Allí estaba Benito, con Caine justo detrás.

Haciendo un esfuerzo para controlarme, me acerqué despacio a ellos, con las mejillas coloradas al calor de la oscura mirada de Caine. Ahora que lo veía de cerca, me fijé en que tenía los ojos castaño oscuro. Su cara era una máscara hierática, pero los ojos eran expresivos.

Temblé de nuevo mientras volvían a repasarme de los pies a la cabeza.

—Señor Carraway, esta es mi ayudante, Alexa...

—Encantada de conocerlo —corté a mi jefe antes de que le dijera mi apellido—. Si necesita algo, llámeme. —Y antes de que ninguno de los dos pudiera contestar, me alejé de nuevo.

Scott había vuelto la cabeza para mirarlos y por su expresión supe que Benito no estaba precisamente complacido con mi comportamiento.

—¿Qué te pasa? —me preguntó Scott.

Me encogí de hombros. No sabía cómo aclararle por qué me comportaba como una adolescente. Habría sido largo de explicar, demasiado, y demasiado personal. Porque lo que me pasaba era que solo tres meses antes había descubierto que mi padre había sido el culpable de la desgraciada infancia de Caine.

Y ahora lo tenía justo delante.

Me volví cuando Benito me llamó a gritos y me lo encontré con el ceño fruncido, señalando hacia la terraza. La sesión estaba a punto de comenzar.

De pie detrás de Benito, mirando las fotos en la pantalla del ordenador y comparándolas con el ser de carne y hueso, pude estudiar a Caine sin miedo. No sonrió en ningún momento. Miraba hacia la cámara fijamente, de un modo inquietante, y Benito no osó pedirle que cambiara de expresión. Le pedía que girara la cabeza o que colocara el cuerpo de un modo u otro, pero hasta ahí llegaba el coraje de Benito.

—Está más serio que un palo —me susurró al oído Sofie, pasándome un café—. Si no estuviera felizmente prometida procuraría poner una sonrisa en esa cara tan atractiva. Tú estás soltera. Deberías intentarlo. Estoy convencida de que serías capaz de hacerlo sonreír.

Bromeé para disimular la turbación.

—Creo que para eso harían falta unas gemelas gimnastas, guapa.

Nos miramos sin poder reprimir la risa. Fue un alivio reír en aquellas circunstancias.

Por desgracia nuestra carcajada atrajo la atención de Caine. Lo supimos porque todo el mundo calló y cuando nos volvimos nos lo encontramos mirándome con curiosidad mientras Benito... Bueno, Benito estaba que echaba chispas.

Sofie huyó.

—Vamos a hacer una pausa. —Benito suspiró y se acercó al ordenador—. Llevas comportándote de un modo extraño toda la mañana —me dijo entre dientes—. ¿Me estoy perdiendo algo?

—No —le dije, sosteniéndole la mirada, intentando ser fiel a la verdad—. ¿Un café?

Asintió, ya no enfadado sino un poco decepcionado, lo que era todavía peor.

Tuve el sentido común de volver a entrar en el piso. Fui al baño; lavarme la cara con agua fría me iría bien. Me temblaban las manos cuando junté las palmas bajo el grifo.

—Mierda —susurré.

Estaba hecha un lío.

De nuevo.

«Basta es basta.» Mi trabajo no sobreviviría a otra escena delante de todo el mundo. Desde luego la situación era desagradable, pero tenía que sobreponerme y ser profesional. Decidida a hacerlo, empujé la puerta del baño con el hombro y a punto estuve de llevarme por delante una taza de café. Era Caine quien la sostenía.

Lo miré, muda, básicamente porque tenía el pulso tan acelerado que no podía concentrarme en nada más, menos todavía en hablar.

Caine arqueó una ceja y me ofreció el café.

Lo cogí, incapaz de disimular el desconcierto que sentía.

—Una ofrenda de paz —me dijo, y al escuchar su voz grave y refinada volví a estremecerme—. Se diría que te doy miedo por alguna absurda razón.

Nuestros ojos se encontraron. Tenía el pulso acelerado, pero esta vez por un motivo bien distinto.

—¿Qué se dice de mí últimamente?

Por un momento olvidé todo lo que no fuera sentirme perdida en sus preciosos ojos.

—Muchas cosas —respondí con suavidad—. Dicen muchas cosas de ti últimamente.

Sonrió con picardía, demostrándome que estaba equivocada: no hacían falta las gemelas gimnastas para que sonriera.

—Bueno, estoy en clara desventaja. Tú me conoces y yo no sé nada de ti.

Dio un paso hacia mí y me sentí de pronto abrumadora y deliciosamente rodeada por él.

«Oh, Dios mío. Oh, Dios mío. Oh, Dios mío.»

—No hay mucho que contar.

Caine ladeó la cabeza, mirándome con una calidez que sentí entre las piernas.

—Permíteme dudarlo. —Bajó la vista a mi boca antes de volver a mis ojos—. Quiero saber más de ti, Alexa.

—Mmm.

Recordé de pronto el viejo tópico: «Ten cuidado con lo que deseas.»

Por lo visto me malinterpretó. Yo estaba completamente desconcertada y creyó que intentaba ser enigmática, porque me hizo una advertencia.

—No daré por terminada la sesión hasta que no me digas algo sobre ti —me dijo—. El tiempo es dinero. —Sonrió con malicia—. No hagas enfadar al jefe.

¿Se estaba refiriendo a Benito o a sí mismo?

Lo miré fijamente, sintiendo las palmas de las manos húmedas y el corazón cada vez más acelerado a medida que el silencio se prolongaba entre los dos.

Sobrecogida y conmocionada por su repentina aparición en mi vida justo después de haber descubierto que era el niño al que mi padre había destruido como un villano de cuento, perdí la cabeza.

—Te conozco —espeté—. No, quiero decir... —Avancé un poco y nos adentramos en el pasillo, donde tendríamos más intimidad. La taza de café me temblaba en las manos—. Me llamo Alexa Holland. —Recalqué el apellido.

Tembló.

Verlo fue terrible. Todo su cuerpo se sacudió como si lo hubiera abofeteado, y el poderoso hombre de negocios palideció frente a mí.

Continué.

—Mi padre es Alistair Holland. Sé que tuvo una aventura con tu madre y sé cómo acabó. Lo siento...

Hizo un gesto cortante con la mano para que me callara. La furia había reemplazado la conmoción, tenía las aletas de la nariz dilatadas.

—Yo en tu lugar no diría nada más —me amenazó con la voz ronca.

Pero yo ya no podía parar.

—Hace muy poco que lo descubrí. No tenía ni idea hasta hace unos meses de que eras tú. Ni siquiera...

—Te he dicho que ya basta. —Avanzó un paso y tuve que apoyarme en la pared—. No quiero oírlo.

—Por favor, escucha...

—¿Me tomas el pelo? —Golpeó con furia la pared por encima de mi cabeza y vi cómo el caballero culto e implacable que todos conocían se convertía en alguien bastante menos admirable y mucho más peligroso—. Tu padre sedujo a mi madre, la metió en el mundo de las drogas y la abandonó con una sobredosis en una habitación de hotel, porque salvarla a ella hubiera significado perder su preciada herencia.

Tenía la cara tan cerca de la mía que notaba el calor de su aliento en los labios.

—Destrozó a mi familia. No quiero nada que provenga de él ni de ti, y desde luego no quiero respirar el mismo aire que ninguno de vosotros.

Se apartó bruscamente de la pared y se marchó.

La mayoría de las mujeres se habrían echado a llorar tras un ataque verbal de aquel calibre. Yo no. De pequeña había visto a mi madre sucumbir a las lágrimas después de cada discusión y lo odiaba. Si estaba enfadada lloraba, cuando lo único que quería era estar enfadada.

Así que yo nunca lloraba si me enfadaba.

Y estaba enfadada con mi ausente padre por ponerme en una situación en la que se me medía con el mismo rasero que a él.

Recordé de repente las últimas palabras de Caine.

—¡Oh, mierda! —Me apresuré por el pasillo.

Caine hablaba con Benito en la cocina.

Se me cayó el alma a los pies. Benito estaba encogido. Me miró, confuso, antes de responderle a Caine, que furioso miró alrededor, buscando a alguien en la habitación. Sus ojos dieron con un hombre vestido con un traje de diseño.

—Ethan, quiero a otro fotógrafo o no hay portada —dijo, lo bastante alto como para que todos lo oyeran y dejaran de hacer lo que hacían.

Ethan asintió obediente.

—Enseguida lo arreglo, señor.

Estaba consternada. Miré a Benito, que se había quedado con la boca abierta, igualmente consternado.

Caine ni siquiera se quedó el tiempo suficiente para ser testigo de la reacción que había provocado. Se iba. Pasó por delante de mí camino de la salida sin siquiera mirarme.

Sentí náuseas.

El tono de Benito fue suave, sorprendentemente calmado, no así sus palabras.

—¿Qué cojones has hecho?

Mi amiga Rachel cambiaba de posición a su hija en el regazo, tratando de que estuviera cómoda.

—Han pasado cinco horas. Cálmate. Tu jefe te llamará en algún momento para aclarar todo este asunto.

Miré a su hija con creciente preocupación.

—¿No tiene Maisy la cara muy roja?

Rachel frunció el ceño y miró a la niña.

—Maisy, deja de aguantar la respiración.

Maisy negó con la cabeza, testaruda.

—Ehhh... sigue sin respirar.

Por qué Rachel no estaba preocupada y yo sí, no tenía ni idea. Su madre hizo una mueca.

—No te daré un juguete si sigues sin respirar.

La niña soltó el aire con una exagerada exhalación y me sonrió con picardía.

—Es el demonio —murmuré, observándola con desconfianza.

—Dímelo a mí —dijo Rachel—. Por lo visto yo también usaba el truco de aguantar la respiración para lograr lo que quería a su edad.

Miré mi almuerzo a medio comer.

—Podemos dar un paseo por los jardines si sigue inquieta.

—Todavía no te hemos calmado a ti. —Rachel llamó la atención de un camarero con la mano—. Dos refrescos sin azúcar más y un zumo de naranja, por favor.

No discutí. De todas mis amigas, Rachel era la más persistente y la más protectora. Seguramente por eso era la única a la que veía con una cierta frecuencia.

Habíamos sido cuatro amigas íntimas en la facultad: Rachel, Viv, Maggie y yo.

De las cuatro, yo era la única que no me había casado ni tenía hijos. Entre todas, ellas sumaban cuatro hijos. Había perdido el contacto con Viv y Maggie con los años y ya solo veía a Rachel una vez cada varias semanas. Había estado muy ocupada con el trabajo y socializando con colegas para hacer nuevas amistades fuera del ámbito laboral que añadir a las que ya tenía.

Si ocurría lo que tenía la sensación de que iba a ocurrir, si Benito me despedía, tendría por delante un futuro bastante negro, sin dinero, sin mi precioso apartamento y sin vida social.

—Quizá deberías añadir vodka al mío —murmuré entre dientes.

Rachel me miró.

—Benito no va a despedirte. No después de lo duro que has trabajado para él. ¿De acuerdo, cariño? —Meció a su hija sobre las rodillas.

Maisy me sonrió y movió la cabeza, restregando los ricitos contra la cara de su madre.

—Genial, incluso una niña de tres años sabe que estoy jodida.

Rachel me dedicó una sonrisa torcida.

—No digas palabrotas delante de la niña, Lex. —Llegaron nuestras bebidas y me pasó la mía—. Así que olvida toda esa mierda y podremos hablar sobre mí un ratito.

Sonreí, una sonrisa de verdad por primera vez en toda la semana.

—Solo si me dices una vez más que no me van a despedir.

—Lex, desde luego que no te van a despedir.

—¡Alexa, estás despedida! —Se me encogió el estómago al escuchar el furioso mensaje que Benito me había dejado en el buzón de voz—. No sé qué cojones ha pasado esta mañana, pero estás fuera. Y no solo no estás en mi equipo. ¡Ah, no! ¿Sabes cuánto me has costado hoy? Has cabreado tanto a Caine Carraway que he perdido *Mogul* y otras dos revistas del mismo grupo editorial. Mi reputación está en la cuerda floja ahora mismo. ¡Después de todo lo que he luchado! Bien... —Moderó el tono, lo que era más preocupante que cuando gritaba—. Considérate jodida, porque voy a asegurarme de que no vuelvas a trabajar en este negocio nunca más.

Me pellizqué el puente de la nariz, inspirando entrecortadamente, entre lágrimas.

Aquello iba mal.

Iba muy, muy mal.

2

Miré tozuda el teléfono mientras tomaba otro sorbo de vino tinto.

—No.

Mi abuelo suspiró ostensiblemente haciendo que crujiera el altavoz.

—Por una vez, trágate el orgullo y déjame ayudarte. ¿O prefieres mudarte de tu apartamento, con lo que te encanta?

No, no quería. Había trabajado mucho para poder alquilar aquel apartamento de una habitación en Back Bay. Era precioso, con los techos altos y enormes ventanales que daban a la calle arbolada. Me encantaba su ubicación. Estaba a veinte minutos andando de mi zona favorita de la ciudad: la calle Newbury, la calle Charles... La ubicación lo es todo, pero que mi apartamento fuera una monada y muy hogareño era la guinda del pastel. Era la casa que siempre había querido, y esperaba llegar a ahorrar dinero suficiente alguna vez para pagar la entrada de aquel piso o de uno similar del mismo barrio.

Los bienes materiales no significaban nada para mí. Yo lo sabía. Sin embargo, necesitaba mi precioso apartamento en aquel momento de mi vida porque me daba seguridad.

Pero ¿lo precisaba tanto como para traicionar mis principios?

Desafortunadamente para mí, no.

—No cogeré dinero tuyo, abuelo. —Sabía que no era culpa de Edward Holland, pero la fortuna en diamantes, heredada de su familia y que había incrementado con inversiones inteligentes con las que había diversificado sus negocios, era precisamente lo que había corrompido a mi padre. No quería cerca de mí nada tan tóxico.

—Entonces hablaré con Benito.

Pensé en el hecho de que mi padre había mantenido su relación conmigo en absoluto secreto. Nadie que no fuera de la familia sabía que Alexa Holland era «una Holland». Mi padre había logrado ocultar la aventura con mi madre y mi nacimiento a todos excepto a su padre. Y mi abuelo, desde luego, no les había confesado que había dado conmigo cuando tenía veintiún años y estaba completamente sola en Boston.

Entendía que tenía que ser así por el drama y la ira que habría provocado que contara la verdad, pero no poder decirlo no era lo que me dolía. A veces me parecía que se avergonzaba de mí. Me gustara o no, ahora mi abuelo era toda la familia que tenía y lo quería.

Dejé de lado el resentimiento.

—No puedes hacer eso. Benito es un bocazas. Le diría a todo el mundo quién soy en realidad.

—¿Y qué otra alternativa hay? Que encuentres otro trabajo... ¿de qué?

Cualquier otro trabajo vendría de la mano de una reducción salarial importante. Como ayudante de un fotógrafo de renombre tenía un buen sueldo, ganaba más del doble que cualquier ayudante. Tomé un sorbo de vino, mirando todas las cosas bonitas de las que me había rodeado.

—No debí intentar disculparme.

—¿Qué?

—Que no debí intentar disculparme —repetí—. Me gritó en la cara y después me arruinó la vida —gruñí—. No lo digas. Tiene gracia, sí. Mi familia arruinó la suya. Lo comido por lo servido.

Mi abuelo se aclaró la garganta.

—No fuiste tú quien le arruinó la vida, pero lo pillaste con la guardia baja.

Sentí una oleada de culpabilidad.

—Cierto.

—Y ya te he dicho que todos mis intentos han fracasado siempre. No nos corresponde a nosotros disculparnos.

—Ya lo sé. —Lo sabía. No estaba decepcionada por no poderme disculpar por los pecados de mi padre. Estaba decepcionada porque en el momento en que Caine supo quién era yo vi dolor en su mirada y ese sentimiento me resultó muy familiar. Viendo el dolor que claramente seguía atormentándolo, sentí una repentina afinidad con él que me sobrecogió. Ambos formábamos parte de un trágico legado. Nunca había podido hablar de aquello con nadie por culpa del secretismo. Durante años había tenido que cargar con el peso de la verdad yo sola, pero hacía tres meses mi madre había muerto y toda la mierda había salido a la superficie. Durante una larga conversación telefónica con mi abuelo, este acabó confesándome el nombre del niño perjudicado por los errores de mi padre: Caine Carraway. Él era la única persona, aparte de mis padres y de mi abuelo, que sabía la verdad. La única persona capaz de entenderme.

No podía explicar la conexión que había sentido con él al verlo. Simplemente, supe que tal vez solo yo era capaz de comprender su dolor y... Quise apoyarlo de algún modo. No tenía ningún sentido, ni siquiera lo conocía, lo sabía, pero no podía evitar sentirlo así.

Se me había revuelto el estómago cuando me había mirado como si yo formara parte del problema, como si..., como si yo tuviera la culpa. Detestaba que así lo creyera. Quería volver a hablar con él. No quería ser parte de un mal recuerdo.

—Debería disculparme por abordarlo así. De paso podría pedirle que solucione mi problema. Una llamada a Benito puede hacer que las aguas vuelvan a su cauce.

—Alexa, no creo que sea buena idea.

Tal vez no lo fuera, pero estaba desesperada por recuperar mi trabajo y por cambiar la opinión que Caine tenía sobre mí.

—Desde que mamá... Yo solo... Necesito que me escuche y no veo inconveniente en pedirle que llame a Benito.

—Me parece que eso es más lo que tú necesitas que lo que necesita él.

Descarté aquella verdad.

—¿Has visto alguna vez a Caine Carraway? —razoné—. Dudo mucho de que ese hombre sepa lo que necesita.

La recepcionista me miraba como si yo fuera estúpida.

—¿Me está diciendo que quiere ver al señor Carraway, del *holding* financiero Carraway, pero que no tiene cita?

Sabía que no sería fácil entrar en el enorme edificio con la fachada de granito rosa del International Place y que me acompañaran directamente a su oficina, pero la recepcionista me miraba como si le hubiera pedido hablar con el mismísimo presidente de Estados Unidos.

—Sí —respondí, reprimiendo mi natural tendencia a ser sarcástica. No me pareció de las que encajan bien la ironía.

Suspiró.

—Un momento, por favor.

Miré al guardia de seguridad que se encargaba del detector de metales situado ante los ascensores. El *holding* financiero Carraway compartía edificio con otra compañía, lo que significaba que debía haber cámaras de seguridad por todas partes. Hiciera lo que hiciese para entrar, me pillarían. Era solo cuestión de tiempo. No me importaba, siempre y cuando fuera después de ver a Caine.

Me alejé un poco del mostrador de recepción, discretamente, mientras la secretaria se limaba las uñas con los labios fruncidos. Aproveché que no me miraba para poner cara de disimulo y fui acercándome despacio al detector.

—Identificación —me dijo el guardia de seguridad, alzando una mano para detenerme.

Lo miré a la cara. Llevaba barba y noté que estaba en guardia. Menuda suerte la mía. ¿No podía encontrarme con el típico guardia de seguridad que pasa de todo? Le sonreí con cara de no haber roto un plato en la vida.

—La chica de recepción me ha dicho que se han quedado sin pases de identificación, pero que podía pasar.

Entornó los párpados, desconfiado. La señalé.

—Pregúnteselo.

Enojado, miró hacia recepción. Me di cuenta de que iba a gritar la pregunta para no tener que dejar su puesto. Era mi única oportunidad.

Lo esquivé y crucé precipitadamente el detector. Cuando lo oí gritar ya me había metido en el ascensor que me llevaría hasta el piso de Caine.

Las puertas se cerraron en el preciso momento en que sus pies entraron en mi campo visual.

—He perdido el juicio —murmuré mientras el ascensor subía—, lo he perdido por completo. Tendría que haber ido a terapia cuando me lo ofrecieron.

Oí un bufido a mi derecha. Compartía el ascensor con un tipo que me sonreía como si fuera divertidísima.

—No a todo el mundo le funciona.

—¿El qué? —Estaba confundida.

—Pues la terapia —se explicó—. A algunos les funciona, a otros no.

Me fijé en su traje y su carísimo reloj. Era atractivo, tenía el pelo castaño claro y unos ojos azules de mirada viva. Me bastó un vistazo para decidir que además del traje de diseño, hacía gala de una seguridad en sí mismo de primera categoría. Me resultaba, además, vagamente familiar.

—¿A usted le funcionó?

Se encogió de hombros y me miró con picardía.

—Me funcionó la terapeuta.

Me reí.

—Bueno, al menos sacó algo.

Su sonrisa se ensanchó e hizo un gesto de asentimiento hacia los botones del ascensor.

—¿Al *holding* financiero Carraway?

Asentí a mi vez y la idea de verlo de nuevo me encogió el estómago.

—Necesito ver al presidente.

—¿A Caine? —Arqueó las cejas y me miró de arriba abajo—. ¿Debo retenerla y permitir que los de seguridad la echen?

—Seguramente el señor Carraway lo preferiría, pero le hace falta escucharme.

—Mmm..., ¿quién es usted?

Lo miré con cautela.

—Mmm, ¿y usted quién es?

—Un amigo suyo. Me espera para comer.

Las puertas se abrieron.

—Cuando lo tenga te daré a mi primogénito si me permites compartir los cinco primeros minutos de esa comida.

Salió del ascensor y lo imité. Me evaluó con la mirada. Esperé, echando algún que otro vistazo a la recepcionista, que parecía terriblemente preocupada por mi repentina aparición.

—Veamos. —El tipo del ascensor acaparó mi atención con sus palabras y su tono travieso—. El detector no ha sonado, así que está claro que no vas armada —señaló los pantalones cortos y la camiseta de tirantes que llevaba—, así que te dejaré ver a Caine. Pero —me cortó antes de que le pudiera dar las gracias, aliviada— te acompañaré. Tengo curiosidad por saber cómo ha conocido a alguien como tú.

Me puso la mano con suavidad en los riñones y me guio hacia la recepción. Fruncí la nariz; no sabía si acababa de elogiarme o de insultarme.

—¿A alguien como yo?

—Señor Lexington —la recepcionista se levantó de golpe. Dijo con pánico—, creo que esta mujer se ha saltado todas las medidas de seguridad.

—No pasa nada, Dean —la tranquilizó el tipo, al que ahora reconocí gracias a las páginas de sociedad como Henry Lexington, el hijo de Randall Lexington, uno de los socios de Caine—. Avisa a Caine de que vamos para allá.

Divertida, dejé que Lexington me guiara por un pasillo de

oficinas al final del cual el espacio se ensanchaba. Había una mesa de cristal tan estilosa como la de la recepción que habíamos dejado atrás junto a una puerta de doble hoja enorme, cuya placa dorada anunciaba que aquel era el despacho de Caine Carraway, el presidente.

No había ventanas que permitieran ver el despacho desde el pasillo, lo que daba a Caine una total privacidad.

El ayudante al que había visto en la sesión de fotos se puso de pie cuando nos acercamos. Me miró y al reconocerme abrió unos ojos como platos.

—Eh, señor Lexington...

—Me está esperando. —Lexington le sonrió cortés. Funcionó, porque alcanzó la puerta.

—Pero...

El secretario enmudeció cuando Lexington me hizo entrar en el enorme despacho de Caine. No había ventanas a nuestra espalda, pero tanto la pared que teníamos enfrente como la de la derecha eran completamente de cristal. La luz iluminaba el espacio decorado con gusto, pero muy minimalista.

Apenas me fijé en nada, sin embargo, porque no podía apartar los ojos de Caine.

Él parecía tan perplejo como furioso por mi presencia. Salió en tromba de detrás de un amplio escritorio antiguo.

Noté otra vez tensión en el vientre, un poco más abajo que la anterior. Aunque ya la había experimentado, la fuerza de su presencia me sorprendió de nuevo.

—Henry, ¿qué demonios...?

Lexington arqueó mucho las cejas viendo la reacción de Caine a mi aparición. Me miró y sonrió con suficiencia.

—En serio, ¿quién eres?

—Fuera de aquí.

Los dos nos volvimos hacia Caine.

Por supuesto, me hablaba a mí.

—No. —Di un paso hacia él a pesar de su aire amenazador—. Tenemos que hablar.

Tensó la mandíbula, porque me negaba a dejarme acobardar.

Aunque por dentro estaba muerta de miedo, él no tenía por qué saberlo.

—Estoy ocupado.

—El señor Lexington, aquí presente, ha tenido la amabilidad de cederme cinco minutos de la cita que tiene para comer contigo.

Caine lo miró furioso.

—¿Eso ha hecho?

Henry sonrió.

—Ya sabes que soy todo un caballero.

—Henry, lárgate —le ordenó con suavidad pero categórico.

—Bueno, el trato ha sido que...

—Ahora.

Estaba claro que Henry sabía algo que yo desconocía, porque a diferencia de mí no parecía en absoluto asustado.

—De acuerdo. —Rio por lo bajo y me dedicó un guiño que le funcionó mejor que la sonrisa que había usado con el secretario de fuera—. Buena suerte.

Esperé a que la puerta se cerrara antes de tomar aire y prepararme para tratar con Caine. Noté que apartaba rápidamente los ojos de mis piernas para mirarme a la cara. Temblé bajo la mirada de aquel Príncipe de las Tinieblas.

—Tardarás dos segundos en estar fuera con él.

«Puedes hacerlo. Hazte escuchar, Lex.»

—Échame y volveré como un bumerán.

—Diría que un bumerán no es demasiado eficaz contra una puerta cerrada, señorita Holland.

—Cierra la puerta y encontraré otro modo más creativo de atormentarte. No me queda nada que perder.

Caine suspiró irritado.

—Tienes un minuto. Aprovéchalo inteligentemente.

Dios. Realmente era un cabrón arrogante. Dejé de lado mi enfado, recordándome quién era aquel hombre y por todo lo que había tenido que pasar.

—Dos cosas. En primer lugar, he perdido mi trabajo.

Su respuesta a eso fue encogerse de hombros y apoyarse en

el escritorio. Cruzó los brazos sobre el pecho y también los tobillos y me golpeó con su indolencia.

—¿Y?

—Pues que me he quedado sin trabajo por lo que ocurrió durante la sesión de fotos.

—Entonces te sugiero que seas más profesional la próxima vez. Y ahora, si no te importa, he quedado para comer. —Me señaló la puerta.

—Mira. —Levanté las manos en algo que se asemejaba a la rendición—. Lo siento. Eso es lo segundo que quería decirte. Siento sinceramente...

—Dilo y te echaré yo mismo —me advirtió.

—... haberte acorralado como lo hice —me apresuré a terminar. Se relajó, pero solo un poco—. No debería haberlo hecho. No tenía ni idea de que era a ti a quien fotografiábamos esa mañana. Me enteré al llegar, cuando ya estabas allí. Paso por un mal momento y actué llevada por mis emociones, lo que fue injusto para ti.

Caine apenas pestañeó.

—Así que lo siento.

—Muy bien. —Se puso de pie, mirando por encima de mi hombro, sin ocultar su impaciencia.

Interpreté ese «muy bien» como una aceptación de mi disculpa y continué.

—Pero el castigo es inmerecido.

Recibí por eso otra mirada penetrante.

—Dime otra vez por qué debería importarme que la hija del hombre que dio a mi madre la cocaína que la mató se haya quedado sin trabajo.

Di un respingo.

—Las acciones de mi padre no son las mías.

—La misma sangre corre por tus venas.

Cualquier esperanza de luchar contra mi irritación por su arrogancia se esfumó.

—¿Ah, sí? Entonces tú eres adicto a la cocaína, ¿no?

Me arrepentí inmediatamente de haber dicho aquello.

—Lárgate. —Apenas podía contener la furia.

—Vale, vale. —De inmediato admití mi culpa—. Eso ha sido una bajeza por mi parte. Lo siento, lo siento mucho. Pero crees que sabes quién soy por quién es mi padre, y eso es también una bajeza.

No hubo respuesta.

Con cautela, me acerqué un paso al taciturno hombre de negocios.

—Mira. No solamente conseguiste que me echaran. Mi jefe ha perdido la revista *Mogul* y otros dos clientes por culpa de tu ira. Por eso me ha puesto en su lista negra. No lograré recolocarme en el sector a menos que lo arregles. Solo... permite que Benito haga la sesión de fotos. Por favor.

Un denso silencio se instaló entre ambos mientras nos mirábamos. Estaba bastante segura, o al menos eso esperaba, de que Caine callaba porque estaba replanteándose mi petición. Aquel silencio, en cualquier caso, me permitió ahondar en su oscura belleza. ¿Se podía ser más atractivo?

Eso suponía para mí un problema.

A mi madre siempre la había apabullado tanto el atractivo de mi padre que se sentía inferior a él, como si fuera ella la afortunada por estar con un hombre así y no al revés. Me daba mucha rabia y no necesitaba ningún terapeuta para saber que por esa razón salía con tíos bastante atractivos, pero no tanto como para intimidarme. Y lo que era más importante, mis ex novios, y no los tenía a montones, aseguraban ser ellos los afortunados de salir con una mujer como yo. No era que necesitara sentirme más atractiva que mi pareja; no quería sentirme inferior.

No quería sentirme inferior como mi madre.

Por eso mi reacción a Caine era una excepción. Si un tío era muy sexy lo admitía, pero no me atraían porque me había programado mentalmente para que los tíos como él no me atrajeran.

Con Caine, en cambio... Bueno, mis pensamientos se habían vuelto lascivos desde el preciso instante en que lo había conocido (para ser honesta tal vez incluso desde antes). Notaba cómo se me erizaba el vello de un modo extraño en su virulenta presencia.

—No.

«¿No?»

—¿Cómo que no?

Arqueó una ceja.

—Es una de las palabras más comunes de la lengua inglesa, señorita Holland. Qué raro que alguien que no entiende lo que significa esté en paro.

Ignoré su sarcasmo y me retiré el pelo que me caía sobre los hombros en un gesto que esperaba que fuera retador.

—No admitiré un no por respuesta.

La mirada ya oscura de Caine se ensombreció todavía más.

—Lo admitirás y te marcharás antes de que te eche a patadas de mi oficina —me respondió con amenazadora tranquilidad.

Me estremecí al pensar en aquellas manos enormes tocándome. Rechacé aquella idea.

—Por favor, no seas injusto.

Se puso hecho un basilisco.

—¿Justo? —respondió con voz ronca—. ¿Lo has sido tú al venir aquí? Te lo pido por última vez: sal de aquí o te sacaré a rastras.

Cerré los ojos para no ver el dolor en los suyos, el que mi padre le provocaba. Porque por culpa de mi padre, un hombre irresponsable y débil, Caine Carraway lo había perdido todo, y a pesar de todo lo que había conseguido no me parecía que estuviera muy lejos de no tener nada.

—Me iré —susurré. Cuando abrí los ojos su mirada era pétrea. Se me revolvió el estómago. Aquello era todo. Su opinión sobre mí no había cambiado y seguía sin trabajo—. Lo lamento. Lo lamento mucho. No puedo hacer nada. —Y lo decía en más de un sentido.

Ya tenía la mano en el picaporte de la puerta cuando me detuvo su suspiro de irritación.

—Llamaré a tu jefe y le diré que te readmita.

El alivio me invadió y me volví a mirarlo, asombrada.

—¿En serio?

Me dio la espalda.

—Sí, pero cambiaré de idea si tardas más de cinco segundos en marcharte de mi despacho.

No tardé ni tres. No había conseguido todo lo que pretendía y seguramente por eso mi alivio fue convirtiéndose en decepción mientras conducía hacia casa. Hubiera querido que Caine entendiera lo que yo ya sabía: que éramos las dos caras de una misma moneda. Y no quería que me odiara.

Sin embargo, estaba claro que deseaba que lo dejara en paz. Lo haría, aunque fuese lo último que quería hacer.

3

Llevaba día y medio limpiando mi apartamento a fondo, y había sido una tortura. Me sobraban el tiempo y las preocupaciones. Me había puesto a recordar cosas desagradables, incluido el fatídico día, siete años antes, en el que descubrí la verdad sobre mi padre: que no había sido un padre ausente que había renunciado a codearse con la *jet set* para estar con nosotras. No, eso era una triste excusa. Había abandonado a su familia y se había desentendido de la mujer que había tomado una sobredosis estando con él. Lo que me llevó a reflexionar sobre mi relación con mi madre y lo mal que estaban ya las cosas antes de que muriera. No quería recordar nada de todo aquello, así que pasaba el tiempo haciendo números para ver cómo estirar al máximo mis ahorros. Sin un trabajo bien pagado, podría seguir seis meses en el apartamento, lo que significaba que al final tendría que renunciar a él, inevitablemente.

Hacer números era deprimente.

Me apoltroné, con las piernas colgando del reposabrazos de aquel sillón grande y cómodo que seguramente no cabría en el nuevo apartamento al que tendría que mudarme si Benito no me readmitía y tomé un trago de refresco de cereza mientras Bing Crosby cantaba por los altavoces *Hermano, ¿puedes ahorrar un centavo?*

—Tú lo has dicho, Bing. —Brindé por él y bebí.

A punto estuve de escupir el refresco cuando de repente sonó mucho más fuerte *Johnny 99*, de Bruce Springsteen en mi teléfono.

La banda sonora de mi vida.

Con el corazón desbocado, deseosa de que el nombre que apareciera en la pantalla fuera el de Benito, rodé sobre mí misma para incorporarme del sillón y me caí de rodillas, solté una palabrota, y avancé a gatas, derramando el refresco en el parqué.

A punto estuve de golpearme la nariz contra la pared cuando me puse de pie para coger el móvil que vibraba en la encimera de la cocina. Fruncí el ceño al ver el número de la pantalla.

No lo conocía.

—¿Sí? —respondí en un tono patético, desalentada.

—Hola, soy Ethan Rogers. Llamo de la oficina del señor Carraway. ¿Hablo con la señorita Alexa Holland?

Volvía a tener el pulso desbocado.

—Sí, soy yo. —Contuve el aliento.

—Al señor Carraway le gustaría reunirse con usted mañana a mediodía.

¿Una reunión con Caine? ¿Qué demonios...?

—¿Ha dicho para qué?

—No, señorita Hollad. ¿Puedo decirle que está usted libre para reunirse con él mañana a mediodía?

¿Por qué, Señor, por qué después de tantas protestas quería Caine verme de nuevo? ¿Qué había ocurrido desde que había irrumpido en su oficina? Volví a sentir aquella especie de temblor en el estómago.

—Bueno...

¿Habría dicho Benito que sí o que no? ¿O se trataba de una cosa completamente distinta? ¿Qué querría Caine de mí?

¿Acaso importaba?

Quería volver a verme y tendría ocasión de hacerlo cambiar de opinión sobre mí.

—Claro. Allí estaré.

Ethan me llevó al día siguiente hasta el despacho de Caine y cuál fue mi sorpresa al no encontrarlo tras su enorme escritorio, sino de pie delante de la cristalera que daba al cruce de High Street con Atlantic Avenue y al puerto como telón de fondo.

Teniéndolo de espaldas a mí, aproveché para observarlo a placer sin que él se diera cuenta. No le veía la cara, que era lo mejor de él, pero verlo allí de pie con las manos en los bolsillos de los pantalones, las piernas cruzadas y los hombros relajados fue para mí una delicia. Era alto, ancho de hombros y su trasero también era digno de atención.

Tenía un trasero perfecto.

A medida que pasaban los segundos y él seguía sin decir nada ni volverse comencé a sentirme como una colegiala esperando a que el capitán del equipo de fútbol le hiciera caso.

Y eso me gustó tan poco como mucho me gustaba su trasero.

—¿Me has llamado?

Caine volvió la cabeza, quedando de perfil a mí.

—Sí.

—Supongo que habrá una razón para ello.

Finalmente, se volvió del todo y sentí un estremecimiento de atracción cuando me repasó con la mirada.

—Supones bien. —Suspiró y fue hasta su escritorio sin dejar de valorar mi aspecto—. ¿Tienes trajes, zapatos de tacón? —Me miró la cara—. ¿Maquillaje?

Me miré la ropa. Llevaba unos vaqueros, un jersey y no, efectivamente, no iba maquillada. Tenía buen cutis. Había heredado, el tono aceitunado de mi madre. Salvo unas diminutas pecas en la nariz no tenía marcas. Rara vez me ponía base ni colorete. Además, tenía los ojos tan claros y las pestañas tan oscuras que usaba rímel únicamente cuando me arreglaba para alguna ocasión especial.

Sabía que no era despampanante. Era como mi madre: de mejillas redondas, ojos turquesa y cabello negro. Y mi madre había sido una mujer muy guapa. Hasta ahora nadie me había mirado de aquella manera y comentado con desdén que no fuera maquillada.

—Es una pregunta un poco extravagante —dije.

Caine se apoyó tranquilamente en el escritorio, como había hecho el día que tanto se había enfadado conmigo en aquella misma oficina. Volvía a tener los labios apretados mientras me inspeccionaba de arriba abajo. Sentí que se me estaba juzgando y que no iba a dar la talla, lo que viniendo de cualquiera era insultante y viniendo de alguien como él, tan sofisticado, lo era todavía más.

«Idiota.» Pero un idiota muy atractivo.

—No he podido hacer cambiar de idea a Benito. Es un pequeño cabrón rencoroso.

De no haber estado destrozada por lo que acababa de decirme me hubiera reído.

—Entonces...

—Así que he pensado que podrías trabajar para mí —me interrumpió—. Aunque para eso tendrás que invertir un poco en ropa.

¿Qué? ¿Qué acababa de decir?

—Perdón. ¿Qué has dicho?

—Benito dice que le duele en el alma, pero que no puede readmitirte después de haberle hecho perder clientes tan importantes con tu comportamiento. Dice que eres la mayor decepción que ha tenido en sus treinta años y que antes de que te volvieras una desequilibrada eras la mejor ayudante que había tenido. La desilusión que se llevó contigo en la sesión fotográfica, cito literalmente, Le Rompió El Corazón.

—Oh, sí, está desolado.

—A pesar de su vena melodramática, es muy exigente, lo que me induce a pensar que antes de actuar como una desequilibrada eras una mujer inteligente, eficiente y trabajadora.

—¿Desequilibrada?

Era la segunda vez que usaba ese adjetivo para describirme. Me ignoró.

—Necesito una ayudante. Ethan es el sustituto de mi secretaria, que ha decidido no reincorporarse tras la baja maternal. Tengo una vacante y te ofrezco cubrirla.

Estaba estupefacta.

No hay otra palabra para describir cómo me sentía.

¿Cómo podía aquel hombre no querer volver a verme y ofrecerme luego un trabajo que implicaba tenerme cerca constantemente?

—Pero... Creía que no me querías cerca.

Caine achicó los ojos.

—Necesito una ayudante que satisfaga plenamente mis deseos y mis exigencias con prontitud, y es difícil encontrar a alguien así. La gente tiene, al parecer, vida social. Tú, en cambio, pareces desesperada. Y, tal y como yo lo veo, me lo debes.

El recordatorio de su pasado me hizo poner los pies en el suelo.

—¿Y qué pretendes? ¿Vengarte llevándome a la tumba antes de tiempo? ¿Matarme a trabajar?

—Algo así. —Sonrió con suficiencia—. Sería una tumba cómoda, en cualquier caso.

Cuando me dijo el salario casi me desmayo. Me quedé con la boca abierta.

—¿Por el trabajo de ayudante? ¿En serio?

Podría quedarme en el apartamento. Podría seguir teniendo coche. A la porra todo. Podría ahorrar lo suficiente para pagar la entrada de mi propio piso.

En los ojos de Caine se reflejó un brillo de triunfo por lo emocionada que estaba.

—Como te he dicho, tiene un precio. —Su mirada traviesa me dejó sin aliento—. Soy un hombre al que cuesta complacer, ¡y también un hombre ocupado! Harás lo que te pida y cuando te lo pida, y no siempre seré amable contigo. De hecho, teniendo en cuenta tu apellido, puedes dar por hecho que no lo seré nunca.

El corazón me dio un vuelco.

—Así que lo que me estás diciendo, en realidad, es que tu plan es convertir mi vida en un infierno.

—Solo si consideras que el trabajo duro es un infierno. —Nos miramos, midiéndonos, y volvió a sonreír con suficiencia con aquella boca suya tan bonita—. Así que... ¿Hasta qué punto estás desesperada?

Lo miré fijamente. Aquel hombre llevaba una armadura con la esperanza de que nadie pudiera atravesarla, pero, por intuición o porque lo deseaba, creí poder ver lo que ocultaba aquella coraza, como veía la emoción que tanto se esforzaba por disimular. Estaba enfadado conmigo ya fuera por mi padre o por mi repentina intrusión en su vida. Aquel trabajo era su forma de recuperar el control, de hacerme pagar por haberlo desestabilizado. Si lo aceptaba, seguro que haría lo imposible para poner a prueba mi paciencia. Yo tenía mucha o no habría podido trabajar seis años con Benito, pero con Caine cerca no terminaba de ser yo misma.

Ni de cerca.

Estaba a la defensiva, me sentía vulnerable y asustada.

Sería un riesgo enorme para mí dejar que me controlara.

Sin embargo, sabía que lo correría, no solo porque me ofrecía más dinero del que podría ganar en cualquier otra parte, ni porque aquel trabajo fuera a mejorar mi currículum. Lo haría porque quería que entendiera que no era como mi padre. Quería que Caine viera que si me parecía a alguien era a él.

Alcé la barbilla, retándolo.

—He trabajado seis años con Benito. No me asustas.

«En realidad me aterras.»

Caine se cubrió con aquella máscara suya de fría cordialidad y se apartó del escritorio. Contuve el aliento, con el vello erizado, mientras cruzaba la sala hacia mí. Tuve que echar la cabeza un poco atrás para mirarlo cuando se detuvo a apenas unos centímetros de mí.

Olía bien. Olía realmente bien.

—Ya lo veremos —susurró.

Noté aquel susurro entre las piernas.

«Oh, joder.»

Le tendí la mano.

—Acepto el trabajo.

Caine se quedó mirando mi mano. Intenté que no me temblara mientras él decidía si tocarme o no. Tragándome la pena que me daba su renuencia, seguí con ella tendida, mirándolo con firmeza. Finalmente me la estrechó.

El roce de la piel áspera de su palma contra la mía, mucho más suave, me produjo un cosquilleo y el deseo me invadió todos los músculos, también los de los dedos.

Nos miramos sorprendidos.

Caine me soltó la mano con bastante brusquedad y me dio la espalda.

—Empiezas el lunes —me dijo, regresando a su mesa—. A las seis y media. Ethan te dará los detalles de mi agenda para esa mañana.

—¿A las seis y media? —le pregunté con la voz ronca, agitada todavía por la corriente que había fluido entre nosotros.

Me miró por encima del hombro, concentrado ya en algunos papeles.

—¿Te supone un problema?

—Es temprano.

—Sí, lo es.

De acuerdo, sería a las seis y media.

—Aquí estaré.

—Y vístete adecuadamente. —Me eché atrás la melena y asentí—. Y haz algo con ese pelo.

Arrugué la frente y me acaricié un mechón.

—¿Qué quieres decir? —Lo llevaba largo, ligeramente ondulado. Mi pelo no tenía nada de malo.

Molesto, Caine se volvió y me miró.

—Esto no es un club nocturno. Espero que te peines y te vistas con elegancia, un estilo conservador. La imagen es importante, y desde este momento representas a esta empresa. Tu modo de vestir y esa melena desaliñada no reflejan la imagen de esta compañía.

¿Elegante, pero conservadora? ¿Que iba desaliñada?

Lo contemplé, valorando hasta qué punto podía ser arrogante. «Te has tragado un palo, ¿no, Caine?»

Me miró como si me hubiera leído el pensamiento.

—Mañana tendrás el contrato de trabajo. En el preciso momento en que lo firmes me convertiré en tu jefe. —Al ver que no respondía prosiguió—: Eso significa que actuarás como yo decida que debes hacerlo. Dejarás de lado tu talante actual y cualquier actitud contestataria.

—¿Dejo también de lado mi personalidad, entonces?

Mi comentario no le pareció gracioso. Me miró como un depredador.

—Sería sabio por tu parte hacerlo.

Tragué saliva, preguntándome de pronto por qué me había parecido inteligente pinchar a la fiera.

—Tomo nota —respondí. Estaba segura de que nuestro acuerdo no sería fácil, pero solo tenía que recordar mi objetivo—. Supongo que nos veremos el lunes, Caine.

Se sentó sin mirarme.

—Ethan te dará toda la información que vas a necesitar antes de irte.

—Estupendo.

—Ah, y Alexa...

Me quedé helada pero se me aceleró el pulso. Nunca me había llamado por mi nombre.

Y en sus labios sonaba precioso. Sencillamente precioso.

—¿Sí? —susurré.

—De ahora en adelante te dirigirás a mí como señor Carraway y únicamente como señor Carraway.

«Uf.» Acababa de ponerme en mi lugar.

—Por supuesto. —Di otro paso hacia la puerta.

—Y otra cosa. —Esta vez me detuvo su tono hosco, peligroso—. Nunca menciones a tu padre ni a mi madre. Jamás.

El corazón prácticamente se me partió por el dolor que sus palabras destilaban.

Con un pequeño asentimiento me marché de su despacho, y a pesar de lo que me desestabilizaba aquel hombre, me fui más convencida que nunca de que había tomado la decisión adecuada.

Allí era donde tenía que estar.

4

Esperé a que el chorro de agua caliente me despertara; un buen rato, y nada. Estaba tan cansada que ni siquiera tenía los típicos nervios del primer día de trabajo. Me aclaré el pelo y salí de la ducha.

Café.

Necesitaba café.

Gemí y apoyé la espalda en los azulejos del baño. Debí quedarme dormida, porque abrí de golpe los ojos y recordé dónde estaba cuando sonó en mi móvil *Working Man*. Me costó varios segundos recordar que había cambiado el tono de llamada la noche anterior. Adormilada, llegué al dormitorio y cogí el teléfono.

—¿Sí?

—Solo me aseguro de que has sido capaz de levantarte. —La voz de Caine retumbó en la línea.

Fue como un café expreso doble en vena. Me espabilé por completo.

—Desde luego que sí. —Me felicité porque mi voz sonaba alerta—. Estaré en la oficina a las seis y media en punto.

—Quiero un cortado descafeinado sobre mi mesa cuando llegue a la oficina.

Miré el reloj. Uff, no había contado con la parada para comprar el café.

—De acuerdo. Llegaré un poco después, entonces.

—No —me advirtió—. Arréglatelas para estar a las seis y media en punto con mi café o no te molestes siquiera en venir.

Y colgó.

Suspiré y lancé el teléfono sobre la cama. Caine ya me había advertido que iba a comportarse como un gilipollas, así que no debía sorprenderme, ni tenía tampoco tiempo para enfadarme. Si iba a llevarle su maldito café y a llegar a tiempo a la oficina tendría que olvidarme de moldearme el pelo. Corrí por la habitación, frenética; me lo sequé con el secador de mano y me lo recogí en un moño francés.

Me vestí con el ceño fruncido, no solo porque el cansancio me volvía irritable. Tuve que ponerme medias y embutirme en la falda tubo negra que había decidido llevar. Rachel había ido conmigo de compras a la calle Newbury aquel fin de semana para que eligiera ropa «apropiada« para mi nuevo empleo. Apenas habíamos recorrido dos manzanas y ya llevaba gastada una pequeña fortuna en carísimos trajes chaqueta y blusas acordes con la imagen de los empleados del *holding* financiero Carraway. Así que iría al trabajo con aquella maldita falda ceñida negra y una blusa azul de seda y una chaqueta corta a juego con la falda y unos zapatos de Prada con un tacón de ocho centímetros que ya tenía, pero que rara vez me ponía.

Incluso me había puesto un poco de rímel.

Me miré en el espejo y asentí. Elegante, pero conservadora.

Arrugué la nariz. Echaba de menos mis pantalones cortos y mis chanclas. No tenía tiempo para recrearme frente al espejo. ¡Tenía que conseguir un café! Me subí a mi Mazda MX-5 azul y plateado, volé por las calles y llegué en menos de quince minutos al International Place. Tras aparcar en el garaje del edificio corrí sin ninguna elegancia con mis Prada hasta la cafetería de la esquina. La de las oficinas todavía no había abierto. Cuando entré al local me sorprendió no encontrar a nadie haciendo cola.

Luego me di cuenta de que no todos los ejecutivos son unos obsesos de la puntualidad que empiezan a trabajar a las seis y media de la puñetera mañana. Miré el reloj.

Llegaba quince minutos antes de lo pactado.

Todo aquel pánico para nada.

Con el cortado de Caine y mi expreso doble entré en el edificio, preparándome mentalmente para que un jefe inflexible me llevara hasta el límite. Enseñé la identificación que Ethan me había dado el viernes, al guardia de seguridad y subí en ascensor hasta el *holding* financiero Carraway.

No había nadie más que una limpiadora. Con la sensación de calma empezaron los nervios del primer día.

Saqué la llave que Ethan me había dado junto con la identificación y entré en el despacho de Caine. Estaba inmaculado. No había nada fuera de su sitio. Era bastante frío, de hecho, y aparte de alguna que otra planta no había ningún objeto personal. Ni fotos, ni nada. Un óleo bastante bonito del perfil de los rascacielos de Boston era el único toque de color o de personalidad de la habitación.

Dejé con cuidado su café en el escritorio y miré el enorme sofá en forma de L que daba al ventanal.

Necesitaba unos cojines.

Mirando al pasar de nuevo aquel sofá con pinta de ser incomodísimo me dije que deshacerse de él sería otra buena opción.

Por fin me permití relajarme un poco y me senté a mi mesa de cristal, fuera de su despacho. Miré hacia abajo e hice una mueca. No me serviría para leer a escondidas una revista, ¿eh? Caine era un grano en el culo. Incluso sus muebles me advertían de que no iba a descansar ni un minuto.

Mientras arrancaba el ordenador tomé un sorbo de expreso y suspiré aliviada.

Café.

A veces lo encontraba mejor que el sexo.

En opinión de Rachel yo no tenía ni idea de lo que era tener sexo del bueno, por lo que no estaba capacitada para hacer tal comparación.

Llevaba apenas unos minutos sentada a mi escritorio cuando escuché unos pasos que se acercaban. Levanté la vista y otra vez se me encogió el estómago cuando Caine dobló la esquina. Aquella mañana llevaba un traje gris plateado que le sentaba a la perfección y un maletín de piel negro. Una esclava de oro blanco destelló en su muñeca cuando alzó la mano para alisarse la fina corbata azul que no necesitaba ser alisada.

Se detuvo ante mi escritorio con una ceja levantada.

Era un asco que un hombre pudiera estar así de bien a esa hora de la mañana. O a cualquier hora, ya puestos.

—Veo que lo has logrado.

—Sí, señor —le respondí en voz baja—. Y el café está sobre la mesa.

Asintió, mirando mi torso.

—Ponte de pie.

Intenté que la orden no me erizara el vello y me levanté despacio. Indicó el suelo frente a él y di por hecho que quería que me acercara. Me había puesto colorada, pero fingí que aquello me traía sin cuidado porque el brillo de sus ojos me decía que tenía intención de enfadarme. Cuando me tuvo delante para inspeccionarme estudió mi apariencia impávido. Describió un círculo con el dedo y di una vuelta completa como me pedía.

«No puedes matar a tu jefe el primer día, no puedes matar a tu jefe el primer día; no puedes matar a tu jefe, punto.»

Terminé de dar la vuelta, impasible. Asintió con aprobación.

—Lo lograrás.

«¿Has terminado de mirarme como si fuera un caniche de exposición?», tuve ganas de gritarle.

—¿Puedo traerle algo? —dije en cambio con suavidad.

—Te enviaré un email cuando necesite algo. ¿Ethan te explicó lo que debes hacer con las llamadas y demás?

Estaba en la puerta de su despacho, esperando mi respuesta.

—Sí, claro que sí.

—Perfecto. Si no sabes algo, pregúntamelo. Pero, por favor, antes agota cualquier otra vía para averiguarlo, y utiliza para ello el sentido común y, espero, un mínimo de inteligencia.

Hecha aquella altiva declaración se encerró en su despacho dando un portazo.

—Joder —dije entre dientes.

Volví a mi mesa y a mi café. Iba a ser un día muy largo.

Cuando los emails de Caine comenzaron a llegar, quedó claro que no me había equivocado.

Las tareas que pretendía que hiciera iban desde organizar reuniones y comidas de negocios hasta reservar salas de conferencias, pasando por responder emails en su nombre, tanto de carácter profesional como personal, llamar para enterarme de cuándo estaría lista su ropa para recogerla de la tintorería, cancelar una comida con Phoebe Billingham —la mujer con la que según sabía por la prensa sensacionalista quedaba habitualmente— e ir al supermercado. Al parecer se había quedado sin leche y sin cereales.

Y me ordenaba cada cosa con impaciencia. Era el primer día y ya tenía ganas de abofetear a Carraway. Pasadas las cuatro de la tarde, cuando un abogado de la empresa salía de su despacho, lo oí decirle «gracias, Arnold», y descubrí que mi jefe al parecer respetaba ciertas normas de cortesía.

Simplemente consideraba que yo no merecía el esfuerzo.

Conseguir que Caine me viera como realmente era por lo visto iba a ser más difícil de lo que había creído en un principio. Tendría que superar su superlativa arrogancia y su perversa idea de la justicia en lo que a mí concernía si realmente quería que se diera cuenta de que él y yo no éramos tan distintos.

Me detuve boquiabierta en la puerta del piso de Caine.

«La madre que...»

Un ático. Caine tenía un ático en la calle Arlington. Como la oficina, tenía amplios ventanales del suelo al techo con magníficas vistas de la ciudad. El apartamento de un solo ambiente tenía una cocina americana de diseño, blanca y negra, con una isla. Los taburetes eran de cuero blanco.

Cuero blanco en una cocina.

Estaba claro que nunca comía allí. Eso o era el hombre más limpio del mundo.

A mi izquierda estaba el comedor, en una tarima, con una mesa para ocho comensales. Al estar más alto, se disfrutaba mejor de las vistas mientras se cenaba. Al otro lado de la cocina había una zona de lectura y, más allá, un gran sofá negro de cara a una pared cubierta por una enorme televisión de plasma.

Detrás de mí, una escalera de caracol subía a los dormitorios. Cerré la boca, subí las escaleras con cuidado, recorrí el corto pasillo y entré en la primera habitación de la izquierda. Caine me había dicho que era el dormitorio principal y donde debía dejar la ropa que acababa de recoger de la tintorería.

Al ver la cama de Caine sentí cierto sofoco.

Aquello sí que era una cama.

Enorme, de madera oscura, masculina y con baldaquino.

Frente a ella había dos puertas. Eché un vistazo y descubrí el vestidor de mis sueños y un cuarto de baño de mármol italiano.

Lo mejor de la habitación principal, sin embargo, eran los escalones que llevaban hasta la ventana de la parte posterior de la habitación. Una puerta corredera daba a una terracita cubierta desde la que Caine podía disfrutar privadamente de la vista de Beacon Hill y lo que había más allá.

Con cuidado dejé la ropa en la cama y volví sobre mis pasos. Me habría gustado curiosear y echar una ojeada a sus cosas, pero tenía que volver a la oficina para llevarle la ensalada que me había encargado comprar en su tienda de *delicatessen* predilecta.

Me fijé, volviendo a pasar por el comedor camino de la puerta, en que no había nada personal en aquel piso. No había fotos suyas ni de amigos, nada que indicara lazos afectivos con nadie.

Quizá fuera normal en el caso de un soltero, pero no pude evitar sentir una punzada de remordimiento al enterarme de que en casa de Caine no había ningún retrato de familia.

Ceñuda, salí del apartamento, cerré con llave y al volverme choqué con una ancianita que llevaba un vestido fucsia chillón. Me miró furiosa, con los brazos en jarras. Llevaba el pelo teñido de negro recogido en un elegante moño, los ojitos azules enmarcados por espesas pestañas maquilladas con rímel y los labios, sorprendentemente llenos para ser una mujer de casi ochenta años según calculé yo, pintados de un rojo intenso.

—¿Quién demonios es usted? —me preguntó con acento del sur de Boston.

Pestañeé, sorprendida.

—Yo..., ehh...

—¿Y bien? Tiene cinco segundos para responderme antes de que llame a seguridad.

—Soy Alexa Holland. —Le tendí la mano—. La nueva ayudante del señor Carraway.

Esta vez fue ella la que pestañeó. Me evaluó y una sonrisa se dibujó en sus labios, rejuveneciéndola.

—Así que tú eres Alexa. He oído hablar mucho de ti.

«¿En serio?»

—¿En serio?

—Ajá. Cuando Caine me dijo que había contratado a una descendiente del cabrón que destrozó a su familia creí que había cometido un error enorme. —Rio, examinándome de arriba abajo—. Ahora lo entiendo todo.

—Ah...

Yo no entendía nada.

—Soy la señora Flanagan. Vivo en el otro ático. —Indicó más allá del ascensor, al final del pasillo—. Ven conmigo a tomar un té y hablemos.

A pesar de mi curiosidad y del deseo de hablar con la extravagante señora Flanagan, que estaba claro que conocía a Caine lo suficiente para conocer su pasado, tenía que regresar a la oficina. No pude evitar reírme viendo su decepción.

—Lo siento. Me encantaría quedarme, pero tengo que llevarle al señor Carraway su ensalada.

La señora Flanagan tenía los ojos brillantes.

—¡Oh, no te preocupes, querida! Caine te está presionando demasiado, ¿eh? Dile que te he dicho yo que no te apriete tanto. Si no duermes lo suficiente no envejecerás bien. Lo sé. Mírame a mí. Duermo todas las noches ocho horas seguidas desde hace cincuenta años. Soy la prueba viviente del poder del sueño sobre la belleza. —Alzó el dedo frente a mi nariz—. Tú eres hermosa por naturaleza. No permitas que la falta de sueño te estropee.

Me eché a reír, encantada con su demostración de carácter.

—Me esforzaré al máximo por disfrutar de ocho horas de sueño si con eso a su edad voy a tener ese aspecto.

—Me gustas. —La señora Flanagan rio—. Cuando vuelvas, tú y yo tendremos una charla frente a una taza de té y unos pasteles. Por cierto, dile a Caine que estoy preparando su favorito, el de crema de plátano, así que más le vale venir pronto esta noche.

¿A Caine le gustaba el pastel de crema de plátano? Bajé la vista hacia la ensalada que me había pedido. En los tres días que llevaba trabajando para él había descubierto que aquel hombre era un templo de salud. Iba cada mañana al gimnasio antes de entrar a trabajar y solo comía verduras al vapor, sopa y ensaladas.

El pastel de crema de plátano era una faceta totalmente oculta de él.

—Claro, se lo diré.

Dean, de recepción, me sonrió compasivo cuando pasé a toda prisa y lo saludé precipitadamente.

Aunque no había tenido ocasión de tratar con casi ninguno de los empleados de Caine, y dudaba de que alguna vez lo hiciera dada mi agenda, Dean me había tanteado. Era una persona dulce y amigable. Honestamente era el único que me trataba como a un ser humano y me ayudaba en el trabajo.

Corrí hacia la oficina de Caine e intenté recuperar el aliento mientras ponía su comida en un plato primero y en una bandeja después. Llamé para decirle que tenía su ensalada. Me dio permiso para entrar y lo hice inmediatamente, por suerte respirando ya con normalidad.

Me lo encontré en el sofá, con un tobillo sobre la otra rodilla y el ceño fruncido, revisando unos documentos.

Me acerqué con la bandeja y me miró. Aparté la vista de inmediato de sus brazos. Se había arremangado y los enseñaba, fuertes y bronceados. El muy desgraciado tenía que tener algún defecto físico y yo iba a averiguar cuál. En serio que lo haría.

—Llegas tarde. —Frunció los labios con enfado.

Defectos de carácter, en cambio... Bueno, de esos ya le había encontrado un buen montón.

—Lo lamento, señor Carraway —murmuré, colocando la bandeja en la mesa de café frente a él—. Me ha entretenido la señora Flanagan.

Me erguí, esperando su reacción. Y llegó.

Me miró con recelo.

De haber podido, hubiera alzado el puño en señal de triunfo.

—Me ha pedido que le dijera que ha preparado su pastel favorito, el de crema de plátano —sonreí con fingida inocencia—, que se pase esta noche por un trozo.

Su infelicidad habría hecho callar a cualquier persona normal, o al menos le habría borrado la sonrisa de la boca. Pero yo no he dicho nunca que sea normal. Qué va. Yo estaba disfrutando de su incomodidad, porque significaba que había descubierto algo auténtico suyo, y estaba deseando enterarme de más cosas sobre la encantadora señora Flanagan.

—Sal de mi despacho, Alexa —me espetó.

Decidí que lo pruedente era dejarme de risitas y hacer exactamente lo que me pedía. Noté su mirada quemándome la espalda hasta que salí.

A la mañana siguiente...

Me armé de valor mientras Caine se acercaba a mi escritorio, de un humor tormentoso. Estaba demasiado ocupada mirándolo para fijarme en lo que llevaba en la mano hasta que lo dejó encima de mi mesa.

Miré perpleja el Tupperware. Contenía un trozo de pastel.

Interrogué a Caine con los ojos.

Estaba enfadado y muy incómodo, evidentemente.

—La señora Flanagan insistió en que tú también tomaras un trozo de pastel —dijo entre dientes.

Abrí la boca pero me cortó.

—No.

Dicho eso, entró en la oficina y cerró de un portazo.

A Caine le importaba lo suficiente su anciana vecina como para hacer lo que le había pedido aunque le reventara.

Abrí el Tupperware y me unté un dedo. Chupé la crema y sonreí, sentándome de nuevo.

—Gracias, señora Flanagan.

Y no solo por el pastel.

5

Salí de la sala de reuniones cuando entró una becaria llevando una bandeja con la repostería que yo había comprado. Era viernes por la mañana y había sobrevivido casi toda la semana siendo la ayudante de Caine. Faltaban quince minutos para su reunión y quería que me asegurara de que la sala estaba preparada.

Sonreí a la secretaria de la asesora financiera de Caine, Verity, cuando pasé por su lado. Su jefa, la señora Fenton, daba miedo. Era una especie de autómata, fría, eficiente y súper inteligente. No tenía nada de maternal y por eso me sorprendió enterarme de que una de las personas más ocupadas que había conocido en mi vida era también esposa y madre de dos niños. Conocía un poco mejor a Verity. Era agradable y hablábamos unos minutos cuando yo iba a la fotocopiadora, pero Caine me hacía ir de un sitio a otro sin parar y todavía no conocía a todos mis compañeros de planta.

Había pasado la mitad del día anterior dando vueltas por Boston buscando una muñeca de una película de Disney para la hija de algún juez con quien Caine se codeaba. El tipo estaba en medio de un gran caso y no tenía tiempo para comprarle a su hija un regalo de cumpleaños, así que él le había ofrecido mis servicios. La muñeca que la niña quería no fue fácil de encontrar. De hecho fue tan difícil que di con ella en una juguetería de barrio que teóricamente ya debería haber quebrado por culpa de las multinacionales. Había vuelto sudorosa y Caine estaba enfadado por mi tardanza.

Me hubiera gustado decirle que a lo mejor no tendría que haber prestado su ayudante a otro, pero, no sé cómo, logré contenerme. Caine era capaz de despedirme a la más mínima provocación. No convenía tratarlo a la ligera.

Llevaba trabajando cuatro días y medio para él.

Tenía la sensación de que habían sido muchos más.

Justo cuando regresaba a mi escritorio el teléfono sonó. Era una llamada interna, de Caine.

—¿Señor? —respondí pulsando el botón del altavoz.

—Necesito que hagas una reserva para dos en el Menton para esta noche, a las ocho. Además, envía una docena de rosas a Phoebe Billingham, a la editorial Harvard University de Cambridge. Que se las entreguen a mediodía.

Phoebe Billingham. Inteligente. Guapa. Sofisticada. Rica. Era editora en Harvard University Press y una chica de la alta sociedad. Era perfecta para él.

Ignoré la quemazón de mi pecho.

—Por supuesto. ¿Qué quiere que diga la tarjeta?

—¿La tarjeta?

—La de las flores.

—De Caine.

Arrugué la nariz, la romántica que había en mí se sentía ultrajada.

—¿Eso es todo?

Al parecer llevaban saliendo ocho semanas, lo que para Caine equivalía a una eternidad. Pero no me sorprendía. Phoebe lo tenía todo, y además podría hacerlo feliz. Al final del día, Caine no merecía menos.

Tenía que hacer algo más para mantener el interés de aquella mujer.

—Sí —me respondió impaciente.

—¿No cree que debería ser un poco más romántico?

—Le estoy enviando una docena de rosas y la invito a cenar en un buen restaurante. ¿No es eso romántico?

—Está bien. —Era poco específico, pero...—. La tarjeta podría poner algo más personal.

—Yo no escribo cosas personales. —Y cortó.

Suspirando, colgué el teléfono y contemplé la nota que me había dictado para las flores. Sabía que era ofensivo meterme donde no me llamaban, pero a veces hay que hacer algo un poco ofensivo para conseguir algo bueno. Sonreí y descolgué para pedir las flores.

Apreté la mandíbula intentando ser paciente mientras discutía el presupuesto de los cambios que Caine quería en su apartamento y que su diseñadora de interiores le había mandado. La había contratado para redecorar la casa de veraneo que acababa de comprarse en Nantucket.

La semana estaba a punto de terminar y prefería acabarla con buena nota, es decir, evitando discutir con la zorra de la decoradora.

—No entiendo el problema —me dijo con aquella voz nasal suya, a juego con su pésima actitud, que me daba ganas de abofetearla.

Me contuve para no lanzarle una puya verbal.

—El problema es que has enviado otro presupuesto por los muebles quince mil dólares más caro que el que firmó el señor Carraway.

—El estilo es caro, querida.

—Esa es la cuestión. He repasado la lista y no veo de dónde salen esos quince mil dólares de más. —Me di cuenta de repente de que no estaba sola. Miré hacia la derecha y vi a Caine, que había salido de su despacho y estaba en pie a mi lado, mirándome airado.

Lo miré con cautela, pero seguí discutiendo con la irritante mujer que tenía al teléfono hasta que una larga mano apareció y apretó el botón para silenciar el altavoz. Aquel movimiento brusco me dijo que estaba enfadado, así que me pregunté qué narices había hecho mal.

—Puedo permitirme quince mil dólares de más. Cuelga el teléfono. Ahora.

Chasqueé la lengua.

—Que pueda permitírselo no significa que deba dejar que le estafen. —Apreté de nuevo el botón—. No, sigo aquí —respondí a su frenético cacareo—. ¿Por dónde íbamos? Ah, sí. A no ser que quieras que se comente que eres una incompetente que intenta estafar a sus clientes, te sugiero que te atengas al presupuesto original.

—Bueno, yo... Yo nunca...

—Estamos de acuerdo, entonces. —Colgué y miré a mi cabreado jefe—. ¿Por qué le late una vena en la frente?

—¿Qué demonios pusiste en la tarjeta?

—¿La tarjeta? —le pregunté, como si nunca hubiera roto un plato.

Su ira era asesina.

—Acabo de hablar con Phoebe. Me ha dado las gracias por las flores y me ha dicho que la tarjeta era muy dulce, que también ella estaba deseando verme.

Ya había supuesto que deduciría que quien había cambiado el mensaje de la tarjeta había sido yo, lo que no entendía era por qué era eso un drama. Y al parecer lo era. Caine estaba muy cabreado y tuve que reconocer que me estaba poniendo un poquito nerviosa.

—Bueno... Solo pensé... Bueno..., creí que sería más apropiado poner en la tarjeta algún cumplido. —Le sonreí esperanzada.

—Alexa —me advirtió.

—Sabe que puede llamarme Lexie.

Soltó un gruñido, literalmente.

—De acuerdo —me apresuré a explicarme—. Les dije que escribieran: «Phoebe, espero con ansia verte esta noche. Caine.» Y... —Traté de no cerrar los ojos a pesar de que esperaba la peor de las reacciones—, puede que pusiera un besito al final.

Echaba humo por las orejas.

—¿Qué?

—Una «X». Ya sabe, un beso. —Me callé, deseando estar otra vez en Hawái con un mojito.

Sin previo aviso, con brusquedad, Caine puso las manos en los brazos de mi silla y me arrastró fuera del escritorio para poner su cara al mismo nivel que la mía. Estaba tan cerca que distinguía las motas chocolate de su iris sobre el fondo, prácticamente negro. Y la boca..., la tenía a apenas dos centímetros de la mía.

Contuve el aliento, conmocionada por su brusquedad y su cercanía.

—En primer lugar —dijo entre dientes, con los párpados entornados—, ¿te parezco la clase de hombre que pondría una «X» al final de un mensaje?

No necesité meditar la respuesta.

—En realidad, no.

—En realidad, no —asintió y se acercó más.

Su aliento me acarició los labios y tragué saliva.

—En segundo lugar: si vuelves a entrometerte en mi vida privada, te aniquilo. ¿Entendido?

—Bueno, la aniqui... la aniquilación es bastante definitiva —tartamudeé.

Echaba chispas.

—Alexa.

Ignoré mi reacción física a su proximidad para tratar de darle una explicación.

—Solo trataba de ayudar. Me pareció más romántico. Lo siento. No volveré a hacerlo.

—No estabas ayudando —dijo en un susurro silbante—. A pesar de lo que la gente pueda creer, a mí me importan las mujeres con las que salgo, lo que significa que no quiero herirlas. Y una de las formas que tengo de evitarlo es impidiendo que crean que lo que tenemos es más de lo que realmente es, porque no va a funcionar, eso seguro, y no quiero ser el cabrón que las indujo a creer lo contrario. Lo que has hecho con Phoebe me hará quedar como un cabrón.

Su argumento, aunque bastante retorcido, lo honraba.

—Pero ¿por qué debe terminar la relación? —susurré confusa—. Phoebe Billingham es perfecta para usted.

Algo en su rostro lo hizo parecer todavía más peligroso. Tomé aire mientras nos sosteníamos la mirada. ¡Estaba tan cerca!

El muy desgraciado olía deliciosamente.

Por un momento me olvidé de dónde estaba y de quién era yo. De quién era yo para él. Mis ojos se posaron en su boca. Estaba ahí. Justo ahí.

La pasión me agitó y aparté los ojos enseguida. Quise asegurarme de que no había notado mi deseo, pero para mi sorpresa encontré sus ojos concentrados en mis labios.

Los separé.

Sus ojos volvieron a los míos. El calor que sentía entre las piernas se acrecentó con su ardiente mirada.

—No vuelvas a hacerlo —me dijo suavemente, con la voz ronca.

—¿Nuevas tácticas de acoso laboral, Caine?

Caine se apartó de mí de golpe y yo recuperé un necesario aliento.

De pie frente a nosotros estaba Henry Lexington. Nos miraba sonriente.

—Henry —lo saludó Caine. Se había rehecho por completo.

Yo no.

Crucé las piernas, deseando que el calor de mi cuerpo se enfriara. Sabía que si me tocaba las mejillas me quemaría.

—Creía que teníamos planes para comer —bromeó, y de nuevo me miró.

—Los tenemos. Deja que coja mi chaqueta.

Desapareció y Henry se acercó a mí sonriente.

—Volvemos a vernos.

Sonreí, todavía intentando reponerme de la intensidad del momento con Caine.

—Creo que técnicamente debo darte las gracias por este trabajo. Si no me hubieras llevado hasta el despacho del señor Carraway no estaría aquí ahora.

—Eso es cierto. —Se apoyó en mi mesa, coqueteando sin disimulo. Tenía chispitas en los ojos azules—. Así que, en cierto modo, me lo debes. Me encanta que una mujer hermosa esté en deuda conmigo.

—¿Muchas mujeres te deben algo?

—Solo una que sea interesante. —Ladeó la cabeza, curioso—. Tú, Alexa, eres un misterio. Caine no quiere decirme de dónde has salido ni de qué os conocéis, y como es natural estoy intrigado.

Desde luego que sí, y desde luego que la última cosa que haría sería revelarle el trágico pasado de Caine y, francamente, me sentía tan ligada a esa tragedia que me deprimía.

—Nos conocimos en Hollywood.

—¿Hollywood? —preguntó, levantando una ceja.

—Ajá. —Suspiré exageradamente, apoyando la barbilla en una mano, soñadora—. En el bulevar. ¡Oh, qué grandes días aquellos! Yo era una prostituta en busca del caballero de la blanca armadura y él un rico soltero que no sabía conducir un coche con cambio de marchas. Le enseñé cómo... y el resto es historia.

Henry me miró mal.

—¿Qué?

—Es el argumento de *Pretty Woman* —dijo secamente Caine. Se acercó a nosotros desde la puerta de su despacho con algo similar a la diversión en su cara. Indicó a Henry que lo siguiera—. ¿Te he mencionado que mi nueva ayudante es una listilla?

Henry rio y tampoco yo pude evitar una sonrisa. Me miró apreciativamente mientras se alejaba, con la cabeza vuelta hacia atrás.

—Hasta pronto —se despidió.

Asentí y le dije adiós con la mano, algo de lo que Caine se dio cuenta.

—Recuerda lo que te he dicho. Nada de intromisiones —me reconvino.

Adiós al buen rollo.

—Por supuesto. —Le dediqué una sonrisa que esperaba que pareciera sincera, a pesar de lo cual volvió la cabeza con irritación.

—¿Cómo es que te sabes el argumento de *Pretty Woman*? —Escuché que le preguntaba alegremente Henry.

—¿Recuerdas a Sarah Byrne? —repuso él.

—¿La chica con la que batiste el récord saliendo cinco meses? Claro que la recuerdo.

—Estaba colada por Richard Gere. Y pagué el precio.

Desaparecieron y solo quedó la risa de Henry. También yo reía. Las veces en que Caine se acordaba de ser un tío normal se volvía más atractivo que nunca.

—*Holding* financiero Carraway, oficina del señor Carraway —contesté con la esperanza de que fuera la última llamada del día.

Eran casi las cinco y media. Caine no solía dejar que me fuera antes de las siete, pero siendo viernes y teniendo él una reserva para cenar tal vez pudiera largarme de allí pronto.

—Oh, qué bien, todavía encuentro a alguien —respondió una voz amable—. Soy Barbara Kenilworth, de la Fundación O'Keefe. Quisiera hablar con el señor Carraway.

—El señor Carraway no puede ponerse en este momento —dije, porque era lo que se suponía que tenía que decir a todo el que llamara salvo que él esperara la llamada—. ¿Quiere que le deje un mensaje?

—Bueno, sí... Quería hacer saber al señor Carraway que unas cuantas damas de otras instituciones de caridad, yo incluida, somos conscientes de su generosidad y lo hemos nominado para un premio del que se hará entrega en la Gala de la Sociedad Filantrópica de Boston, que se celebrará este otoño. —Bajó la voz como si fuera a confesarme un secreto—. Comí con dos amigas hace un par de semanas y, bueno, descubrimos por casualidad lo generoso que es el señor Carraway, y que nunca ha pedido que le sea reconocido el mérito. Y, bueno, nos pareció que sus esfuerzos humanitarios debían darse a conocer.

—Claro —murmuré, sorprendida por la noticia.

¿Tan generoso era Caine con las organizaciones benéficas?

—Entonces ¿se lo comunicará?

—Lo haré.

—Oh, es usted un encanto, *ciao-ciao*.

Colgué, confusa. No había leído en ningún sitio que Caine fuera un filántropo. ¿De qué iba todo aquello?

Llamé a su oficina.

—¿Sí? —respondió casi de inmediato.

—¿Tiene un minuto?

—¿Es importante?

—Creo que sí.

—Entonces, por favor, interrúmpeme sin pensarlo dos veces siempre que «creas que es importante». —Me colgó y corrí a su oficina a pesar de que sabía que me encontraría con un recibimiento hostil.

Caine estaba sentado a su escritorio, mirándome. Normalmente se ponía una especie de máscara cuando lo hacía, o me miraba enfadado si se daba la ocasión. Para mi consternación, esta vez solo parecía cauteloso.

Mi única duda era si esa cautela se debía al tórrido episodio de aquella tarde. Como no necesitaba que me lo recordaran teniéndolo cerca, me lancé y le conté lo que Barbara Kenilworth me había dicho.

Reaccionó soltando una ristra de improperios.

—¿Por qué se enfada? Es maravilloso. Lo que hace es maravilloso.

—Alexa —me espetó—, tengo la reputación de ser un hombre muy duro, un cabrón sin sentimientos. He llegado lejos en los negocios precisamente por eso. Hago donaciones a condición de que sea de manera anónima. Les hago firmar un maldito documento de confidencialidad. —Se puso en pie y señaló la puerta—. Así que devuelve ahora mismo la llamada a la señora Kenilworth y dile que cancele la nominación y que deje de difundir rumores sobre mi filantropía por todo el jodido Boston o la enterraré en demandas.

Parpadeé, sorprendida.

—Caray. Ahora me siento mucho mejor.

—¿Cómo? —Frunció el entrecejo.

—Bueno, en vista de lo que la señora Kenilworth va a tener que afrontar si le cabrea, acaba de convertirse en un príncipe para mí. Nunca me ha amenazado con enterrarme en papeleo.

Y entonces ocurrió lo imposible.

Caine torció los labios y ahogó una carcajada; cabeceando, se sentó de nuevo. Los ojos le brillaban alegres cuando me miró.

—Tú llámala, Alexa —me dijo, por primera vez con amabilidad.

Pletórica, hice un esfuerzo para no sonreír.

—Voy.

Le di la espalda y salí del despacho con una mirada de triunfo.

6

El sol entraba en la pequeña cafetería-librería de Brighton. Sentir su calor en la cara con un delicioso café entre las manos y no estar trabajando, me hacía sentir realmente bien.

Al menos así me sentía hasta que mi abuelo decidió enumerar de nuevo las razones por las que trabajar para Caine era la peor de las ideas.

Aquel era nuestro lugar de encuentro. La cafetería-librería, quiero decir. Era un local pequeño y tranquilo que había encontrado cuando mi amiga Viv alquiló un apartamento en Brighton. Le sugerí a mi abuelo que fuera nuestro punto de encuentro. Allí no temíamos encontrarnos con algún conocido suyo que pudiera ir diciendo luego por ahí que salía a escondidas con una joven. En tal caso, su familia, es decir, su esposa, la abuela a la que yo no conocía, y su nieto Matthew y la esposa de este, Celia, el medio hermano y la cuñada a los que yo tampoco había visto nunca, habrían hecho preguntas y averiguado que estaba en contacto con la hija ilegítima de la oveja negra de la familia. O al menos eso me decía él que pasaría.

Honestamente, su familia daba mucha importancia a las apariencias. Había convivido nueve años con mi padre y sabía que seguramente no me equivocaba.

En realidad, no quería conocerlos.

Suspiré y me recosté en la silla.

—Abuelo, el trabajo no es tan malo, te lo prometo. Podría ser peor. Caine me lo planteó como si fuera a resultarme un infierno. Pero aquí estoy, disfrutando de mi tiempo libre con mi abuelo.

Sonrió, pero la sonrisa no le llegó a los ojos grises. Eran como los de mi padre. De hecho mi padre era un calco de mi abuelo. Ambos poseían una belleza clásica y eran de porte distinguido, altos y anchos de hombros. Eran la clase de hombres que llaman la atención cuando entran en una habitación. Cuando ibas conociendo a mi padre, sin embargo, esa aura de poder se desvanecía; no así en el caso de mi abuelo, de quien tenía la sensación de que era preferible no conocer el lado oscuro. Era como un Clint Eastwood de la alta sociedad: no importaba cuánto envejeciera, seguías sabiendo que no debías jugar con él.

—Te conozco bien, cariño. —Me estudió con cuidado—. Buscas algo más que el trabajo en esto, y me temo que no lo vas a encontrar.

—Tal vez. —Me encogí de hombros y me sorprendí admitiendo lo que sentía—. Me impresiona.

—¿Caine?

—Sí. No ha dejado que la tragedia lo destruyera. La tragedia lo ha convertido en un hombre decidido. Ahora tiene más éxito, dinero y poder que quien le arrebató cuanto tenía. Nunca se aprovechó de su desgracia. No se la contó a nadie. Simplemente, intentó pasar página y buscar una vida mejor. No es culpa suya si persigue las cosas equivocadas. A pesar de eso, es su actitud lo que respeto. Por eso me impresiona. Ha superado muchos obstáculos.

Caine había superado un drama familiar: traición, muerte y suicidio. Escuchando a mi padre y a mi abuelo había ido encajando las piezas. A los trece años, Caine vivía en el sur de Boston con su madre, dependienta de unos grandes almacenes de Beacon Hill, y su padre, un trabajador de la construcción. Grace, su madre, conoció a mi padre cuando este fue a comprar algo para su esposa. Tal como lo contaba él, era una joven esposa y madre aburrida de su matrimonio que sentía que la vida se le estaba escapando. A mi padre, culto, rico y encantador, debió resultarle fácil seducirla. Tuvieron una aventura y la introdujo en el mundo de las drogas. Se inyectó una sobredosis en la habitación de un hotel de mala muerte mientras él se duchaba. En lugar de intentar ayudarla, mi padre se dejó llevar por el pánico y huyó. Grace murió pocas horas después. Mi padre usó su dinero y sus influencias para que el apellido Holland no se viera involucrado en el escándalo y para no ser arrestado por posesión de drogas o, peor todavía, por homicidio involuntario.

El padre de Caine, Eric, insistió, y mi padre acabó por contarle la verdad sobre la aventura con su esposa y su responsabilidad en la muerte de esta. Al ver cómo vivían Eric y su hijo, mi padre les ofreció una gran suma de dinero a cambio de que lo olvidaran todo. Eric cogió el dinero. Tres meses después de la muerte de su esposa, donó todo el dinero para obras de caridad, entró en casa de su vecino policía, cogió su pistola, se metió el cañón en la boca y apretó el gatillo.

Después Caine estuvo primero en un orfanato y en un par de casas de acogida más tarde.

El abuelo desheredó al cobarde y desgraciado de mi padre cuando se enteró de lo ocurrido, y su esposa se divorció de él porque se había quedado sin dinero. Así que aquel año, en lugar de venir a hacernos la visita anual para tirarse a mi madre y verme a mí, mintió y dijo que no podía vivir más tiempo sin nosotras. Vivió a costa de mi madre hasta que no pudo más, cuando yo tenía veintiún años.

No sabía cómo se las apañaba ahora que ella había muerto. La última vez que le vi fue el día del funeral de mi madre, y cuando quiso acercarse a hablar conmigo me costó todo mi autocontrol no escupirle en la cara.

De niña, si se hubiera esforzado por ser un hombre, con un trabajo e independencia económica, y por ser un padre decente, quizá le hubiera perdonado. Pero era un mentiroso y un vago, y tenía a mi madre tan pillada que no se daba cuenta de cómo era en realidad. La había perdido por su culpa.

Así que no.

Nunca lo perdonaría.

—Lexie. —Mi abuelo me sacó de mis turbias cavilaciones—. No quiero que te enamores de Caine Carraway. Es demasiado peligroso para una joven como tú. Te hará daño. Y si te hace daño... —Bajó la voz hasta convertirla en un ronco susurro—. Si te hace daño, tendré que matarlo.

Me incliné hacia él y le apreté la mano para infundirle tranquilidad.

—No me enamoraré de él. Solo intento apoyarlo. Le entiendo. Aunque él no lo sepa, le entiendo muy bien. Me gustaría ser amiga suya si me dejara. Pero le convendría enamorarse de alguien. Por ejemplo, de la mujer con la que está saliendo, Phoebe Billingham.

Mi abuelo pareció sorprendido.

—¿La hija de Grant?

Asentí.

—No podría elegir otra mejor. Sin duda, sería un gran matrimonio.

—Eso pienso yo. —«Mentirosa, mentirosa, mentirosa», me gritó mi subconsciente, consumido por los celos—. Pero no es muy romántico con ella. Estoy intentando orientarlo en la dirección correcta.

—Nadie le indica el camino correcto a un hombre como Carraway.

Mi teléfono comenzó a vibrar sobre la mesa. Arrugué la frente al ver de quién se trataba.

Era Caine.

Un sábado.

—¡Oh, por favor! —protesté, y descolgué—: ¿Señor Carraway?

—Necesito que vengas a mi oficina con el almuerzo. Estamos cerca del final de una negociación con la compañía de seguridad Moorhouse, así que trabajamos más que un reloj. Tengo a un montón de gente hambrienta aquí. Necesitaremos...

—Cai... Señor Carraway, es sábado.

Su tono sardónico retumbó en el teléfono.

—Eres muy observadora.

Me dio una lista de sándwiches y bebidas.

—Pero... —seguía mirando mi café, incrédula—, es sábado.

—Te quiero ahora mismo en el despacho, Alexa. —Colgó.

Miré sombría a mi abuelo, que ponía cara de «ya te lo había dicho yo».

—De acuerdo, a lo mejor intenta matarme —refunfuñé, levantándome para irme.

Las últimas semanas habían sido más de lo mismo, con las mismas responsabilidades y un horario tan apretado como durante la primera en el *holding* financiero Carraway. Caine quería arruinar mi vida social.

Habría valido la pena si hubiera aprendido algo más acerca de la persona que se ocultaba detrás del hombre de negocios, pero aparte de que era seguidor de los Red Sox, de que como miembro del EMC, el exclusivo club social de dicho equipo, tenía un abono de temporada y de que Henry era su mejor amigo de la universidad (lo que no sabía si era importante dado que se trataba de Caine). Le gustaba el rock de los sesenta y los setenta, como el de Led Zeppelin y Grateful Dead, eso también lo sabía, pero poco más. Si conocía sus gustos musicales era porque se había dejado el iPod en el escritorio al ir a la oficina directamente desde el gimnasio. Tenía baño en su despacho, y mientras se duchaba había cotilleado en sus listas de reproducción.

Me había llevado toda una sorpresa.

Y me gustaba que fuera capaz de sorprenderme.

Meditaba sobre aquello cuando se suponía que debía elegir el papel para las paredes de la habitación de invitados de su casa de veraneo. Su llamada me sacó de golpe del ensimismamiento. Pulsé el botón del intercomunicador.

—Sí, señor Carraway.

—Ven.

Me mordí la lengua para no preguntarle si no le habían enseñado a decir por favor e hice lo que me ordenaba.

—¿Qué desea?

Caine estaba apoyado en el escritorio, con los brazos cruzados sobre el pecho, las piernas estiradas, los tobillos también cruzados. Parecía curioso.

Los segundos iban pasando.

Al final suspiró.

—Necesito que vayas a Tiffany. Compra un collar con mi tarjeta de crédito, algo sencillo, elegante, asegúrate de que tenga un diamante. Y por favor llévaselo en persona a Phoebe Billingham. Le dices que he disfrutado mucho con ella y que le deseo lo mejor en el futuro.

Sentí una oleada extraña de alivio y decepción a la vez. Ignoré el alivio y me centré en la decepción, porque era menos complicada.

—Pero... ¿qué ha ocurrido? —pregunté, gesticulando exasperada—. Phoebe es perfecta.

Caine me miró como si me hubiera crecido una segunda cabeza.

—No es de tu incumbencia. Hazlo y punto.

Estaba indignada, verdaderamente indignada. Traté de dirigirme a él lo más educadamente posible.

—¿No debería hacerlo usted personalmente?

Se incorporó de pronto y me costó un esfuerzo enorme seguir con la barbilla alzada dado su cambio de actitud. Su expresión era dura, sus palabras cortantes.

—Si lo hago yo mismo, puede parecer más de lo que pretendo que parezca. De este modo le queda claro el mensaje y se siente bien, porque ha perdido a un tío que ni siquiera es capaz de romper una relación dando la cara.

—Es usted un... —Me contuve.

—¿Un? —me retó, parecía deseoso de que le diera un pretexto para echarme.

Le tendí la mano con la palma hacia arriba.

—Tarjeta.

Satisfecho, Caine sacó la cartera.

Una hora y media más tarde estaba en la puerta de la oficina de Phoebe Billingham. Esperaba que la cerrara para poder hablar en privado, porque su despacho daba a una zona diáfana que compartía mucha gente.

Phoebe era de estatura media, pero en todo lo demás estaba por encima de la media. Tenía unos ojos castaños enormes, una piel clara y cremosa, los labios llenos y la nariz respingona. Era además espigada; de haber sido un poco más alta hubiera podido ser modelo. La ropa le sentaba a la perfección y, aparte de despampanante, era inteligente. Cuando me hube presentado me dijo sonriente y con amabilidad que estaba encantada de conocerme.

Ahora tenía aquellos ojos castaños llenos de lágrimas de rabia mientras miraba escasamente impresionada el collar. Quería que la tierra me tragara para escapar de aquella situación.

Phoebe cerró la caja de Tiffany y me miró. Algo que no me gustó crepitó en su mirada dolida mientras aquellos ojos recorrían mi cuerpo de arriba abajo antes de regresar a mi cara.

—Oh, entiendo la situación perfectamente. —Resopló. Lo había dicho tan alto que la habían oído todos—. Hazme un favor —continuó, devolviéndome el collar—, dile a tu jefe que no envíe a una zorra a hacer el trabajo de un hombre.

Se hizo el silencio a mi espalda. Me había puesto colorada de indignación. Aquello era insultante.

Puse todo de mi parte para olvidarme de la humillación y compadecerla. Cogí la caja con rigidez y salí de allí con la cabeza bien alta a pesar de la indeseada atención que me dedicaban los presentes.

Cuarenta minutos más tarde llegué hecha una fiera en el edificio y entré directamente en el despacho de Caine sin llamar siquiera.

Me detuve cuando vi que la señora Fenton estaba con él, sentados cada uno en un sofá. A Caine no le había gustado mi interrupción. Suspiró, exasperado.

—Vuelve a tu oficina, Linda. Estaré allí en un segundo y seguiremos nuestra conversación.

La señora Fenton me reprochó mi falta de educación con una mirada dura al irse, pero en aquel momento me importó un comino.

Había tenido cuarenta minutos para alimentar mi rabia.

—¿Qué demonios crees que estás haciendo? —me espetó Caine, levantándose y acercándose a mí. «Soy más corpulento, más alto y doy más miedo que tú», era el mensaje.

Pero estaba demasiado cabreada para dejarme intimidar.

Le lancé la caja de Tiffany con el collar. Se echó hacia atrás sorprendido antes de arreglárselas para atraparla.

—No me obligue a hacer algo así de nuevo.

Se puso tenso.

—¿Qué ha ocurrido?

—Bueno, básicamente que ahora toda la plantilla de la Harvard University Press me considera una zorra.

Caine apretó la mandíbula. Se le había ensombrecido la cara.

—¿Qué?

Negué con la cabeza. ¿Cómo podía un hombre tan inteligente ser tan estúpido?

—¿Qué creía que iba a ocurrir cuando me envió a mí, una mujer, a darle la patada a su novia? Phoebe me ha dicho que le dijera, y permítame que le diga lo infantil que todo esto resulta, que no envíe a una zorra a hacer el trabajo de un hombre.

Me fulminó con la mirada.

—¿Te llamó zorra?

—Eso es lo que he dicho.

Caine se volvió hacia su escritorio, cogió el móvil y marcó un número. Segundos después contestaron.

—He recibido el mensaje que le has dado a Alexa... Bueno, tu método de entrega es todavía más rastrero que el mío. —Se enfadó más todavía con lo que fuera que Phoebe le dijo, si eso era posible—. Solo por eso ya puedes despedirte de la plaza en la junta directiva del Instituto de Arte... Oh, puedo y lo haré—. Colgó y lanzó el teléfono furioso a su mesa.

Me quedé allí, sin estar segura de cómo reaccionar al hecho de que se hubiera enfadado porque me habían insultado.

Caine me miró, todavía iracundo, pero bajó la mirada hasta mis pies y desde ahí comenzó un lento recorrido por todo mi cuerpo. Cuando llegó a mi cara tenía la carne de gallina.

—No había caído en la cuenta —murmuró.

¿Cómo? ¿Acababa de percibir de que era una mujer y, modestia aparte, una mujer atractiva? Puede que una fuera de serie como Phoebe Billingham no, pero una empleada guapa a la que había enviado para romper su relación.

Mal asunto.

—No volverá a ocurrir.

Vale, era lo más parecido a una disculpa que iba a conseguir de él, y más de lo que esperaba.

Asentí y nos miramos a los ojos. Empezó a faltarme el aire.

Aparté los ojos de él y recuperé enseguida el aliento.

—¿Le apetece un café? —le pregunté para indicarle que aceptaba su no-disculpa.

—Sí. —Volvió a su silla, sin mirarme ya—. Y dile a Linda que vuelva.

7

La nevera de Caine me deprimía, de verdad que sí. Básicamente, porque no contenía más que un cartón de leche, uno de zumo de naranja y tres huevos.

Y era yo quien acababa de guardar la leche y el zumo a petición suya.

La cerré y me volví a mirar la bonita cocina. Era sábado, el cuarto consecutivo que Caine me estropeaba con algún recado del que él mismo podría haberse ocupado de no estar tratando deliberadamente de exasperarme . Antes de que yo llegara si se quedaba sin provisiones se las pedía a Donna, la mujer de la limpieza. Iba dos veces por semana al ático y cobraba un generoso sueldo precisamente por hacer ese tipo de encargos. Pero desde que me había contratado, era yo quien se encargaba de llenarle la nevera. Según él, lo hacía porque así no tenía que molestar a Donna, pero estaba claro que era porque podía molestarme a mí.

Llevaba toda la tarde sin parar. Había llevado ropa a la tintorería y recogido ropa de la tintorería, hecho la compra y elegido un regalo para la señora Flanagan, que cumplía setenta y siete años.

Había conseguido un fantástico kimono verde esmeralda y azul zafiro en una pequeña *boutique* de la calle Charles y lo había dejado sobre la cama de Caine, con papel de envolver, un lazo y cinta adhesiva. Que lo envolviera él.

Lo que me recordó que supuestamente yo hacía todas aquellas tareas personales porque se suponía que mi jefe era un hombre muy ocupado y pasaba casi todo el tiempo en la oficina. Sin embargo, cuando me había llamado esa mañana, se oía de fondo la voz de Henry preguntándole cuándo irían al gimnasio. ¡No estaba ni siquiera un poco ocupado y aun así me mandaba hacer todo aquello! Caine Carraway era un sádico.

Apoyada en la encimera de la cocina, eché un vistazo. Aquel ático parecía de una revista de decoración. Era maravilloso, sí, pero impersonal. Estuve tentada de cotillear y buscar algunas fotografías, comprarles marcos, colocarlas aquí y allá y ver cómo reaccionaba Caine.

Tal vez dentro de un mes...

Me pareció pronto todavía para ayudarle a hacer del ático su hogar.

Me llamó la atención un toque de color en la mesa del café, cerca del televisor. Picada por la curiosidad, me acerqué. Arqueé una ceja al ver la funda de DVD que Caine se había dejado fuera de su sitio. La cogí y vi que era una película extranjera acerca de los sucesos acaecidos en Berlín durante los años ochenta. Mmm. Miré la vitrina de debajo de la tele. Abrir una vitrina no era exactamente fisgonear.

Cuando la abrí descubrí otra cosa sobre él. A un lado había un montón de películas de acción, al otro un buen número de películas extranjeras.

Cine de acción y cine extranjero.

Uff.

Sonriendo, me levanté y añadí la información al inventario que inconscientemente había comenzado a elaborar sobre mi jefe.

Vale, tenía que marcharme de aquel piso mientras le llevaba aún la delantera. Todavía me quedaban por delante unas cuantas horas del sábado. Seguro que podría leer un poco. No es que tuviera otros planes; mi círculo social había disminuido considerablemente desde que Benito me había despedido.

Pero no me importaba.

No.

Salí del apartamento y cerré.

Vale, sí que me preocupaba.

Me acerqué apenada al ascensor y pulsé el botón.

Un sonido a mi espalda me hizo dar un respingo y me volví. La señora Flanagan estaba en su puerta. Llevaba un caftán naranja de gasa y me sonreía de oreja a oreja.

—Alexa, ¡cómo me alegro de verte! Entra y tómate un té conmigo.

—Eh... —¿Volver para estar sola en mi apartamento o tener una charla con una divertida dama que parecía saber un montón de cosas sobre Caine?—. Claro, estupendo.

La cara de la señora Flanagan resplandeció. Se apartó para dejarme pasar. La diferencia entre aquel ático y el de Caine me sobrecogió. Estaba decorado con mobiliario de estilo tradicional y, sin duda, muy caro que seguramente duraría siglos. Había fotografías por todas partes, óleos en todas las paredes y una gruesa alfombra Aubusson cubría la mayor parte del suelo del enorme salón. La distribución era la misma, pero la cocina de la señora Flanagan era más de campiña francesa que pulcra y moderna. Además, estaba separada por un tabique del comedor, con lo que el espacio único quedaba partido en dos.

—¡Caramba! —Le sonreí—. Es increíble.

Lo era. En aquel espacio estaba desplegada toda su vida. Me llamó la atención una foto en blanco y negro de una hermosa mujer que miraba a lo lejos. Parecía el retrato de una antigua estrella de Hollywood.

—¿Es usted?

Asintió.

—Me marché de Boston a Nueva York al cumplir los catorce para trabajar en Broadway. Conocí a mi esposo, Nicky, después de una función vespertina. Era un rico industrial de esta ciudad. Nos casamos cuando tenía yo veintitrés años. —Señaló una fotografía suya. Llevaba un hermoso traje de boda, a su lado, de pie, había un atractivo joven—. Sigo enamorada, aunque hace ya diez años que nos dejó. —Sonrió con tristeza—.

Afortunadamente, amarlo a él me llenó lo suficiente porque no era nuestro destino tener hijos.

—Lo siento, señora Flanagan.

—No lo sientas, querida. He tenido una vida estupenda. La sigo teniendo. —Sonriendo, me indicó la mesa de comedor con un gesto—. Siéntate, siéntate.

Una vez hubo preparado el té regresó y se sentó conmigo a una mesa ahora llena de galletas y pastelitos. Me serví ambas cosas.

—Así que... —la señora Flanagan sirvió el té en una delicada tacita de porcelana china— ¿estás haciendo otra vez recados para Caine?

Resoplé.

—¿Y cuándo no?

—Uff, este chico... —Negó con la cabeza, con una mirada de compasión y afecto—. Realmente está cambiando de costumbres solo para molestarte.

Reprimí una carcajada.

—Apuesto a que cree que me lo merezco.

—Bueno, le tendiste una emboscada el día de la sesión de fotos, y otra en su oficina.

Mis sospechas se confirmaban: ¡Caine se lo confiaba todo a aquella anciana! Intrigada, me incliné hacia ella.

—¿Cómo se hicieron amigos usted y Caine?

—¿Caine? —Me dedicó una sonrisa burlona.

—El señor Carraway —me corregí, sosteniéndole la mirada, sin querer arredrarme.

—Puedes llamarlo Caine, querida —me dijo alegremente—. No es ningún dios.

—¿Cree usted que podría decírselo? Porque no estoy seguro de que lo sepa.

La señora Flanagan echó atrás la cabeza y soltó una suave carcajada.

—Oh, Caine tenía razón. Eres una listilla.

Arrugué la nariz.

—Bueno, no puedo evitarlo. Me provoca.

—De acuerdo, creo que entiendo lo que pasa, que te fastidia siempre que puede aunque lo niegue. —Volvió a cabecear—. No sé qué voy a hacer con este muchacho.

—Yo sí sabría qué hacer —le aseguré—. Lo sé.

—¿En serio? —Arqueó una ceja—. No creo que lo sepas. A veces me parece que ni el propio Caine sabe lo que necesita.

—Se debe a su pasado. A mi padre y su madre. —Suspicaz, comenté—: Creía que lo sabía todo.

—Oh, lo sé todo, y sé que no es culpa tuya, así que quítatelo ahora mismo de la cabeza.

—Sé que no soy responsable de lo que mi padre hiciera, pero también sé que a Caine puede costarle distinguir entre él y yo —admití—. Ha pasado por situaciones muy duras porque mi padre destrozó su familia. Creo que me sentiría mejor viéndolo feliz. Merece ser feliz, aunque esté siendo insoportable, un implacable grano en el culo. —Tomé un sorbo de té—. ¿Conoce a Phoebe?

A la señora Flanagan pareció divertirle mi pregunta.

—¡Oh, qué va! No he conocido a ninguna de las amigas de Caine. Pero me habló de ella.

—Era perfecta para él y la mandó al cuerno. —Bufé exasperada—. No entiendo a este hombre.

—Bueno, por lo que sé de ella, era todo lo que Caine no necesita.

Intrigada, me incliné hacia ella.

—¿Qué ha escuchado?

Mi curiosidad le hizo gracia.

—Phoebe se sentía intimidada por él. Se comportaba como una boba cuando lo tenía cerca. —Fue ella quien se acercó a mí ahora, sus ojos mirando los míos con una fiereza que no entendí—. Lo que Caine necesita es una mujer a la que no sea fácil intimidar, persistente y dispuesta a demoler sus defensas y entrar en su vida. Así fue como nos hicimos amigos. Nunca acepté un no por respuesta de su parte. Y ahora ese joven es lo más parecido a un nieto que tengo y yo soy lo más parecido a una abuela que tiene él.

Me invadió el malestar.

—Si es así, tal vez Caine prefiera que no hablemos de él, especialmente sobre su vida privada.

—¿No es esa la razón por la que estás aquí? —Me miró diciéndome que sabía la respuesta—. Estás hurgando en su vida por alguna razón. De otro modo no estarías perdiendo el tiempo un sábado por la tarde con la excéntrica vecina de tu jefe.

Le sonreí sin alegría.

—O tal vez no tenga otro sitio donde estar.

La señora Flanagan pareció preocupada.

—Si eso es cierto, ¿por qué no tienes ningún otro lugar donde estar?

—Mi vida social giraba en torno a mi anterior trabajo. Todas mis compañeras de la universidad tienen hijos, así que... —Me encogí de hombros—. Ya sabe cómo es eso.

—Alexa, eres preciosa, joven y divertida. Deberías ser capaz de trabar amistad con otras chicas igualmente encantadoras o tener un hombre que te llevara de la mano y te luciera a todas horas los fines de semana.

Un hombre que me llevara de la mano.

—Hace dieciocho meses que ningún hombre me lleva de la mano y ni siquiera me fijo en ninguno desde que mi madre murió.

Se estiró hacia mí y puso sus manos sobre la mía.

—Lamento mucho tu pérdida, querida. Caine me habló de ello después de investigarte.

¿Qué demonios...?

—¿Caine me estuvo investigando?

—Sí. Después de la sesión de fotos. Se enteró de que tu madre acababa de fallecer. Fue en un accidente de navegación, ¿verdad? ¿Cómo estás? Debe serte difícil soportar su pérdida ahora que, además, tienes que soportar a Caine.

Para mi sorpresa, la sincera preocupación de la señora Flanagan hizo que lo recordara todo. Realmente quería saberlo, y hasta ese momento yo no me había dado cuenta de cuánto necesitaba que alguien se preocupara por mí.

—Sabe que no puedo hablar de ello porque nadie está al corriente de la verdad sobre mi padre aparte de mi abuelo, y rara vez hablamos al respecto. No quiere, no le gusta.

Me dio un ligero apretón en la mano.

—Ya, pero yo sé la verdad. A mí puedes contármelo.

Sonreí agradecida y puse mi otra mano sobre las suyas.

—Gracias, señora Flanagan.

Sonrió para darme valor.

—Creo... —Exhalé—. Creo que ha sido muy duro por lo resentida que estaba con mi madre. —Y le conté a la señora Flanagan cuánto había idealizado la figura de mi padre siendo niña, convirtiéndolo en mi héroe, y cómo me había aferrado a esa idea hasta que ya no había podido seguir haciéndolo y que entonces había fingido hacerlo—. Pero todo se fue al garete cuando nos contó la verdad. Era Acción de Gracias. Yo había vuelto a casa de la universidad. Se sentó y nos contó llorando lo de la madre de Caine. Y todos sus secretos salieron a la luz. Me enteré de que era ilegítima, de que él tenía esposa y un hijo de los que yo nada sabía, de que mi madre era solo una pieza de reserva en su vida a la que acudía cuando ya no le quedaba nada porque su padre lo había echado. Me sentí asqueada, traicionada, avergonzada. Mamá no dijo nada. Ella, claro, conocía la existencia de la otra familia, pero no su aventura con la madre de Caine ni que la había dejado morir, ni cuál era la verdadera razón por la que se había quedado a vivir con nosotras. Le pregunté a mi madre qué pensaba hacer, si lo echaría de casa, y me dijo que no lo sabía. Estaba muy afectada y deseé con todas mis fuerzas que aquello sirviera al menos para que por fin abriera los ojos y viera la clase de hombre que era. Toda mi vida la había visto darle a aquel hombre cualquier cosa que le pidiera, y ni una sola vez él la había correspondido. Yo no podía seguir fingiendo que eso no era cierto.

»Así que después cuando vi que él se sentía culpable pero que no se arrepentía, le dije que jamás lo perdonaría. Volví a la universidad... y por desgracia mi madre volvió con él. —Miré nuestras manos unidas, los ojos me escocían por las lágrimas mientras aquel dolor tan familiar clavaba sus garras en mis entrañas—. Lo antepuso a mí a partir de entonces. Siempre me culpó a mí de la mala relación con mi padre, nunca a él. Durante los últimos años fui a verla un par de veces, pero había un muro entre nosotras que no supimos derribar. —Me enjugué las lágrimas de las mejillas—. Y un día salió con una amiga en su lancha, hubo tormenta y eso fue todo. Cayó por la borda y cuando la encontraron ya había muerto. Se había ido sin que yo hubiera arreglado las cosas, ni ella tampoco. Eso me duele mucho.

—Oh, cariño... —susurró la señora Flanagan—. ¡Cuánto lo siento!

—Yo... Yo sigo recordando cuando era una niña y estábamos solas las dos. Ella lo era todo para mí, ¿sabe? Nunca he querido a nadie como quería a mi madre. Y sigo furiosa con ella. Supongo que cuando llegué a la sesión de fotos hace unas semanas y vi a Caine tuve ocasión de focalizar todo aquello en algo, en lo que fuera, pero lo cierto es que mi madre sigue muerta y el sentimiento que impera en mí cuando la recuerdo es la ira. Me da un miedo espantoso no llegar nunca a aceptarlo y a perdonarla.

La señora Flanagan no dijo nada. Se levantó de su silla y vino a abrazarme. Por primera vez desde la muerte de mi madre, dejé que todo lo que tenía dentro saliera.

Después de usar un montón de pañuelos de papel y tomar otras dos tazas de té, sonreí agradecida a la señora Flanagan.

—Le parecerá raro, pero gracias.

—¿Por qué, querida?

—Por escucharme. —Me encogí de hombros—. Me he quitado un peso de encima; es como si el simple hecho de reconocer la ira que siento en voz alta me hubiera ayudado. Intenté hablar de esto con mi abuelo hace algún tiempo, pero se enfadó muchísimo y luego se le escapó el nombre de Caine y esa revelación hizo que todo lo demás pareciera una nimiedad.

—Siento que entonces no tuvieras un hombro sobre el que

llorar. —La señora Flanagan parecía enfadada por ello—. Pero puedes venir aquí siempre que lo necesites. Todo el mundo necesita a alguien.

—Cierto. Y me alegro de que Caine la tenga a usted.

Me miró con curiosidad.

—Realmente quieres que sea feliz, ¿verdad?

La forma en que me lo preguntó me hizo recelar, como si con mi respuesta pudiera revelar más de lo que deseaba. Al final, sin embargo, asentí.

—Bien, quizá las dos juntas lo logremos. —Se volvió y miró la hora—. ¡Oh, qué tarde! Ya es la hora de cenar. Tengo el número de un restaurante chino magnífico. ¿Te animas? Tengo vino.

Reí.

—Me encantaría.

—Estupendo. —Se puso en pie—. Ah, y Alexa...

—¿Sí?

—Tienes derecho a estar enfadada con tu madre, cariño.

Antes de que pudiera tragarme la congoja y darle las gracias la señora Flanagan ya se había marchado, con el caftán ondeando a su espalda, al recibidor. La escuché al teléfono antes de que un minuto después apareciera con el móvil en la mano y un menú. Me pasó la hoja.

—Elige lo que quieras. Caine acaba de decirme lo que le apetece.

«¿Qué?»

—¿Caine?

—Sí —repuso con una sonrisa socarrona—. Acaba de jugar un partido de *squash* en el gimnasio y está hambriento, así que se apunta a la cena.

Aquello me daba mala espina. Miré a los ojos a la señora Flanagan.

—No sabe que estoy aquí, ¿verdad?

—No —me indicó la carta—. Elige.

Leí el menú. ¿Y si pedía un plato que llevara cacahuetes y fingía después tener alergia a los frutos secos para huir del lío en que me había metido? Sin embargo..., tendría ocasión de ver a

Caine interactuar con la señora Flanagan, así que decidí quedarme y afrontar su ira con tal de satisfacer mi curiosidad.

—Pediré el cerdo *moo shu* y no haga tanto de celestina, por favor. —Le devolví el menú y se echó a reír—. Señora Flanagan —le advertí—, ya sabe que con nuestros antecedentes no hay nada que hacer.

—Llámame Effie, querida, Y sí, ya lo he pensado, eso de vuestros antecedentes, quiero decir —admitió—, pero Caine y tú no entendéis de qué va todo esto. Él cree que sabe de qué va y tú crees que sabes de qué va, pero en realidad no es así.

La miré sin comprender.

—No lo entiendo.

—Para mí tiene todo el sentido del mundo.

El pánico se transformó en nervios y mariposas revoloteándome en el estómago.

—Por favor, no hagas esto.

Effie me palmeó el hombro para tranquilizarme.

—Jamás haría nada que os hiciera sentir mal a ninguno de los dos o que os enfadara. Pero por lo que sé de ambos, estáis dando vueltas el uno alrededor del otro sin aprender nada que realmente valga la pena el uno del otro. Pasar un poco de tiempo juntos fuera de la oficina os irá bien.

—Es un hombre que asusta —le comenté.

—A ti tal vez. —Rio—. Pero conmigo es un muchacho dulce. Muy dulce.

Me quedé con la boca abierta. Había utilizado dos veces aquel adjetivo para describir a Caine.

—¿Dulce?, ¡Caine? No creo.

Sonrió, pagada de sí misma.

—Ya lo verás.

En el momento que escuché que la puerta de Effie se abría se me paró el corazón un segundo antes de volver a latirme otra vez a mil por hora. Effie me sonrió con picardía. Se oían pisadas fuertes en el vestíbulo. Cesaron cuando me vio.

—¿Effie?

Uf, al parecer Caine no solo usaba conmigo ese tono de advertencia. Volví solo la cabeza y lo saludé brevemente con la mano.

—Hola, jefe.

Estaba encantada de haberlo dicho, porque al verlo se me había secado la boca y el cerebro se me había paralizado. Caine llevaba una camiseta blanca que le realzaba la musculatura. Pude apreciar la fortaleza de sus hombros y sus brazos. Para colmo, llevaba unos vaqueros azules desteñidos de talle bajo que le sentaban de maravilla.

Caine Carraway trajeado era muy atractivo. Caine Carraway sin traje era sexy a morir.

Además, me pareció por primera vez un ser humano normal.

O me lo habría parecido si hubiera dejado de fulminarme con la mirada.

—Caine, pasa y siéntate. Alexa cenará con nosotros.

Miró a Effie y después a mí y otra vez a la anciana.

—¿En serio? —murmuró.

El interfono de la puerta sonó antes de que nadie pudiera decir nada más.

—Será la cena —dijo Effie.

—Ya voy yo. —Caine se alejó con los hombros tensos.

—No está precisamente contento —le dije a Effie en cuanto salió del comedor.

Ella me sonrió divertida.

Caine volvió con la comida y, sin mediar palabra, fue a la cocina y, para mi sorpresa, la puso en platos y la sirvió. Effie, en cambio, no parecía sorprendida.

Adivinó que el cerdo *moo shu* lo había pedido yo y me lo puso delante. Seguramente notó mi mirada ardiente e inquisitiva, porque me preguntó:

—¿Qué?

—Has hecho algo por mí, por otra persona.

Volvió a ponerse ceñudo.

—He puesto comida en un plato. Calla y come.

Se sentó y se puso a comer cerdo agridulce con arroz.

—Caine, sé amable con Alexa —le dijo Effie—, o no te daré un trozo del pastel de merengue de limón que he hecho esta mañana.

—¿Hay pastel de merengue de limón? —preguntamos Caine y yo al unísono. Y al momento nos miramos con desagrado.

Effie rio.

De repente el cerdo *moo shu* se convirtió en lo más interesante del mundo para mí.

—¿Qué tal el día? —le preguntó Effie a Caine.

Respondió con una mirada de advertencia hacia mí mientras cargaba la cuchara y se la metía en la boca.

A punto estuve de poner los ojos en blanco. No había conocido nunca a nadie tan empeñado en proteger su vida privada y en que yo me mantuviera en mi sitio.

—En este momento no estoy ejerciendo de ayudante tuya. Podrías fingir que me consideras un ser humano.

Caine miró a Effie y me señaló con el tenedor.

—¿Lo ves? Es una listilla.

—Pues yo la encuentro divertidísima. —Effie alzó su vaso de agua hacia mí y le sonreí, agradecida.

—Claro —refunfuñó Caine como un niño enfurruñado.

Noté mariposas en el estómago.

Para controlarlas, recordé cómo había empezado el día.

—Bueno, si tú no vas a hablarnos de tu apretada jornada, os contaré yo la mía y cómo mi jefe me ha tenido corriendo de un sitio a otro de la ciudad, un sábado, haciendo recados para él que nada tenían que ver con el trabajo.

Una vez más, Caine, en lugar de fulminarme con la mirada, me sorprendió con una sonrisa de superioridad.

—¿Necesitas hacer vida social?

—No veo de qué me serviría pretender tenerla, dado que pareces empeñado en arruinármela.

Cuando me miró vi que se divertía. Le brillaban los ojos.

Las mariposas del estómago se desplazaron a mi vientre y más abajo todavía.

«Dios mío.»

Esperando que la atracción que sentía por él no fuera obvia, miré a Effie, sintiéndome un poco culpable. La anciana nos estaba mirando con cara de sentirse complacida.

«Mierda.»

Cuando se dio cuenta de que la había descubierto, disimuló.

—Voy a tener que llamar otra vez al idiota del carpintero —le dijo a Caine—. La puerta corredera de la entrada ha vuelto a salirse de la guía.

—No lo llames —negó Caine con la cabeza—, es un incompetente. Le echaré una ojeada después de cenar.

«¿Cómo?»

—¿Acabas de decir que...? ¿Te dedicas al bricolaje?

—Cuando hace falta.

—¿Y se te da bien?

Su respuesta fue dejar de comer y mirarme desde el otro lado de la mesa con un brillo tan divertido como malicioso en los ojos.

—Soy muy hábil con las manos.

Se me cortó la respiración. Calor y pequeños escalofríos de excitación me recorrieron. Estaba atrapada en su mirada y la única forma que tenía de recuperar el aliento era huir de ella. No sé cómo, conseguí dejar de mirarle la cara para mirar el plato.

—No sé qué responder —dije confusa.

Como no decía nada, levanté la vista. Se estaba riendo.

—¿Necesitas un día libre?

Debía saber el efecto que causaba en las mujeres cuando ponía todo su encanto en juego.

«Maldito tío bueno.»

—Estoy cansada después de pasarme el día corriendo de un lado para otro, eso es todo.

—Si eso te ha agotado es que te hace falta aumentar la capacidad de resistencia. Deberías venir con Henry y conmigo al gimnasio.

—Creo que no. —Arrugué la nariz—. El gimnasio y yo hace

años que rompimos. Ahora tengo una relación magnífica con el método Pilates y somos muy felices juntos.

—Bailar es divertido y un buen ejercicio —dijo Effie—. Nunca le he visto el encanto a eso de sentarse en un gimnasio que huele a sudor para levantar pesas.

—¡Así se habla! —murmuré.

—Además, siempre queda el sexo. Sexo y más sexo.

A Caine se le cayó el tenedor en el plato. Se le veía un poco agobiado.

La risa que estaba intentando aguantar se me escapó sin que pudiera remediarlo y Effie se unió a mí con una carcajada. Tenía un modo de reír contagioso. Ya no pude parar.

Caine nos miraba con los labios apretados. Finalmente cargó contra mí.

—Me comeré todo el pastel de merengue de limón —me advirtió.

Dejé de reír.

—No puedes. Effie no te dejará.

—Dios mío —dijo incrédulo—. Ya eres íntima suya. Ahora sí que estoy jodido.

Effie ahogó otra risita y se secó las lágrimas de los ojos.

—Voy a buscar ese pastel.

La siguió con los ojos hasta que se metió en la cocina y entonces me prestó atención a mí. Se inclinó sobre la mesa y bajó la voz.

—Mira, no sé si me gusta que pases tiempo con Effie. Ella es como de la familia. No quiero mezclar el trabajo con mi vida privada.

Puede que algunos me consideren idiota, que otros piensen que era vulnerable en lo que a él se refería, pero era la mejor tarde que había pasado en mucho tiempo y había sido gracias a Effie. No quería perder lo que acababa de encontrar.

—Realmente me gusta —dije con calma—. Puedo hablar con ella.

Caine frunció el entrecejo, pero no estaba enfadado. Sentía curiosidad. Me sentí menos idiota por ser honesta.

—Vale. Pero no habléis de mí.

Sonreí y crucé los dedos debajo de la mesa.

—Trato hecho.

Cuando nos acabamos la mejor tarta de merengue de limón que había probado en mi vida y Caine se levantó para recoger la mesa y cargar el lavavajillas, ya había perdido la cuenta del número de veces que me había sorprendido aquella noche.

—Effie, se te está acabando el detergente para el lavavajillas —dijo Caine desde la cocina, y poco después añadió—: Y no te quedan huevos, ni leche.

—Los he usado para el pastel —le dijo la anciana, y siguió tomando el té que había preparado.

—Mañana me acercaré al supermercado y te compraré. ¿Necesitas algo más?

Me quedé con la boca abierta.

Effie me vio y se rio.

—Me apetecería mucho comerme una tortilla mañana. ¿Podrías traer queso, pimientos rojos y verdes y cebollas tiernas?

—Hazme una lista de lo que necesites y te lo traeré —le dijo, con la cabeza vuelta hacia nosotras.

Me había quedado sin palabras. Caine al fin me miró travieso. Me levanté de golpe.

—Creo que tengo que irme.

«Antes de cometer un asesinato.»

La sonrisa de Caine se había vuelto maliciosa. Effie se puso de pie, riendo.

—Me ha encantado que vinieras, Lexie. Eres una chica muy divertida.

Ignorando al diablo, me centré en mi ángel de la guarda.

—Gracias, Effie. Han sido una tarde y una velada fantásticas. Espero que podamos repetirlo de vez en cuando.

—¡Oh, querida, ven siempre que quieras!

Rodeó la mesa y me dio un abrazo sorprendentemente enérgico.

—Te acompaño al coche —dijo Caine cuando me soltó.

—No es necesario —le respondí, enfadada todavía por pedirme que le hiciera cosas que era capaz de hacer y que obviamente hacía con frecuencia, como la compra.

—Alexa... —me advirtió como de costumbre—, sabías cómo sería el trabajo cuando lo aceptaste.

¿Acaso no era cierto? Suspiré sonoramente, intentando alejar la ira. Asentí y me despedí de Effie con la mano, cogí el bolso y seguí a Caine hasta la puerta.

Estuvimos callados hasta que entramos en el ascensor. Caine pulsó el botón del garaje del sótano.

—He visto el kimono —dijo cuando estábamos a punto de llegar—. Es perfecto para ella.

Sí, definitivamente aquella noche me había sorprendido incontables veces.

—¿Ha sido «casi un buen trabajo»?

Salimos del ascensor al frío garaje. Caine me advirtió con la mirada que dejara el tema justo cuando llegamos a mi coche.

—No arruines el momento siendo una listilla.

Sonreí.

—No creo que pueda estropear «casi un buen trabajo». «Un buen trabajo» se puede estropear, «casi un buen trabajo», en cambio...

Sus ojos oscuros me hicieron callar.

—Estás haciendo un buen trabajo.

Y ahí estaba, sorprendiéndome una vez más.

Sonreí orgullosa. Caine tenía una faceta completamente diferente y Effie Flanagan, una actriz de Broadway de setenta y siete años, me la había enseñado. Podía ser un hombre relajado, divertido, podía ser incluso... dulce. Sí, dulce, tal como Effie me había dicho.

Vi cautela en sus ojos, como si estuviera esperando que dijera algo que lo cabreara.

—Gracias.

La cautela desapareció y asintió ligeramente, lo que me pareció más sensual de lo debido.

—Mejor subo a casa de Effie de nuevo. Le he prometido arreglarle esa puerta.

—Se lo has prometido, sí. —Abrí la puerta de mi coche, sonriendo.

—Buenas noches, Alexa.

—Buenas noches, señor Carraway.

Caine sonrió forzadamente y se alejó a grandes zancadas.

Subí al coche y salí del aparcamiento, preguntándome por qué no podía dejarlo, por qué tenía que seguir metiéndome en su vida para no tener que ocuparme de la mía. Ya no estaba segura de nada. Lo único que podía predecir con seguridad era que, si encontraba por algún milagro la manera de que Caine me viera tal y como era yo, sufriría las consecuencias de ello.

8

Mi predicción se hizo realidad de forma inmediata. Aquel lunes, cuando llegué al trabajo, Caine había recuperado su acostumbrado encanto. Estaba seco y frío, como si el sábado no hubiera existido. Tengo que admitir que me dolió.

Y no quería sentirme así. Él mismo me facilitó el paso del dolor a la irritación cuando me dijo que la leche del café era de soja (no lo era) y que dejara de usar grapas y aprendiera a utilizar clips.

De acuerdo, usaría clips, pero antes utilizaría por última vez la grapadora para cerrarle definitivamente la boca.

—¿Qué has dicho?

Entonces me di cuenta de que había expresado en voz alta la última parte de la conversación que mantenía conmigo misma.

—Yo... —Lo miré, intentando improvisar—. Que tiene toda la razón. —Cogí los papeles que me daba—. Ya les quito las grapas.

Había empezado el día con mal pie, pero a la hora de comer las cosas empeoraron bastante.

Estaba pasando a limpio las conclusiones de las reuniones de Caine de aquella mañana cuando oí que Henry me llamaba. Andaba por el pasillo hacia mí y, cuando llegó, se apoyó en mi escritorio y me sonrió.

—Buenas tardes, preciosa.

En las últimas semanas había empezado a gustarme Henry. No se parecía en nada a Caine. Era amable y le gustaba tontear y que tontearan con él. Trabajaba para su padre en un banco extranjero, viajaba mucho y, sobre todo, parecía disfrutar de la vida mucho más que Caine. Encantador y divertido, había contribuido bastante a que yo me recuperara del orgullo herido y la falta de autoestima que Caine me había causado.

Me relajé en la silla y le sonreí también, encantada de verlo.

—Buenas tardes, guapo. ¿Qué tal el fin de semana?

—No tan interesante como el tuyo. Tengo entendido que cenaste con la reina.

Reí.

—¿Con Effie? Sí, es maravillosa.

Henry echó atrás la cabeza y soltó una carcajada.

—¿Effie? La señora Flanagan ya te deja llamarla por su nombre de pila. Estoy seguro de que Caine está encantado.

Puse los ojos en blanco.

—¿Cuál es el problema?

—Lo creas o no, la señora Flanagan es un hueso duro de roer. Ella y yo todavía no nos tuteamos y lleva cinco años negándome el acceso a sus pasteles. —Puntualizó de una forma cómica—. No soy precisamente un fan del rechazo.

Divertida, chasqueé la lengua.

—Alguna razón debe haber.

—Dice que nunca hago las cosas bien, y que hasta que no siente la cabeza y me comporte como un hombre no quiere saber nada de mí.

—Eso no es justo. Le diré que el señor Carraway hace las cosas mucho peor que tú.

—¡Gracias! —asintió agradecido—. Eso es exactamente lo que digo yo. —Se acercó más a mí—. Quizá podrías dejar caer también algún piropo sobre mí, ya que al parecer te tiene en tan alta estima.

—Haré lo que pueda. —Sonrió y se incorporó.

—¿Te he dicho últimamente lo feliz que soy de que Caine te contratara?

—No, pero me vendría bien que se lo dijeras a él. —Apreté el botón de llamada a su despacho.

—¿Qué? —gruñó por el altavoz, y Henry rio al ver mi sonrisa.

—El señor Lexington está aquí, señor.

—Que entre. —Le indiqué la puerta.

—Su Majestad espera.

—Gracias, preciosa.

La pesada puerta se cerró tras él, a pesar de lo cual oí a Henry.

—¿Hay alguien aquí de mal humor? —le preguntó a Caine.

Caine había dejado abierto el intercomunicador. Iba a decírselo cuando respondió.

—No recuerdo la última vez que estuve de buen humor... Ah, espera. Fue en los días pre-Alexa.

Cerré la boca, roja de ira, ardiendo de rabia, disgusto y humillación. Una cosa era que fuera desagradable, casi insultante, conmigo, y otra muy distinta que hiciera partícipes a otras personas de su desagrado, y a mis espaldas. Eso era demasiado.

—Entonces eres idiota —respondió Henry de buen humor—. Yo la encuentro encantadora. Tan encantadora, de hecho, que estoy pensando en pedirle que el sábado me acompañe al baile de los Anderson.

Me tapé la boca para que no oyeran mi jadeo. Caine me había hecho organizar unas citas para comprarse un esmoquin para el baile de los Anderson. Richard Anderson era un magnate de los medios de comunicación muy conocido. Él y su esposa, Cerise, lideraban la alta sociedad de Boston. Cerise estaba en todos los comités benéficos y círculos de arte habidos y por haber de la ciudad. El sábado celebraban los cuarenta años de casados y ofrecían una fiesta digna de la realeza. Todo el que era alguien en Boston estaba invitado.

¿Y Henry quería que fuera su acompañante?

—Ni te lo plantees —le espetó Caine.

—¿Porque es tu secretaria? ¿Crees que no está a nuestra altura? Porque tengo que decir que, teniendo en cuenta la humildad de tus orígenes, eso sería muy hipócrita por tu parte. —Lo era. «¡Tú lo has dicho, Henry!»

—No es eso —dijo Caine con la voz estrangulada—. Es porque no puedes mantener la polla dentro de los pantalones. Y no quiero esa polla cerca de Lexie.

Me hundí en la silla.

¿Cómo que Lexie? ¿De qué iba?

—Pareces celoso...

—No estoy celoso —resopló Caine—. A pesar de ser una listilla es la mejor secretaria que he tenido nunca. Y no querría que se sintiera acosada porque te gustan sus piernas.

¿Su mejor secretaria? ¿En serio?

—No solo las piernas. Estoy bastante encantado con todo el paquete. Es preciosa, divertida e inteligente. No me aburriré como una ostra toda la noche. En todo caso, tú irás con Marina Lansbury. Y yo no pienso ir de carabina como si fuéramos unos críos.

¿Marina Lansbury? El estómago se me encogió una vez más, esta vez de un modo desagradable.

—Henry, eres un Lexington. Puedes pedir a cualquier mujer de Boston que te acompañe al baile y te dirá que sí. Así que no pedirás a Lexie que se una a nosotros este sábado. Eso es pasarte de la raya. —Por lo visto pensaba en mí como Lexie. ¿De qué iba?

—¡Oh, no seas tan envarado, Caine! —Quería a Henry cada vez más.

—Joder, Henry, puedes conseguir a una mejor que Lexie.

Eso me dolió.

Apreté los párpados para contener las lágrimas y cerré el intercomunicador. Me lo merecía por escuchar a escondidas.

El dolor del pecho no disminuía y tuve que hacer un verdadero esfuerzo para no llorar. No podía creer que me doliera tanto.

Era una completa idiota. Para Caine siempre sería la hija de Alistair Holland, nada más.

La puerta del despacho se abrió y Henry y Caine salieron. Evité los ojos de Caine y sonreí a Henry. Tomó mi sonrisa como una invitación y se apoyó de nuevo en la esquina de mi escritorio. Miré de soslayo a Caine, que esperaba impaciente detrás de él.

Más que impaciente.

Si hubiera podido desollarle a Henry la espalda con los ojos, lo hubiera hecho.

—Alexa. —Le presté atención a Henry—. Seguramente te habrás enterado de que los Anderson celebran un baile de aniversario este sábado. Sé que es un poco precipitado, pero me sentiría muy honrado si quisieras venir conmigo a la fiesta.

Ni siquiera tuve que pensarlo. Le sonreí con coquetería y me miró con chispitas en los ojos.

—Sí. Me encantaría.

Caine se dirigió hacia la salida y Henry volvió apenas la cabeza para verlo alejarse.

—¿Todo bien? —le pregunté con fingida inocencia.

Me dedicó una sonrisa tranquilizadora.

—De maravilla. Si me das tu dirección, te recogeré a las ocho.

Interpreté positivamente que Caine me saludara con la cabeza cuando volvió de comer, así que esa tarde me atreví a ser audaz. Volvíamos de una reunión de negocios con el consejero delegado de una empresa de inversión con problemas. Íbamos callados en el coche, como siempre, guardando un tenso silencio. Así que decidí romperlo... o empeorarlo. Me la jugué.

—¿Podría hacer una pausa más larga mañana a la hora de comer? Quiero comprarme un vestido para el baile de los Anderson. —Vi que Caine se ponía tenso. Se volvió hacia mí, exasperado.

—¿Una pausa más larga? ¿Por un vestido?

—Ya es hora de que me gaste un poco del dineral que me paga por ir corriendo de un lado a otro detrás de usted. —Le sonreí con dulzura. Entornó los párpados y me miró de arriba abajo con calma. Enrojecí y me rebullí en el asiento—. ¿Y bien?

Apartó los ojos de mí para mirar por la ventanilla. La ciudad pasaba a toda velocidad.

—Aplaza la reunión con Peter sobre gestión de riesgos y te acompañaré.

¿Qué? No. ¿Estaba de broma?

—¿Me está tomando el pelo?

—No —me respondió con impaciencia—. Nos representas tanto a mí como a la compañía aunque sea sábado. Tengo que asegurarme de que no vistas... de forma inapropiada. —La sangre me hervía.

—¿De forma inapropiada? —dije entre dientes.

—No necesito abrir tu armario para saber que está lleno de pantalones cortos y camisetas de tirantes demasiado escotadas.

«¡Dios!»

—No olvide la puñetera ropa estupenda en la que me obliga a embutirme para venir a trabajar —le espeté, olvidando que hablaba con mi jefe.

Me fulminó con la mirada.

—Son las únicas prendas apropiadas de tu vestuario. Y me estás dando la razón. Por eso te llevaré de compras.

«Y una mierda.»

—No se ofenda, señor, pero no iré con usted. Se supone que comprarse un vestido es divertido, y estoy segura de que comprende que hacerlo con el jefe le quita la gracia.

Caine suspiró y se estiró las mangas de la americana.

—Comprar nunca es divertido.

—Mire, usted... —No encontraba una palabra lo bastante buena para definir su grado de gilipollez—. Soy una mujer inteligente y que me guste la ropa cómoda no significa que no sepa qué ponerme para un evento formal.

—Alexa —frunció los labios—, esto no es la noche del baile de graduación. Esto es la alta sociedad de Boston.

Lo miré con desagrado y se estremeció. Me sentí estupendamente. El coche se detuvo en el garaje y abrí la puerta. Antes de apearme recordé lo que le había dicho a su amigo Henry.

—¿Sabe? Cuando acepté este trabajo sabía que no me lo pondría fácil, pero ni una sola vez en todo este tiempo, a pesar del trabajo duro, había llegado a caerme antipático. Hasta hoy. —Negué con la cabeza, decepcionada, mucho más de lo que creía poder llegar a estar—. Usted es del sur de Boston y ahora forma parte de la alta sociedad de esta ciudad, pero en lugar de respetar el lugar de donde viene e incorporarlo al lugar al que ha llegado para tener una mejor perspectiva que cualquiera de los dos, se ha convertido en un esnob elitista. —Cerré la puerta del coche antes de que pudiera replicarme nada y subí a la oficina sin él.

Me senté a mi mesa, indignada.

Diez minutos después escuché sus pasos en el pasillo. Cuando dobló la esquina se acercó directamente a mi escritorio y me preparé para el despido. Su sombra me cubrió y levanté la vista.

—Tómate una hora más mañana. Tú sola —me dijo, completamente inexpresivo.

Sorprendida de que no me hubiera echado a patadas pero herida por la idea que él tenía de mí, asentí y presté de nuevo atención a la pantalla del ordenador.

Se quedó allí plantado unos segundos más, pero no pude mirarlo.

Finalmente, se encerró de un portazo en su despacho.

Digamos que la relación con mi jefe fue algo más que fría durante el resto de la semana. Había rebajado incluso mi volumen de trabajo porque así tenía que relacionarse menos conmigo.

Me negué a amargarme, sin embargo. ¿No me quería en su puñetera fiesta de puñeteros esnobs? ¿Creía que yo no estaba a su altura? Pues me importaba una mierda.

Al menos... bueno, intenté convencerme de que me importaba una mierda. No tuve demasiado éxito, pero Henry me echó un cable. Me envió flores a la oficina el viernes con una tarjeta que decía cuántas ganas tenía de pasar la velada del sábado conmigo. Era la primera vez que un hombre me regalaba flores y tuve que admitir que encontré más romántico de lo que había esperado eso de ser la destinataria del envío.

Además, me hizo sentir bien ver el enfado de Caine cada vez

que pasaba por delante de mi mesa y veía el ramo. De no haber sabido que era imposible, habría dicho que estaba celoso. El sábado por la noche, mi orgullosa rebelión se había convertido en puros nervios. Había estado en algunas fiestas de famosos cuando trabajaba para Benito, pero en ninguna como la de esa noche. Un baile de la alta sociedad no se parecía a ningún otro. Era un terreno social completamente distinto y me intimidaba mucho más. Así que cuando Caine se había referido al baile de graduación no iba tan desencaminado.

Estaba también el hecho de que Henry me gustaba, pero no me atraía. Sentí una punzada de remordimiento por utilizarlo para cabrear a mi jefe, un jefe que censuraba mi asistencia a aquel evento.

Para superar los nervios me concentré en tener el mejor aspecto posible. El vestido era precioso y estaba guapa, aunque tuviera que decírmelo yo misma porque no tenía a nadie para infundirme la confianza que necesitaba. Era deprimente. Así que me puse delante del espejo, me hice un *selfie*, y se lo envié a Rachel.

Un minuto después me contestó: «¡Dios mío, me acostaría contigo!» Eso era lo que necesitaba para sentirme bien.

En pie frente a la ventana miré el arbolado de la calle tomando un poco de vino. Respiraba hondo, intentando relajarme.

Casi lo había logrado cuando una limusina negra se detuvo frente a mi casa. Henry salió de ella. El interfono sonó y le abrí. Esperé unos segundos cuando llamó a la puerta para coger el chal de cachemira y el bolso a juego con el vestido.

Cuando abrí, Henry se quedó con la boca abierta. Me miró de arriba abajo despacio, sin dejarse ni una sola curva, y cuando terminó había un calor en sus ojos que me hizo sentir tan nerviosa como halagada.

—Caray —cabeceó, sonriendo—. Estás... ¡Madre mía!

Su «madre mía» era para el increíble vestido verde aceituna que había encontrado a precio estratosférico en una tiendecita de la calle Charles. Era de seda, que resultaba muy agradable en contacto con la piel en el húmedo verano bostoniano. Los tirantes se anudaban en la nuca y dejaba la espalda al descubierto. También tenía un corte hasta la rodilla derecha.

No era recatado, no era conservador, pero tenía muchísima clase y era sensual. Iba a cabrear a Caine e iba a disfrutar cada minuto. Había pedido cita en la peluquería y, tras varias pruebas, habíamos optado por un recogido con algunos mechones sueltos ondulados.

—Gracias. —Acepté el brazo que Henry me ofrecía—. Estás muy guapo.

Y lo estaba con el esmoquin. Le sentaba a la perfección.

Me sonrió.

—Si lo estoy es por la dama que llevo del brazo.

Reí.

—Sabes que tu encanto solo tiene un efecto superficial en mí, ¿no? —Soltó una risita.

—Con eso me vale.

La mansión de los Anderson estaba en Weston y tan pronto la limusina se unió a la hilera de coches que esperaban, los nervios se apoderaron de mí. La casa, de ladrillo rojo con molduras blancas, era la más grande que había visto en ningún sitio que no fuera una revista. Pareció tragarnos, envolviéndonos en sombra cuando el conductor se detuvo, abrió la puerta y Henry me ayudó a bajar.

Me dio unas palmaditas en la mano, como si notara lo nerviosa que estaba.

—No es más que una casa.

—Que se ha tragado otras diez por lo menos —respondí.

Henry soltó una carcajada.

—Venga. Te he visto sonreír serena cuando Caine pone a prueba tu paciencia, así que sabrás fingir ser la mejor de todos. Solo tienes que aparentar que perteneces a este mundillo. Es lo que Caine hace, y nadie le cuestiona. —Era cierto. Eso me calmó. Le sonreí agradecida.

—Gracias.

—¿Preparada para deslumbrarles? —Me ofreció el brazo.

—Vamos allá. —Nos recibieron en la enorme entrada dos fornidos hombres de negro con pinganillo. Henry les enseñó la invitación y nos permitieron pasar. Intenté no tragar saliva cuando entramos en el vestíbulo ovalado de mármol. Seguimos a otros invitados por un corto tramo de escaleras hasta un gigantesco distribuidor. Dos puertas de un tamaño formidable estaban abiertas a nuestra derecha y accedimos por ellas directamente al salón de baile.

Un salón de baile de verdad.

—Alguien tendría que decirles que tienen en casa un salón de baile que ocupa casi la mitad de la mansión. —Henry se estremeció de risa mientras me guiaba por la sala.

—Creo que ya lo saben.

—Claro. Es como tener a Godzilla viviendo contigo. Es imposible ignorarlo.

Me fijé en el alto techo abovedado y en las lámparas que pendían de él. Había largas mesas con mantel dorado llenas de entremeses y copas de champán. Una fuente de champán borboteaba orgullosa en la del centro. La habitación estaba decorada con sencilla elegancia, pero todo relucía. La orquesta de cámara estaba en el otro extremo de la habitación, donde una cristalera daba a los jardines.

—O en este caso vestido de oro blanco y plata y lleno de botellas de champán de quinientos dólares... —Me callé cuando vi que un invitado nos miraba con detenimiento.

—Me estás clavando las uñas en el brazo.

—Porque la gente nos está mirando —le susurré, con el pulso acelerado.

—Eso es porque, y no quisiera parecer un engreído, estás conmigo. Soy un Lexington y estás increíble. Se preguntan de dónde te he sacado.

Le miré con recelo.

—Mejor no cuentes la historia del bulevar de Hollywood.

—Acabas de estropearme la diversión, ¿por qué lo has hecho? —Se reía. Su buen humor me relajó y me permití echar un vistazo por encima de su hombro. Lo que vi me dejó de piedra. ¡Menuda sorpresa! La inquietud me asaltó después.

Allí estaba mi abuelo... Con mi abuela.

«¡Maldita sea!»

¿Por qué no lo había pensado? Había vivido tan acosada toda la semana por mis propios problemas que no había hablado con el abuelo y había olvidado por completo, idiota de mí, idiota, idiota, que aquella era su gente. Claro que estaba allí. Era uno de los mayores eventos sociales del año.

«¡Dios mío!»

¿Dónde tenía la cabeza? ¡Ah, sí! Caine me la había machacado.

—Alexa. —Henry tiró de mi mano para que le hiciera caso. Tenía el ceño fruncido—. ¿Estás bien?

—Eh... Sí.

—Henry, Alexa. —La voz de Caine interrumpió mis pensamientos.

Se había detenido a un paso de nosotros. Pese al ataque de pánico su presencia me impactó. Vestía un esmoquin similar al de Henry, pero me causaba un efecto completamente distinto. Recorrí con los ojos su intolerable hermosura y el anhelo me abrumó. Me sentí abatida. Cuando nos miramos sus ojos no decían nada.

No parecía haberlo impresionado ni siquiera el carísimo vestido.

—Te presento a Marina Lansbury. —Caine puso la mano en la espalda de la morena que lo acompañaba.

Era tan alta como yo pero más curvilínea, muy sensual. Sin maquillar habría tenido una cara anodina, pero un cuerpo como el suyo, enfundado en un ceñido vestido negro, lo compensaba con creces. Era exuberante.

—Marina, ¿recuerdas a Henry Lexington?

Sonrió educadamente y le tendió la mano. Cuando me tocó el turno me fulminó con la mirada. Era competitiva y no podía ocultarlo.

Sonreí para mis adentros. Era de las que consideran a todas

las demás competidoras. Son agotadoras. Creía haberlas dejado atrás en la universidad.

—Y esta es mi secretaria, Alexa Hol...

—Hall —corté al momento a Caine, ofreciéndole la mano. Marina me la estrechó con reticencia.

Ignoré la mirada inquisitiva de Caine. Esa noche no podía presentarme como una Holland. Para mi abuelo habría sido un infierno.Tampoco había caído yo en eso.

—Bien —Caine sujetó ligeramente a Marina de la cintura—, solo queríamos saludaros. Vamos a tomar algo. Hablamos más tarde.

Cuando ya no podían escucharnos, Henry dijo:

—No es habitual que desaparezca con su pareja así. Normalmente se queda conmigo. Le gusta tenerme cerca para que suavice las cosas cuando los ricos hacen comentarios que lo cabrean. —Arqueé una ceja.

—¿Eso suele pasar?

Henry asintió.

—Caine no tiene paciencia con la ignorancia ni con el esnobismo.

—Ya, bueno, tiene un modo gracioso de demostrarlo. —Me puso la mano en la espalda y fuimos hacia el champán.

—Tienes la costumbre de sacar lo peor de él. —Me sonrió—. Lo encuentro de lo más entretenido.

Reí, negando con la cabeza.

—Tienes que madurar, Henry.

—¿Para qué?

Las horas pasaban y Henry me entretenía con su encanto. Me presentó a gente a la que interesó verdaderamente enterarse de que era la secretaria de Caine. Nadie me miró ni me habló con desprecio y la experiencia de años trabajando con famosos me sirvió para hablar con ellos como si no me intimidaran. Era oportunamente ocurrente pero inofensiva, y además iba con Henry, a quien por lo visto todos adoraban. Él estaba convencido de que Caine nos evitaba a propósito, lo que aumentaba sus sospechas. No entendía que tenía yo que desaprobaba tanto.

No estaba dispuesta a contárselo. Volvía de la suite de las damas (sí, de la suite) y había bajado unos peldaños para volver al salón de baile cuando vi a mi abuela y a mi abuelo caminar directos hacia mí.

Me quedé helada, sin saber qué hacer.

Mi abuelo, que estaba hablando con su esposa, se quedó mudo al verme. Se acercaban.

Contuve el aliento.

—No sé lo que tenía ese volován, Edward, pero tengo el estómago revuelto —se quejó mi abuela.

—Adele —le respondió mi abuelo muy serio, los ojos todavía clavados en mí—, hace quince minutos que te lo has comido. Dudo de que haya podido hacerte nada todavía.

—Sé lo que sé. Un brandy me relajaría.

—Seguro que sí —respondió mi abuelo, sardónico, apartando la mirada—. Dick se ha escondido en el estudio. Seguro que tiene.

Pasaron junto a mí. Con el hombro derecho, el abuelo casi rozó el mío.

Me volví para verlos alejarse. Tenía un nudo en el pecho, a pesar de que entendía por qué había fingido no conocerme.

Lo entendía. De veras que sí.

¡Pero me dolía tanto!

Me volví intentando ocultar las lágrimas y me llevé un sobresalto.

Caine estaba detrás de mí, mirándome, interrogándome con la mirada.

—Ahora entiendo que esta noche te hayas presentado como Alexa Hall. Creo que olvidaste mencionarme que no te hablas con los Holland.

Me revolví incómoda, mirando alrededor, asegurándome de que nadie nos escuchara.

—Me hablo con mi abuelo, pero no puede reconocerme públicamente. Nadie en la familia sabe que él y yo nos mantenemos en contacto. Eso sería problemático.

Caine miró hacia donde mis abuelos habían desaparecido.

—Otra razón por la que no deberías estar aquí.

Su rechazo, unido al de mi abuelo, fue demasiado. Di un paso para irme y vi cierta vacilación en su mirada. Quería gritarle e insultarlo, conseguir que se sintiera tan mal como me sentía yo... Sin embargo, mirando sus ojos oscuros me hundí.

Negué con la cabeza, incapaz de hablar siquiera, y lo esquivé, corriendo hacia Henry.

—¿Estás bien? —me preguntó cuando lo alcancé.

Tenía las mejillas rojas de ira y humillación.

—Estoy bien.

—¿Quieres que salgamos a tomar un poco el aire?

No, no permitiría que la insensibilidad y el empeño de Caine por hacerme sentir de más en la fiesta me derrotaran.

—Vamos a bailar, ¿te parece?

Henry me acompañó a la pista y con donaire me llevó en un baile lento. Me mantenía cerca pero no demasiado, y tuve claro que él y yo no éramos más que amigos. Cuando un hombre baila contigo se supone que tienes que estremecerte y sentir mariposas en el estómago. Yo me sentía sencillamente cómoda, pero era agradable.

—Se ha pasado la noche enfurruñado y taciturno, ignorando a su pareja —me susurró Henry de pronto—. La última vez que he visto a Marina estaba coqueteando con el gobernador Cox.

Arrugué la nariz.

—¿No está casado? —Y por qué, ¡oh, Dios!, ¿por qué coquetear con el gobernador Cox si tu pareja era Caine Carraway?

—Sí, pero su esposa está tonteando con Mitchell Montgomery.

—¿El del papel higiénico?

—El único e inigualable. Aunque nosotros tenemos un mote distinto para él en nuestro círculo.

—¿Y cuál es?

—Limpiaculos. —Me eché a reír. Era un apodo infantil.

—Qué adecuado.

Henry sonrió malicioso.

—Lo que le falta en sofisticación nos lo ofrece de sobra en entretenimiento.

Me acerqué más a él, riendo con más ganas.

—Disculpad que interrumpa. —De pronto Caine estaba justo allí, detrás de nosotros. Parecía enojado—. Necesito a Alexa.

—¿Para qué? —Mi momento de diversión se había esfumado.

—Ha llamado Arnold. Tiene un colega de Sídney al teléfono y es importante que atienda esa llamada. Tenemos que ir a la oficina.

—¿Tenemos? —Negué con la cabeza, incrédula—. ¿De veras me necesita para algo así?

Acercó su cabeza a la mía. Echaba chispas.

—Necesitaré a alguien que me traiga café o lo que sea que pueda necesitar esta noche. Para eso te pago. Para que me ayudes.

¡No me lo podía creer!

¿Me tomaba el pelo?

Me volví hacia Henry con un gesto de disculpa y me lo encontré sonriendo con aire triunfal. Suavizó enseguida su expresión.

—Siento tener que dejarte —le dije, confusa.

Me dejó más confusa todavía su respuesta.

—Cuando el trabajo llama, hay que acudir.

Decidí ignorar aquella reacción tan rara de momento. No podía enfrentarme a dos tíos raros a la vez.

—Gracias por entenderlo. —Le besé con suavidad la mejilla—. Y por esta velada maravillosa.

Me dio un ligero apretón en la cadera.

—De nada, preciosa. Gracias por darle un toque de clase a la fiesta.

Reí, aunque la alegría me duró poco. Caine ya cruzaba impaciente la pista de baile. Me armé de paciencia y corrí tras él.

9

El aire se podía cortar mientras la limusina nos llevaba de vuelta a Boston, directamente al distrito financiero.

Era obvio que Caine no estaba de humor para hablar, y yo tampoco. Me había tratado mal toda la semana; su actitud había pasado de despótica a insultante.

Entramos en las oficinas sin decirnos nada. Intenté seguir sus pasos pero llevaba tacones y vestido largo. Nos detuvimos delante de la puerta del despacho de Caine. La planta entera estaba desierta. Arnold no estaba.

No había nadie.

Caine abrió con su llave la puerta del despacho y encendió la luz. Le seguí.

Se volvió a mirarme con cara de póquer.

—Al parecer he perdido la llamada. Será mejor que te lleve a...

¿Qué? Levanté la mano con la palma hacia él para que callara. Hice un gesto abarcando el despacho, claramente sulfurada.

—¿Dónde está Arnold? ¿Qué hay de la llamada desde Sídney?

Se encogió de hombros.

—Al parecer no he llegado a tiempo y Arnold se ha marchado.

—¿Sin llamarlo?

Volvió a encogerse de hombros.

—Te llevaré a casa.

—¿Me ha mentido? ¿Me ha mentido para sacarme de la fiesta?

—Yo no miento —dijo ofendido—. Yo manipulo. Así me hice rico. Y ahora déjame que te lleve a casa.

No. No iríamos a ningún sitio hasta que no llegara al fondo de aquel asunto. Me hervía la sangre. Me importaba un rábano que me despidiera.

—Me ha mentido para sacarme de la fiesta y apartarme de Henry. ¿Tan esnob llega a ser?

—No tiene nada que ver con eso —estalló, furibundo—. No te quería allí y lo dejé bien claro. Cuando quiero algo lo consigo, de un modo u otro. Creía que a estas alturas ya te habrías dado cuenta.

—¡Hijo de puta! —le grité, perdiendo el control—. Toda la semana me ha estado tratando como si no fuera nadie, como si no valiera nada, ¿y ahora me viene con esas?

—¿De qué diablos estás hablando?

—El lunes por la tarde Henry entró en su despacho y olvidó cerrar el intercomunicador.

El aire crepitó peligrosamente a su alrededor.

—¿Estuviste escuchando?

Me sonrojé.

—Iba a avisarlo, pero oí... Henry se puso a hablar de mí y es lógico que escuchara una conversación sobre mí —me defendí—. Y usted fue insultante. —Su expresión cambió por completo.

—¿Por eso le dijiste que sí a Henry? ¿Para cabrearme?

—Le dije que sí porque fue halagador. Y sí, tengo que admitir que me satisfizo cabrearlo habiendo dejado usted claro que no me consideraba a su altura.

Las aletas de la nariz se le dilataron.

—Eso es una estupidez.

Parpadeé exageradamente.

—¿En serio? Me ha estado tratando mal toda la semana, por no mencionar lo de esta noche. No es usted estúpido, Caine, así que ha tenido que darse cuenta de lo mucho que me ha herido que mi abuelo me ignorara. ¿Y qué ha hecho? Hurgar en la herida. Se niega a ver cómo soy realmente, ¿verdad? —Apreté los puños—. Prefiere herirme y humillarme. Está decidido a hacerme pagar por lo que mi padre le hizo. —Su silencio acrecentó mi ira—. ¡¿Verdad?!

De pronto noté la pared en la espalda. Caine me había empujado y me tenía acorralada, con las manos apoyadas por encima de mi cabeza. La emoción que sentía se reflejaba en sus ojos.

—No creo que no estés a mi altura —siseó.

La sorpresa de verme atrapada me desinfló bastante.

—Entonces ¿por qué es tan cruel? —le susurré. Noté el remordimiento en su mirada.

—No quería... No te quería allí. No con él. —Me quedé atónita. Inspiré profundamente y luego solté el aire poco a poco. «Es imposible.» No creía que lo fuera, pero... Me fijé en sus ojos; tras su cólera ardía otra emoción.

—¿Estás celoso? —Apretó la mandíbula. El corazón amenazaba con salírseme del pecho y no pude controlar la respiración. Mirándonos a los ojos, con su cuerpo contra el mío, ardiendo de pasión, olvidé dónde estábamos. Me olvidé de todo—. Caine...

Apretó los labios contra los míos, tragándose mi gemido de sorpresa y excitación. Su colonia, el calor de su piel, su sabor, ardiente e intenso... Todo aquello me inundó cuando me puso una mano en la nuca y bajó la otra hacia mi vientre. La deslizó por la cadera y la parte posterior del muslo.

Comprendiendo lo que quería, le devolví el beso con mayor pasión y me pegué a él. Le clavé los dedos en la espalda cuando me levantó el muslo para poder presionar entre mis piernas. Abrí los labios en un gemido de lujuria y triunfo. Caine gruñó, desencadenando una oleada de excitación en mi bajo vientre y me apreté más contra él. Me sujetó con más fuerza la nuca y volvió a gemir. Me hizo arder, los pezones se me endurecieron, se me derritieron las entrañas y estallaron escalofríos de placer entre mis piernas. Su boca se volvió más exigente. Sus prolongados besos me licuaron el cerebro y me dejaron completamente a su merced. Jadeábamos y nos buscábamos la boca como si deseáramos hundirnos el uno en el otro. Caine me empujó con más fuerza contra la pared, presionando su erección contra mí. Me di cuenta de que nunca me había excitado tanto con un beso.

Deslicé las manos desde su espalda hasta sus hombros y hundí los dedos en su pelo rogándole sin palabras que me diera más, que siguiera, que me lo diera todo. Lo quería todo de él.

Caine me soltó la nuca y me acarició la clavícula. Las yemas de sus dedos sobre la seda desencadenaron una cascada de escalofríos que me recorrieron la columna, se me erizó la piel y se me marcaron los pezones en la tela. Con el pulgar me rozó apenas el pecho y se detuvo en la prueba de mi deseo.

Dejó de besarme y se apartó ligeramente de mí para mirarme a los ojos, con los párpados entrecerrados de pasión, estudiándome. Me aferré al calor de su mirada, con los labios hinchados y todo el cuerpo ardiendo de deseo. Me bajó despacio la pierna y durante unos segundos angustiosos me pregunté si aquello sería todo.

—Quítate el vestido. —Tenía la voz ronca de excitación, pero aun así su tono fue autoritario, tiránico.

En aquella situación, la prepotencia de Caine me resultaba mucho menos molesta y mucho, mucho más excitante. Me aparté de él despacio y, sin dejar de mirarle me desabroché el cierre de la nuca.

Caine retrocedió unos cuantos pasos, permitiendo que corriera un poco de aire frío.

Me había desnudado para otros. No me daba vergüenza, porque, a diferencia de muchas de mis amigas, no estaba acomplejada. Pero era diferente tener a Caine frente a mí y desnudarme para él. Por alguna razón, sentía que no solo me quitaba el vestido sino que desnudaba mi alma.

Y eso era algo muy distinto.

Dudé, luchando con el cierre del cuello.

Caine se dio cuenta y se desató la pajarita. Lo miré quitársela. Luego se quitó la chaqueta.

—He fantaseado con follarte en esta oficina unas cien veces

cada día —me dijo en voz baja y profunda mientras se desabrochaba la camisa.

Su confesión me dejó sin aliento.

Me había preguntado si se sentía atraído por mí, pero nunca había creído que fuera a admitirlo o a hacer algo al respecto. Sabiendo que lo atraía tanto como él a mí recuperé la valentía. Me bajé el cuerpo del vestido y vi los ojos de Caine más negros que nunca y más apasionados al verme los pechos. Los pezones se me endurecieron más con el aire frío y, ya más confiada, me bajé la falda. Recogí el vestido del suelo y lo dejé en el respaldo del sofá. Caine devoraba cada centímetro de mi cuerpo.

Llevaba únicamente las joyas, la ropa interior y los zapatos de tacón. Fui a quitarme las bragas.

—Quieta. —Caine dio un paso hacia mí y me lo comí con los ojos. Llevaba la camisa abierta y se le veía la piel bronceada y los abdominales trabajados—. No te las quites. Siéntate en mi mesa.

Se apartó para dejarme pasar.

Tuvo que darse cuenta de que me faltaba el aliento cuando le pregunté si siempre era tan despótico con las mujeres.

Sonrió con malicia, abiertamente, y se me desbocó el corazón.

—No, eso es algo que tú me inspiras.

También yo sonreí.

—¿Estás diciendo que te pone darme órdenes?

—Tanto como a ti hacerte la listilla. Ahora siéntate en mi escritorio y separa las piernas. —Me estremecí de pies a cabeza y solté el aire que había estado conteniendo.

Le brillaron los ojos viendo mi respuesta. Caminé hacia él y su mesa, mis pechos balanceándose al andar, más que satisfecha viendo que la erección de Caine parecía a punto de romper la cremallera. Pasé por su lado y me senté en el escritorio. Estaba frío y me estremecí mientras me acomodaba y abría las piernas.

El aire de la habitación crepitó cuando se me acercó. Me recorrió los muslos con los dedos, situándose entre mis piernas y se inclinó a besarme. Lo agarré por la cintura y atrapé su boca antes de que pudiera apartarse.

Perdimos el control. El beso se volvió urgente y salvaje. Le abrí la camisa y le acaricié todos los músculos del torso. Él era todo manos.

De repente, se apartó de mí.

—No, no lo hagas —susurró contra mi boca.

—¿Que no haga qué? —le pregunté, confusa ahora que sus labios no me tocaban. Dios, aquel hombre sabía besar como nadie—. Quiero tu lengua de nuevo.

—Y la vas a tener. —Se apartó y se deshizo impaciente de la camisa.

Me excité todavía más al verlo semidesnudo y excitado. Tenía los hombros anchos, los bíceps fuertes y los abdominales marcados. Con un poco de sudor habría parecido el modelo de un anuncio de refrescos. Me lamí los labios y gruñó.

—¿Sabes lo atractiva que eres? —Noté una quemazón completamente distinta a la que había estado ardiendo en mi pecho durante toda la semana cerca del corazón.

—Lo sé —contesté con suavidad.

Porque lo sabía.

Nunca me había sentido tan atractiva como en aquel momento, bajo la mirada necesitada y ardiente de Caine. No me había sentido tan deseada jamás. Por un hombre que había creído que nunca me querría. Aquella noche estaba sorprendiéndome en más de un sentido.

Se agachó, me sujetó las rodillas por debajo y tiró de mí con delicadeza hasta que estuve prácticamente fuera de la mesa. Perdí la cabeza cuando comenzó a darme ligeros besos en la cara interna del muslo derecho. Noté un espasmo de placer al sentir su boca sobre mi sexo. Sopló en el encaje de las braguitas y me estremecí.

—Están mojadas —dijo, metiendo un dedo por debajo para acariciarme los labios—. Quítatelas.

—Ajá... —No podía pensar con claridad.

Y de pronto la ropa interior había desaparecido y Caine me separaba más las piernas.

—Eres jodidamente preciosa —me elogió, su aliento cerca de mi sexo.

—Por favor —lo agarré del pelo, mirándolo desesperada—, por favor. —Alzó la vista.

—¿Me deseas?

¿Tenía que preguntarlo?

—Desde el mismo momento en que te vi —admití. Vi en sus ojos un destello de triunfo y por fin me lamió.

»¡Oh, Dios! —murmuré, echándome atrás y apoyándome en las manos. Con la lengua me atormentaba el clítoris—. Caine, por favor. —Los muslos me temblaban.

Y entonces dos dedos me penetraron.

Volvió a lamer y a chupar y a deslizar los dedos dentro y fuera de mí. Estaba a punto de llegar. Me tensé y luego me dejé llevar, gimiendo su nombre mientras me contraía alrededor de sus dedos en un intenso orgasmo.

Caine se levantó y se inclinó sobre mí, abrazándome la cintura para acercarme a él. Le rodeé las caderas con las piernas y me pegué a él mientras me besaba. Fue un beso tan desesperado que era casi un castigo.

Me encantó.

Me encantaba el sabor de su boca y el mío en su lengua. Dejó de besarme y me pasó los labios por el cuello. Arqueé la espalda y, anticipándome a sus necesidades, le ofrecí los pechos. Los hizo suyos.

Pronto la languidez del orgasmo se convirtió en calor y comencé a tensarme de nuevo. Acarició y besó cada milímetro de mis pechos. Me chupó un pezón y lo lamió y lo mordisqueó hasta que lo tuve tan hinchado que me dolía. Entonces se afanó con el otro hasta que me monté en sus caderas. Me retorcí contra su erección, desesperada por tenerlo dentro.

—Caine —le rogué—. Caine, ahora.

Me besó, me sostuvo por las nalgas y me acercó a su entrepierna. La fricción de sus pantalones contra mi sexo me llevó otra vez al orgasmo. Jadeé contra su boca. Me quitó las horquillas del recogido. Unos segundos después la melena me caía sobre los hombros. Oí que se bajaba la cremallera y ahí estaba, caliente, palpitante y dura. Apartó reacio la boca de la mía.

—¿Tomas la píldora, no? —me preguntó. Fue casi un ruego.

Asentí y miré hacia abajo, y me sentí arder. La tenía grande y gruesa.

Me lamí los labios.

—Joder, Lexie —jadeó contra mi boca.

Lo besé, lamiéndole los labios. Tomé su sedoso calor y lo apreté. Me besó con menos delicadeza, gimiendo y jadeando mientras lo acariciaba con una mano y le clavaba los dedos en las nalgas para que me tomara. Lo guie hasta mi sexo y le acaricié el vientre con suavidad. Con los labios todavía en contacto, nos miramos. Caine me sujetó las caderas y me penetró.

Cerré los ojos de placer al sentirme completamente llena.

—Lexie, abre los ojos —me pidió con la voz ronca. Los abrí y me encontré con su mirada salvaje—. Mantenlos abiertos. —Me penetró más—. Joder —susurró—, no los cierres.

Me levantó más las caderas, entrando y saliendo de mí despacio. Temblé. Se tomaba su tiempo, y antes, volví a sentirme más desnuda que nunca. Le sostuve la mirada como me había pedido mientras se movía dentro de mí. Aquello intensificaba la conexión entre ambos. Era innegable que había algo entre nosotros: lo tenía dentro.

—Eres maravillosa —me susurró contra mi boca.

Me moví contra sus caderas, mi corazón latiendo fuera de control.

—Tú también.

—Lexie. —Me apretó con más fuerza, sus ojos ardientes en los míos—. Lexie.

—Caine —gemí cuando encontró el ángulo correcto para acariciarme el clítoris cada vez que me penetraba.

—Joder. —Empezó a moverse con más fuerza y más rápido.

Volví a sentir la proximidad del orgasmo y me estremecí a la vez que él.

—Vamos Lexie —me pidió con la voz ronca, llena de necesidad—, córrete conmigo.

Su petición fue como un disparo de salida. Grité su nombre de nuevo, le clavé los dedos en la espalda y me aferré interiormente a su pene. Dejé de mirarlo porque se me nubló la vista.

Cuando sintió que me derretía contra él, me sostuvo. Unos segundos después apoyó la cara en mi cuello, se tensó y gimió mi nombre. Sentí cómo se corría dentro de mí.

Lo abracé mientras intentábamos recuperar la respiración. Tenía la piel húmeda contra la suya, los pechos en su torso, y estábamos todo lo cerca que dos personas pueden estar. Le apreté las caderas con los muslos, recreándome en la sensación del momento.

Y entonces noté que se ponía tenso. Me invadió el desasosiego. Fuese por intuición o por lo que fuera, supe que lo que seguiría no iba a gustarme.

10

Segundos antes Caine me había pedido que no rompiera el contacto visual con él. Ahora evitaba mirarme. Se apartó con delicadeza, cogió unos pañuelos de papel de su mesa, se limpió y se puso los pantalones. Me quedé sentada en la mesa, viéndolo levantar un muro entre nosotros. Sentí náuseas.

—¿Caine?

En lugar de responderme se pasó una mano por el pelo y buscó la camisa. La encontró, se la puso y empezó a abrochársela.

—¿Qué pasa? —le dije. Estaba claro que algo pasaba. Un minuto antes parecíamos dos adolescentes locos de pasión y ahora no podía ni mirarme—. Caine.

Alzó los ojos de los botones, pero evitó mirar cualquier parte de mi cuerpo que no fuera la cara. Crucé las piernas y apoyé las palmas de las manos en el escritorio, sacando pecho, desafiante. Aquello lo distrajo de su actitud. Apretó la mandíbula y me miró de arriba abajo.

—¿Y bien? —Echaba chispas.

—Esto ha sido un error.

A pesar de que sabía que lo diría, me dolió.

—¿Un error?

—Sí. Nos hemos pasado de la raya.

—Ya veo. Volvemos a retroceder. —Lo miré decepcionada,

pero me negué a ceder. No nos iríamos de aquella oficina hasta que no le sacara el palo del culo, cosa que al parecer solo lograba el sexo.

Bueno, si no quedaba otro remedio... Devoré con los ojos su hermoso rostro.

No me costó ningún esfuerzo, a decir verdad. Sonreí cuando vi su mirada ardiente. Al menos sabía que me deseaba físicamente. Así me resultaba más fácil fingir que estaba cómoda desnuda con las piernas cruzadas sobre su mesa.

—Deberíamos hablar.

—Deberías vestirte —me espetó, agarrando el vestido que había dejado en el sofá.

Lo cogí sin ninguna intención de ponérmelo, dado que mi desnudez lo ponía tan nervioso. Nos miramos, desafiándonos.

—Alexa, vístete. —¿Ya no era Lexie? Sentí en el pecho otra punzada de dolor. Disimulé.

—Vuelvo a ser Alexa, por lo que veo.

Al parecer Caine estaba pasando de la impaciencia al enfado.

—Mira, nos sentíamos atraídos, estábamos en un ambiente completamente distinto, pero ahora tenemos que volver a ser jefe y empleada. A partir de ahora mantendremos una relación estrictamente... —Calló y frunció el ceño cuando descrucé las piernas y volví a cruzarlas. Dejó de mirarme—. Una relación estrictamente profesional —repitió, con la voz espesa—. Y ahora, vístete. —Comprendiendo que no conseguiría nada si no me vestía, decidí hacerlo. Me bajé del escritorio.

—Tengo que asearme.

Sin mirarme, me indicó la puerta del baño.

—Ya sabes dónde está. —Hice acopio de toda la confianza que me quedaba y caminé decidida hacia el baño con el vestido en una mano, satisfecha de notar su mirada abrasándome la espalda.

La verdad era que el corazón iba a cien mientras me lavaba y me ponía el vestido. Me había dejado la ropa interior en la oficina, pero estaba demasiado alterada para ir a recogerla. Cuando me miré en el espejo me vi las mejillas sonrosadas, los ojos brillantes y el pelo revuelto; fue como tener de nuevo a Caine pegado a mí. Seguía oliéndolo, saboreándolo, notando su presencia.

Acababa de disfrutar del mejor sexo de mi vida con un hombre con el que tenía una química fuera de serie. Lo que había entre nosotros se salía de lo común. Era extraordinario.

Y Caine actuaba como si para él no tuviera ninguna importancia. Volví a sentir náuseas y, cuando alcé la vista, vi en el espejo que me estaba poniendo pálida.

Nunca había sentido algo así por un hombre. Lujuria, eso era. De eso trataban los libros y las películas, no de la atracción sexual que había sentido por otros hombres. Aquello era auténtico deseo. Cerré los ojos, recordando cómo nos habíamos sostenido la mirada mientras me penetraba. Podía haber más entre los dos aún. Si lo intentábamos, ¿quién sabía lo extraordinario que podría llegar a ser?

Más asustada de lo que nunca había estado, eché los hombros atrás con determinación y salí para enfrentarme a Caine.

Se estaba poniendo la chaqueta y noté su alivio al verme vestida. Me conmovió verlo de nuevo arreglado y atractivo. ¿Por qué? ¿Por qué tenía que ser Caine Carraway el que me hacía sentir de aquella manera en lugar de cualquier otro?

Me detuve a apenas un metro de él y achicó los ojos, como si supiera lo que le esperaba.

—Tienes miedo de dejarme entrar en tu vida. —Me lanzó una mirada de advertencia.

—Alexa... —continué.

—Pero sé algo que las otras mujeres que lo han intentado contigo y han fracasado desconocen. Sé que eres un buen hombre. Lo eres en un aspecto que no les has dado la oportunidad de conocer. Lo sé porque te vi con Effie. Vi quién eres realmente. Sé cómo eres porque..., porque tú y yo no somos tan diferentes. Los dos nos merecemos ser felices.

Por un momento se quedó mirándome y avivó en mí una leve esperanza. Cuando, precavido, dio un paso atrás, la esperanza se esfumó.

—¿Felicidad? ¿Y eso lo dice la hija del hombre que destrozó mi familia? —Fue como si me hubiera dado un puñetazo en el pecho. Me quedé sin aire. Y al parecer no había acabado—. No sé qué intentas hacer, pero tú y yo no somos iguales. —Se apartó de mí otro paso—. Y yo no estoy hecho para ti. No soy tu caballero de brillante armadura. Solo soy un tío que quería follarte.

Me encogí, humillada. Como una idiota me había permitido ser vulnerable con un hombre que ya había demostrado que le importaba poco herirme.

¡Dios, era una estúpida, una maldita loca! Peor: era masoquista.

Era como mi madre.

Intenté disimular lo que sentía para que no supiera que acababa de destrozarme. Demasiado tarde, en todo caso. Me llamó con suavidad. Su cara reflejaba la culpa que sentía.

—Lo siento —dijo—, no pretendía..., no debería haber dicho eso.

Se pasó las manos por el pelo, arrepentido de lo que había hecho y frustrado por cómo se sentía al haberme herido.

—Es que no soy el tipo de hombre que estás buscando. Nunca lo seré. Créeme.

¿Cómo había podido olvidarme de lo que representaba yo para él? Porque eso había hecho, olvidarlo.

¡Dios! Tenía que sentirse fatal por haberse acostado conmigo. Con una Holland.

Le miré con cautela. ¿Quería borrarme de su memoria? ¿Quería olvidarse de lo que había pasado? La idea me dolió tanto que inspiré entrecortadamente.

Suspiró.

—Pasemos página. Y volveré a ser el jefe insoportable y tú la secretaria listilla.

Me lo quedé mirando, perpleja. ¿De verdad creía que podría quedarme después de lo ocurrido?

No, se había terminado.

Lo que mi familia le había hecho lo había destrozado. No sabía si la afinidad existente entre nosotros era real o me la había imaginado para no sentirme tan sola, pero ahora sabía que Caine se negaba a reconocerla.

—No debí pedirte ayuda —le dije—. Tienes razón. Todo esto ha sido un error. Considéralo mi preaviso de que dejo el trabajo. Dentro de dos semanas no volverás a verme ni a saber de mí.

Conocía a Caine lo suficiente para saber que lo que trataba de disimular era la rabia que sentía. No entendía su reacción, pero, francamente, estaba destrozada. Me sentía completamente humillada y hundida por estar metida en aquel fregado. No quería ponerme a analizar sus emociones.

—Pediré un taxi.

—No. Le diré al chófer que te lleve a casa.

No quería pasar otros veinte minutos en un coche con él.

—He dicho que pediré un taxi.

Caine dio un paso hacia mí, visiblemente enfadado.

—Hasta dentro de dos semanas sigues siendo mi empleada. Si digo que te llevaré a casa, te llevaré a tu jodida casa y punto.

Fue el trayecto en coche más incómodo de la historia.

Después de ducharme y sacarme el olor de Caine del cuerpo, me metí en la cama, me abracé a la almohada y estuve llorando como una niña de cinco años hasta que lo saqué todo. El sol empezaba a colarse por las cortinas cuando por fin el sueño me venció.

Unas horas después me despertó el móvil con *I Will Survive*, de Gloria Gaynor. Tenía los ojos hinchados por la llantina.

Había cambiado el tono de llamada antes de acostarme.

—¿Sí? —dije bajo el edredón después de coger el teléfono de la mesilla de noche.

—¿Lexie?

La voz de mi abuelo me despejó. Me senté en la cama.

—Buenos días —le respondí.

—Tienes una voz horrorosa.

—Sin comentarios.

—Mira, te llamaba para disculparme por lo que ocurrió anoche. Ojalá me hubieras dicho que irías a la fiesta de aniversario de Dick y Cerise. Habría puesto alguna excusa para no ir y te hubiera evitado una situación tan incómoda. Dios —dijo acongojado—, tu mirada, cariño, me hizo sentirme... Me sentí fatal toda la noche.

Sentí una punzada de remordimiento por haber pensado mal de él al verme ignorada. Comprendía la situación. No podía fingir que no cada vez que me convenía.

—Está bien, abuelo. Lo entiendo. Me presenté como Alexa Hall para evitar que me hicieran preguntas.

—Lo sé. —Noté que sonreía—. Causaste impresión. Estabas preciosa. Ojalá que en mi familia no hubiera tanta gente melodramática. Si fueran más comprensivos, podríamos relacionarnos abiertamente. En todo caso, espero que no te marcharas pronto por culpa mía.

Me ruboricé al recordar la razón.

—Oh, no, no fue por eso. Caine tenía trabajo.

Mi abuelo se mantuvo callado unos segundos.

—Te acostaste con él, ¿no?

—¿Cómo...? —Saqué la barbilla del edredón—. ¿Cómo demonios lo sabes?

—Porque ignoró a su acompañante toda la noche y estuvo dando vueltas por el salón como una pantera enjaulada intentando dar caza a mi nieta. Hubo un momento en concreto en el que creí que mataría a Henry Lexington. —La idea de que Caine estuviera celoso me hizo estremecer.

—¿Estuvo vigilándome toda la noche?

—¿De qué crees que estuvieron hablando los invitados?

—¡Oh, Dios mío! —murmuré al entender la situación. Recordé la extraña sonrisa triunfal de Henry cuando Caine interrumpió nuestro baile—. Henry lo sabía. Me pidió que fuera con él para pinchar a Caine.

—Eso es muy propio de Lexington. —Mi abuelo bajó la voz—. ¿Entraba en tus planes acostarte con él?

—Me parece que no estoy cómoda hablando de esto contigo.

—Me parece que no estoy cómodo sabiendo que mi nieta sale con un mujeriego.

Volví a sentir el dolor de la noche anterior.

—No te preocupes por eso. Ni siquiera fue una cita. Fue un rollo de una noche.

—Voy a matarlo —amenazó en un susurro. Era muy probable que se planteara realmente una estupidez así.

—No harás nada al respecto —le respondí muy seria—. El error fue mío. Fui una idiota. Olvidé quién soy para él y creí que había algo que en realidad no había. Lo he avisado de que dejo el trabajo con quince días de antelación.

Mi abuelo suspiró con tristeza.

—Lexie, lo lamento.

—No lo lamentes. Esto me lo he ganado yo solita.

—Asegúrate de que te dé una buena carta de recomendación.

Sonreí sin ganas.

—Lo haré. —Miré el reloj. Era temprano todavía, lo que implicaba un montón de tiempo que matar—. De momento me compraré algo que me haga sentir bien antes de empezar a buscar otro empleo.

—De acuerdo. Si necesitas algo llámame, cariño.

Por alguna razón sus palabras me hicieron llorar.

Pensé en lo estúpida que me había sentido después de entregarme a Caine y de que me rechazara. Pero también me sentía hasta cierto punto liberada. Durante semanas la atracción que sentíamos el uno por el otro me había pesado porque sabía en el fondo que me estaba haciendo una idea equivocada. Ahora, sin embargo, tenía la respuesta y podía seguir adelante. Honestamente, había pasado miedo y estaba herida, pero al menos no era una cobarde. Ahora debía continuar con mi vida. Inspiré profundamente, exhalé despacio y dije algo que no le había dicho a ningún hombre desde los catorce años, cuando me enteré de la verdad sobre mi padre.

—Te quiero, abuelo. —El silencio resonó en el teléfono. Luego me llegó su cariñosa respuesta.

—Yo también te quiero, Lexie —me dijo con la voz ronca por la emoción.

11

Cuando llegué tarde a la oficina el lunes, supe que las cosas no iban a volver a la normalidad durante las dos semanas que me quedaban. Me había quedado dormida después de sonar el despertador y había tenido que ir corriendo al trabajo. Cuando entré, me lo encontré sentado a su escritorio.

El escritorio en el que habíamos tenido sexo.

Me sonrojé recordando todos los detalles, segundo a segundo. Supuse que Caine me estaba leyendo el pensamiento, porque cambió de postura, incómodo, cuando le ofrecí el café con leche. Que no me riñera por llegar tarde lo decía todo.

Salí de su oficina en cuanto pude y pasamos las siguientes horas intentando esquivarnos. Sabía que no podríamos seguir así dos semanas enteras, pero estaba convencida de que nos empeñaríamos en lograrlo.

—Pareces pensativa.

Levanté la vista del email que estaba leyendo para encontrarme con la atractiva cara de Henry. Me sorprendió.

—¿Henry? ¿Qué haces aquí?

Me sonrió.

—Es lunes. Vengo a comer, como siempre.

—¿Es ya la hora de comer?

—Estabas realmente concentrada, ¿eh? —Sonreí débilmente.

—Hago lo que puedo.

Se apoyó en mi mesa.

—También quería ver cómo estabas después de que Caine prácticamente te sacara a rastras de la fiesta el sábado.

—Estoy bien.

Frunció el ceño.

—Es el «estoy bien» menos convincente que he oído en mi vida.

En lugar de responderle, llamé a Caine.

—¿Sí? —Incluso una respuesta tan breve sonó cautelosa.

Miré el intercomunicador. Nunca pensé que llegaría a echar de menos sus gruñidos de impaciencia.

—El señor Lexington desea verlo.

—Dile que pase.

Por fortuna, Henry parecía más divertido que enfadado de que me lo quitara de encima. Me miró una última vez y entró en el despacho de Caine. A partir de aquel momento no pude concentrarme en el trabajo. ¿De qué estarían hablando? ¿Le diría a Henry que nos habíamos acostado juntos? ¿Cómo reaccionaría Henry? Había deducido que Henry estaba haciendo de casamentero o simplemente divirtiéndose a costa de su amigo al pedirme que saliera con él, así que dudaba de que le afectara la noticia de mi escarceo amoroso con su amigo. Ya fuese porque Caine no le dijo nada o porque a Henry no le importó, cuando salió del despacho con mi jefe se estaba riendo por algo. Miré a Caine, que se detuvo al verme.

—Salgo a comer. Si hay alguna llamada urgente reenvíamela al móvil.

¿Por qué me decía algo que ya sabía de sobra?

—Sé hacer mi trabajo, señor —le dije, sonriendo con los dientes apretados.

—¿He dicho que no sepas? —Henry frunció el ceño.

—Bueno, cuando me instruye acerca de algo que ya sé, da a entender que no sé hacer correctamente mi trabajo. —Me encogí de hombros y crucé los brazos sobre el pecho.

—¿Vas a ser tan quisquillosa los quince días que faltan? Lo pregunto para ir preparándome.

—¿Y por qué no me...?

—Chicos, chicos. —Henry se situó entre ambos—. ¿Qué pasa aquí? Creía que después de lo del sábado...

—¿Creías qué? —le espetamos Caine y yo al mismo tiempo, y nos fulminamos con la mirada.

Al parecer los dos sospechábamos que había estado jugando con nosotros.

Al menos Henry tuvo la decencia de parecer avergonzado.

—Nada —mintió, encogiéndose de hombros—. Simplemente me gustaría saber por qué os detestáis incluso más que antes.

Caine me lanzó una mirada de advertencia y supe que no le había dicho nada de lo ocurrido el sábado y que no quería que yo se lo contara tampoco.

—Alexa ha dimitido esta mañana —le dijo a su amigo—. Me ha avisado con los quince días de antelación pertinentes.

—¿Por qué? —Henry estaba verdaderamente indignado por la noticia.

¡Oh, estupendo! Así que la mala era yo. Me aclaré la garganta.

—Digamos que porque el entorno laboral es inaceptable.

—¿Qué? ¡No! —Me dedicó una sonrisa llena de encanto, como si creyera que me haría cambiar de opinión—. Algo habrá que podamos hacer.

—No. —Me levanté y cogí el bolso—. No tengo tiempo. Salgo a comer.

—No mientras yo esté fuera —me recordó Caine—. Puedes comer en tu mesa, como siempre.

—Me apetece comer ahora, y salir.

—Comerás en tu mesa cuando sea tu hora de comer.

Achiqué los ojos.

—Acabo de decidir que es mi hora de comer y que me voy a comer fuera.

Dio un paso hacia mí, con una mirada dura de advertencia.

—Si empiezas a comportarte como una cría te las haré pasar canutas durante las dos próximas semanas.

Suspiré.

—¿Y eso será antes o después de que soples y soples y soples y derribes mi casa? —le pregunté con hartazgo. Se quedó mirándome sin palabras. Pasé por delante de él y de Henry, que trataba de disimular la risa, y me fui con una sonrisa de triunfo.

Primer asalto para Alexa Holland.

Después de reflexionar sentada sola en una cafetería mordisqueando un sándwich que no me apetecía porque tenía el estómago revuelto, decidí que me había comportado de un modo infantil.

De acuerdo, Caine me había hecho daño y seguía hiriéndome al comportarse como si no hubiera habido nada entre nosotros, pero era una mujer adulta y sabía en lo que me estaba metiendo cuando me había acostado con él. La situación en la que nos encontrábamos era culpa de ambos, y las dos semanas pasarían más rápido si me comportaba con un mínimo de educación. Así que esa era mi intención. En serio que lo era. Sin embargo, Caine regresó de comer de un humor de perros. Iba a prometerle que a partir de aquel momento me comportaría correctamente, pero ni siquiera tuve ocasión. Entró en su despacho y cerró de un portazo. Media hora después, cuando sonó el teléfono, me puse de tan mal humor como él.

—*Holding* financiero Carraway. Oficina del señor Carraway.

—Soy Marina Lansbury. Quiero hablar con Caine. —Su tono impaciente me enervó—. Pásame con él. —Sentí un ramalazo de celos; las mejillas me ardían.

—Un momento, por favor —conseguí responderle. Dejé la llamada en espera mientras avisaba a Caine, bastante agitada.

—¿Qué? —Me soltó sin contemplaciones. De acuerdo, quizá no echaba de menos sus bufidos, después de todo.

—Marina Lansbury pregunta por ti.

—Pásamela.

Se me aceleró el pulso. ¿Que se la pasara? ¿Por qué? ¿Y por qué hablaba con ella en horario de trabajo?

—¿Alexa?

—Un momento —murmuré, y le pasé la llamada.

Durante varios minutos estuve mirando el teléfono. ¿De veras iba a quedar con aquella loba? Cabeceé, exasperada.

—No es asunto tuyo —susurré acaloradamente, hablando conmigo misma.

—Alexa. —La voz de Caine sonó en el intercomunicador—. Ven a mi despacho, por favor.

Haciendo de tripas corazón, entré. Estaba sentado a su mesa, leyendo algo en el ordenador. Me miró apenas antes de volver a concentrarse en la pantalla.

—¿Me has llamado?

—Necesito que reserves una mesa para dos en el Menton, para mañana a las ocho. He oído que suele estar hasta los topes, así que aquí tienes una lista de otras opciones aceptables. —Empujó un papel hacia mí. Sentí otro ramalazo de celos y lo miré, incrédula. ¿Me pedía que le organizara una cita? ¿Se estaba burlando de mí?—. Alexa. —Ahora sí que me miraba, inquisitivo.

Le dediqué una sonrisa excesivamente dulce, apoyé las palmas de las manos en su escritorio y me incliné hacia él hasta que nuestras caras casi se tocaron. Entornó los párpados al tenerme tan cerca, pero no se movió.

—¿Sabes qué, señor Carraway? —le dije con falsa suavidad—. Que puedes reservarte tú la mesa.

Caine echaba humo por las orejas cuando me incorporé y le di la espalda. Pensara lo que pensase en vista de lo mucho que le había aguantado como empleada diligente, como mujer no iba a dejarme pisar.

—La mesa es para mí y para Jack Pendergast. Ya sabes, el presidente de Atwater Venture Capital.

«Ah...» Me quedé petrificada.

«¡Oh, mierda!»

Lo miré avergonzada por encima del hombro.

—Vaya.

Para mi sorpresa, Caine sonreía.

—Ni siquiera yo soy tan hijo de perra como para pedirte

que me arregles una cita dos días después de... —Miró el tablero de la mesa.

—¿Follar en esa mesa?

Se le contrajo un músculo de la mandíbula mientras asentía.

Suspiré, sintiéndome como una idiota por mi reacción, aunque cualquiera hubiera podido cometer el mismo error. Caine tampoco era Don Sensibilidad conmigo.

—En fin, al menos me alegro de saber que no me he acostado con un completo gilipollas. —Salí del despacho.

Bueno, tal vez no estaba hecha para estar enfadada con él.

Mi intercomunicador crepitó.

—Alexa.

Puse los ojos en blanco.

—¿Qué?

—¿Por qué no sales y me consigues un cortado? No vuelvas hasta que no se te haya pasado el sofocón.

Apreté la mandíbula y empecé a contar hasta diez.

—¿Alexa?

—Eres tremendamente condescendiente.

—Y tú tremendamente insufrible. Ahora, márchate.

Suspiré, sintiendo la piel demasiado tensa, como si mis emociones estuvieran siendo aplastadas y ahogadas y, desesperadas por respirar y ser escuchadas, me indujeran a actuar como una desquiciada.

—No suelo ser así —admití, por la razón que fuera.

—Lo sé —me contestó—. Vamos a tratar de llevarnos lo mejor posible estas dos semanas, ¿de acuerdo?

Y entonces me di cuenta de por qué me comportaba como una mujer rechazada. No era solo porque nos habíamos acostado y Caine actuaba como si eso no hubiera significado nada para él. Era porque parecía que no le importaba que, pasadas aquellas dos semanas, no volviéramos a vernos nunca.

—Sí —dije, intentando disimular la tristeza que sentía—, seguro que puedo hacerlo.

Aquella tarde, mientras cambiaba el tono del móvil por el tema de Ray Charles *Hit the Road Jack*, caí en la cuenta de que dejar a Caine implicaba dejar también a Effie. Y acababa de encontrarla.

Aquello no hizo sino echar leña al fuego de mis ya alteradas emociones, y a pesar de que me esforcé al máximo apenas pegué ojo aquella noche. Al amanecer, tendida en la cama, me negué a ser aquella mujer triste y con insomnio por culpa de un hombre. Si no podía dormir, me levantaría. Después de una ducha registré mi armario buscando ropa que proclamara a los cuatro vientos: «Soy mujer, mira como rujo.»

Me puse una falda tubo negra que realzaba mis curvas, los zapatos de plataforma de Prada y una blusa de seda rosada con las mangas abullonadas. Me dejé unos cuantos botones sin abrochar para atraer la vista hacia el escote. Me recogí el pelo en una cola de caballo que daba a mis ojos un toque felino y exótico. Incluso me maquillé ligeramente.

Asentí cuando me vi en el espejo. A veces la ropa apretada resulta muy sexy. Quería que Caine Carraway estuviera tan poco seguro como yo. Había admitido haber fantaseado con hacer el amor conmigo en su oficina, y sí, habíamos hecho realidad aquella fantasía, pero no había ningún mal en tratar de que cayera nuevamente en la tentación.

Llegué a la oficina más de media hora antes de lo habitual. Para mi sorpresa, la puerta del despacho estaba entornada. Entré, preguntándome cómo podía haber cometido Caine el descuido de dejar el despacho abierto, y me paré en seco.

La luz estaba encendida y su ropa tirada en el sofá.

¿Qué era aquel ruido?

Miré hacia la puerta del baño y cuando se abrió me quedé atónita. Salió una nube de vapor y apareció él, sin nada más que una toalla en la cintura. «¡Oh, Dios!» Se quedó helado al verme. Nos miramos, sin poder apartar los ojos el uno del otro.

Sabía que si bajaba la vista vería gotitas de agua resbalando por sus abdominales.

¿Por qué tenía que ser tan guapo?

—Has llegado pronto —me dijo. Cambió de postura, incómodo, y sentí una oleada de satisfacción. Así que no le daba completamente igual estar en la misma habitación que yo prácticamente desnudo. Decidí aventar las llamas. Lo miré despacio de la cabeza a los pies, deliberadamente. Tenía ganas de lamerlo. Me estremecí.

Cuando volví a mirarlo a los ojos me alegré de ver el deseo en su rostro.

—También tú has llegado pronto —susurré con la voz ronca a consecuencia de mis pensamientos. Me miraba fijamente la boca.

Sintiéndome segura, le di la espalda y caminé despacio hacia su escritorio para dejar el cortado al lado del ordenador.

—Tu café —dije, sintiendo el calor de su mirada en la espalda. Sin volverme, me aparté del escritorio y avancé hacia la puerta.

—Alexa... —me advirtió.

Me volví a medias, abriendo mucho los ojos, con fingida inocencia. No pude seguir fingiendo cuando vi su erección bajo la toalla. Noté el vientre tenso y una oleada de calor entre las piernas.

—Deja de hacer eso —me exigió.

—No estoy haciendo nada. —Sonreí maliciosa, con los ojos fijos en el bulto de la toalla—. Al fin y al cabo no entro en tus planes.

Me miró con soberbia, pero no dijo nada. ¿Qué podía decir? Satisfecha de haberlo atormentado, lo dejé solo en su despacho. En cuanto cerré la puerta me apoyé contra ella. Las piernas me temblaban.

Tenía que rehacerme. Tardé bastante en conseguirlo, porque me pasé la siguiente media hora imaginando distintos finales para la escena que acababa de vivir y todos acababan con un polvo contra la puerta del despacho de Caine.

Quería que se terminaran de una vez las dos semanas que me quedaban. A lo mejor tendría que haberme marchado sin más.

Pero entonces... entonces él habría sabido que me tenía en sus manos y yo quería salir de aquella situación con parte de mi orgullo intacto por lo menos.

—Alexa, ven a mi despacho, por favor. —La voz de Caine me llegó por el intercomunicador unas horas después.

Tal vez iba a pedirme que me fuera. En tal caso yo podría salir del paso sin que pareciera que había cedido.

Suspiré. Aquello no era más que un deseo. En cuanto entré lo supe.

—¿Quieres que hagamos qué? —dije, incrédula.

—Un viaje de trabajo —me repitió, impaciente—. A Seattle. Este jueves. No suelo ir, pero han pedido hablar conmigo en persona. Necesito que me acompañes.

—¿Te parece buena idea que los dos hagamos un viaje de trabajo, juntos?

Me miró con frialdad.

—No soy un adolescente, Alexa. Sea lo que sea lo que crees que puedes haber ganado esta mañana, te equivocas. No dejo que ninguna mujer me tenga cogido por los huevos. Te aseguro que seré capaz de no ponerte ni un dedo encima, si es eso lo que me preguntas.

¿Por qué tenía que sentirme tan atraída por semejante gilipollas?

Sonreí. Él no lo sabía, pero acababa de facilitarme bastante la salida de la empresa al cabo de dos semanas.

—¿Crees que podrás soportarlo? —me preguntó.

—Oh, créeme —le dije—, ahora mismo tenerte cerca es como una ducha de agua fría permanente. —Apretó los labios, enfadado.

—Te he enviado los pormenores por email. Necesito que te ocupes de los vuelos y el hotel.

—De acuerdo. —Salí tranquilamente y me senté a mi mesa.

¿A Seattle? ¿Con Caine? ¿En un hotel?

Acabaría matándolo o acostándome con él de nuevo.

—¡Joder!
—Alexa, el intercomunicador está abierto.
«Mierda.»
Definitivamente, uno de los dos no saldría de Seattle de una pieza.

12

Caine me dejó en paz unos cuantos días. No me tuvo yendo de un lado para otro haciéndole los malditos recados. Fue su forma de ofrecerme una rama de olivo que yo acepté, guardándome para mí mis respuestas hirientes a sus peticiones.

Eso no impidió que el jueves por la mañana tuviera que batallar con un caleidoscopio de mariposas que se me arremolinaban en el estómago. Prácticamente no dormí y pasé la noche deambulando por el apartamento, asegurándome de que llevaba todo lo necesario en la maleta. Me tomaba una taza enorme de café cuando vi que un coche negro aparcaba frente a mi edificio y el chófer abría la puerta trasera. Caine se bajó y miró el edificio, pensativo. Yo lo miré a él, ávida. Llevaba varios días sin afeitarse y estaba guapo con la barba incipiente.

Le quedaba estupendamente el traje de cuatro mil dólares de Savile Row, uno de los que había encargado durante su estancia en Londres. Era entallado y elegante. Tenía mucha clase. Y el hombre que lo llevaba también. Porque, a veces, cuando no se comportaba como un capullo, Caine era un tipo con verdadera clase.

Aparté los ojos de él cuando se acercó a mi portal. Tenía la maleta abierta sobre el sofá. El neceser. Tenía que coger el neceser.

Sonó el timbre y me quedé momentáneamente desconcertada. ¿Cómo narices había entrado Caine en el edificio? Corrí a abrir la puerta y notó mi desconcierto.

—Tu vecina me ha dejado entrar —me explicó de inmediato. Fruncí el ceño. Mi vecina por lo visto no tenía sentido del riesgo.

—Podrías ser un asesino en serie.

Se encogió de hombros y avanzó un paso, obligándome a apartarme y dejarlo entrar.

—Supongo que no tengo pinta de asesino.

—Ha sido Evelyn quien te ha dejado entrar, ¿no? —Era una mujer que vivía para el trabajo, como yo en muchos sentidos, pero la volvían loca los hombres y cada fin de semana salía uno diferente de su piso.

—¿Es joven y rubia? —me preguntó. Asentí, consternada.

—Conseguirá que cualquier día me asesinen mientras duermo.

Caine asintió, ausente, y se situó en el centro de la sala de estar. Miró a su alrededor, evaluándolo todo.

—Yo... Enseguida estoy —le aseguré, y desaparecí.

Entré en el baño, cogí el neceser y luego el cargador del móvil de la mesilla de noche. Cuando volví al salón, Caine miraba por la ventana. Metí lo que llevaba en la maleta y cerré la cremallera.

Entonces Caine se volvió y miró al techo y luego la cocina. Me hizo gracia su curiosidad.

—¿Qué miras? —le pregunté.

—Aquí es donde vives. —Tanto el tono en que lo dijo como la afirmación en sí me resultaban incomprensibles, así que suspiré y cogí la maleta.

—Ya estoy lista.

Caine se hizo con la maleta.

—¿Qué haces? —Se la quité de las manos—. Puedo llevarla yo.

—Deja al menos que finja que soy un caballero. —Sujetó el asa y amablemente me la quitó.

Le seguí, refunfuñando.

—Espero que no finjas serlo durante todo el viaje.

—¿Y por qué no?

—Bueno, porque estoy inmunizada contra tu falta de caballerosidad. Mi sistema inmunitario no podría con tu buena educación. Entraría en *shock* y me moriría. —Aquello no era del todo cierto. A la vista de todo el mundo era un completo caballero. En privado, no tanto. Cerré con llave el apartamento y me di cuenta de que Caine sonreía.

Me detuve, sorprendida por su buen humor.

—¿Falta de caballerosidad? —dijo en tono burlón—. Apuesto a que no eres capaz de decirlo deprisa cinco veces seguidas.

Lo miré con cautela.

—No bromeaba. Vámonos. —Se limitó a encogerse de hombros y a acompañarme hasta el coche en silencio. Y al parecer estaba dispuesto a satisfacer mis deseos. El trayecto en coche hasta el aeropuerto fue incómodo. Íbamos los dos callados y yo hubiera querido poder apartarme más de medio metro de él.

»Ya nos veremos a la llegada —le dije ya en la terminal.

Frunció el ceño.

—¿Qué quieres decir?

Le entregué las tarjetas de embarque.

—Tú vuelas en primera clase, así que pasas por el control de seguridad de los de primera y esperarás la salida del vuelo en la sala de viajeros de primera.

—¿Y tú? —me preguntó, arrancándome de las manos la tarjeta de embarque—. ¿En clase turista? ¿Estás de broma?

Resopló impaciente y cogió mi maleta. Antes de que pudiera protestar ya se había puesto en marcha.

—¿Qué vas a hacer?

Corrí tras él con mis estúpidos tacones mientras él avanzaba a grandes zancadas hacia el mostrador de facturación rápida y abordaba a la empleada que lo atendía.

—Necesitamos cambiar el billete de mi empleada por uno de primera clase. ¿Es posible? —Deslizó mi tarjeta de embarque sobre el mostrador.

—¿Qué haces? —insistí—. No necesito volar en primera. Nunca volaba en primera con Benito.

—Eso era porque tu antiguo jefe era un puñetero tacaño. Mis empleados no viajan en clase turista. —«Y ahora estate calladita», me dijo con la mirada.

Una vez cambiado mi billete, Caine me acompañó sin contemplaciones a la sala de espera de primera y dejó nuestro equipaje en el suelo, junto a la barra del bar.

—Necesito una copa. ¿Tú necesitas una? —Indudablemente, yo también necesitaba una.

—Un cóctel mimosa, por favor —pedí.

Me senté en un taburete a su lado y esperamos en un incómodo silencio a que el camarero preparara mi cóctel y le sirviera una caña.

Una caña.

Eso sí que no me lo esperaba.

Por alguna absurda razón, que Caine se tomara una caña con su carísimo traje en la sala de espera de primera clase me hizo sonreír.

Sintiéndose observado, me fulminó con la mirada.

—¿Qué?

Aparté la vista y me llevé la copa a los labios.

—Nada —murmuré.

—¿Lexie? —Di un respingo, sorprendida. Tenía a alguien detrás llamándome. Giré el taburete. Vi la alta, musculosa y elegante figura que tenía a pocos centímetros y tuve que mirar hacia arriba para verle la cara al guapo Antoine Faucheux.

—¡Dios mío, Antoine!

Salté del taburete y lo abracé. Sentí sus fuertes brazos rodeándome.

Me dio un apretón y dos besos. Me miraba encantado, con chispitas en los ojos castaños.

Antoine era el jefe de compras de Le Bon Marché de París. Nos conocíamos desde hacía cuatro años. Solíamos vernos cuando iba a París con Benito, pero la última vez que lo había visto había sido en Nueva York, durante la Semana de la Moda. Incluso me había propuesto que saliéramos al principio, pero yo tenía pareja entonces, y cuando volvimos a vernos era él quien tenía pareja. Fue una pena. Indudablemente habíamos perdido la oportunidad.

Antoine miró más allá de mí y me puse rígida al recordar que teníamos público. Me volví hacia Caine, cuya dureza de aspecto no invitaba precisamente a la cordialidad. Sin embargo, mi madre me había educado para que tuviera buenos modales.

—Antoine, te presento a mi jefe, Caine Carraway. Señor Carraway, este es Antoine Faucheux, un amigo.

Antoine le tendió la mano con una sonrisa.

—Encantado de conocerlo —lo saludó con su encantador acento.

Caine miró la mano tendida y por un momento temí que no se la estrechara. Suspiré aliviada cuando lo hizo.

Antoine volvió a prestarme atención de inmediato.

—Estoy encantado de que nos hayamos encontrado. Vine a visitar a un amigo y me reuní también con Benito. Me quedé de piedra cuando me enteré de que te había despedido. Menudo idiota. —Ladeó la cabeza y me sonrió con los párpados entornados, de un modo que me encantaba—. Nunca he visto a nadie que se anticipe a las necesidades de alguien como hacías tú con Benito. Lo está pasando mal sin ti.

Sonreí con malicia, petulante.

—Me alegro.

Antoine soltó una carcajada y echó otro vistazo a Caine.

—Parece que no te va mal.

Podía parecerlo, pero no tenía intención de contarle la verdad. Le sonreí sin comprometerme.

—Bueno. —Hizo un mohín. Viniendo de cualquier otro habría sido un gesto ridículo, pero viniendo de él no lo era—. Tengo que coger un avión a París. Ha sido una visita corta, pero la próxima vez que venga a Boston, o a Nueva York, tenemos que vernos. —Bajó la voz y me miró con intención—. Noelle y yo rompimos, y he oído que ahora no sales con nadie. ¿Es cierto?

«Oh, joder.»

Sentí que me taladraban la espalda y supe que Caine había

escuchado y entendido el comentario de Antoine. No era difícil entender a qué se refería.

Nunca se me había pasado por la cabeza que querría escapar si alguna vez llegaba a encontrarme literalmente atrapada entre dos tíos buenos, pero si el suelo se hubiera abierto me hubiera arrojado directamente al agujero para librarme de aquella espantosa situación.

—Así es —le confirmé.

—Por supuesto, si vienes algún día a París... —Se agachó y me estampó otros dos besos, esta vez más despacio, con una mano en mi cintura—. El nuevo trabajo te sienta bien. Estás preciosa. —De habernos encontrado unas semanas antes, hubiera dejado que aquel francés tan atractivo hiciera conmigo lo que quisiera. Por desgracia estaba hecha un lío por culpa de aquel hombre de negocios que me estaba taladrando el cráneo con los ojos.

—Gracias —dije—. Espero que nos veamos pronto.

Antoine sonrió e hizo un gesto de asentimiento dirigido a Caine antes de marcharse. Me rehíce antes de regresar al taburete junto a Caine. Su expresión era premonitoria. Tomé aire y esperé.

Cuando empezaba a creer que no haría ningún comentario y que ya podía relajarme, se terminó la cerveza y me miró con cara de pocos amigos.

—Supongo que sabes que ese tío lo que quiere es follar contigo, ¿no?

Arrugué la nariz. Me desagradaba su vulgaridad.

—Por lo que veo te has tomado en serio eso de no fingir ser un caballero. —No me hizo ningún caso.

—¿Tú quieres follártelo? Esa es la cuestión.

«Oh, no.»

No iba a enfadarse ni a ponerse celoso. Sí, vale que a lo mejor me emocionaba la idea de que tuviera celos de Antoine, pero al mismo tiempo lo encontraba injusto y me confundía todavía más. Caine había dejado claro que lo que le había entregado el sábado era todo lo que quería de mí. No iba a dejar que me comiera el coco.

Mi respuesta fue bajarme del taburete con la copa en la mano. Crucé la sala con indiferencia y me senté lo más lejos posible de él con mi cóctel mimosa y una revista.

Me alegré de que entre su asiento y el mío hubiera un pasillo, porque tenía más ganas de darle un puñetazo que de hablar con él. Seis horas después, cuando el avión aterrizó en Seattle, estaba mucho más calmada y, de hecho, logré comportarme civilizadamente con Caine mientras abandonábamos el aeropuerto. Encontramos un chófer esperándonos.

Nos hospedábamos en el Fairmont Olympic e intenté no quedarme con la boca abierta cuando entramos. Había estado en hoteles bonitos, pero Benito prefería los hoteles modernos. El Fairmont era de la vieja escuela, precioso, de techo alto y con una escalera imperial en el vestíbulo, amueblado con mullidas y caras sillas y sofás clásicos. Pendía del techo una enorme araña de cristal a cuya luz brillaba la madera de castaño del mobiliario.

—Tenemos una reserva a nombre de Carraway —dijo Caine a la joven recepcionista. Ella le sonrió y tecleó algo.

—El señor Carraway y la señorita Holland. Tenemos reservada una suite de lujo para usted y una habitación para la señorita.

Caine suspiró con cansancio y me lanzó una mirada de reproche.

—¿Ya estamos otra vez?

Sabía a qué se refería sin necesidad de preguntárselo.

—Soy tu secretaria. Con una habitación común y corriente me basta y me sobra.

Volvió a ignorarme.

—¿Puede darle una suite a la señorita Holland?

La recepcionista comprobó rápidamente la disponibilidad y se disculpó con una sonrisa.

—No tenemos ninguna suite como la suya disponible, solo una habitación de lujo.

—Servirá.

Después de registrarnos fuimos hacia el ascensor.

—No hacía falta que lo hicieras, en serio.

—No me hagas repetirte las cosas —murmuró con impaciencia.

—Ya, las apariencias —murmuré también yo.

Caine me acompañó hasta la habitación, a pesar de que la suya estaba dos plantas más arriba. Una vez dentro de mi estupenda habitación de lujo me volví hacia él. Dejó la maleta en el suelo, junto al mueble del televisor.

—La cena con Farrah Rochdale y Lewis Sheen será en el restaurante del hotel —le recordé—, a las siete en punto.

Asintió, tenso, y caminó hacia la puerta.

—Te recogeré a las siete menos diez.

Un momento después se había ido y pude volver a respirar con normalidad. Me dejé caer en la hermosa cama y me quité los zapatos de tacón. Mirando la puerta me puse melancólica. Luché para que no me invadiera el abatimiento.

Solo tenía que cenar con él aquella noche. Al día siguiente estaríamos volando otra vez hacia Boston, donde me sentía más segura. Llevaría mejor la situación. En aquel hotel, teniéndolo tan cerca, me acordaba todo el tiempo de lo que podría haber habido entre nosotros y que el cabezota de Caine se negaba a ver.

A las siete menos diez en punto le abrí la puerta de mi habitación a Caine y tuve que bajar la vista inmediatamente para ocultar mi reacción al verlo. Se había afeitado. Afeitado estaba tan atractivo como sin afeitar y llevaba un terno gris perla entallado.

—¿Lista?

Asentí, cerré la puerta y lo seguí de camino al *hall*. No hizo ningún comentario sobre mi aspecto. Intenté que no me doliera, pero me dolió.

Me había vestido con especial cuidado. Llevaba un vestido

negro, sencillo pero muy sexy, de cuello alto, sin mangas, corto por encima de la rodilla. Se ceñía a mi cuerpo como una segunda piel. Me había calzado unos Louboutins que había comprado hacía un par de años por un precio irrisorio en las rebajas de unos grandes almacenes. Por una vez me había dejado suelta la melena ondulada. Sabía que no era como más le gustaba a Caine que la llevara, pero me sentía rebelde.

En el restaurante nos llevaron a una mesa a la que estaba sentada una mujer de treinta y tantos con un colega de cuarenta y pico. Farrah Rochdale era la consejera delegada de la empresa de gestión financiera Rochdale, y Lewis Sheen era su director financiero. La compañía, que había sobrevivido dos generaciones, cuando llegó a las manos de Farrah necesitaba captar nuevos clientes, a pesar de haber ayudado en el pasado a algunas de las empresas más meteóricas del país. La compañía de Caine la rescató con la idea de reflotarla. Le inyectó capital e influencia. Como parte del *holding* Carraway había llegado a ser uno de los grupos de gestión financiera más boyantes de la Costa Oeste.

Sin embargo, Farrah había pedido reunirse en persona con Caine para hablar de algo importante sobre la compañía.

Yo no sabía qué esperar del encuentro ni qué pasaba. Como tampoco sabía que Farrah Rochdale fuera tan joven y tan atractiva. Tanto ella como Lewis nos vieron llegar y se levantaron. Noté lo alta que era. Llevaba la melena pelirroja recogida en un moño y un vestido lila drapeado que realzaba su estupenda figura. Farrah se acercó a recibir un beso de Caine en la mejilla antes de que este le tendiera la mano a Lewis.

—Esta es Alexa, mi secretaria —me presentó, y tendí la mano en primer lugar a Farrah. Su curiosidad por mí me incomodó y me ruboricé.

Me sentí muy aliviada cuando le tendí la mano a su colega. Me sonrió y me la cogió, pero en lugar de estrechármela se la llevó a los labios en un gesto pasado de moda que encontré encantador.

—¿Nos sentamos? —Caine apartó la silla para mí y Lewis

me soltó la mano. La caballerosidad de Caine no me pilló por sorpresa. Estábamos en un sitio público, y una de las muchas cosas que hacían de Caine un hombre con clase era que siempre apartaba la silla en las reuniones o comidas de negocios para que me sentara. Es más, nunca se sentaba hasta que yo lo había hecho y, si me levantaba por la razón que fuera, se levantaba también.

Lewis hizo lo mismo por su jefa y, una vez acomodadas Farrah y yo, los hombres tomaron asiento. Yo estaba justo frente a ella, con Caine a mi izquierda y Lewis a la derecha, y noté la mirada de Farrah sobre mí mientras leía la carta.

Cuando hubimos pedido, Caine se relajó y se apoyó en el respaldo.

—¿Y bien, cuál es el problema? —le preguntó a Farrah. Ella suspiró pesadamente.

—Quiero dejarlo.

Caine frunció el ceño.

—¿Por qué demonios quieres hacer algo así?

—Caine... —Farrah se inclinó hacia delante, hablándole en un tono que sugería mucha familiaridad entre ambos—. Sabes que nunca he querido hacerme cargo de la empresa de mi padre.

Me encontré esperando la respuesta de Caine, molesta por el modo que tenían de tratarse.

—¿Por eso has luchado por ella contra viento y marea?

Definitivamente había algo entre ellos. No habría puesto la mano en el fuego, pero estaba segura por la forma que tenían de mirarse, de hablarse.

Farrah sonrió.

—No quería la empresa, pero tampoco quería que el legado de mi abuelo se perdiera. Mi padre se mató a trabajar en ella. No podía dejarla sin más. Pero ha llegado la hora de que me vaya.

Caine no hizo ningún comentario. Llegaron los entrantes antes de que dijera nada y acabábamos de empezar a comer cuando dejó el tenedor en el plato.

—¿Te das cuenta de que en el consejo de dirección habrá opiniones enfrentadas sobre quién debe sucederte?

Farrah lo recompensó con una sonrisa íntima. Tuve que tragar porque se me había hecho un nudo en la garganta de los celos. Sí, indudablemente había habido algo entre ellos.

—Sí, y esa es la razón por la que te pedí que nos viéramos. La empresa se llama Carraway. Tienes mucha influencia en ella y sé que te tomarás en serio mi recomendación.

Caine no dio a entender nada. Miró a Lewis Sheen.

—Quieres que Lewis te sustituya.

Farrah sonrió a su director financiero.

—Conoce la compañía mejor que nadie. Sabe dónde estamos y hacia dónde nos dirigimos.

—Y me preocupa el futuro de la empresa —añadió Lewis—, algo que los empleados de hoy en día no suelen hacer. Es un lujo infrecuente.

Caine se lo quedó mirando un momento.

—Estoy de acuerdo.

Fue como si Farrah y Lewis se deshincharan de alivio.

—Gracias, Caine.

—No me las des todavía. Haré lo que pueda, eso es todo.

Ella sonrió agradecida.

—Sé exactamente de lo que eres capaz.

Después de oír aquello traté de actuar con normalidad, pero me fue difícil. La piel me ardía y hubiera querido estar en cualquier parte menos sentada a la mesa con Caine y su antigua amante. Hablaron un rato sobre la posible toma de poder de Lewis y luego de a qué quería dedicarse Farrah en adelante. Mientras le contaba a Caine que le habían ofrecido trabajar en el departamento financiero de una importante firma de moda de Nueva York, Lewis se esforzó por darme conversación. Intenté prestar atención, pero me costaba porque quería estar lo más lejos posible de la mesa.

Cuando terminamos de cenar y Farrah, Caine y yo pedimos los cafés, Lewis se levantó.

—Espero que me disculpéis, pero le he prometido a mi mujer que llegaría pronto a casa. —Me sonrió—. Encantado de conocerte, Alexa. —Le tendió la mano a Caine—. Como siempre, ha sido un placer, señor Carraway. Muchísimas gracias por haberse reunido con nosotros y por apreciar lo que puedo aportar a la empresa. —Se dirigió a Farrah—: Hablaremos pronto.

Nos despedimos de él y me hundí en la silla, deseando tener una buena excusa para irme también. No quería ser la que no pintaba nada en la mesa. Farrah parecía haber olvidado mi presencia, sin embargo. No creo que lo hiciera a propósito. Simplemente, solo tenía ojos para Caine.

Llevó ella la conversación hacia un terreno cada vez más personal. Estuvieron hablando de las cenas y comidas a las que habían acudido juntos. Aunque Caine seguía tan críptico como de costumbre, parecía ligeramente más relajado con ella. Casi la odié por ello. Por lo único que seguí mirando cómo le acariciaba el brazo a Caine y se reía con algunas anécdotas fue porque él apenas sonreía y no logró hacerlo reír ni una sola vez.

Si lo hubiera conseguido, para mí habría sido la muerte.

El coqueteo, sin embargo, me estaba haciendo un daño considerable. La verdad era que, para empezar, ni siquiera sabía para qué estaba yo allí. Caine no me necesitaba para ser testigo de sus flirteos con una mujer por la que obviamente se había sentido atraído en el pasado. No quería verlos avivar la llama. Tenía náuseas. Quería tomarme un lingotazo, lejos de ellos.

Me levanté bruscamente y Caine, desconcertado, me imitó.

—Si me perdonan, creo que yo ya me retiro. —Caine frunció el ceño, pero asintió.

Miré a Farrah.

—Encantada de conocerla.

«¡Y qué más! ¡Menuda mentirosa estás hecha!» Ella se dignó a sonreírme levemente.

—Igualmente. —Sin mirar a Caine ni una sola vez más, salí del restaurante y entré en el bar del hotel. Encontré un taburete vacío y me senté.

El camarero, un chico joven, me sonrió.

—¿Qué le sirvo, señora?

Uf. ¿Cuándo me había convertido en una «señora»? Algo más para olvidar con una copa.

—Glenlivet con hielo.

El camarero ni siquiera pestañeó. Volvió con el whisky. Tomé un trago y dejé que el calor del alcohol me bajara por la garganta y se me esparciera por el pecho. Al instante me sentí un poco más relajada. Estuve un rato allí sentada, con el vaso entre las manos y jugando con el móvil. Rachel me había mandado una foto de Maisy sentada sobre la espalda de su marido, Jeff, que estaba tendido en el suelo, boca abajo, con las manos atadas a la espalda.

Le mandé un mensaje de texto: «Tu hija me preocupa.» Segundos después me llegó la respuesta: «Ya lo sé, ¿vale? Es muy divertida.»

Sonreí y metí el móvil en el bolso. Rachel encontraba a Maisy divertidísima. A los demás nos parecía un demonio de niña.

—¿Puedo invitarte a otro?

Sorprendida por la cercanía de la voz, di un respingo. Un joven trajeado estaba sentándose en el taburete de al lado. Lo miré, un poco achispada. Era atractivo y su buen humor me gustó. ¿Por qué demonios no?

—Puedes.

Sonrió.

—¿Qué vas a tomar? —Se lo dije y sonrió más.

—¿Un whisky solo?

—Estoy ahogando las penas.

Llamó al camarero y pidió dos whiskies.

—¿Y qué hace una monada como tú ahogando las penas? —Hice una mueca.

—¿Qué pasa?

—¿Monada? ¿Lo dices en serio?

—Solo digo lo que veo. —Me tendió la mano—. Barry.

Se la estreché.

—Alexa.

—Así que, Alexa, te lo pregunto otra vez. ¿Por qué estás ahogando las penas? —Cogí el vaso que el camarero me había puesto delante y ladeé la cabeza, evasiva.

—Adivina —le propuse.

—Mmm... ¿problemas de trabajo?

Estiré dos dedos y lo apunté con ellos.

—Bingo.

Barry sonrió y se me acercó más.

—¿Qué tal si comprobamos cuánto tardo en hacerte olvidar los problemas?

—¡Qué demonios! No tengo nada que perder. Hazlo lo mejor que sepas, Barry.

Y lo hizo.

Hablamos sobre música y películas. Defendí con fervor a los Red Sox y él a los Mariners, y lo hicimos coqueteando, apartándome yo el pelo de los hombros de forma femenina y sugerente y él alimentando mi vanidad. No hablamos de nada serio y por un rato me sentí deliciosamente achispada, relajada, y deseada.

No sabía cuánto rato llevábamos allí sentados, pero casi me había acabado ya el segundo whisky y estaba planteándome pedir un tercero cuando Barry me puso la mano en el muslo.

—¿Por qué no nos lo tomamos arriba, en tu habitación?

Miré su mano y tengo que admitir que me lo planteé. Quería olvidar cómo era sentir el cuerpo de Caine y, como reza el viejo dicho, un clavo saca otro clavo. Con el whisky calentándome todavía el pecho no me pareció tan mal consejo.

—O mejor todavía, ¿por qué no apartas esa mano antes de que te la rompa?

La amenaza de Caine me dejó sin respiración. Me volví y lo vi detrás de nosotros, con los ojos oscuros fijos en Barry, que se sonrojó, se apartó del taburete y murmuró una disculpa antes de irse.

Se largó antes de que pudiera hacer algo para detenerlo, aunque no me apetecía mucho. No hay nada menos atractivo que un perro con la cola entre las piernas, pero... Pocos hombres no se habrían sentido intimidados por la mirada de Caine.

—¿Y esto a qué viene?

El músculo de la mandíbula le temblaba. Le costó unos segundos hablar.

—Estoy evitando que cometas un error por culpa de la borrachera de la que te arrepentirás mañana por la mañana. —Con una mano cálida me cogió del brazo y con delicadeza me ayudó a bajar del taburete—. Te acompañaré a tu habitación.

Me solté, exasperada por su prepotencia.

—¿Cómo? Me has estado ignorando mientras coqueteabas con Farrah Rochdale. ¿Ahora pretendes arruinarme la diversión? —Caine endureció la expresión, pero no me contestó. Volvió a agarrarme del codo y me sacó del bar.

No podía hacer nada. Si intentaba detenerlo montaría una escena y, pese a lo que pudiera pensar de mí, estaba achispada, no borracha.

Me llevó hasta el ascensor.

—No te ignoraba. Has sido tú quien me ha estado ignorando.

El ascensor comenzó a subir.

—¡Oh, claro! Qué tonta soy. Soy yo la culpable de que flirtearas con otra mujer delante de mis narices pocos días después de haberte acostado conmigo.

—No es que sea asunto tuyo, pero Farrah y yo somos viejos amigos, nada más. Nunca mezclo los negocios con el placer.

Le lancé una mirada furibunda.

—Sé por propia experiencia que eso no es cierto. —Se ruborizó ligeramente.

—Casi nunc...

El ascensor se paró y se abrieron las puertas, cortándole. Me apresuré a salir con la esperanza de que no me siguiera.

No tuve tanta suerte. Me alcanzó y me cogió del brazo de nuevo.

—Soy perfectamente capaz de llegar a mi habitación yo sola.

En lugar de escucharme, me cogió el bolso y buscó la llave.

—No estoy borracha —insistí.

—Entonces ¿has tomado a sabiendas la decisión de coquetear con ese capullo? —me preguntó. Nos detuvimos ante mi puerta.

Resoplé y esperé a que la abriera. Para mi consternación, entró y me sostuvo la puerta.

—Ya puedes irte —le espeté furibunda una vez dentro. Me incliné para quitarme los zapatos y a punto estuve de caerme cuando oí el portazo.

Caine seguía detrás de mí, mirándome.

—Ya puedes irte —repetí. Siguió mirándome con aquella mirada suya tan sobrecogedora—. ¿Qué? ¿Ahora, qué?

—Lo siento si te he hecho daño esta noche —me dijo, y, por alguna razón, su disculpa avivó las llamas de mi ira—. No te lo mereces.

No sé si por el alcohol o por la tensión acumulada durante los últimos días por el hecho de tener que ignorar la química que había entre nosotros, estallé. Solté todo el dolor y la furia.

—¿Sabes qué? Tienes razón. Merezco algo mejor. Me lo he merecido toda la vida, pero nunca lo he tenido. Ni tampoco lo tuvo mi madre. —Allí de pie, Caine recibió todo mi dolor, helado.

»Mi madre se negó a buscar algo mejor, pero yo no cometeré el mismo error. En cuanto mi padre me contó lo que le había hecho a tu madre, a tu familia, lo eché de mi vida. —Vi el modo en que le brillaban los ojos al enterarse. Me miraba fijamente a la cara—. Lo consideraba una especie de héroe —susurré—. Un príncipe de cuento que aparecía el día de mi cumpleaños y me traía un montón de regalos y hacía feliz a mamá. Un día vino para quedarse y creí que por fin había venido a salvarnos. Seguí creyéndolo hasta que fui una adolescente, hasta que tuve edad suficiente para entender que era un vago y un consentido que no servía para nada, que hacía llorar mucho más que reír a mi madre. Fingía no enterarme, sin embargo. —Resoplé con amargura recordando cómo metía la cabeza debajo del ala—. Seguí engañándome hasta que, hace siete años, me lo confesó todo. Lo odié por lo que le había hecho a tu madre, por haberme mentido durante tantos años, por tener una familia de la que yo nada sabía, por haber recurrido a nosotras cuando no le quedaba nada más, cuando éramos su último recurso. Me fui de casa. Pero no iba a poder superarlo hasta que no supiera toda la verdad. Así que volví y le pregunté a mi padre el nombre de tu madre y el tuyo, pero se negó a decírmelo. Decidí que no necesitaba saber eso, que lo único que me hacía falta era que mi padre se disculpara contigo, que demostrara su arrepentimiento y que no solo le importaba lo que le ocurriera a él, sino también a quienes había perjudicado. Se negó a hacerlo. Entonces le dije que no quería volver a saber de él nunca más, y jamás regresé. Perdí a mi madre por su culpa, porque se negó a venir conmigo y dejarlo, y me culpó de abrir un abismo entre ambos. Ahora no puedo arreglar el muro que alcé entre ella y yo porque está muerta, porque se ha ido... Todo lo que me queda en este mundo es un abuelo demasiado avergonzado de mí y un jefe que disfruta tratándome como una mierda. Pues se acabó. Fin de la historia. Yo no soy mi padre y nunca le haría a nadie el daño que él ha hecho. Quería que lo entendieras, que me vieras como soy. Que vieras... que vieras que estoy por encima de todo eso. Nunca he merecido tu desprecio y no pienso seguir soportándolo. —Le señalé la puerta, harta de todo—. Así que márchate, Caine.

Estaba demasiado enfadada para apreciar ningún cambio en su expresión, para notar la suavidad con la que dijo mi nombre.

—Lárgate, Caine.

—Lexie, yo no sabía nada de esto.

—¡Porque no te has molestado en preguntármelo! —le grité—. Ahora ya da igual. Cuando volvamos a Boston, lo dejo. A la porra las dos semanas. Se acabó. —Le di la espalda y fui hacia el baño. Esperaba que cuando saliera se hubiera marchado. Pero no llegué a entrar siquiera. Oí pasos rápidos a mi espalda antes de que me obligara a volverme y me abrazara.

Susurró mi nombre y pegó sus labios a los míos.

13

Le devolví el beso. Lo cierto era que incluso cuando me sacaba de quicio seguía deseándolo, lo que me ponía todavía más furiosa.

Mis emociones se alimentaron del beso. Me abracé a su cuello y le hundí los dedos en el pelo. Me acarició las mejillas con los pulgares, como si me secara unas lágrimas que no había derramado.

Tiré de su chaqueta y echó los brazos atrás para que se la quitara, sin dejar de besarnos con avidez.

Caine me fue llevando hacia la cama sin que nuestros labios se separaran hasta que me cogió en brazos y me dejó en medio del colchón.

Me quedé mirándolo, jadeando, todo mi cuerpo inflamado. Me tenía atrapada en su mirada mientras se desabrochaba el chaleco y la camisa.

¿Cómo era posible que un momento antes hubiera querido apartar a ese hombre de mi vida por mi propio bien y ahora quisiera sentirlo dentro de mí?

—Esto es una locura —susurré—. ¿Qué estamos haciendo?

Se quitó la camisa y la tiró al suelo. Inmediatamente buscó la cremallera de mi vestido.

—Tomando lo que los dos queremos. —Me bajó la cremallera y me estremecí.

—¿No te importa que esté borracha? —Esbozó una sonrisa maliciosa y fue subiéndome la falda despacio por encima de los muslos, el vientre y los pechos. Alcé los brazos para que pudiera sacármelo. Me comía con los ojos. Yo estaba tumbada debajo de él, en sujetador y braguitas negras de encaje. Vi la erección pujante contra la tela de sus pantalones.

Cuando alcé la vista nuestros ojos se encontraron.

—Hace un minuto estabas un poco achispada, no borracha —me recordó. Se estaba divirtiendo. Arqueé una ceja.

—Esté achispada o borracha, un caballero no se aprovecharía de la situación.

—Bien, entonces estás de suerte. —Me deslizó el dorso de la mano por el vientre hasta el elástico de las braguitas. Se me encogió el estómago. Me miró con aquellos ojos tan negros y ardientes—. Ambos sabemos que yo no soy un caballero.

El deseo que dejaba traslucir su voz hizo que se me marcaran los pezones bajo el sujetador.

—Creía que yo no entraba en tus planes. —Me apoyó la palma en el vientre y me lo acarició en sentido ascendente, pasando entre mis pechos.

—Y ambos sabemos que eso era mentira.

Me desabrochó el cierre delantero del sujetador y me lo quitó.

El aire frío me acarició los pechos y después lo hizo el calor de su mirada. Me los acarició con cuidado y contuve el aliento. Caine no dejó de mirarme mientras, despacio y con delicadeza, me los amasaba.

—Eres guapísima.

Creo que dejé de respirar.

—No puedo dejar de pensar en enterrarme en ti. —Se recostó sobre mí, su erección contra mi vientre, y sus labios sobre los míos—. Estar dentro de ti es como estar en el paraíso. —Sus facciones iban tensándose conforme me acariciaba los senos con más fuerza—. Incluso querría castigarte un poco por hacerme sentir así.

Jadeé buscando aire, luchando por serenarme un poco.

—Y yo que creía que ninguna mujer podía agarrarte por los

huevos. —Intentaba bromear, pero tenía la voz ronca de deseo. Me separó los muslos y frotó su erección contra mí. Gemí, sintiendo una oleada de calor subiendo de entre mis piernas.

—Ninguna puede. Pero tú desde luego tienes la costumbre de ponerme como un adolescente espiando los vestuarios de las chicas. —Reí y él sonrió.

Volvió a frotarse contra mí.

—Me gusta.

—¿Qué es lo que te gusta? —Me besó y lo abracé, pegándome más a él. Me besó la cara y el cuello y los senos. Por mucho que deseaba su boca por todo mi cuerpo, estaba desesperada por explorar el suyo. Quería acariciar y besar cada centímetro de su piel desde hacía mucho tiempo, pero desde que lo había visto envuelto en aquella toalla a principios de semana, soñaba con tenerlo por completo a mi merced. Lo empujé con todo mi peso y lo tumbé de espaldas. Me miró con el ceño fruncido.

Me senté encima de él, meciéndome contra su erección y acariciándole levemente los abdominales. Se encogió y noté también la respuesta en la entrepierna. Al menos en el sexo estábamos en igualdad de condiciones. Aquello igualaba el marcador y tengo que admitir que me aproveché.

—Tú ya tuviste la ocasión. Ahora me toca a mí.

Le brillaban los ojos y me sujetó por las caderas.

—Adelante, cariño.

«Cariño.»

Me gustó.

Lo besé, balanceándome sobre su erección. Intentó tomar el control del beso, tirándome suavemente del pelo, pero rompí el contacto y le besé el cuello. Aspiré el olor de su colonia, que tanto me gustaba.

Mientras le pasaba la boca por el pecho me acariciaba la espalda, los senos, las caderas, el vientre y el trasero.

Le lamí un pezón y sentí su pene crecer contra mí.

Escondiendo mi sonrisa de triunfo, se lo chupé y se lo acaricié. Cuando noté que se impacientaba, bajé probando el sabor de su trabajado vientre. Me aparté para desabrocharle los pantalones.

Caine tenía toda la musculatura en tensión cuando me bajé de la cama para quitárselos. Me quedé de pie un momento para disfrutar de verlo. Llevaba unos bóxers de buena marca. Aquello era como tener a un modelo de ropa interior excitado en mi cama. Los pezones se me endurecieron.

—Joder... —dijo Caine, con expresión reverencial.

No tuvo que decir más. Sus ojos lo decían todo.

Tenía el don de hacerme sentir la mujer más atractiva del mundo. No me dio tiempo a hacer nada más, porque Caine se quitó la ropa interior y su erección quedó libre. Tiré al suelo los bóxers. Sin aliento, volví a la cama y me fui deslizando hasta el pene.

Sin una palabra, me incliné y me la metí en la boca.

Su gruñido de placer resonó en la habitación. Sostuve la base mientras se la chupaba. Encontré el ritmo enseguida, excitándome más y más a medida que el placer de Caine se intensificaba. Respiraba con pesadez, tenso, moviendo arriba y abajo las caderas, metiéndola y sacándola de mi boca.

—Lexie —jadeó, y apreté los muslos, desesperada también yo por correrme—. Lexie, para. —Me acarició el brazo—. Lexie.

Pero no podía parar. Quería que perdiera el control por completo. Lo necesitaba.

De pronto me vi en el aire y después tumbada boca arriba con él encima.

—Has tenido tu tiempo —gruñó, metiendo los dedos por debajo de las braguitas. Sus ojos brillaron—. Qué mojada. —Se los empujé hacia abajo y los deslizó dentro de mí.

—He conseguido hacerte perder el control —admití suavemente.

—¿En serio? —Incrementó las caricias, llevándome al clímax.

Estaba tan excitada que sabía que no tardaría en hacer que me corriera.

—Esto funciona en ambos sentidos. Te haré perder el control a ti antes de perderlo yo. —Le aparté los dedos y me quité las braguitas, doblando de lado las piernas para sacármelas. Una vez libre de ellas, de nuevo cogí su erección y me la llevé a la entrepierna.

—Acepto el reto —jadeé y me la metí.

Eché la cabeza atrás, cerré los ojos y saboreé la sensación de sentirlo dentro, llenándome.

Me tomó por las caderas, hundiendo los dedos, hundiéndoseme en mi piel. Abrí los ojos y lo miré fijamente, cabalgándolo. Estaba completamente concentrada en él, en nosotros, en nuestro placer. Solo existían sus ojos fijos en los míos, el tacto de su piel caliente, sus manos sujetándome las caderas, guiándome arriba y abajo, el sonido de mis gemidos, sus gruñidos, el olor a sexo flotando en el aire...

La tensión creció dentro de mí y ya no pude pensar en nada más que en llegar al orgasmo. Cambié de ritmo y me dejé caer con más fuerza.

—Lexie —jadeó Caine. Me sujetaba tan fuerte que casi me hacía daño—. Joder, Lexie.

—Sí. Sí, sí, s... —Me quedé sin aliento cuando, sin ningún miramiento, me obligó a ponerme boca arriba y me sujetó las manos a ambos lados de la cabeza, apartándose de mí—. ¿Qué haces? —gemí, frustrada, apretando los muslos contra sus caderas, esperando que volviera a poseerme.

Me besó, lamiéndome los labios, pidiendo con la lengua entrar en mi boca. Me dio después besos dulces en la mandíbula y la oreja.

—Solo recordarte quién manda aquí —me susurró.

Mi frustración se tornó en indignación e intenté soltarme.

—¿Bromeas?

Su cuerpo se agitó contra el mío y, cuando alzó la cabeza, vi que se estaba riendo.

Arrugué la nariz e intenté sin éxito que me soltara las manos.

—Estás obsesionado por el control.

—Forma parte de mi encanto. —Me besó, esta vez empujando con la lengua en lugar de lamerme los labios con suavidad, pero yo los mantuve apretados, enfadada con él. No me gustaba la quemazón del orgasmo insatisfecho—. Lexie —murmuró, persuasivo—, abre la boca.

Negué con la cabeza, tozuda.

Caine sonrió.

—Eres la mujer más cabezota que he conocido. —Movió las caderas, penetrándome de nuevo. Suspiré de placer—. Hace que desee domarte, aun sin esperanza de éxito.

Eso penetró en mi mente y sonreí.

—Pero te gusto cabezota, ¿verdad? —Me soltó una de las manos para acariciarme. Jadeé cuando me presionó el clítoris con el pulgar.

—No me gustarías de ningún otro modo, Alexa Holland.

Me quedé sin aliento cuando dijo mi apellido, aceptando quién era yo. El jadeo consecuencia del *shock* se lo tragó Caine en un beso profundo, apasionado, que me dijo que ya no le importaba mi familia, que era a mí a quien quería.

«A mí.»

Enredé los dedos en su pelo, devolviéndole los besos con toda el alma, pero seguía acariciándome el clítoris y llegó un punto en que solo sentí el placer que se iba expandiendo en mis entrañas. Caine tomó el beso mientras yo suspiraba y murmuraba su nombre en su boca y agitaba las caderas. Le tiré del pelo.

—Caine... —jadeé, con los muslos temblorosos.

Una última embestida.

Su pulgar me llevó al límite. Mientras me arrollaba un orgasmo espectacular, me sujetó de nuevo la mano. Gemí. Me penetró más profundamente aún.

—Lexie... —gruñó con un destello de satisfacción en los ojos.

Me hice eco de esa satisfacción. Notaba el cuerpo líquido y lánguido bajo el suyo mientras se movía, cada vez más deprisa. Imprimió más fuerza a sus embestidas, sus dedos entrelazados con los míos y sujetándome de modo que estaba totalmente a su merced. Para mi sorpresa, comencé a sentir cierta presión dentro de mí de nuevo, un calor mezcla de placer y dolor.

Moví las caderas contra él y le seguí el ritmo. Me soltó las manos y se puso de rodillas, levantándome los muslos, separándomelos más. Y entonces entró tanto en mí que noté su polla besándome el útero.

—Tómame, Lexie —me pidió con voz gutural, rota.

No pude hacer otra cosa que lo que me pedía.

Y fue increíble ver cómo empujaba con la cadera, con los músculos del cuello marcados. El clímax lo arrolló.

—Dios... —Respiraba agitadamente y me soltó los muslos doloridos para dejarse caer sobre mí. Todo su cuerpo se derramó contra mí mientras escondía la cara en el hueco de mi hombro. Intentamos recuperar el aliento a la vez. Noté la mano caliente de Caine bajando hasta la parte posterior de mi rodilla izquierda. Tiró de ella hacia sí con delicadeza y supe qué quería. Le rodeé la cintura con las piernas y la espalda con los brazos y me mantuve abrazada a él un buen rato.

14

No sé si fue la luz que se filtraba por las cortinas ligeramente abiertas o que noté el calor de una mirada en mi cara. Sea como fuere, me desperté, y encontré a Caine a mi lado, con la cabeza apoyada en una mano y los ojos fijos en mí.

Había estado observándome mientras dormía. Recordé la noche anterior. Tras la primera ronda nos quedamos dormidos un rato. Me desperté en la oscuridad de la noche, lo encontré a mi lado lo desperté para una segunda sesión. Saciados, nos habíamos dormido luego. Descansé como nunca después del mejor sexo que había tenido jamás, pero ahora, despiertos, a la luz del día, no sabía qué significaba que Caine se hubiera quedado a dormir conmigo. Ni qué significaba que me hubiera estado observando mientras dormía. Se me encogió el estómago al darme cuenta de que estaba a punto de averiguarlo.

—Hola —le dije en voz baja, insegura. Caine me acarició la mejilla con el pulgar de la otra mano.

—Hola.

El hecho de que no saliera corriendo por la puerta sugería que quizá fuese un buen día, después de todo. Pero quería estar segura.

—Pareces pensativo.

—He estado aquí acostado, pensando en cómo te he tratado. —Frunció el ceño—. No me gusta sentirme culpable, Lexie. Trato de evitarlo.

Su semblante preocupado me hizo sonreír.
—Te las traes.
—Te he hecho trabajar sin descanso.
—Eso es cierto.
Se le oscureció la mirada.
—Te puse en una posición comprometida con Phoebe.
—También es verdad.
—Fui insultante porque no quería admitir cuánto me atraías.
—Caramba. Vale. No esperaba que lo admitiera abiertamente. Que lo hiciera me llenó el pecho de calor, de una suavidad que se expandió por todo mi cuerpo.
—¿Y ahora? —Contuve el aliento, esperando una respuesta positiva.
Los ojos de Caine siguieron sus dedos mientras me acariciaban las clavículas y bajaban hasta mis pechos. Me estremecí.
—Te equiparé a tu familia y no debí hacerlo. No puedes evitar ser quién eres, ni yo tampoco.
Lo miré fijamente, aliviada de que al fin hubiera entendido aquella verdad. Sonrió de un modo muy atractivo, curvando ligeramente las comisuras de los labios.
—Sabes que eres la única que se atreve a gritarme. Y no estoy seguro de que eso me guste.
Los evalué, a él y a su sonrisa. También yo sonreí.
—Tampoco creo que lo detestes.
En lugar de reír, Caine se puso serio de repente.
—Tenías razón anoche, ¿sabes? Te mereces algo mejor. Por eso... tengo que contarte algo. —Se me cayó el alma a los pies.
—¿Tienes que hacerlo?
—No quiero herirte, pero debes saber la verdad sobre tu padre y tu abuelo. —Por cómo me miraba supe que no quería saber lo que tenía que contarme.
—Caine... —susurré.
—Fue Edward quien pagó a mi padre, no Alistair. Fue tu abuelo quien dio a mi padre aquel condenado dinero para tapar la implicación del tuyo en la muerte de mi madre.

Tuve la sensación de que la cama había desaparecido y que estaba en caída libre. Fue como una sacudida. Me quedé mirándolo, tratando de asimilar lo que acababa de decirme.

Mi abuelo, la única persona en la que creía que podía confiar, formaba parte de la horrorosa historia de mi familia. Había intentado cubrir a mi padre. ¿Por qué? No por su hijo, eso seguro, porque ya lo había desheredado. Lo había hecho para proteger el apellido Holland. Para proteger su posición social. Sentí náuseas.

Si mi abuelo era capaz de algo así, ¿qué clase de hombre era? Recordé sus palabras dulces, su ternura. El hombre al que conocía no tenía nada que ver con el que Caine me describía. Y si había sido el abuelo quien había sobornado a Eric, eso significaba que mi padre no era tan terrible como pensaba... que no había sido el único catalizador del suicidio del padre de Caine.

«¡Dios mío!»

—¿Estás seguro? ¿Cómo lo sabes?

La mirada de Caine era dura.

—Porque estaba allí cuando se lo dio.

—¡Por Dios! —Sentí un pinchazo en el corazón.

—¿Lexie? —Me miraba preocupado y me di cuenta de que acababa de decirme lo último que deseaba oír. De haber sido cualquier otra persona la que me hubiera revelado aquello en un momento de vulnerabilidad... Pero Caine no. De hecho no solo estaba preocupada por mí sino por él, y entonces me di cuenta de que lo que sentía por Caine era auténtico.

—Debes odiarlos mucho.

—Odiar es dar mucho poder.

En aquel momento su fuerza me llenó, y el dolor de su revelación disminuyó un poco solo porque él estaba conmigo, por la ternura de su mirada.

—Ahora mismo eres lo único auténtico que tengo —dije—. Tienes que saber que no quiero perderlo.

Me acarició con la mejilla de nuevo.

—No soy la clase de hombre que buscas, Lexie. Nunca lo

seré. —Se me cayó el alma a los pies. La desesperación me invadió.

—¿Qué quieres decir?

El remordimiento nubló su mirada.

—Buscas a alguien especial, aunque no quieras admitirlo. ¿Yo? Yo no puedo comprometerme, no puedo cambiar. Eso, sencillamente, no me va... —Me acarició el brazo con los nudillos—. Pero no quiero que esto termine todavía. Nos gustamos. Nos deseamos. —Lo miré sorprendida. Creía que estábamos a punto de hablar de cómo iba a salir de su vida, no de...—. Y el sexo contigo es... —Sonrió con picardía—. No sé tú, pero a mí me gustaría explorar un poco más. —Se me erizó el vello solo de pensarlo, pero no supe qué decir. Estaba emocionalmente ligada a él. Con el sexo no me bastaría. ¿O sí?—. Soy lo bastante egoísta como para pedirte más tiempo, Alexa. Podríamos disfrutar de esto mientras dure y dejarlo llegado el momento. Sin hacernos daño, sin mentiras.

Miré su cara, tan atractiva, y me pregunté cómo narices se suponía que tenía que responder a eso. Mientras Caine me miraba noté su calidez. Nunca me había mirado así antes. Había algo en su mirada. Algo más.

No. Era una idea peligrosa. Pero... ¿no valía la pena intentarlo? Podía pasar lo peor, claro. Podía enamorarme y que él quisiera acabar con la relación igualmente. Sin embargo, Effie decía que Caine necesitaba una mujer pertinaz, que no se dejara intimidar. No podría cambiar lo que sentía por mí, por lo nuestro, si no estaba ahí para hacerlo. Acababa de decirme que era egoísta, pero había visto otra faceta suya con Effie. Podía ser un buen hombre, un hombre dulce, aunque no lo supiera.

Me sentí culpable incluso antes de abrir la boca porque sabía que me avenía a tener una aventura cuando, en realidad, aspiraba a mucho más.

—De acuerdo —le dije, con una sonrisa trémula que se volvió firme cuando vi la suya.

Me besó y traté de tranquilizar mi conciencia. A fin de cuentas, la mía era una mentira inofensiva para lograr un bien mayor.

Serviría para que Caine y yo encontráramos la felicidad que ansiábamos.

O eso esperaba.

Nos estábamos besando y al cabo de un momento Caine se estaba vistiendo.

Me incorporé, apoyándome en los codos, mirándole los músculos de los brazos mientras se ponía los calzoncillos. Buscaba la camisa y seguramente vio mi cara de desconcierto.

—Tenemos que coger un avión. Necesito una ducha.

Cierto.

—Y yo. —Vi decepcionada cómo se abrochaba la camisa, ocultando los abdominales—. Podríamos ducharnos juntos, ahorraríamos tiempo.

Me miró.

—Algo me dice que no lo ahorraríamos. —La idea me hizo sonreír.

—Bueno, seguramente no. —Suspiré y me senté, poniendo los pies en el suelo—. Vale, quedamos en recepción dentro de una hora —asintió, recogió la chaqueta y se acercó a la puerta.

Lo miré, un poco triste de que se fuera sin darme siquiera un beso. Claro que acabábamos de comprometernos a una relación sin ataduras, así que no debía pedirle una pequeña muestra de afecto. No habría sido propio de Caine. Hubiese apostado cualquier cosa a que tampoco besaba su agenda electrónica. Me vino una idea a la cabeza.

—Caine.

Tenía la mano ya en el pomo.

—¿Sí?

—Tal vez deberíamos guardar en secreto nuestra aventura.

Frunció el ceño.

—¿Por qué?

—Porque no eres precisamente un desconocido y no quiero que todo Boston sepa quién soy, porque el resto de los Holland se enteraría y no quiero.

—Querrás decir que tu abuelo no quiere que eso ocurra.
—La mención de mi abuelo me hizo dar un respingo. Sabía, desde la revelación de Caine, que no tenía que importarme, pero no era tan fácil. No podía simplemente dejar de lado los sentimientos. Minutos antes había querido a Edward Holland y confiado en él. Estaba destrozada, conmocionada por la verdad, pero también confusa acerca de mis actuales sentimientos por él. Bajé la vista.

—Es lo mismo.

—¿Lo es? —Me levanté y cogí la bata de la silla. Caine me miró con interés mientras cubría mi desnudez.

—Mira —le dije—, ahora mismo no sé qué haré respecto a mi abuelo, pero sé que no quiero tener nada que ver con el resto de esa familia. Si eso implica mantener en secreto quién soy, perfecto. ¿Puedes hacer eso por mí, por favor? —Sopesó un momento lo que le pedía y asintió.

—De acuerdo, lo mantendremos en secreto.

—Gracias. —Le sonreí agradecida y habría jurado que me miró con calidez.

—Seguramente acabaré contándoselo a Effie, de todos modos —me dijo—. Esa mujer es como un perro de caza en lo que a secretos se refiere —asentí, risueña.

—Está bien. —Me sonrió levemente, alzando apenas las comisuras de la boca.

Y después se marchó. Me quedé con la sonrisa en los labios, sintiéndome abandonada. Ya quería más de él y solo llevábamos cinco minutos de relación sin compromisos.

Cuando aterrizamos en Boston, el chófer nos llevó a la oficina en lugar de acompañarnos a casa. Caine tenía que asistir a una reunión con la junta directiva.

Descubrí enseguida que lo que había entre nosotros era lo mismo que antes, pero de un modo distinto. A pesar de que nuestra relación profesional seguía al mismo ritmo exigente, nos llevábamos mejor. Caine era brusco trabajando, pero los gruñidos de impaciencia habían desaparecido. La tensión seguía ahí.

Siempre había existido, pero se había intensificado tanto que el aire crepitaba cuando estábamos juntos.

Se nos daba bien ignorarnos en público. En el avión habíamos comido y hablado de negocios. Cuando llegamos a la oficina fingimos no tener ni idea de cómo gemía el otro cuando se acostaba con alguien. Trabajé mientras Caine estaba en la reunión. De vez en cuando me distraía pensando en la traición del abuelo y rechazaba aquellos pensamientos desagradables en favor de otros más sensuales de la noche anterior con mi jefe. «Mi jefe.» Menuda obscenidad. Sonreí de oreja a oreja.

Nunca hasta entonces había hecho nada escandaloso.

Me reí.

—¿Qué es eso tan divertido?

Alcé la vista sorprendida. Caine se había acercado a mi mesa y me miraba de buen humor. Giré la silla para verlo de frente, sonriente.

—Podría contártelo, pero no lo haré.

Invadiendo mi espacio personal, se detuvo cuando sus rodillas prácticamente me tocaban las mías, de modo que tuve que echar atrás la cabeza para verle la cara. Me miró a los ojos y más abajo. Se detuvo más de la cuenta en mis piernas.

—Voy a tener que quedarme hasta tarde, pero tú puedes irte a casa. Le diré al chófer que te lleve.

Eso también era distinto. Caine solía disfrutar dejándome sin tiempo libre.

—¿Estás seguro de que no me necesitarás? —Entornó los párpados. Su mirada ardiente me hizo cosquillas en la entrepierna.

—No por ahora, pero iré a tu apartamento cuando termine.

—¿A mi apartamento?

—Mmm. —Se apoyó en los brazos de mi silla y se inclinó hasta poner la boca a un centímetro de la mía. Su aliento caliente me rozaba los labios—. Te mandaré un mensaje cuando salga.

Todo mi cuerpo reaccionó a la idea de lo que me haría cuando llegara.

—¿No deberías esperar a que te invite? —le pregunté, sin aliento. Achicó los ojos.

—Lexie, por favor, ¿puedo ir esta noche a tu apartamento para follarte hasta que no puedas más?

Levanté la vista de su boca a sus ojos, sonriente.

—Creo que estaría bien.

Ahora era él quien me sonreía, con una sonrisa sincera que hizo que mi corazón aleteara y toda yo temblara. Seguía mirando asombrada la puerta de su despacho minutos después de que hubiera entrado en él.

El sol entró por mis ventanas e iluminó a Caine, que tomaba café sentado en el *office*, leyendo la prensa del sábado. Intenté centrarme en la tortilla que estaba preparando para los dos, pero me di cuenta de que me distraía con facilidad el hecho de que Caine estuviera sentado, como si nada, en mi apartamento, esperando el desayuno.

La noche anterior había esperado con el estómago lleno de mariposas a que terminara de trabajar y viniera a verme. Maté el tiempo llamando a Rachel y poniéndola al tanto de la situación. Le pareció emocionante y me dijo que quería hasta el más mínimo detalle para sentirse una viciosa gracias a mí. Mi abuelo me llamó poco después. Había creído que cuando escuchara su voz me vería capaz de abordar el tema del dinero que le había ofrecido al padre de Caine, pero las palabras se me quedaron atascadas en la garganta, reacias y dolorosas. Me dije que cuando nos viéramos hablaríamos de eso, que no era el tipo de conversación que una podía mantener por teléfono. La verdad era que estaba muerta de miedo. Quería que mi abuelo adujera una buena razón para dar sentido a lo que había, pero sabía que no la tenía. Sabía que ninguna razón sería lo bastante buena, y no estaba preparada para asumir que él no era el hombre que yo creía que era. Así que cuando me preguntó si había encontrado otro trabajo le dije que Caine y yo habíamos hablado y finalmente me quedaba donde estaba. El abuelo leyó entre líneas y no se alegró, pero no me importó como habría hecho el día anterior. ¿Quién era él para sentirse decepcionado por mí, a fin de cuentas?

Después de la llamada telefónica de mi abuelo lo alejé de mi mente para analizar al detalle lo mío con Caine. Me dije una y otra vez que estaba haciendo lo correcto. Cogí el móvil para llamar a Caine y decirle que no viniera, pero no pude. No pude porque no estaba preparada para rendirme y perderlo.

Justo antes de medianoche le abrí la puerta de mi casa con una camisola de seda y unos pantaloncitos a juego.

El cansancio desapareció de su mirada en cuanto me vio. Entró, cerró la puerta, me aplastó contra la pared y me puso las manos en la cintura. Me besó los labios.

—Estaba equivocado. Así es como deberías ir a trabajar.

Mi risa se perdió en el profundo y cálido beso que me dio.

Esa vez el sexo fue más lento, más consciente, y Caine se tomó su tiempo para aprenderse mi cuerpo. Nos dormimos unas horas antes de que amaneciera, pero él era madrugador. En todos los sentidos. Así que yo también tuve que madrugar a mi pesar. Aunque un orgasmo es una buena forma de empezar el día.

Y allí estaba, preparándole el desayuno en mi cocina como si lo hubiera hecho un montón de veces. Le serví la tortilla y me senté en un taburete a comerme la mía.

—Gracias —me dijo antes de empezar.

—De nada.

Comimos en silencio y me di cuenta de que Caine parecía feliz estando los dos callados. Fruncí el ceño.

De pronto la cocina ya no me parecía un escenario tierno.

Cuando Caine había dicho que quería una aventura, se refería literalmente a tener sexo. Únicamente sexo. Y algún que otro desayuno en silencio, claro.

Quería conocerlo mejor, pero ¿cómo arrastrarlo a una conversación?

«Bueno, para empezar tienes que hacerle hablar, de lo que sea.»

—¿Por qué en mi apartamento?

Caine levantó la vista del periódico, desconcertado.

—¿Qué?

—¿Por qué has venido tú aquí? Podría haber ido yo a tu casa. ¿Es por Effie?

—No. —Negó con la cabeza y siguió leyendo—. Es que me gusta tu apartamento.

Sorprendida, me quedé callada. Miré a mi alrededor, intentando averiguar qué podía gustarle. No podía ser más distinto del suyo.

—¿Por qué?

Se encogió de hombros y continuó comiendo. Frunció el ceño por algo que leyó y pasó la página.

De acuerdo, aquello no había sido una respuesta y al parecer no obtendría ninguna.

Decidí no presionarlo más y considerar un triunfo el hecho de que le gustara mi apartamento.

Seguimos sentados, en silencio, hasta que acabamos de desayunar, y entonces Caine me dio las gracias de nuevo, se inclinó en el taburete para besarme y se marchó. No habíamos acordado pasar el día juntos, ni tampoco vernos aquella noche. Nada.

Me quedé mirando desalentada los platos vacíos. Al menos esta vez había conseguido un beso de despedida.

15

El sexo seguido de un desayuno en silencio fue el guion de lo que estaba por venir. El sábado por la noche no vino a mi apartamento. Llamó al día siguiente y dijo que, si estaba allí, se pasaría por la noche.

Y se pasó. Echamos un polvo explosivo en mi comedor y se fue.

De lunes a jueves todo fue más o menos igual. Trabajamos juntos de un modo absolutamente profesional. Yo me iba a casa a las seis y media, y Caine llegaba hacia las diez y media. Follábamos y se iba a su casa.

Nada de romanticismo. Sí, era tórrido, parecía que cada vez más, pero los muros que Caine había levantado seguían siendo altos e impenetrables, y no tenía ni idea de cómo derribarlos.

Estaba fracasando miserablemente. Dos cosas me dieron una chispa de esperanza. La primera fue que Caine debía asistir a un evento artístico patrocinado por la esposa de uno de los miembros de su junta directiva. En cuanto me encargó que tuviera preparado uno de sus esmóquines, me puse en tensión a la espera de que me dijera a quién invitaría para que lo acompañara. Yo no podía ir porque habíamos decidido mantener lo nuestro en secreto. Además, aún no habíamos hablado de si nos seríamos fieles mientras estuviéramos juntos o si, al ser lo nuestro solo una aventura, cabría el sexo esporádico con terceras personas.

Quedé más que satisfecha cuando me dijo que iría solo al evento, aunque deseé tener el coraje para preguntarle al respecto y saber a qué atenerme, me gustase o no.

Al llegar el viernes ocurrió algo que me dio la respuesta.

El cuartito de las impresoras estaba a punto de ser testigo de la rabia que una de ellas había generado en mí.

Había perdido los últimos veinticinco minutos con la pantalla digital del maldito cacharro, intentando saber por qué narices no imprimía.

—Aahh. —Le di un golpe—. ¿Qué demonios te pasa?

—Es solo una teoría, pero creo que siente que hay una señorita abusando de ella.

Reconociendo la voz, miré a Henry de soslayo. Estaba en el umbral de la puerta, sonriéndome.

—Te aviso de que estoy a punto de cometer un «impresoramicidio», y si eso no me calma pasaré al homicidio de la persona que tenga más cerca.

Henry rio e ignoró mi advertencia, entrando en el cuartito.

—Déjame echar una ojeada.

Me aparté.

—No creo que sirva de nada.

—Me ofendes —dijo, nada ofendido, inclinándose a mirar la pantalla de la impresora—. ¿Crees que un Lexington no necesita saber cosas tan vulgares como arreglar una impresora multifunción?

—Bueno, pues sí. —Soltó una carcajada y manipuló la pantalla. Pulsó un botón después y la impresora volvió a la vida. Me quedé boquiabierta.

—¿Cómo...? Pero ¿qué...?

Henry cogió el documento impreso y me lo entregó muy ufano.

—Pareces a punto de echarte a llorar.

Cogí el papel y asentí.

—Casi. Llevo aquí veinticinco minutos. Han sido los más

largos de mi vida. Llegas tú, pasas dos segundos con esta cosa y la arreglas. *Voilà*. Como si nada.

—¡Oh, pobrecita! —Henry me pasó un brazo por los hombros y me guio hacia mi mesa—. Deberías haberme llamado.

—¿Y cómo iba a saber que Henry Lexington habla el idioma de las impresoras con fluidez?

—Ah, bueno, hay muchas cosas de mí que podrías aprender si me dieras ocasión.

Pestañeé con coquetería, más que acostumbrada ya a sus bromas.

—¿Dónde has estado? —Caine estaba en la puerta de su despacho, y su tono nos detuvo. El desagrado se reflejaba en su cara. Con delicadeza me separé del abrazo de Henry.

—La impresora no funcionaba.

—¿Ha estado treinta minutos sin funcionar? —me espetó.

Arrugué la nariz. Creía que había dejado de hablarme en aquel tono.

—Sí —le respondí con la misma brusquedad—, treinta minutos. No se me dan bien las impresoras. Afortunadamente, Henry pasaba por allí y la ha arreglado. —Caine achicó los ojos y se volvió hacia su amigo, que nos miraba con cautela.

—Así que Henry la ha arreglado.

—¿Algún problema? —repuso este, arqueando una ceja.

En lugar de contestarle, Caine continuó mirándolo fijamente.

—Nos veremos en recepción.

Se miraron unos segundos más y Henry me dijo:

—Como siempre, un placer, Lexie.

Le sonreí, negándome a dejarme amedrentar por el enfado de Caine.

—Henry —murmuré a modo de despedida, y lo saludé apenas con la mano mientras se marchaba.

—A mi despacho —me ordenó Caine, cortante—. Ahora.

Con cara de enfado lo seguí y cerré la puerta.

—¿Qué problema tienes?

Miró a su alrededor.

—¿Yo? ¿Un problema yo?

—Bueno, yo no tengo problemas de oído —le gruñí—. No hace falta que me repitas las cosas.

—Alexa... —me advirtió.

—No me vengas con eso de Alexa. —Puse los brazos en jarras—. Iba a lo mío, haciendo mi trabajo, y de repente mi jefe me habla como si fuera un trozo de algo pegado a la suela de su zapato.

—Y yo salgo del despacho para ver por qué mi secretaria no contesta a mis llamadas y resulta que no lo hace porque está demasiado ocupada flirteando con mi mejor amigo, que la tiene abrazada.

Me quedé helada al comprender que Caine seguía estando celoso.

Me sentí exultante y me costó todo mi control no sonreír. ¿Caine tenía celos de Henry? A pesar de que no había nada entre nosotros... Eso significaba algo, ¿no? Una persona no se ponía celosa y posesiva si la otra no le importaba, ¿verdad?

—No hay nada entre Henry y yo —le aseguré—. Le gusta flirtear. No significa nada.

—No hace falta que flirtees también tú —me dijo, enfadado.

—No lo hacía.

—Sí, sí que lo hacías. Y no quiero que lo hagas más.

Di un paso inseguro hacia él.

—No haría nunca nada que diera alas a tu mejor amigo, Caine. Deberías saberlo.

Se arrepintió al momento y el remordimiento brilló en sus ojos.

—Lo siento. Sé que no lo harías... —Se encogió de hombros—. Es que... No con Henry ¿de acuerdo? —Intuyendo que para él era importante que se lo dijera, asentí.

—No coquetearé con Henry. Te lo prometo.

Parecía incómodo con la situación, así que asintió con frialdad y cogió el teléfono, evitando mirarme.

—Será mejor que baje a buscarlo.

Encontrar a Caine en un momento de debilidad, vulnerable, era inaudito, y me dio esperanzas sobre aquel lío de romance sin ataduras que teníamos. Lo consideré, además, una buena ocasión para aclarar algo.

—¿Caine?

—¿Mmm?

—Sé que lo nuestro solo es sexo... —El repentino giro de la conversación hizo que se pusiera tenso. Volvió la cabeza hacia mí, todavía dándome la espalda.

—Alexa...

—Pero quizá deberíamos dejar claro si, mientras dure esta aventura, estaremos con otros o nos seremos fieles.

—Fieles —repuso con dureza, como si le cabreara que se lo hubiera preguntado. Y entonces debió darse cuenta de que había contestado con el corazón, no con la cabeza, y añadió—: Te veo después de comer. —Pasó junto a mí sin tocarme.

¿Cómo debía interpretar aquello? Por un lado era posesivo y eso podía ser un paso adelante para que admitiera que sentía algo por mí, pero por otro se había marchado como si le hubiera sugerido que nos conectáramos el uno al otro con una vía intravenosa.

Tener una aventura con Caine Carraway no era solo una delicia físicamente agotadora, sino emocionalmente agotador también.

Aquella noche mi incertidumbre se impuso.

Caine no vino después de la gala. De hecho, no supe de él en toda la noche ni a la mañana siguiente. Aquello me dio mala espina.

—Ve a buscarlo —me animó Effie, haciendo un gesto hacia la puerta de Caine. Hice una mueca.

—Se va a enfadar si aparezco así, sin avisar. —Me refería a que era sábado por la tarde y que había decidido que no iba a seguirle más el juego a Caine. No íbamos a ninguna parte respetando sus reglas, así que iba a actuar como una mujer adulta. Si quería ver a Caine, no había nada que me lo impidiera. No tenía por qué atenerme a sus planes. No, señor, no lo haría. Mi propósito de actuar como una mujer adulta se había desvanecido en cuanto había llegado a su edificio y me lo había imaginado rechazándome, negándome la entrada a su ático.

Así que en lugar de a su puerta había llamado a la de Effie y le había explicado la situación.

Como Caine me había advertido, Effie sabía que éramos amantes. Era, además, lo bastante lista para saber que yo me planteaba la relación desde una perspectiva más amplia y le gustaba lo suficiente para quererme para Caine.

Effie estaba de mi parte.

Era un pequeño consuelo, pero un consuelo al fin y al cabo. La anciana suspiró viéndome en aquel papel tan triste.

—No sabes cómo reaccionará. Ahora llama a la dichosa puerta antes de que lo haga yo por ti.

Sabiendo que lo haría, llamé al timbre. En cuanto lo hice Effie corrió a su ático. Se movía muy deprisa para ser tan vieja. Todavía sonreía cuando Caine abrió. Lo miré de arriba abajo. Iba sin afeitar, despeinado, con una camiseta negra de Def Leppard y unos vaqueros viejos.

Ñam.

—Hola —lo saludé apenas con la mano. Frunció el ceño pero se apartó y me dejó entrar.

—¿Qué haces aquí? —No parecía complacido de darme la bienvenida.

Imaginé una docena de placas metálicas volando por la habitación y rodeándome el cuerpo como la armadura de Iron Man. Iba a necesitar la máxima protección para defenderme del posible rechazo de Caine. A tenor de su reacción, la posibilidad de rechazo se volvía cada vez más real.

—Pasaba por aquí y he pensado en subir. —Me encogí de hombros. Miré la mesa del desayuno, abarrotada de documentos.

Había estado trabajando.

—¿Y no se te ha ocurrido llamar antes? —Estaba en pie frente a mí, con las piernas abiertas y los brazos cruzados.

Confirmado, no había nada en su actitud que me hiciera sentir bienvenida. Intenté no amedrentarme.

—¿Tú vienes a mi casa sin avisar, pero yo no puedo hacer lo mismo?

—No si vienes buscando algo. —Achicó los ojos—. ¿Qué? ¿No sabes de mí y presumes lo peor? ¿Has creído que si venías sin avisar me pillarías tirándome a otra? —Puse unos ojos como platos. Aquella acusación era completamente infundada.

—En primer lugar, si hubiera querido eso habría venido sin avisar por la mañana, cuando las probabilidades de pillarte tirándote a otra hubieran sido mayores. Y en segundo lugar, no me achaques a mí la actitud de otras mujeres celosas, acosadoras o lo que sea que haya habido en tu vida. Había venido a tomar un café o por sexo. Seguramente las dos cosas. Ahora ya no tengo ganas de ninguna de las dos. —Lo miré disgustada e intenté pasar por su lado.

Me cogió del brazo, deteniéndome. Lo miré cautelosa.

—No pretendía ser un cabrón, ¿vale? Es que hoy estoy muy ocupado. —Indicó con un gesto el papeleo. Di un tirón suave para soltarme, pero Caine me lo impidió. Me acercó a él y me miró con calidez—. Realmente quiero acostarme contigo y hacerte después un café, pero por desgracia tengo que acabar todo esto hoy. Pero nos queda esta noche. —Me miró con picardía—. Puedo ir a tu casa.

Aunque la sugerencia me derritió, sentí una pequeña satisfacción al negarme.

—Esta noche no puedo. He quedado con una antigua compañera de trabajo.

Y no estaba mintiendo para ser displicente. Sofie había perdido su puesto de becaria con Benito y me había llamado. Necesitaba alguien que la entendiera. Me había ofrecido a salir con ella a tomar unas copas y olvidarlo todo por unas horas.

—Saldremos a bailar. —Me apretó ligeramente más el brazo.

—¿A una discoteca?

Con delicadeza me solté. ¿Por qué le preocupaba que saliera a bailar?

—A varias, seguramente. —Se apartó de mí. Volvía a estar distante.

Suspiré. Aquella visita no había ido en absoluto como yo pretendía.

—¿Hablamos mañana?

—Claro. —Se estaba volviendo hacia sus papeles, dispuesto a olvidarse de mí, cuando sentí el impulso de derribar el muro que acababa de levantar. Le puse una mano en el brazo y, de puntillas, le di un suave beso en la comisura de los labios. Me aparté y le sonreí. Se había quedado de piedra.

—Adiós, Caine.

Antes de que pudiera dar un paso me abrazó. Di un gritito de sorpresa cuando su boca buscó la mía.

Me apretó y me besó con una pasión que hizo que me ardiera la sangre. Me agarré a él como si me fuera la vida en ello, devolviéndole el beso, apasionadamente.

Me fui excitando cada vez más mientras él tiraba más de mí y aumentaba el contacto de nuestros cuerpos tanto como era posible. Sentí su erección contra mí. Me sentía arder.

Cuando Caine se apartó de mis labios y me soltó, estaba demasiado excitada para decir nada. Aquel beso había sido completamente inesperado.

—Hablamos después —me dijo con la voz ronca de excitación.

—Después —repetí, tocándome el pelo con los dedos temblorosos. Caine tenía los ojos brillantes de satisfacción.

La camarera colocó otro mojito frente a mí y me sonrió.

—De parte del rubio guapísimo del traje azul de la barra. —Y lo señaló. Miré hacia donde me indicaba y vi a quién se refería. Efectivamente un hombre muy guapo. En cuanto lo miré me sonrió y alzó su copa en un saludo.

—¡Menudo bombón! —Sofie me dio un codazo.

Devolví la bebida a la camarera.

—Lo siento. ¿Puedes llevártelo?

Me sonrió y cogió el mojito de la mesa.

—Me lo llevo.

—Pero ¿qué haces? —Sofie me miró con intención mientras la camarera se alejaba—. Acabas de pasar de ese tío. ¿Por qué? Creía que no te habías acostado con nadie desde hace... ¿Cuánto, año y medio? Fruncí el ceño, calculando cuánto hacía que había tenido una relación con alguien. Para mi sorpresa descubrí que Sofie tenía razón. Antes de Caine, el último tío con el que me había acostado había sido Pete, mi novio. Solo habíamos salido durante tres meses y se había terminado porque ni él ni yo estábamos interesados en realidad.

Pero sí, hacía dieciocho meses de aquello.

La última vez que había tenido sexo, en cambio, era harina de otro costal.

Di un trago al mojito que me había pagado yo, evitando mirarla, fingiendo estudiar el bar. Estábamos en el Brick & Mortar de Cambridge, siempre lleno hasta los topes.

—Fue hace un año y medio, ¿verdad? —dijo Sofie con malicia.

—Ajá.

Me cogió del brazo y me obligó a mirarla.

—¡Oh, Dios mío! ¿Con quién te estás acostando? ¡Tienes que contármelo! Eso sí que me haría olvidar que he perdido el puesto de becaria. Por favor, por favor...

—De acuerdo —resoplé—. He conocido a alguien en el trabajo, pero no te diré su nombre porque se supone que los empleados no debemos confraternizar y, además, no vamos en serio. Es solo sexo. —Sofie abrió mucho los ojos.

—Nunca me he acostado con alguien sin más. ¿Tiene morbo?

No supe qué decirle. Lo que tenía con Caine, para mí no era solo sexo, aunque él pretendiera que lo nuestro era el máximo exponente del sexo sin compromisos.

—Mucho.

—Guau. Estar prometida desde joven está bien, pero tengo la impresión de que me pierdo cosas. —Me enseñó su sencillo, pero precioso, anillo de compromiso.

Le cogí la mano y se la apreté con cariño.

—Créeme, no te pierdes nada.

Sonrió.

—¿No vas a darme ni siquiera una pista de quién es?

—No. —Frunció el ceño.

—La única persona que conozco que trabaja contigo es Caine Carraway, pero sé que no puede ser él porque te odia. —Me sobresalté pero logré sonreír un poco.

—Sí, es cierto.

—Entonces ¿vas a pasarte toda la noche rechazando tíos buenos porque tienes un rollo con alguien? Quiero decir... —Sofie miró a su alrededor—. Yo voy a casarme, pero me gustaría bailar con alguno. Bailar no tiene nada de malo. Mientras no te metan mano...

—De acuerdo. Encuentra dos tíos que solo quieran bailar y me uno a tu fiesta.

Abracé a Sofie en el taxi a modo de despedida, pero ella aún no quería irse.

—Me he divertido mucho —gritó—. Y te he echado mucho de menos, Lex. Tenemos que hacer esto más a menudo. Porque te quiero, Lexie. —Su amor etílico despertó mi afecto.

—Yo también te quiero, pequeña.

Me sentí aliviada cuando su prometido, Joe, abrió la puerta del taxi y la sacó. Aunque yo también iba algo achispada, Sofie iba borracha. Había olvidado lo poco que aguantaba el alcohol. Después de bailar toda la noche en distintos bares de Cambridge, cambiando de pareja de baile cuando empezaban a pasarse de la raya, metí a Sofie en un taxi y le dije al taxista que la llevara a casa a ella primero, a pesar de que vivía en la zona sur. Me preocupaba tener que meterla yo en su apartamento, pero Joe estaba esperándonos.

—Joe —le gritó Sofie. Se le había iluminado la cara al ver al alto y atractivo pelirrojo—. Te quiero, Joe.

—Yo también te quiero, Sofie. Y te querría más todavía si

entraras en el portal. —Tiró de ella, ayudándola a mantenerse en pie—. Gracias por traerla a casa, Alexa. ¿Qué te debo del taxi?

Negué con la cabeza.

—Esta vez pago yo.

—La próxima vez nosotros, ¿de acuerdo?

—Claro.

—Adiós.

—Buenas noches.

—¡Adiós, Lexie! —me gritó Sofie, y me eché a reír mientras Joe intentaba sin éxito que entrara en el portal.

Mientras el taxista conducía hacia mi casa, me planteé si ir a la calle Arlington. Estaba muy despierta y Caine había sugerido que nos viéramos esa noche.

Me mordí el labio, sopesando la idea. Al final decidí que no lo haría. Deseé que las cosas entre él y yo fuesen más sencillas, que pudiéramos confiar el uno en el otro en lugar de sentirnos inseguros. Por lo que yo sabía, Caine nunca se había sentido con nadie como se sentía conmigo. Seguramente estaba proyectando mi neurosis en él.

Había estado muy ocupado aquel día y habría terminado enterrado en tanto papeleo. Pensé que si iba ahora y sin avisar le haría menos gracia de la que le había hecho aquella tarde.

Así que me quedé alucinada cuando me apeé del taxi y me lo encontré sentado en las escaleras de casa.

Lo miré mientras el taxi se marchaba, sentado en un escalón, con unos vaqueros y un jersey y el móvil en las manos. Parecía un chico normal. Un chico normal muy atractivo, claro, pero que impresionaba menos, que intimidaba menos que el hombre de negocios. En ese momento Caine era solo un joven esperando a su novia. Aunque yo no era su novia, en realidad.

—¿Te has divertido? —me preguntó con suavidad. El sol comenzaba a despuntar.

—He bailado un poco —le respondí con la misma suavidad.

Asintió y miró hacia un punto lejano.

—¿Sola?

Miré su hermoso perfil, intentando entender qué estaba pasando.

—No —admití.

Después de unos segundos me miró.

—¿Puedo subir contigo a tu apartamento? —Me acerqué a él. Los tacones resonaban en la acera. Se levantó y me cogió de la mano para ayudarme a subir la escalera. Así la suya y me estremecí en contacto con su piel.

Nos mantuvimos en silencio cuando entramos y seguimos callados mientras subíamos las escaleras hasta el primer piso. Tampoco hablamos cuando entramos en mi apartamento y cerré con llave, y seguimos en silencio cuando dejé el bolso en el sofá y me quité los zapatos.

No cruzamos ni una sola palabra cuando nos abrazamos.

El único ruido que se oyó en el apartamento fue el de la ropa al quitárnosla, el de nuestra respiración boca contra boca y nuestros gemidos cuando Caine me penetró en el suelo del comedor. Estábamos tan hambrientos el uno del otro que no pudimos llegar ni al sofá, y llegar al dormitorio ni se nos pasó por la cabeza.

Estaba al borde del orgasmo cuando me cogió la cabeza con las manos y dejó de penetrarme.

—¿Caine? —susurré. Era la primera palabra que pronunciaba desde que habíamos entrado en casa.

Vi la tensión en sus rasgos mientras se mantenía al borde del clímax. Algo primitivo brillaba en sus ojos, algo emocionante, pero aterrador que no había visto antes.

—Di que eres mía. Que aquí, ahora, eres mía —gruñó.

Empujé las caderas hacia él, desesperada. Quería que siguiera moviéndose. ¡Estaba tan a punto!

—Caine... —le rogué.

—Dilo. —Salió casi por completo de mí—. Di que eres mía.

—Soy tuya, soy tuya —confirmé, sin saber qué decía—. Por favor.

Aplastó su boca contra la mía y me penetró. Hasta mucho más tarde, después de llegar juntos, después de que me recogiera del suelo y me metiera en la cama, cuando me desperté, horas después, y vi que se había ido, no entendí qué me había pedido.

Y si no se hubiera marchado sin despedirse y hubiera respondido a mi posterior llamada, habría dicho que su primitiva exigencia significaba que las cosas estaban cambiando.

Tal vez sí.

O tal vez se había asustado y había huido.

16

No supe nada de Caine en todo el domingo.

Ya fuera por lo confusos que eran sus mensajes, su constante ir y venir entre «ahora te deseo, ahora no» o porque tenía la regla, lo cierto era que estaba muy sensible con respecto al estado de nuestra «relación». Ni siquiera respondí a las llamadas de Rachel y, desde luego, rechacé las de mi abuelo. Sabía que si cogía el teléfono se lo echaría en cara todo, y todavía no estaba segura de las consecuencias de aquella discusión. Hasta que no me aclarara acerca de su papel en la muerte del padre de Caine, no podría hablar con él. Hice lo que tan bien se me daba desde que me había enterado de la verdad, aparcar el asunto para más tarde. Pensé en Caine y en si era estúpido y potencialmente peligroso para mi corazón seguir viéndolo cuando él no daba la menor muestra de querer profundizar en nuestra relación. Cuando llegué a trabajar el lunes, me sentía herida. Otra vez. No estaba segura de si debía permitir que las cosas entre nosotros continuaran. Nunca me había considerado una persona especialmente sensible, pero Caine había encontrado el modo de llegarme al alma.

No sabía qué esperar cuando entré en la oficina. Me encontré con el Caine de siempre, ni frío ni impaciente pero tampoco afectuoso, sino más bien profesional y cordial.

Yo, en cambio, estaba distante.

No tenía intención cuando había llegado al trabajo de levantar un muro entre nosotros. Sucedió de manera natural. Entré en su despacho, vi su hermoso rostro y me invadió una melancolía espantosa.

La única forma de no sentirme así era hablar con él lo menos posible hasta haber controlado aquel estado de ánimo.

—Aquí están las fotocopias que necesitas —dije tras llamar a su puerta. Me indicó por señas que entrara.

—Gracias.

Las dejé en su escritorio, notando que me miraba.

—¿Necesitas algo más?

—¿Podrías traerme otro café?

—Desde luego. —Ya me iba cuando me llamó—. ¿Sí? —Me volví a mirarlo. Me estaba observando con curiosidad.

—¿Qué tal el domingo?

Me sorprendió la pregunta. Y, sinceramente, no me gustó. Me recordaba que me había despertado sola y con la seguridad de que pasaría un domingo de porquería. No hay nada peor para la autoestima de una mujer que un hombre salga huyendo después de acostarse con ella.

—Bien.

—¿Te lo pasaste bien? —«Lloré como una niña tonta cuando me desperté sola y pasé el día acurrucada en el sofá sintiéndome hinchada, gorda y cansada, como suelo sentirme el primer día de la regla.» También me comí una tonelada de chocolate. Eso me gustó.

—Sí. —Le di la espalda para irme y me llamó de nuevo.

Me volví, armándome de paciencia.

—¿Sí?

—¿Qué hiciste?

—Salí a dar una vuelta. Te traeré ese café.

Cuando volví con él, Caine me retuvo agarrándome de la muñeca cuando dejaba la taza en su mesa. Parecía preocupado.

—¿Va todo bien, Lexie? —Me sujetó con fuerza.

—Todo bien. —Me encogí de hombros y me solté.

—¿Me lo dirías si fuera de otro modo?

—Claro que sí —le mentí con cara de póquer, pero noté su mirada en la espalda hasta que hube salido del despacho. Cuando llegué a mi mesa solté todo el aire que había estado conteniendo en su presencia. A partir de aquel momento no me costó evitarlo, porque estuvo muy ocupado con dos reuniones. Yo estaba hasta arriba de trabajo, lo que me entretuvo y me hizo olvidar cómo me sentía. Lejos de Caine me notaba más controlada, pero hasta que no hubiera pasado el período no volvería a ser una mujer racional y despreocupada. No dejaba de repetirme que lo mío con Caine era solo sexo, que había aceptado que fuera así. Y solo sexo significaba distanciamiento emocional y tenía que acostumbrarme.

Durante al menos una hora no pensé en nada que tuviera que ver con lo nuestro, pero la cosa cambió cuando llamaron de seguridad para avisar de que había una tal Darcy Hale que esperaba poder ver un momento a mi jefe. Nunca había oído hablar de ella, pero cuando se lo dije a Caine me dijo que la dejara pasar.

Cuando la alta y elegante rubia se acercó pavoneándose por el pasillo, tuve que hacer un verdadero esfuerzo para que no se me notara lo recelosa que estaba. Todo en ella era sofisticación, desde los pantalones anchos gris perla y la camisa de seda beige hasta las gafas de sol de Gucci. Llevaba la melena recogida en una cola de caballo que le acentuaba los pómulos.

Parecía una modelo. Sospeché que lo era.

Me sonrió con frialdad al acercarse.

—Soy Darcy Hale. Vengo a hablar con el señor Carraway.

—Por supuesto. —Notaba el estómago encogido de una manera desagradable—. Un momento. —Y después de avisar a Caine le dije que esperara por favor un instante.

—De acuerdo. —Se encogió de hombros con elegancia—. Pasaba por aquí y se me ha ocurrido entrar un segundo, así que no me habría extrañado que no hubiera podido recibirme. —Me sonrió—. Al parecer lo dejé impresionado. —Hubiese querido tirarle de la coleta como una niña de cinco años.

—Conoció al señor Carraway...

—El viernes en la gala. Mi padre es el presidente de una compañía de inversiones que ocupa un lugar en el *holding* financiero Carraway. —Me dedicó una sonrisa lobuna—. Establecimos una conexión mental.

¿Qué demonios significaba eso?

Caine salió de su despacho para recibir a Darcy y la acompañó dentro con una suave caballerosidad que no me gustó. Aparté los ojos y vi de soslayo que él se volvía a mirarme un segundo antes de cerrar la puerta. Miré la pantalla de mi ordenador, echando humo por las orejas.

¿No había dicho antes de la maldita gala que íbamos a sernos fieles?

¿Qué narices estaba pasando? ¿Y qué hacía con aquella mujer de aspecto felino que apenas era una mujer? ¡Si parecía que tuviera dieciocho años!

Para mi alivio, Darcy se marchó diez minutos después. Sin embargo, lo hizo demasiado pagada de sí misma para mi gusto. Acababa de doblar la esquina del pasillo cuando Caine me llamó a su oficina.

—¿Sí? —le pregunté desde la puerta. Se le ensombreció la cara.

—¡Por el amor de Dios, entra en mi despacho! —Tenía ganas de arrojarle algo a la cabeza, pero decidí que no merecía una reacción apasionada por mi parte si iba a jugar con la rubia a mis espaldas. Avancé unos pocos pasos—. Cierra la puerta y ven aquí. —Hice lo que me pedía, pero por alguna razón eso lo cabreó más todavía—. ¿Qué diablos te pasa?

Fruncí el ceño.

—No me pasa nada.

—Y una mierda. —Se levantó y rodeó la mesa. Me preparé mientras se acercaba—. Has estado fría conmigo toda la mañana.

—Estoy cansada, eso es todo.

Se inclinó hacia mí y susurró.

—Y una mierda.

—Deja de decir eso —le espeté. Echaba chispas por los ojos.

—Ahí lo tienes.

—¿Qué? ¿Estás intentando hacerme reaccionar? ¿Es que estás aburrido?

—Estoy cabreado. —Me abrazó la cintura y se pegó a mí, ignorando mis intentos de separarme—. Te comportas de un modo raro y no sé por qué.

Dejé de intentar apartarme y lo miré a los ojos.

—Estoy bien.

Apretó los labios con enfado unos segundos. Me escrutaba, como si pudiera encontrar la respuesta que buscaba solo con mirarme.

—Diría que es por Darcy Hale, pero estabas distante desde antes incluso de que viniera.

—Dice que establecisteis, y cito literalmente, una conexión mental el viernes. —Ladeé la cabeza—. Tuvo que ser una conexión notable para que se haya molestado en traer hasta aquí su huesudo culo para verte.

Caine dejó de mirarme con furia para sonreír con una arrogancia que me molestó tanto que volví a retorcerme entre sus brazos. Me redujo con facilidad.

—Le dediqué algo de tiempo porque su padre es quien es. No puedo permitirme ofenderla. Pero créeme, su huesudo culo no me interesa. Menos todavía su narcisismo. En todo caso... —Bajó las manos por mi espalda hasta mi nada huesudo culo—. Estoy más que entretenido comiéndome el tuyo.

«¿Estás seguro? Porque no estaba tan claro el domingo por la mañana.» Debió notar mis dudas porque me besó la mandíbula antes de acercar la boca a mi oído.

—De hecho, estoy de humor para un aperitivo. —Comenzó a darme suaves besos en la garganta hasta llegar a la otra oreja—. ¿Quieres que te coma?

—No podemos. Ayer me bajó la regla.

Para mi sorpresa, Caine no disimuló su decepción. Me estrechó la cintura.

—Lástima. Pero seguro que podremos hacer algo el...

—El fin de semana. —Intenté deshacerme de su abrazo, pero no había terminado.

Me detuvo, zarandeándome con cariño.

—¿Vas a decirme qué es lo que te pasa? No me gusta esto —me advirtió en un susurro.

¿Qué? ¿Tenía que asustarme?

—¿En serio? ¿Al señor Distante no le gusta la distancia? —Me soltó de golpe y dio un paso atrás.

—¿Estás jugando conmigo?

—No. —Suspiré y alcé las manos en un gesto apaciguador—. No sé qué hago. He llegado esta mañana, te he visto y he decidido que lo mejor sería poner algo de distancia entre nosotros porque...

—¿Por qué? —Se acercó de nuevo, casi hasta rozarme.

—Porque... —«Díselo, sé honesta, o al menos un poco sincera.»—. No sé a qué atenerme contigo. No puedes nadar y guardar la ropa, Caine. No puedes ser distante conmigo, largarte porque el sexo fue más intenso, ignorarme, y cabrearte cuando reacciono a eso. —Apartó la cara.

—Se trata únicamente de sexo, Lexie —me dijo entre dientes.

—Lo sé. —Claro que lo sabía—. Pero eso no significa que no podamos reaccionar como queramos y ser como somos. Mantienes un constante tira y afloja conmigo porque a veces no te sientes cómodo con lo nuestro. —Di un paso hacia él—. Lo único que quiero es que seas tú mismo. Sin presiones. Y yo seré yo misma. Creo que te esfuerzas tanto por demostrar que esto es solo sexo que lo complicas todavía más. Y yo quiero simplificarlo.

—¿Cómo?

Resoplé, resignada.

—Por alguna razón me gustas, Caine. Me gustaría que cuando no estamos en la cama fuéramos amigos. Sin esperar nada más, te lo prometo. —Arqueó las cejas, adorablemente confuso.

—¿Amigos?

—Ajá. —Sonreí—. Ya sabes. Amigos con...

—¿Con derecho a roce?

—Exactamente.

Tras unos segundos de silencio, asintió, aunque no demasiado convencido.

—Amigos.

Sonreí.

—Sin embargo, te advierto que con los amigos soy una listilla.

—Ah, bueno, entonces creo que somos amigos desde el primer momento en que nos vimos.

Mientras rodeaba el escritorio me sonrió de un modo que me puso la sangre al galope. Me sentía exultante por la transformación de Caine. De estar molesto por mi mal humor, había pasado a estar relajado como pocas veces lo había visto.

Sí. Sin más expectativas, pero por Dios que con muchas, muchas esperanzas.

17

—¿Qué color te gusta más?

Escuché el crujido de la tela al moverse Caine sobre mi almohada y girarse a mirarme.

—¿Qué? —repuso, divertido.

Después de varios días sin sexo, le había dado vía libre para divertirnos como quisiéramos el jueves por la mañana. Había aparecido en mi apartamento unas horas después del trabajo y nos habíamos enzarzado como si no nos hubiéramos tocado en años.

Relajada, estaba acostada a su lado, con los brazos estirados por encima de la cabeza en la almohada, completamente satisfecha después del orgasmo, y decidí que era un buen momento para conocernos mejor. Le repetí la pregunta.

—¿Qué color prefieres?

Vi que estaba sonriendo. Me gustaba su lado juguetón, del que apenas me dejaba ver un fogonazo.

—Yo el morado. Te toca.

—No tengo un color favorito.

Arrugué la nariz.

—Todo el mundo tiene un color favorito.

—Yo no.

—Tienes que tener al menos un color por el que te inclinas más.

Gruñó.

—¿Eso es lo mismo que tener un color favorito?

Lo medité y me reí cuando me di cuenta de que tenía razón.

Caine soltó una risita ahogada, pero no estaba dispuesta a rendirme todavía. Me puse de lado, con la cabeza apoyada en una mano.

—De acuerdo. Deja la mente en blanco.

—Me temo que no sé hacer eso.

Puse los ojos en blanco.

—Inténtalo.

—Vale. —Suspiró, dramático—. ¿Y ahora, qué?

—¿Cuál es el primer color que te viene a la cabeza?

—El amarillo —soltó, y se enfurruñó por alguna razón desconocida.

—¿Amarillo? —Sonreí—. Un color sorprendente, pero vale. Tu color favorito es el amarillo. ¿Tu película favorita? Y no digas que no tienes ninguna porque he visto tu colección de DVD.

Arqueó una ceja.

—¿Alguien ha estado cotilleando?

—No.

Arqueó aún más la ceja.

—Vale —resoplé—, eché un vistazo a la estantería de los DVD.

Para mi sorpresa y gratitud no hizo comentarios.

—*Los siete samuráis* —me dijo.

Traté de disimular lo que me había desconcertado que me diera una respuesta con tanta facilidad.

—¿De qué va?

Vi fascinada a Caine darse la vuelta para mirarme a la cara. Había interés y luz en sus ojos.

—Es una película japonesa de los años cincuenta sobre siete desafortunados samuráis contratados para defender una pequeña población rural de los saqueadores. Las escenas de lucha son de las mejores de la historia del cine. Para su época son... simplemente fantásticas. Sin embargo, es una película realista, tiene valor y corazón. Es una gran película.

Le acaricié el antebrazo.
—¿La tienes?
—La tengo.
—Quizá podamos verla alguna vez.
Me miró.
—Creo que te gustaría.
Lo tomé como un sí y disimulé una sonrisa.
—¿Tu grupo de música preferida?
—No me has dicho tu película favorita.
—No tiene ningún misterio. *Lo que el viento se llevó*. Aunque me dan ganas de abofetear a Escarlata O'Hara por tonta toda la película. Quiero decir, ¿quién elegiría a Ashley en vez de a Rhett?
Viendo que esperaba una respuesta, Caine se encogió de hombros.
—No estoy seguro.
—Nadie, esa es la respuesta. Ashley es un mequetrefe finolis estilo Byron y Rhett es un reto y todo un hombre. No hay punto de comparación. Escarlata era una boba.
Caine hizo una mueca.
—¿Una boba?
—Sí. Sería como si yo escogiera a Dean para acostarme en lugar de a ti.
Su alegría se esfumó.
—¿Quién es Dean?
Solté una carcajada.
—Dean. El jefe de recepción. Ya sabes, ese tipo de la mesa de cristal que dice a la gente dónde debe ir.
—¡Oh, ese Dean! —Estaba adorablemente confuso—. Creía que era gay.
—A eso exactamente me refiero.
—Ashley no era gay —arguyó—. Era un caballero.
—Fuera lo que fuese, era aburrido y no tenía sangre en las venas. —Me acosté de espaldas—. A las mujeres nos gustan los hombres que en un momento dado puedan asumir el mando.
—No a todas.

Lo miré.

—¿Lo dices por propia experiencia?

Susurró.

—Soy conocido por intimidar a muchas mujeres.

—¿Tú? —me burlé—. ¡No!

Se rio y me acercó a él, pasándome un brazo por el vientre.

—Y algunas mujeres deberían aprender a sentirse intimidadas por mí.

Reí divertida, abrazándolo mientras se daba la vuelta y también me abrazaba.

—Eso no va a ocurrir.

Me contempló y asintió.

—Empiezo a darme cuenta.

—Creo que te gusta.

En lugar de confirmármelo, Caine me acarició las mejillas con los pulgares.

—¿Tu grupo musical preferido?

Sonreí, feliz de que estuviéramos compartiendo algo, aunque fuera algo tan trivial como aquello.

—The Killers.

—Buena elección.

Su aprobación fue un bálsamo para mí.

—¿El tuyo?

—Led Zeppelin.

Le pasé los dedos por la espalda musculosa de un modo perezoso y familiar que nos hizo sentir mejor a los dos.

—¿Tu ciudad favorita aparte de Boston?

—Sídney. ¿Y la tuya?

—Praga.

Caine se tranquilizó con mis caricias.

—Buena elección.

—Quiero visitar Budapest, sin embargo. Todos los lugares a los que he viajado ha sido con Benito, y ninguno era el que quería ver.

—Yo he estado en Budapest. —Bajó la cabeza y acarició con dulzura mi boca con la suya—. Te encantará.

Era lo que estábamos haciendo lo que me encantaba. Me encantaba que ya no luchara para ocultarme cómo era realmente. En aquel momento éramos dos amigos aprendiendo cosas el uno del otro, pero desnudos.

—¿Por qué te gusta mi apartamento? —le pregunté sin pensar.

Me estudió un momento, como si quisiera absorber cada detalle de mí.

—Porque tiene encanto. No es llamativo, tiene una belleza atemporal, sencilla. Se parece mucho a su dueña.

Su cumplido caló hondo en mí, llegándome incluso a los dedos de los pies.

—Creo que es lo más bonito que me han dicho nunca —susurré.

—¿Crees de veras que es lo más bonito que nadie te haya dicho? —Sonreía.

—Sí.

—Sin nada llamativo, de una belleza sencilla. —Achiqué los ojos, pensativa—. A ti, en realidad, te gustan mis pantalones cortos y mis camisetas de tirantes, ¿verdad?

Sonrió antes de ahogar mi carcajada en un beso profundo.

Mi gran problema con aquella relación era aceptar que, aunque Caine me permitía esos breves momentos de intimidad, no tenía intención de cambiar su modo de entender lo nuestro. Yo tenía la mala costumbre de tener esperanza, y Caine me recordaba que seguíamos teniendo una relación de amigos con derecho a roce.

Solo un día después de haber pasado la mañana riendo y hablando y jugando, me devolvía a la realidad de golpe. Me sentía muy cercana a él y al día siguiente volvía a la casilla de salida. No culpaba a Caine. Él no sabía que yo había cambiado mentalmente todas las reglas. Me sentía frustrada, de todos modos, por mi falta de progresos; necesitaba encontrar otra vía de acceso a él, pero de momento no había encontrado ninguna.

No hicimos planes para el fin de semana y consideré dejarme caer por el piso de Effie para que me diera su punto de vista único. Entonces, el viernes por la tarde, recibí una llamada de Rachel.

Caine había salido para comer y yo estaba en mi mesa, picoteando una ensalada. Llevaba días sin demasiado apetito.

—Venga ya, Lexie —resopló Rachel, enfadada. Acababa de decirle que mis intentos de acercarme a Caine habían fallado—. Quizás ha llegado el momento de que te alejes de ese tío, antes de que te haga daño de verdad.

No le hice el menor caso.

—He tratado de encontrar otra táctica, pero esta mañana me he dado cuenta de algo. Basta de tácticas. Tal vez la honestidad sea lo que mejor funcione.

—Ni se te ocurra. —Supe que había puesto los ojos en blanco—. A no ser que quieras que lo vuestro acabe definitivamente... Lo que no me parece tan mala idea.

—Aclárate. O acostarme con mi jefe es una estupidez o tiene su morbo. Escoge.

Siguió dudando entre ambas cosas, lo que no me servía si quería su consejo.

—Ahora mismo es una estupidez. Creo que en este momento es... ¡Maisy, *Ted* no es un juguete! —Soltó una palabrota, y soltó el teléfono. Un minuto después volvió a hablarme, sin resuello—. Lo siento.

—¿Quién es *Ted* y qué le estaba haciendo tu malvada hija?

—Sabes que un día de estos empezaré a tomarme en serio los comentarios que haces sobre Maisy.

—Ojalá.

Rachel bufó.

—*Ted* es un cachorro.

Abrí mucho los ojos, horrorizada.

—¿Le habéis regalado un cachorro a la niña?

—El perrito la adora. Es una monada.

Estaba completamente convencida de que el pobre cachorrito no adoraba a Maisy. Seguro que la criaturita le tenía terror.

—¿Qué le estaba haciendo? Y cuidado con lo que dices porque no tendré reparos en llamar a la Protectora de Animales.

—Vale ya. Solo lo estaba abrazando un poco demasiado fuerte. Y yo la estaba vigilando. ¿No confías en mí?

«Bueno...»

—He visto lo que dejas que tu hija le haga a tu marido.

—A Jeff. No dejaría nunca que Maisy le hiciera daño a un animal. No se lo hace a propósito. Es... demasiado movida. Además, no le quito ojo a *Ted*. No te preocu... Eh, no cambies de tema —me espetó—. Deja al perdedor de tu jefe.

Mi silencio la hizo suspirar.

—Rachel...

—Vale, como quieras, pero tienes que prometerme que este sábado por la noche estarás libre, porque nos sobra una entrada para el partido de los Red Sox y son unas localidades increíbles. Jeff las ha conseguido en el trabajo. Fila cuatro, detrás de la base del bateador.

Me mordí el labio superior. Eran unos asientos estupendos, pero seguramente Caine también iría al partido. No asistía a todos, pero siempre que podía iba al campo, y ese sábado jugaban contra los Yankees, así que iría seguro.

—Aún no te he escuchado decir «claro que sí» como esperaba. Vamos, Lexie —siguió Rachel—, hace siglos que no salimos y sí, Jeff vendrá con nosotras, pero tenemos canguro, así que Maisy no.

Eso hacía un poco más atractiva la idea.

Aunque Caine acudiera al campo, estaría en uno de los palcos VIP y no podría localizarme entre una multitud de miles de personas.

Un momento.

¿Y qué si lo hacía? Nada me impedía ir al partido. A Caine no le incumbía lo que yo hiciera en mi tiempo libre.

—No vayas por ahí —me advertí.

—¿Por dónde? ¿Por dónde estoy yendo?

—Tú no, Rach. Y sí, iré al partido.

—¡Sí! Vale, Jeff y yo nos reuniremos contigo en la entrada a las seis y media. No comas antes del partido. Tengo intención de comprar cantidades industriales de comida basura y cerveza y tendrás que unirte a mí para que no me sienta mal conmigo misma.

Sonreí, sintiéndome de pronto mucho mejor ahora que tenía planes concretos para el fin de semana que no incluían a Caine.

—Los perritos calientes los pago yo.

Había una mezcla de culpabilidad y travesura en la mirada de Rachel cuando me acerqué a ella y a Jeff. Estaban esperándome en la entrada del estadio que daba a Fenway Park y no iban solos.

Disimulé la irritación y me las arreglé para saludar sonriente. En los ojos de Rachel se leía un «por favor, no me mates». No me faltaban ganas.

Los acompañaba un hombre.

Una cita.

Para mí.

No me había molestado en contarle a Caine mis planes para el fin de semana porque no había preguntado. Después de la llamada de Rachel, Caine volvió de comer y se sentó a un extremo de mi mesa.

—¿Cómo lo llevas? —me preguntó, con sincero interés.

—Bien. —Ladeé la cabeza y le sonreí—. ¿Y tú?

Me miró con calidez por primera vez desde hacía días.

—Estoy bien. —Miró alrededor—. He estado muy ocupado estos días y sé que no hemos...

Le puse la mano en el muslo.

—No te preocupes. Sabía cuando me metí en esto que eras un hombre ocupado.

—Es cierto. —Con las yemas de los dedos me acarició la mano—. No sé cuándo estaré libre. ¿Tal vez el domingo?

Me encogí de hombros, como si no me doliera estar tan abajo en su lista de prioridades.

—Llámame cuando estés libre y, si yo también lo estoy, ya veremos.

Caine me dedicó una sonrisa de superioridad.

—Estás siendo muy dócil.

Le apreté el muslo.

—Solo te estoy dando lo que quieres.

No le gustó mi respuesta, porque frunció el ceño, pero acabó por asentir. Echó un vistazo para asegurarse de que no hubiera moros en la costa y se inclinó a darme un suave beso en los labios. La suavidad del beso se convirtió en dureza y me cogió de la nuca mientras su lengua entraba en mi boca. Ávida y apasionada, tardé un momento en recordar dónde estábamos. Luego lo aparté, jadeando.

Alisándose el pelo, claramente consternado por aquel beso, Caine se incorporó, me sonrió a medias, confuso, y entró en su despacho.

Miré la puerta cerrada, preguntándome cuándo me había convertido en una actriz tan buena.

Lo cierto era que no tendría que haberme sentido mal por aquella cita a ciegas, pero cuando le estreché la mano a Charlie, el compañero de trabajo de Jeff, tuve la sensación de estar haciendo algo malo al entrar en aquel juego. Caine y yo habíamos acordado sernos fieles.

Charlie era alto y atractivo de un modo natural que resultaba muy interesante. Tenía una bonita sonrisa y de no haber estado tratando de conquistar el corazón de Caine Carraway, habría estado muy contenta de estar sentada a su lado.

Los chicos pasaron primero el control de seguridad y después lo hicimos nosotras. Rachel se me colgó del brazo mientras los alcanzábamos.

—Por favor, no te enfades conmigo —me susurró—. Charlie vio una foto tuya que tiene Jeff en su mesa del día de nuestra boda y le preguntó por ti. Jeff no sabe nada sobre ese jefe que te vuelve loca, y cuando me lo sugirió pensé que tal vez te conviniera.

Mantuve la sonrisa porque Charlie se volvía a mirarme de vez en cuando, pero estaba cabreada.

—No deberías tomar ese tipo de decisiones. Caine seguramente también ha venido a ver el partido.

—¿Y qué? —Me soltó.

Miré hacia los puestos de venta situados bajo las gradas. Olía a comida rápida, palomitas y cerveza. La gente se sentaba en bancos, comiendo y riendo. No había nada comparable al ambiente de Fenway, y comprendí que una de las razones por las que me encantaba estar allí era por la sensación de familiaridad: esa calidez, esa sensación de unidad. Era un lugar agradable para estar en una noche de partido.

—Estás cabreada.

—Sí —admití—. Puede que Caine y yo no...

—Nada. Caine y tú no tenéis nada.

—No es cierto. —Fruncí el ceño—. Nos somos fieles.

Suspiró.

—Mira, aunque esté aquí, en este estadio hay otras veinte mil personas. Estoy bastante convencida de que sería como encontrar una aguja en un pajar, teniendo en cuenta, además, que seguramente estará en la zona VIP. —Mi expresión confirmó sus sospechas—. Bien. Ahora que Caine queda descartado, dale a Charlie la oportunidad de comprarte un perrito y una cerveza.

La acompañé sin decir nada, molesta.

Charlie sonrió, con aquella sonrisa tan mona, y llamó por señas al vendedor de perritos más cercano.

—¿Puedo pagarte la cena?

La culpabilidad me asaltó. Aquello era una cita. No podía fingir que no lo era.

«Mal Lexie. Muy, muy mal.»

Miré hacia atrás, segura de que en cualquier momento Caine aparecería y me sentiría todavía peor.

—¿Sabes qué? —Le devolví la sonrisa, pero sin nada de coquetería—. ¿Por qué no nos sentamos? El vendedor de perritos pasa cada pocos minutos. Se los pediremos cuando venga.

—Buena idea.

Volvimos sobre nuestros pasos, buscando nuestras localidades. Rachel y Jeff se sentaron algo más atrás, dejándonos espacio a Charlie y a mí. Tenía ganas de darles un puñetazo.

—Así que... Rachel dice que eres secretaria. —Se metió las manos en los bolsillos y me sonrió, persuasivo.

Se comportaba de un modo que sugería que estaba nervioso. Genial.

Me sentí todavía peor.

—Ah, sí. —No quería hablar de eso—. ¿A qué te dedicas tú?

Jeff trabajaba en publicidad, pero por lo que le he oído decir en su agencia hay distintos departamentos.

—Estoy en el departamento artístico.

—Vaya, suena genial. Siempre quise dedicar más tiempo al arte. Me encantaba dibujar, pero hasta ahí llegan mis habilidades.

—¿Eres una persona creativa?

Lo medité un poco.

—No creo que lo sea por naturaleza. Soy organizada, muy organizada. Y creo que tengo buen ojo. ¿Sabes?, siempre he querido ser organizadora de eventos y combinar ambas cosas.

Se encogió de hombros.

—¿Y por qué no?

—¿Por qué no qué?

—Por qué no te dedicas a organizar eventos.

Me reí.

—Como si fuera tan fácil.

—Todo lo que tienes que hacer es conseguir un buen cliente que te dé una oportunidad. Con buenas referencias podrías arrancar tu empresa.

Lo miré, incrédula.

—No creo que sea tan sencillo.

Charlie sonreía.

—No creo que sepas si lo es porque nunca lo has intentado.

—Porque soy secretaria. Le organizo las cosas a otra persona.

—A Caine Carraway —asintió, y la sola mención de su nombre hizo que me sintiera culpable otra vez—. Si puedes organizar la vida de alguien tan importante como Carraway, puedes organizar un par de fiestas.

—Acabamos de conocernos y ya me estás dando consejos sobre mi carrera profesional. ¿Cómo puede ser?

—Lo siento —se disculpó, y el sedoso flequillo castaño le cayó sobre los ojos azules.

«Qué mono.»

Definitivamente era una lástima que no lo hubiera conocido hacía unos meses.

—Tengo tendencia a hacerlo. Debería haber sido consejero.

—Está bien —lo tranquilicé—. Estoy acostumbrada a que me den consejos sobre mi carrera. —O al menos me había acostumbrado a escuchar los consejos del abuelo y de Rachel desde que había empezado a trabajar para Caine.

Charlie me lanzó una mirada interrogativa, pero antes de que pudiera decirle nada Rachel se nos acercó, animada como una adolescente.

—¡Por aquí!

Solté una risita y miré a Jeff, que se encogió de hombros.

—Se pone así cuando conseguimos una canguro.

Sonrió y la siguió por la rampa de cemento hacia las gradas.

—Después de ti. —Me cedió el paso Charlie.

Pestañeé al sol de la tarde antes de localizar a Rachel y a Jeff avanzando hacia la izquierda. No esperé a Charlie para ir tras ellos. Quería que quedara claro de la forma más diplomática y menos cruel posible que aquella cita no iba a ser el punto de partida de nada.

Cuando me senté al lado de Jeff, ignoré al montón de gente que se hacía fotos con la mascota de los Red Sox, Wally *el Monstruo Verde*, y esperé a que Charlie se sentara junto a mí. Lo hizo, me sonrió y me miró las piernas. Llevaba una camiseta entallada de los Red Sox y unos vaqueros cortos.

Me ruboricé de los pies a la cabeza.

Y entonces decidí que la forma menos cruel de dejarle las cosas claras era siendo sincera.

Me incliné hacia Charlie y él sonrió y acercó la cabeza para oírme a pesar del ruido de la multitud y del tipo que hablaba por megafonía haciendo publicidad de una fundación benéfica.

—No sabía nada de lo de esta noche.

Frunció el ceño.

—¿Sobre mí?

—Sí. Rachel no me lo había dicho.

Noté que Jeff se tensaba.

Charlie hizo una mueca.

—¿Y es eso un problema?

Compuse una mirada de disculpa.

—Estoy más o menos saliendo con alguien... Quiero decir que... No sé, pero...

Me hizo un gesto para que me callara, con una sonrisa de decepción.

—Lo entiendo. De veras, no pasa nada.

—Lo siento.

—No tienes por qué sentirlo —me aseguró.

Le sonreí agradecida. Era de veras un tío estupendo. ¿Qué demonios estaba haciendo?

—¿Me permitirás igualmente pagarte la cena? Sin sentirte obligada a nada.

—¿Sabes qué? Creo que deberíamos dejar que nos la pagara Rachel.

—Estoy de acuerdo —convino Jeff a mi lado, lo miré y vi que no estaba contento. Al parecer Rachel tampoco le había dicho nada a él.

—No puedo hacerlo. —Insistió—. Mi madre me mataría si supiera que consiento que una mujer se pague la cena.

Ahogué la risa.

—¿Eso no está un poco pasado de moda ya?

—Seguramente, pero mi madre da miedo, así que siempre le hago caso.

Le di un codazo amistoso.

—De acuerdo. Entonces quiero un perrito, por favor.

—¡¡Perritos calientes!! ¡¡Perritos calientes!! —vociferó a nuestra espalda un tipo corpulento con una camiseta de vendedor amarilla, bajaba las escaleras con su caja llena de perritos calientes encima de la cabeza.

Rompimos a reír.

—En el momento exacto —dijo Charlie, y alzó la mano para llamar la atención del tipo cuando llegó a la parte inferior de las gradas.

Dos perritos calientes y una cerveza bien fría más tarde, llevábamos treinta minutos de juego y los Red Sox dominaban el partido. El ambiente era eléctrico y me alimentaba como siempre, haciéndome olvidar los momentos menos interesantes del juego.

—¡Tengo que conseguir una de esas camisetas! —Rachel pasó por encima de Jeff para darme una palmada en la rodilla—. Una copia de las de béisbol.

—¿Por qué no la buscas en la tienda de regalos del estadio?

—Quiero una de chica. Mis pechos se perderían en una de tío.

No recordaba haber visto camisetas de chica en la tienda.

—¿Y por Internet? —le sugerí.

En vez de contestarme, Rachel miró por encima de mi hombro y arqueó las cejas. Me volví para ver qué le había llamado la atención.

Un hombre alto y fornido con la camiseta del equipo de seguridad de los Red Sox estaba detrás de mí con gesto imperturbable.

—¿Alexa Holland?

Ignoré la curiosidad con la que me miraba Charlie, preguntándome qué narices había hecho.

—Mmm... sí. —Me daba un poco de miedo admitirlo.

—El señor Carraway requiere su presencia en su palco de la zona VIP.

«Maldita sea...»

Palidecí.

¿Cómo había podido localizarme entre la multitud?

Como si me leyera el pensamiento, el guardia de seguridad hizo un gesto hacia los ventanales que había sobre nosotros. Su palco estaba justo encima de nuestros asientos.

Suspiré.

—No tienes por qué ir, Lex —me gritó Rachel por encima del estruendo.

La miré.

—Sí que tengo que ir.

Si me había visto con Charlie imaginaba lo que estaría pensando. Les dije que nos reuniríamos más tarde y seguí al guardia. Me preguntaba qué tipo de recepción me esperaba, y no sabía qué me molestaría más, si un Caine que no confiara en mí o un Caine indiferente.

En cuanto el de seguridad me abrió la puerta al palco de Caine, vi que no estaba solo. Effie y Henry estaban con él, además de otros rostros familiares del trabajo. Effie corrió a abrazarme, y la culpa que había estado sintiendo se disipó, reemplazada por la furia.

Había invitado a toda aquella gente pero a mí no.

No hasta que me había visto con otro.

—Estás estupenda, pequeña. —Me sonrió Effie.

—También tú. —Dejé mi ira de lado.

Henry se acercó a saludarme. Estaba diferente con vaqueros y camiseta de los Red Sox. Más cercano. Magnífico.

—Tengo un trozo de pastel de crema de plátano —anunció, y me reí.

Había estado mediando para que Effie aceptara a Henry.

La anciana puso los ojos en blanco, pero sonreía cuando se puso a charlar con otra pareja de edad avanzada.

La gente que me conocía me saludó con la mano y yo sonreí educadamente, dejando que fuera Henry quien me llevara hasta Caine, que estaba en pie de cara a los ventanales, dándome la espalda, mirando el partido. Parecía ajeno a todo incluso rodeado de gente.

Mi enfado se evaporó.

Le gustaba eso. Le gustaba la soledad incluso estando rodeado de gente.

Pero empezaba a sospechar que era incapaz de estar solo cuando era a mí a quien tenía cerca, y entonces entendí que por eso no me había invitado al partido.

Hasta que me había visto con otro.

—Mejor ve a saludar al jefe —me dijo Henry, guiñándome el ojo.

A pesar de que Caine no le había hablado a nadie de nosotros, Henry sospechaba que había algo. Aparte de Effie, era lo más parecido a un familiar para Caine. Y era un hombre inteligente. Lo conocía lo suficientemente bien para haber notado cambios en sus rutinas, en su comportamiento y en su actitud hacia mí.

Sintiendo que las mariposas de mi estómago se despertaban, me acerqué al ventanal y a Caine, dejando espacio suficiente entre nosotros. Observé su perfil y me dio rabia que las mariposas se volvieran locas cuando lo miraba la cara.

—Hola.

—¿Quiénes son?

La frialdad de su tono me dolió.

—Unos amigos. Una amiga de la universidad y su marido, y un compañero de trabajo de este.

—¿No creíste importante mencionarme que vendrías al partido esta noche?

Lo dijo tranquilamente, pero noté la tensión que emanaba de él y nuevamente herví de frustración y rabia.

—Tampoco tú me dijiste que vendrías.

—Tengo el pase de temporada. Lo sabes.

—No siempre vienes —le respondí despacio.

—No me importa que hayas venido al partido. —Al fin se volvió a mirarme con los ojos llenos de rabia—. Me importa que ese tío no te deje en paz.

Debería haberme alegrado de que estuviera celoso, pero no lo hice. Ya no. La incertidumbre acerca de lo nuestro me tenía enferma.

—Rachel me organizó una cita a ciegas sin avisarme. Le he dicho que estoy... que estoy saliendo con alguien.

—Creo que no ha entendido el mensaje.

—¿Cómo lo sabes desde aquí arriba?

Caine se inclinó hacia mí de repente, olvidando dónde estábamos y que no estábamos solos.

—No he visto que hicieras mucho para desanimarlo.

Eché un vistazo por encima del hombro para recordarle dónde estábamos.

Se apartó, con la mandíbula apretada y la vista al frente una vez más.

Me acerqué lo bastante a él para que me oyera sin que otros pudieran hacerlo.

—No lo estaba alentando y, sinceramente, que seas tan posesivo me cabrea.

Caine me lanzó una mirada cortante, pero no me dejé intimidar.

—No soy el único que se pone celoso —me recordó.

—No, no lo eres. ¿Y sabes por qué nos comportamos como dos estúpidos? Porque no le has dado una oportunidad real al tema de ser amigos. Esta incertidumbre se debe a que sigues alzando un muro entre nosotros. —Miré otra vez hacia atrás para asegurarme de que no había nadie cerca. Ya bastaba de juegos, ya bastaba de tácticas. La honestidad era lo único que me quedaba—. No se trata solo de sexo, Caine. Esto es una aventura. —Levanté la mano para detener la protesta que, sin duda, estaba a punto de hacerme—. No te estoy diciendo que vaya a durar. Te estoy diciendo que admitas que no somos dos personas que se acuestan juntas de vez en cuando. Hay sentimientos en juego también, lo admitas o no. No te pido que sea para siempre. Te pido que dejes de mantenerme a distancia. Te pido que seas auténtico conmigo mientras dure lo nuestro.

Le brillaban los ojos.

—¿Y si no lo hago?

Me temblaron las rodillas.

—Entonces creo que sería mejor dejarlo.

Soltó el aire con fuerza y volvió a mirar el campo de juego.

Era el momento de ser valiente.

—No quiero que se acabe. Ni creo que tú lo quieras tampoco.

—¿Y qué te hace pensar eso? —dijo, arrastrando las palabras.

Casi creí que le daba igual.

Solo casi.

—Que todavía no hemos terminado el uno con el otro.

Después de unos segundos Caine me miró de nuevo y vi fogosidad y anhelo en sus ojos.

—No. Todavía no. —Nos miramos un momento más y el deseo se me acumuló en el bajo vientre—. Así pues, ¿qué sugieres, Lexie?

Le sonreí despacio.

—Pasa el día conmigo.

Parpadeó, sorprendido.

—¿Que pase el día contigo?

—Donde yo elija. Pasa un día conmigo y sé simplemente mi amigo por unas horas. Después te prometo que te haré volver loco de placer.

Caine valoró mi proposición antes de reír entre dientes y volver a mirar el partido.

—Trato hecho.

18

Enterré los dedos de los pies en la arena y la suave brisa del océano me refrescó las mejillas bajo el sol del verano.

—¿Era esto lo que tenías en mente? —Caine rompió el silencio, sonriente.

Yo también le sonreí.

—Tal vez.

Fiel a su palabra, Caine había dedicado el domingo entero a cultivar nuestra amistad. Yo había elegido la playa de Good Harbor, en Rockport, como nuestro lugar de destino. Aunque a Caine lo había sorprendido mi elección, creo que en el fondo le había gustado. Tenía un Aston Martin Vanquish Volante azul que solo conducía por la ciudad cuando no necesitaba al chófer de la empresa; o sea, casi nunca. Good Harbor estaba a apenas una hora y le proporcionaba una buena excusa para pasear en su Aston Martin.

Tenía que admitir que había sido divertido ir en aquel bólido.

Cuando llegamos, había aparcado cerca de la playa, sin prestar atención a los hombres y mujeres que miraban el coche mientras nos apeábamos. Estaba demasiado pendiente de mí. Creo que estaba intentando entender qué quería de él.

De pie en la playa, sosteniendo los calcetines y los zapatos en una mano y abrazándome la cintura me hizo una pregunta.

—¿Por qué Good Harbor?

Me estremecí. La brisa fresca me erizó el vello de los brazos y sentí un escalofrío.

—Me gusta esto. Las únicas vacaciones que recuerdo haber pasado a solas con mi madre las pasé aquí. —Miré el agua, transida de dolor. Tenía gracia, pero prefería ese dolor a la agonía que me corroía cuando recordaba mi vida con mi madre siendo ya adulta—. Entonces todo mi mundo giraba en torno a ella. —Lo miré, preguntándome cómo reaccionaría si mencionaba a mi padre. Decidí que aquel día era para ver hasta dónde podía llegar y me adentré en el cenagal de nuestra historia compartida—. Mi padre nos visitaba todos los años por mi cumpleaños y se quedaba unos días. Creía que no había nadie como él, y mi madre contribuía a que así fuera. Me llenó la cabeza de ideas románticas sobre él. Era como un personaje de cuento para mí, una huida de la vida real. Mi madre... bueno, ella era lo único auténtico que yo tenía. Mi felicidad dependía enteramente de ella. No teníamos mucho, pero no me importaba porque me hacía sentir segura y amada. Tuvimos más de lo que deberíamos haber tenido, en todo caso.

—¿A tu padre? —dedujo Caine.

Lo miré, buscando en su rostro alguna reacción a nuestra conversación. Me pareció meditabundo, no enfadado como había temido que estuviera.

—Sí. Le daba dinero a mamá.

—¿Y Good Harbor? Tu madre vivía en Connecticut. No me parece una coincidencia que vuestras únicas vacaciones las pasarais aquí, cerca de tu padre.

—Mi madre creció en Boston, así que conocía este lugar, pero... sí, mi padre apareció un día hacia el final de nuestras vacaciones. Antes de su llegada, mi madre y yo pasábamos los días en la playa. —Sonreí—. Era como estar en el cielo. Hacíamos tonterías y paseábamos. ¿Sabes? Mi madre nunca me habló como si fuera una niña pequeña. Tenía conversaciones en toda regla conmigo. Sus padres murieron siendo ella un bebé y se crio con una tía de Boston. Me contó una anécdota de su infancia. Un veranos su tía la llevó a Good Harbor. Mi madre me dijo que cuando llegó la hora de volver a casa, se negó. Cuando le pregunté por qué razón, me dijo que había un niño pequeño pinchando con un palo una gaviota herida. A mi madre aquello la impresionó mucho y su tía preguntó al niño por qué atormentaba al pájaro. Dijo que porque una gaviota le había robado el día anterior su último trozo de buñuelo. Había encontrado aquella gaviota herida y se lo estaba haciendo pagar. Así que mientras la hería se cobraba su pequeña venganza. Mi madre le dijo al niño que debía perdonar y dejar en paz a la pobre gaviota. La reacción del chico fue pincharla con más saña. Mi madre rompió a llorar y mi tía se la llevó lejos. Desde entonces se negó a volver nunca a la playa. Ni siquiera sé por qué me contó aquella historia..., pero recuerdo que le estuve dando vueltas algún tiempo. —Parpadeé para no llorar—. Ahora no puedo quitármela de la cabeza.

Caminamos por la orilla en silencio unos segundos y luego noté el calor de la piel de Caine en mi mano fría. Entrelazamos los dedos. No dije nada sobre su gesto, me limité a aceptarlo.

—Era una mujer dulce —dije—. Una buena persona. Pero cuando mi padre estaba cerca cambiaba. Nuestras vacaciones en Good Harbor se terminaron repentinamente en cuanto él apareció. El primer día todo fue bien, más que bien, fue emocionante como siempre. Pero al día siguiente se fue y mi madre no dejaba de llorar. Hizo las maletas y adiós vacaciones. Aquel patrón se fue repitiendo a lo largo de los años.

—¿La has perdonado por haberte abandonado por él?

—No lo sé. Dejó de ser la madre que tenía cuando era niña. Lo prefirió a él.

—Era humana. Tenía sus puntos débiles, Lexie. Eso no significa que no te quisiera. —Me apretó la mano—. Tal vez deberías dejar de pinchar esa gaviota.

Trastabillé.

Caine me sonrió con dulzura.

—Ha muerto. Ya no se puede hacer nada. La única perjudicada eres tú, pequeña.

Parpadeé tratando de contener las lágrimas y le apreté la mano.

—¿Cuándo te has vuelto tan sabio? —dije, intentando tomarle el pelo.

—Siempre lo he sido. —Tiró de mí para que siguiéramos caminando—. A mi madre le ocurría lo mismo con mi padre.

Necesité todo mi autocontrol para no caerme de la sorpresa ante la mención de su madre. Por lo que yo sabía, aquel era un tema tabú. Me mantuve en absoluto silencio, deseando que continuara.

—Mi madre era otra persona con mi padre —admitió, sombrío—. Era como si intentara ser constantemente quien creía que él quería que fuese.

—Lo que hizo..., las decisiones que tomó..., ¿te sorprendieron? —le pregunté.

—Sí. —Miraba el agua mientras seguíamos caminando y estudié su perfil, buscando el menor signo de enfado, pero estaba muy tranquilo—. No era más que un crío. No tenía idea de que fuera tan egoísta. Fue como tú con la tuya. La considerabas una heroína, ¿no? Hasta que te hiciste mayor. En mi caso... la realidad me golpeó cuando era todavía muy joven. —Me miró—. ¿Quieres saber cómo lo superé?

Asentí en silencio, conteniendo el aliento. Estaba maravillada, me sentía una privilegiada. Caine estaba confiando en mí.

—Me concentré en todo lo bueno. Porque las personas no solo tenemos una faceta. Tu madre no solo era débil y egoísta, ni la mía tampoco. Tu madre no era constantemente desgraciada, ni la mía tampoco. Algunas veces mi madre estaba más viva que nadie. La fascinaba el color amarillo. Se ponía algo de ese color casi a diario, aunque fuera una cinta en el pelo. Las tenía de todas las tonalidades de amarillo. —Sonrió levemente, su mirada reflexiva—. Las guardaba en un pequeño joyero sin ningún valor que gané en una feria del colegio. Y hacía de cualquier cosa un acontecimiento. Incluso del desayuno del domingo. Tenía un vestido amarillo, uno estilo años cincuenta. Papá y yo nos levantábamos y allí estaba ella, vestida de amarillo, sonriendo mientras horneaba exquisiteces para desayunar. Huevos con beicon no, nada de eso. Preparaba pasteles y tartas y magdalenas. Porque papá y yo éramos golosos.

Tuve que reprimir las lágrimas al imaginarme la infancia feliz de Caine con una madre que parecía alegre y cariñosa.

—Papá siempre decía lo guapa que era, que tenía la madre más guapa del mundo. Y me sentía orgulloso caminando a su lado por la calle. Y cuando me llevaba al colegio, porque era la madre más guapa del mundo. Y porque me quería —dijo, con los ojos llenos de dolor cuando me miró—. Tardé mucho en recordarlo después de todo aquello, pero me quería. Siempre estaba pendiente de mí cuando era pequeño. A toro pasado, me he dado cuenta de que escondía partes de sí misma a mi padre. Pequeños detalles. Por ejemplo, solía cantar cuando él no estaba, pero si estaba no. Se volvía más callada. Anteponía a mi padre, incluso cuando se trataba de cosas que yo la había visto hacer por su cuenta y que entendía perfectamente. Y era porque él necesitaba que ella se comportara así; él necesitaba sentirse necesario. Pero cuando estábamos solos se hacía cargo de todo. Sabía siempre lo que hacíamos y qué pretendíamos. Y quería muchas cosas para mí. Eso es lo que más recuerdo. Me decía prácticamente a diario que quería que lo tuviera todo, que tuviera todo lo que ella no había podido tener. —Me miró con una sonrisa llena de pena. Me dolió el corazón—. Me llamó Caine por el protagonista de una novela romántica. Decía que ese nombre hacía que pareciera que era «alguien», y quería que yo fuera «alguien» de mayor.

—¿Por eso has trabajado tan duro para hacerte un nombre?

No me contestó.

—Quizá lo que necesitas es recordar lo bueno de tu madre para perdonarla —me sugirió—, para seguir adelante.

—¿Cómo lo haces? —Desde que habíamos empezado a pisar un terreno en el que no pensaba que nos adentraríamos, había decidido ser valiente—. Es evidente que sigues furioso y que no has perdonado a mi familia, a mi padre y a mi abuelo, lo que hicieron a la tuya. Pero pareces haber aceptado lo que tu madre hizo.

Frunció el ceño.

—No. No puedes reconciliarte con algo así, como no puedo reconciliarme con el hecho de que mi padre se quitara la vida sabiendo que me dejaba completamente solo. Pero hay que considerar por todo lo que estaban pasando en aquel momento, y de algún modo tengo que encontrar un modo de pasar página aunque no fui capaz de salvarlos de sus propios errores. Así que recuerdo las cosas buenas y casi siempre me funciona. No siempre, pero sí la mayoría de los días. No creo que puedas tomar la firme decisión de perdonar. A veces el perdón puede reconquistarse, pero ya no me queda nadie que merezca mi perdón. Así que la cuestión es tratar de estar bien todos los días y dejarlo correr. Cuesta trabajo. Hay días en los que no puedo, y apareciste en la sesión de fotos uno de esos días. Me cabreé porque intentabas disculparte por algo que un simple «lo siento» no puede anular. Es una mierda, pero es así.

Asentí, comprendiendo.

—Así que tú quieres perdonar a tus padres.

—¿Sinceramente?

—Sí.

—Sí que quiero.

—Pero... —Le apreté la mano. Quería saberlo. Quizás esperaba que tuviera respuestas para ayudarme—. Con todo lo que te hicieron, ¿por qué?

Caine dejó de andar. Había una dureza en su mirada que no me gustó.

—Quiero perdonarlos porque... Porque sé lo fácil que es seguir un camino equivocado, el que nunca debiste tomar. Sé lo que es hacer cosas de las que no te sientes orgulloso.

—No te creo. No puedes haber hecho nada tan vergonzoso como lo que hicieron ellos.

Caine frunció el ceño y siguió andando, esta vez sin cogerme de la mano. No entendí su reacción y corrí tras él.

—¿Crees que debería perdonar a mi padre y a mi abuelo?

—No lo sé —me dijo—. Solo sé que la amargura te corroe. —Suavizó el tono—. Has pasado por mucho para permitir que eso te ocurra.

Le sonreí, sobrecogida por la emoción que me inspiraba.

—Me asombras. Lo sabes, ¿no?

Por lo visto, a pesar de todos los temas peliagudos que acabábamos de tratar, aquello era lo último que debería haberle dicho.

Un silencio incómodo se instaló entre nosotros.

Insistí.

—¿No te consideras una persona asombrosa?

Me miró muy serio.

—No. Y quiero que tú tampoco me veas así.

—Caine...

—No trato de alejarte —me interrumpió, furioso—. Es que no quiero que me consideres algo que no soy. —Negó con la cabeza y apartó la vista—. ¿Quieres que seamos amigos? De acuerdo. La verdad es que eres una amiga, Lexie. Y no me gusta decepcionar a mis amigos. Así que no pretendas que soy lo que no soy.

Lo que Caine no comprendía era que no podía decepcionarme. Habíamos tenido un inicio durísimo, una historia más que complicada, pero seguía a su lado, y quería seguir a su lado, porque estaba segura de que no se daba cuenta de que era un buen hombre.

Toda la vida me había aterrado la idea de cometer el mismo error que mi madre: enamorarme de un hombre que no valiera la pena y no darme cuenta de que no merecía mi amor. Por culpa de ese temor no me había enamorado nunca de verdad.

Pero Caine Carraway no era Alistair Holland.

Caine era ambicioso y trabajador. Era fuerte, obstinado y rudo, pero también podía ser amable, compasivo y generoso.

Aunque muchas veces no lo entendiera, aunque no estuviera de acuerdo con él, nunca nunca, me decepcionaría.

En cualquier caso, lo conocía lo bastante bien como para reconocer aquella mirada obstinada. Así que, por una vez, lo dejé correr.

—Voy a comprarte un helado. —Le tendí la mano.

Me miró dubitativo.

Le sonreí e insistí para que me la cogiera.
—Nunca has probado unos helados como los de Luigi.
Suspirando, Caine enlazó sus dedos con los míos.
—¿Seguro que ya eres una mujer madura, Lexie?
Le devolví la misma sonrisa traviesa.
—Físicamente, no te quepa duda.
Como siempre, el sonido de su risa me hizo sentir pletórica.

19

Lo que ocurrió después entre Caine y yo me pilló por sorpresa. Había una intimidad nueva entre nosotros, pero en vez de relajarnos estábamos en tensión. Estábamos desesperados: el sexo se convirtió para nosotros en una adicción, en una obsesión. Salvajes y apasionados, tratábamos de aplacar una tensión inaplacable.

—¿Estás seguro de que es una buena idea que esté allí mañana por la noche?

Estaba apoyada en el escritorio de Caine con las piernas cruzadas a la altura de los tobillos. Cabía la posibilidad de que estuviera sentada sobre un montón de documentos importantes, pero Caine no dijo nada. Parecía muy ocupado mirándome las piernas.

—¿Caine?

El fuego de su mirada me hizo estremecer.

—Te he dicho que la fiesta es por negocios más que nada. Nos codearemos con clientes y con clientes potenciales. Nadie cuestionará la presencia de mi secretaria. —Me sonrió de un modo muy sexy—. Aunque puede que cuestionen mis motivos para contratar a una tan guapa como tú.

—Henry ya sospecha.

—Henry no sabe nada. —Se encogió de hombros.

Mmm, no estaba tan segura de eso como él.

—¿Y qué pasa con mi apellido?

—Ya te presentamos como Alexa Hall en la última fiesta.

—¿Y no crees que alguien podría acabar averiguando que no es mi verdadero apellido? Todos los de la empresa saben cómo me llamo, Caine.

—De acuerdo. —Suspiró—. No mencionaremos tu apellido. Serás simplemente Alexa. No pretendo ser un capullo pretencioso, pero a nadie le importará el apellido de mi secretaria.

«Cabrón arrogante.»

—¡Eh!

Me deslizó la mano por la cara interna del muslo para animarme, pero solo logró excitarme.

—La verdad es que esa gente, mi gente, se cree demasiado importante y se mira demasiado el ombligo. Lo único que les importa es quién tiene más influencia.

—Y entre los que más influencia tienen no está tu secretaria. —Por la cara que puso supe la respuesta—. ¿Sabes? Estoy pensando en dar un giro a mi carrera profesional, en convertirme en organizadora de eventos...

Caine sonrió suavemente.

—Se te daría bien.

Sentí una oleada de gratitud

—¿Lo crees en serio?

Asintió.

—Lo sé. Pero avísame con tiempo suficiente. —Subió la mano por mi muslo, con la voz espesa—. Eres la mejor secretaria que he tenido nunca. Me costará reemplazarte.

En cuanto me tocó eché la cabeza atrás y disfruté de la sensación física de estar juntos, pero en un rincón de mi mente sus palabras adquirieron un significado desagradable.

Era cierto y no quería afrontarlo.

Caine acabaría por reemplazarme.

Tendría que haber sabido que ir a la fiesta con Caine no era una buena idea. La única persona a la que conocía era a Henry, pero iba acompañado y estaba mucho más interesado en seducir a su pareja que en fomentar el compañerismo con otros hombres de negocios invitados.

Los anfitriones eran el gurú de las inversiones Brendan Ulster y su esposa Lacey. Caine me explicó que en su círculo se turnaban para celebrar veladas como la de esa noche durante el año y que el pretexto para aquella era la inauguración del apartamento que los Ulster acababan de comprar frente al que tenía Caine en la calle Beacon, al otro lado del parque Common.

Era precioso.

Los asistentes..., bueno, no tanto.

Caine era el hombre al que todos los demás querían parecerse. Lo admiraban. Las mujeres lo consideraban una presa escurridiza. Si los hombres no intentaban que Caine se uniera a sus conversaciones de negocios, trataban de coquetear conmigo. Era agotador ahuyentarlos, y mi irritación fue en aumento porque muchos me consideraban una presa fácil. Claro, no era más que una secretaria, y tenía la impresión de que pensaban que era la clase de mujer que hace lo que sea para estar con un hombre poderoso.

No era la única razón por la que estaba enfadada, sin embargo. La noche había empezado bastante bien. Caine, atento y divertido, me había hecho comentarios irónicos sobre la gente altiva con la que nos íbamos encontrando. Sin embargo, a medida que la noche avanzaba, comenzó a tratarme con la indiferencia habitual. Me estaba sacando de quicio. No tenía ni idea de qué había pasado en el espacio de una hora, pero estaba esperando a que terminara la fiesta para enterarme.

—Te dejas ver poco últimamente, Caine —le susurró una mujer cuyo nombre no recordaba, colándose entre él y yo. Le pasó una uña cuidadísima por el hombro y le pegó el pecho al brazo—. Hay rumores de que podrías estar ocultando algún idilio clandestino.

¿Idilio clandestino? Puse los ojos en blanco. «¿Quién demonios habla así?»

Caine se soltó de aquel abrazo y miró a su alrededor, aburrido.

—Siempre hay rumores, Kitty.

Ella se atusó el pelo, molesta por la indiferencia con que Caine la trataba.

Sí, entendía cómo se sentía.

—Tienes razón. —Se encogió de hombros—. La gente habla. En fin... —Se quedó mirándolo, esperando que le prestara un poco de atención.

Caine no se la prestó y entonces me lanzó una mirada inquisitiva. Me limité a arquear una ceja. Resopló.

—Si me disculpáis... —Se alejó pavoneándose, con su elegante figura marcada por un ajustado vestido dorado.

—Desde luego a las mujeres de por aquí les gustas —comenté con sequedad, deseando no sentir aquel retortijón de celos. Nunca había sido celosa hasta entonces y no me gustaba particularmente que Caine sacara a la luz aquel aspecto de mi personalidad. Hice cuanto pude para controlarme, echando mano del humor para disimular.

Caine no me respondió.

—¿Sabes? A ellas puedes engañarlas, pero no a mí.

Me miró de soslayo, y supe que se daba cuenta de mi mal humor.

—¿Es eso cierto? —murmuró.

—Mmm. Todas dicen a tus espaldas que eres peligroso, duro, excitante, riendo como bobas. Pero yo sé algo que ellas ignoran.

—¿Y qué es? —me exigió saber Caine, volviéndose por completo hacia mí para mirarme a la cara.

La melancolía me apretó el corazón como un puño de hierro.

—Pareces peligroso porque lo eres. Caminas entre ellas como un tigre; para ti son solo una presa entre sus garras. Están tan ocupadas admirándote, comentando lo atractivo que eres, que no tienen ni idea de que están a punto de ser devoradas. Que las masticarás y escupirás las sobras. —Aparté la cara y tomé un sorbo de mi copa, tratando de que no me temblaran las manos.

Fue como si la tensión que habíamos notado toda la semana se expandiera de un modo sofocante que nos rodeó, aislándonos de los demás invitados.

Al final me armé de valor y lo miré.

Estaba mirando a la gente con cara de aburrimiento. La mandíbula tensa era lo único que revelaba su irritación.

Un hombre sonriente lo saludó desde el otro lado de la sala, y Caine alzó la copa.

—¿Quién es? —le pregunté con curiosidad, intentando quitar hierro a la situación.

—Leonard Kipling. El gigante farmacéutico.

—Conoces a todo el mundo, ¿eh? No creía que Kipling fuera la clase de hombre con el que querrías tener trato.

—Es poderoso. No descarto a nadie tan influyente como él. ¿Quién sabe qué me deparará el futuro o si llegará el día en que conocernos nos beneficie a ambos?

Miré a aquel desconocido, dándome cuenta de que su expresión risueña acompañaba el rostro hermoso de un hombre en buena forma. Parecía tener cuarenta y muchos. Un buen número de mujeres le lanzaban miradas insinuantes.

—¿Está casado?

—Divorciado —respondió Caine con fingido tedio—. ¿Por qué? ¿Estás pensando en pedirle que me sustituya cuando dejemos de follar?

Aquello fue para mí un verdadero mazazo. Me quedé completamente quieta, demasiado sorprendida por su hiriente insinuación.

No podía ni mirarlo.

Si bien era cierto que al principio Caine había sido cortante en ocasiones, nunca me había faltado al respeto. Solo una vez había sido deliberadamente cruel, porque estaba a la defensiva.

Pero nunca más.

Y nunca había hecho que lo que teníamos pareciera tan vulgar... Nadie me había hecho sentir nunca tan poca cosa, tan poco importante.

—Alexa... —murmuró.

Me aparté de él y tomé un buen trago de champán. Afortunadamente un montón de gente que no conocía se acercó a saludar a Caine y estuvo entretenido mientras yo intentaba recuperar el control de mis emociones.

Para poder continuar a su lado el resto de la noche, como debía, me desconecté de mis sentimientos. Fui educada con todo el mundo, incluso con él, pero me mantuve fría y distante. Me hizo gracia que mi indiferencia intrigara a algunos de los invitados.

No me importaba nada.

No me importaban nada.

Quería alejarme de ellos y del hombre que estaba a mi lado y que de repente era un extraño cruel.

—Al parecer he perdido a mi acompañante —nos dijo Henry, que se había acercado cuando el último grupo de admiradores de mi jefe se iba.

—¿Has mirado en el bar? —le sugirió Caine.

—Sí. —Le sonrió Henry, inmune a su chanza—. Y antes de que lo preguntes también he mirado en el baño. —Me miró y frunció el ceño al instante—. ¿Todo bien, Lexie?

—Estoy bien —murmuré antes de apurar el contenido de la copa que tenía en la mano desde hacía una hora.

—¿Otra copa? —me preguntó Caine, y me satisfizo notar su inseguridad al hacerme aquel ofrecimiento.

—No, gracias —repuse cortés.

—¿Soy yo, o hace más frío a este lado del salón? —Henry arqueó una ceja, mirando a Caine.

—No, no eres tú. —La mirada de Caine me quemaba, pero evité sus ojos.

—De acuerdo, pues. Puesto que no interrumpo ninguna conversación apasionante, Caine, he hablado con Kipling hace un rato. Ha mencionado algunos negocios que podrían interesarte.

—Ve tú delante. —Noté que se disponía a seguir a Henry, que ya no estaba dentro de mi campo visual, pero se detenía—. Alexa, ¿no vienes?

Seguí sin mirarlo. No era capaz.

—Sí, pero antes necesito ir al lavabo.

La tensión entre nosotros creció y alcanzó nuevas cotas mientras esperaba que lo mirara. No lo hice.

—Estaremos ahí —dijo por fin.

Cuando vi que se marchaba, dejé salir todo el dolor que había estado conteniendo. Se había terminado. No iba a permitir que ningún hombre me hablara como él lo había hecho.

Cada vez que creía que íbamos a alguna parte me demostraba que estaba equivocada, y mi frustración por los altibajos de nuestra relación estaba en su punto álgido. Era el momento de irme, antes de estallar delante de todo el mundo.

En vez de ir al baño fui hacia la salida. Solo oía mi respiración mientras intentaba controlar el dolor y la rabia. Por eso no escuché los pasos que me seguían mientras recorría el pasillo hacia la puerta principal.

Una mano fuerte me agarró del brazo y se me escapó un grito porque me vi de repente acorralada en un rincón. La colonia de Caine me inundó el olfato cuando se inclinó hacia mí. Apoyó una mano a cada lado de mi cabeza, impidiéndome escapar.

—Apártate de mi camino.

—Lexie...

—Te he dicho que te apartes de mi camino, maldita sea.

Caine soltó una palabrota.

—Lexie —dijo con la voz ronca—, lo siento.

Temiendo flaquear en mi decisión, miré por encima de su hombro, evitando su mirada oscura, casi líquida.

—Estoy cansada y tú tienes que volver a la fiesta.

—No me hagas esto —me pidió con un gruñido, obligándome a mirarlo a los ojos—. La he jodido, pero no me eches.

Después de su comportamiento de aquella noche, ¿tenía la cara de pedirme algo así?

—¿Te burlas de mí?

Cerró los ojos un momento, con el remordimiento escrito en la cara.

—Dios, Lexie, nunca tendría que haber dicho eso. En cuanto lo he dicho... —Negó con la cabeza y me encontré con los ojos pegados a los suyos—. Eres la última persona a la que querría hacer daño.

Me temblaron los labios e intenté no romper a llorar.

—Entonces ¿por qué?

Se miró los pies. Pasaron unos segundos sin que me contestara. Resoplé enfadada y lo empujé.

—Apártate.

—No. La he jodido y me estoy disculpando. Dejémoslo así.

Yo hervía de rabia.

—Apártate. De. Mi. Camino.

Apretó la mandíbula.

—Lexie...

—Si dices mi nombre una vez más gritaré como si me estuvieras matando. Apártese de mi camino, «señor Carraway».

Achicó los ojos.

—Alexa...

—¿Por qué? —Le empujé con todo el cuerpo, atrapándolo yo—. ¿Por qué? ¿Qué ha pasado? Estábamos bien y de pronto has empezado a actuar como si fuera de nuevo tu enemiga, o peor, como si fuera una zorra Holland de la que pasarás cuando te aburras de ella...

—Estás equivocada. —Volvió a pegarme a la pared, sus facciones endurecidas, su voz gutural y llena de sentimiento—. Soy el celoso hijo de perra que te ha visto toda la noche rodeada de hombres que se morían por estar contigo y no ha podido soportarlo. No soporto la idea de que estés con alguno de ellos. He dicho algo que no pensaba por eso. —Tenía la respiración agitada.

Me quedé sin aliento.

Nos miramos en completo silencio.

—De acuerdo —susurré—. Pero no te atrevas a hablarme así nunca más.

Vi cómo desaparecía parte de su frustración al escuchar mi respuesta.

—No lo haré —me prometió con un hilo de voz—. Lo siento. Yo no... —Negó con la cabeza, frustrado al parecer por sus sentimientos como yo por los míos.

Y entonces me di cuenta de cuál era el problema entre nosotros, supe de dónde surgía tanta tensión, la creciente animosidad...

La amistad, la intimidad, nada hacía nuestra relación menos incierta porque era una relación temporal. Otras parejas, las parejas normales, podían admitir lo que sentían. En nuestro caso, admitir algo más de lo que ya habíamos admitido, habría significado ponernos en una posición que haría más dura la caída.

Sin embargo... No pude evitarlo. Las palabras salieron solas.

—Solo te deseo a ti. Lo sabes.

El pecho de Caine tembló bajo mi mano y de pronto me vi en sus brazos. Su beso no fue dulce o de disculpa. Fue salvaje. Sus labios presionaron con fuerza los míos, su lengua lamiendo y acariciando la mía en un beso húmedo, profundo, cuyo eco noté en la entrepierna. Me agarré a él, besándole con la misma pasión, acariciándole mechones de pelo mientras le mordía juguetona el labio inferior. Gimió contra mi boca y me empujó con fuerza contra la pared.

Una pequeña tos detrás de nosotros fue como un jarro de agua fría.

Despacio, Caine interrumpió el beso, aunque siguió abrazándome protector mientras los dos mirábamos por encima de su hombro.

Henry estaba allí de pie, sonriendo de oreja a oreja.

—¿A que estáis haciendo las paces después de una pelea de enamorados? ¿Tengo razón? Tengo razón, ¿verdad que sí?

Apreté los labios intentando no echarme a reír por su modo infantil de expresarse.

Caine, en cambio, se puso tenso.

—Si le cuentas esto a alguien, te arrancaré la maldita cabeza —le advirtió con un leve acento del sur de la ciudad.

Henry soltó una carcajada, pero tuvo la sensatez de asentir. Se llevó el dedo a los labios.

—Soy una tumba. —Su risita se perdió mientras volvía a la fiesta.

—Te acompaño a mi casa. —Me puso una mano en la cadera—. Deja que me disculpe como es debido.

—¿Y qué pasa con Kipling?

—Tú eres más importante. —Me lo confesó en voz tan baja que casi no lo oí, casi no lo creí.

Pero lo había dicho.

Y, que Dios me ayudara, quería creerlo.

La esperanza floreció en mí. Bien podría no haberlo admitido verbalmente, porque su reacción fue toda la confirmación que necesitaba.

También él me quería solamente a mí.

—Entonces será mejor que nos marchemos ahora, porque tienes mucho por lo que disculparte.

Miré la lujosa cama de Caine, de madera, con cuatro majestuosas columnas. Había visto esa cama en numerosas ocasiones cuando iba a su apartamento a llevarle la ropa de la tintorería.

Y había fantaseado acerca de lo que sería estar tendida en ella, con el cuerpo de Caine cubriendo el mío.

Seguía siendo una fantasía.

Nunca lo habíamos hecho en el ático de Caine. Siempre habíamos tenido relaciones en mi casa y alguna que otra vez en la oficina.

Por alguna razón entré hecha un manojo de nervios en su dormitorio. Nos habíamos acostado incontables veces, pero cuando sentí el calor de su cuerpo contra mi espalda, las yemas de sus dedos deslizarse con suavidad por mi brazo desnudo y su aliento en la nuca, me pareció todo nuevo y más excitante.

La tela del vestido se me pegó al pecho cuando Caine me bajó poco a poco la cremallera. Los pechos me pesaban y los pezones se me endurecieron.

Cubrí sus manos con las mías y juntos bajamos el vestido hasta el suelo, sin prisas. Salí de él y se me puso la piel de gallina porque me quedé en ropa interior. Caine me sujetó por las caderas, y me atrajo hacia sí con delicadeza para que notara su erección contra las nalgas.

Me apartó el pelo del cuello y sus labios ardientes me acariciaron la oreja.

—Me vuelves loco —me confesó.

Sus palabras me arrancaron un gemido de placer. Me apreté más contra él.

—Nunca tengo bastante... Nunca es suficiente... —Me cubrió el cuello de besos.

—Caine. —Yo hervía de deseo y notaba su calor entre los muslos.

Me puso otra vez las manos en las caderas y el aire frío susurró entre nosotros cuando retrocedió un paso para contemplarme.

Y me contempló, desde luego que lo hizo.

Con ligeras caricias memorizó el aspecto de mi cuerpo al tacto. Fue como un masaje erótico. La prometedora dulzura de sus manos no hizo sino aumentar mi excitación.

Con su calor de nuevo en la espalda y su erección contra las nalgas me quitó el sujetador y me sostuvo los pechos.

Suspiré, apoyé la cabeza en su hombro y me arqueé. Jugó con mis pechos, amasándolos y sosteniéndolos, acariciando y pellizcándome los pezones hasta convertirlos en un duro botón. Pronuncié su nombre con breves jadeos mientras él adaptaba el movimiento de las caderas al ritmo de las mías.

—Dame la boca —me pidió, con la suya pegada a mi oreja, en un ronco susurro.

Volví la cabeza y nuestros labios se encontraron. Le abracé el cuello, y abrí la boca invitando su lengua a entrar. Me besó con profundo y lento abandono. Gemí cuando me pellizcó los dos pezones, desencadenando en mí otra oleada de deseo. Me tragué su gruñido de satisfacción y bajó una mano por mi vientre y por encima de las braguitas. Las acarició y me sujetó más fuerte cuando notó que estaban húmedas.

Dejó de besarme, con los párpados entrecerrados de deseo. Me presionó el clítoris y el encaje de la ropa interior me causó una sensación deliciosa.

—Dios. —Deslicé una mano sobre la suya, guiándolo.

—Eres tan guapa... —me dijo, mirándome a la cara y metiendo la mano bajo el encaje. Me sacudí al notar su pulgar en el clítoris.

—Caine —susurré, moviéndome al compás de sus dedos.

Cerré los ojos cuando la presión creció en mi interior.

—Mírame —me pidió.

Abrí los ojos y me quedé atrapada en su mirada.

—¡Caine! —Fue un grito ahogado.

Dejé de tocar el suelo cuando me levantó y me llevó en brazos hasta su cama. Me sentía lánguida y me dejé llevar. Me acostó de espaldas y sentí la colcha. Alcé los brazos por encima de la cabeza, jadeando de satisfacción.

De algún modo encontré las fuerzas necesarias para levantar apenas las caderas cuando Caine me quitó las braguitas. Las lanzó al suelo con el resto de mi ropa y me sujetó los tobillos. Me acarició la piel con los pulgares mientras nos mirábamos en un denso silencio cargado de electricidad.

Observé la tremenda erección que se adivinaba bajo sus calzoncillos Armani, e inconscientemente me lamí los labios.

Sus dedos sensuales me acariciaron los tobillos antes de subir en un sensual sendero por mis pantorrillas. Cuando llegó a las rodillas me las separó, obligándome a separar las piernas.

Sentí una vergüenza decadente expuesta a su escrutinio.

Por ningún otro hombre me habría colocado en una situación tan vulnerable.

Pero con Caine me sentía atractiva, pecaminosa..., seductora.

Me moví un poco, balanceando los pechos.

Con los ojos brillantes, paseó las manos por la cara interna de mis muslos.

—¿Alguna vez será suficiente? —me preguntó con la boca espesa, ávido.

—No lo sé —susurré embelesada cuando me acarició el pecho con los pulgares sobre mis sensibilizados pezones—. ¿Quieres que alguna vez lo sea?

Se recostó, el olor familiar de su colonia me provocó otra

oleada de placer. Sus labios acariciaron los míos mientras susurraba contra mi boca.

—Pasaría mis últimas horas dentro de ti si pudiera.

La emoción se impuso al deseo y cerré los ojos para reprimir la euforia.

Como si también él estuviera eufórico pero no supiera cómo reprimirse, me besó. Fue un beso mucho más salvaje que el anterior. Solo se apartó de mi boca para besarme el cuello y el pecho.

Apreté los muslos contra sus caderas cuando cerró los labios alrededor de mi pezón. Chupó con avidez, causándome un dolor placentero mientras se pegaba a mí. Como había hecho con las manos, comenzó a jugar con los senos con su boca caliente hasta que estuve de nuevo al borde del orgasmo.

—Caine —le supliqué, clavándole los dedos en la espalda—, quítate la ropa.

Alzó los ojos. Su mirada era oscura.

—Todavía no.

Y bajó más. Sus labios pasaron de mi vientre a mi entrepierna. Me hundí en el colchón cuando acercó la boca a mi sexo. Me lamió el clítoris, lo presionó con la lengua y la sensación me traspasó.

—¡Dios! —Me arqueé en la cama, temblando por dentro. La espiral de mi vientre se estaba desenrollando, hasta que la tensión se volvió insoportablemente eléctrica, buscando su liberación.

—¡Sí! —grité cuando llegó a la culminación. Vi destellos de luz mientras me corría, arrastrada por intensas oleadas de placer.

Mientras trataba de recobrar el aliento, el calor me llegó hasta los dedos de los pies. Me pareció que la cama se movía. Cuando pude por fin abrir los ojos, vi que Caine se estaba desnudando rápidamente. Había una fiereza, una aspereza en su deseo que me excitó. Lo admiré, impresionada.

Los hombres con los que había estado me habían hecho sentir atractiva..., pero ninguno me había hecho sentir tan necesaria, tan vital. No como Caine. Era como si de no haberme tenido en aquel preciso instante el mundo se hubiera hundido a su alrededor.

Puso una rodilla en la cama, con el pene grueso y palpitante. Me pasó las manos por debajo de las rodillas y solté un gritito de sorpresa cuando tiró de mí hacia él con brusquedad. Me colocó las caderas sosteniéndome por los muslos y me mantuvo con las piernas separadas para colocarse. Entonces me miró.

Yo tenía la respiración agitada. Notaba el calor de Caine. Empujó, penetrándome, pestañeando de placer cuando le di la bienvenida en toda su longitud.

Con una ternura que me dejó sin aire, buscó su ritmo. Miraba cómo entraba y salía de mí y su pecho se movía al ritmo de sus jadeos mientras el placer iba en aumento. De repente me apretó más las piernas. Con embestidas más profundas e intensas, acariciándome el clítoris, consiguió que me excitara de nuevo.

—Córrete, Lexie —me pidió, follándome casi con brutalidad, con la mandíbula apretada para posponer al máximo su orgasmo—. Córrete conmigo. Joder, Lexie, eres increíble, estar en ti es...

Dejó de hablar, a punto de correrse, y la necesidad que vi en su cara fue el definitivo empujón para mí.

Me dejé ir.

—¡Dios! —Abrió mucho los ojos notando el apretón de mi orgasmo en él, y se quedó inmóvil un segundo antes de entrar en mí en una larga liberación.

Me soltó las piernas y se dejó caer sobre mí. Lo abracé y lo estreché contra mí. Su pene todavía latía en mi interior y sentí una última oleada de placer.

—Guau —susurré, recordando su cara en el momento del orgasmo.

Era el más intenso que había tenido conmigo, y lo más sexy que había visto en mi vida. Sonreí con languidez, satisfecha de mí misma.

—Sí. —Soltó el aire lentamente, apartándose de mí pero sin soltarme, de modo que, cuando rodó sobre la cama, quedé a su lado con la cabeza apoyada en su pecho.

—Ha sido muy intenso —susurré.

—Sí —repitió.

Solté una risita.

—Estábamos los dos muy excitados.

—Sí —repitió nuevamente.

—No creo que me olvide de esta noche.

Acto seguido me encontré boca arriba, con Caine inclinado sobre mí, mirándome decidido.

—No, claro que no —dijo con la voz ronca—. Y todavía no se ha terminado.

Puse unos ojos como platos.

—No sé si podré aguantar mucho más.

Me besó con delicadeza en un gesto que contradecía su fiereza.

—No pararé hasta que no nos hayamos tomado el uno al otro de todas las maneras posibles.

20

La luz me atravesó los párpados de un modo desagradable mientras me desperezaba. Gruñí, volviendo la cabeza en la mullida almohada, mucho más blanda que la mía.

¿Dónde estaba?

Recordé de golpe la noche anterior con todo detalle y abrí los ojos. La niebla mental se disipó cuando vi que estaba en el dormitorio de Caine. Mi pelo acarició su almohada cuando lo miré.

Estaba tumbado boca abajo, durmiendo, con la cara vuelta hacia mí.

Se me escapó un suspiro de felicidad. Parecía tranquilo y relajado.

Sonreí.

Más bien estaba exhausto.

Fiel a su palabra, nos había tenido en danza prácticamente toda la noche y me había regalado el récord de seis orgasmos.

Estaba hecha polvo. Miré el despertador. Y me había despertado demasiado temprano.

Hacía apenas unas horas que nos habíamos quedado dormidos.

Tenía ganas de pegarme a Caine y volver a dormirme, pero no estaba segura de que fuera buena idea. No solíamos despertarnos juntos. Cuando lo hacíamos, nos levantábamos enseguida porque él tenía mucho trabajo. La mayoría de las veces, sin embargo, cuando me despertaba ya se había ido. Dejar que todos mis miedos me empujaran a abandonar su cama y su apartamento habría sido lo más fácil, pero habríamos estado como al principio, y después de tantos altibajos para llegar a aquel punto habría sido una lástima permitir que un poco de miedo lo estropeara todo.

Así que en vez de huir de su cama y darle a probar de su propia medicina, me acurruqué a su lado. Le puse el brazo en la espalda, apoyé la cabeza en su hombro y cerré los ojos.

—Lexie —me susurró al oído. La voz se abrió paso hasta mi inconsciente y me desperté.

»Nena.

Sonreí.

No era el término cariñoso más original del mundo, pero tengo que reconocer que me entusiasmaba siempre que me llamaba así.

—Sonríes, así que sé que estás despierta.

Con perezosa lentitud abrí los ojos.

Caine estaba inclinado sobre mí y me miraba divertido.

—Buenos días.

—¿Por qué buenos días? —gruñí—. Hace solo unas horas que dormimos.

Torció los labios.

—Soy muy consciente.

Cerré los ojos para no ver su satisfacción masculina.

—Puedes pavonearte más tarde. De momento, déjame dormir.

—Lo haría —me apretó la cintura—, pero Effie está abajo preparándonos el desayuno.

—¿Qué? —Me incorporé de golpe y Caine se apartó justo a tiempo de evitar que nos diéramos un cabezazo. Vi que se había puesto una camiseta y unos pantalones de deporte—. ¿Cuánto hace que te has despertado?

—Llevo despierto desde que Effie ha entrado por su cuenta

en el apartamento y he tenido que moverme muy rápido para que no subiera aquí.

Palidecí.

—¿Tiene llave?

Soltó un bufido

—Es Effie, ¿tú qué crees?

—Creo que tiene llave y permiso para entrar —murmuré.

Caine tenía los ojos relucientes de alegría y se me pasó el mal humor.

—Creía que te gustaba Effie.

—Me gusta. —Me froté los ojos—. Pero la adoraría si me dejara dormir unas cuantas horas más.

—Su desayuno bien vale el cansancio —me prometió, y me cogió de la mano para ayudarme a levantarme. Solté un quejido involuntario y se detuvo al instante—. ¿Estás bien? ¿Te he hecho daño?

No exactamente.

Me bajé con cuidado de la cama.

—Estoy un poco dolorida, eso es todo.

Frunció el ceño, comprendiendo a qué me refería.

—Oh.

Intuyendo lo que pensaría, le palmeé el brazo para tranquilizarlo.

—Ha valido la pena cada punzada, puedes creerme.

Estiró el brazo para cogerme por la cintura y detenerme. Seguía preocupado.

—¿Estás segura de que estás bien? Anoche me dejé llevar un poco.

Reí.

—Lo sé. Estaba allí. Y créeme, puedes dejarte llevar conmigo siempre que quieras.

Me apretó más la cintura.

—Ha sido una noche maravillosa —insistí.

La tensión desapareció de sus rostro, reemplazada por una sonrisa.

—Sí, lo ha sido —convino con satisfacción.

—Chicos, ¿vais a bajar a desayunar o qué? —gritó Effie desde la planta baja.

Me dejó asombrada.

—Tiene unos buenos pulmones para ser una anciana.

Caine se dio unos golpecitos en la oreja.

—También tiene un oído sobrehumano, así que cuidado con llamarla «anciana».

—Vale. —Le besé los labios y miré a mi alrededor, buscando la ropa. Caí en la cuenta de un detalle que me incomodó—. No tengo nada apropiado que ponerme.

Caine entró en el vestidor y salió al cabo de un momento con una camiseta de los Red Sox que me lanzó.

La miré horrorizada.

—Una camiseta. ¿Quieres que me ponga una camiseta?

Resopló impaciente y me la pasó por la cabeza sin ningún miramiento.

—No es más que Effie.

Enfadada, metí los brazos por las mangas y me la bajé. Al ser alta solo me llegaba hasta la parte superior de los muslos.

—¿Te burlas de mí?

Se cruzó de brazos y me miró, sonriendo complacido.

—Estás muy sexy.

Ignorando la familiar sensación que me recorría cuando me miraba apreciativamente, le respondí:

—Sí, y estaría muy bien si fuéramos a tomar el desayuno tú y yo solos. Pero no es el caso. Voy a desayunar con tu abuela putativa.

—No conozco a nadie con menos vocación de abuela.

—No es cierto —le corregí—. Hornea pasteles y cocina.

—Si con eso basta, cada chef de esta ciudad es una abuela. —Se encogió de hombros y pasó por mi lado—. Venga, estoy hambriento.

—¿No tienes unos pantalones de deporte para prestarme?

Me miró las piernas, todavía de espaldas a mí, volviendo solo la cabeza.

—No.

¡No desayunaría con Effie semidesnuda! ¡De ninguna manera! Sabiendo perfectamente lo que pretendía, me puse las manos en las caderas y le pregunté:

—¿En serio quieres sentirte excitado en presencia de Effie?

Se paró y me miró con arrogancia, arqueando una ceja.

—Soy un hombre adulto, Lexie. Por maravillosa que seas, me parece que puedo controlar la libido unas horas.

Me di unos golpecitos en la barbilla, fingiendo recordar algo.

—Estoy segura de haber escuchado eso antes...

—Lex...

—Pero si estás seguro... —Me encogí de hombros y me senté en el enorme sillón que había en un rincón de la habitación. Crucé las piernas y la camiseta se me subió hasta arriba, tapando lo justo—. Solo es un poco de piel. Y si tuviera que inclinarme... —Lo hice para demostrarle hasta dónde se me subiría la camiseta, es decir, hasta enseñar las bragas.

—Vale —me espetó Caine—. Te buscaré unos malditos pantalones de deporte.

Sonreí maliciosa cuando volvió a entrar en el vestidor.

—Sabia decisión, señor Carraway.

—Lexie, qué alegría verte.

Effie me dio una cálida bienvenida cuando me acerqué a ella con la camiseta de los Red Sox y los pantalones de deporte sujetos a la cintura con una de las corbatas de Caine. Me abrazó, apretándome con fuerza, envolviéndome en su familiar olor a vainilla y azúcar.

—Yo también me alegro de verte.

Le di un delicado apretón y me aparté. Los ojos se me fueron hacia la mesa del desayuno. Estaba llena de comida. Había tortitas, jarabe de arce, huevos pasados por agua, beicon, magdalenas...

Mi estómago protestó de hambre.

—Effie, esto tiene una pinta increíble, como siempre. —Caine le besó la mejilla e inmediatamente se sentó a la mesa.

Miré divertida a Effie.

—Creo que debería aprender a cocinar.

Me devolvió la sonrisa.

—Algo me dice que te las apañas perfectamente sin cocinar, pero si quieres puedo enseñarte a preparar algunas de mis recetas.

—Me encantaría.

Nos sentamos una a cada lado de Caine, frente a frente. Sintiéndome famélica, me serví con el mismo entusiasmo que Caine. Las tortitas de Effie se deshacían en la boca, el beicon estaba crujiente y sabroso y los huevos estaban justo a mi gusto. Mojé la tostada en la yema.

—Tu marido tuvo que ser muy feliz, Effie.

Tragó un pedacito de beicon y asintió con los ojos brillantes.

—Oh, mucho. Tuvimos una buena vida juntos. Una vida maravillosa.

—Os conocisteis en el teatro, ¿verdad?

—Fue un poco más complicado. —Me dedicó una sonrisa enigmática.

Sentí curiosidad, pero no quería ser indiscreta.

—Me tienes en ascuas.

A Effie se le iluminó la cara.

—¿Quieres que te lo cuente?

—¡Claro!

Caine soltó una risita al ver el entusiasmo con el que Effie se inclinaba por encima del plato para contar su historia.

—En 1960 yo estaba a punto de cumplir veintitrés años. Interpretaba el papel de María en *West Side Story*. Estaba completamente loca por el director de la obra, un idiota llamado Albert Reis, aunque por supuesto entonces no me parecía ningún idiota. —Sonrió como una niña—. Intentaba por todos los medios que se fijara en mí, pero Reis no estaba interesado. Así que, una noche, después de la función, cuando un importante y atractivo industrial vino a mi camerino para felicitarme por mi actuación, accedí a quedar con él. Nicky era dulce y divertido y un auténtico caballero conmigo. Di por sentado que estaría a mi merced. Lo tuve comiendo de mi mano, mientras seguía deseando que el enigmático y creativo Reis me prestara un poco de atención. Se me olvidó que si Nicky tenía una fortuna era por una razón. Era inteligente y perspicaz, mi Nicky. Se dio cuenta de que estaba encaprichada con Reis y rompió conmigo. —Parecía avergonzada de recordarlo—. Estaba locamente enamorado de mí, pero me mandó al infierno. Aquello me afectó. No quería hacerle daño. Sin embargo, cuando se marchó a Boston y salió en la prensa por algún flirteo, me afectó mucho más, porque descubrí lo que verdaderamente sentía por él.

Había olvidado el desayuno, con un codo en la mesa, sosteniéndome la barbilla.

—¿Y qué hiciste?

—Averigüé cuándo volvía a Nueva York y lo acorralé en su restaurante favorito. Le dije que quería que volviéramos a salir.

—Fuiste valiente.

—Quizá, pero no me sirvió de nada. Nicky me dijo que no era un juguete al que podía dejar de lado y recuperar en cuanto otra mujer lo pedía para sí.

—Madre mía.

—Exacto. Tuve que esforzarme mucho para conseguir que me diera otra oportunidad. Me aseguré de asistir a las mismas fiestas que él y de que supiera que si estaba allí era por él.

Sonreí.

—Lo conseguiste.

Effie me sorprendió negando con la cabeza.

—Le había hecho mucho daño. Se había enamorado de mí y le había roto el corazón. Había perdido su confianza. Ya no se fiaba de mis sentimientos, y el hecho de que fuera condenadamente buena actriz no contribuía a que creyera en mi sinceridad. Además..., nunca me ha gustado ponerme en una situación de vulnerabilidad. Así que dudaba de mi sinceridad.

»Empezó a salir con otra chica y, bueno, aquello sí que me dolió. Me dolió muchísimo. Estuvieron juntos pocas semanas, pero todos me decían que ella iba muy en serio. Una noche estábamos en la misma fiesta y llegó a mis oídos que pensaba pedirla en matrimonio. Y ya no pude ocultar lo que sentía. Estaba acostumbrada a sonreír cuando estaba triste, pero aquella noche no pude. Me vi en la necesidad de marcharme. Nuestros amigos y conocidos se dieron cuenta de lo que pasaba. Para ellos era un espectáculo, ya sabes. Nicky se enteró de mi reacción y le preocupó lo bastante como para seguirme. —Puso los ojos en blanco, burlándose del drama entre su esposo y ella—. Me encontró hecha un mar de lágrimas, y por fin le entró en la cabezota que estaba enamorada de él. —Esbozó una sonrisa maliciosa—. Por supuesto, el apasionamiento de su respuesta nos obligó a casarnos, si sabes a lo que me refiero.

Caine soltó un gruñido.

—Effie, hasta un idiota sabría a qué te refieres. Y no hables de sexo. Es inquietante.

Effie se rio.

—En cualquier caso, la moraleja de mi historia es que a veces tienes que mostrarte vulnerable aunque sea lo que más temes en el mundo. Tiene su recompensa, te lo digo yo.

Miró fijamente a Caine. A él no le pasó inadvertido y se puso en guardia.

Yo me rebullí incómoda en la silla.

Sabía que el consejo de Effie era bienintencionado, pero había todavía muchas barreras entre Caine y yo e intentar derribarlas demasiado pronto podía provocar que saliera corriendo en dirección contraria.

Decidí simular que no lo había pillado y aparté el plato. Suponía que lo que duraban aquellos desayunos eran el poco tiempo que Caine pasaba con Effie, especialmente ahora que yo ocupaba el poco que pudiera tener libre. Decidí darles un poco de espacio.

—Estoy llena. Será mejor que me dé una ducha.

Effie sonrió agradecida y la expresión de Caine fue cálida, casi tierna. Me guardé aquellas sensaciones y al pasar por su lado le acaricié la mejilla.

«Despacio, Lexie; sin prisas pero sin pausas», me recordé.

Cuando bajé las escaleras después de la ducha y miré alrededor todo estaba recogido y Effie se había marchado.

Caine se acercó a mí y me quedé quieta ante su mirada depredadora.

—¿Dónde está Effie?

—Tenía que ir a un club de lectura. Me dijo que espera verte pronto.

—De acu...

La palabra murió en mis labios mientras Caine me detenía frente a él y tiraba de la corbata. Los pantalones se deslizaron por mis caderas. Con la satisfacción grabada en su cara, Caine se agachó, terminó de bajarlos por mis piernas y los apartó, lejos. Lo miré, confusa, mientras se ponía de nuevo en pie.

—La camiseta te queda mejor suelta —me explicó.

Por lo que decía parecía que quería que me quedara todo el día en su apartamento.

—¿No tienes trabajo?

—Seguramente, pero hagamos como que no lo tengo.

Encantada, le sonreí.

—Entonces ¿quieres que pasemos el rato, como la gente normal?

—Ni tú ni yo somos gente normal, pero sí, seguro que podemos pasar el rato.

—¿Qué quieres hacer?

—No lo sé. —Miró a su alrededor—. Nunca... había pasado el rato antes.

—Mmm —sabiendo que tenía que hacerme cargo de la situación, pasé por su lado hacia la televisión—. Podríamos ver una película.

Eso era algo que las parejas normales hacían. De hecho, sonaba tan normal que sentí mariposas en el estómago.

En respuesta Caine cruzó la habitación y abrió el gabinete de DVD.

—¿Qué te apetece ver?

Me acerqué a él y me agaché a su lado. Ojeando películas me sentí abrumada no solo por sus preferencias, sino por lo que estábamos haciendo. Estaba pasando el día con Caine, vestida con una camiseta suya, y él había decidido estar conmigo en lugar de trabajar, al igual que la noche anterior. Sin duda, era una enormidad. Me mordí el labio para contener una sonrisa y seguí mirando sus películas extranjeras.

Después de elegir una ambientada en la Segunda Guerra Mundial, Caine la puso y se estiró en el sofá. Mi primera reacción fue mirarlo sin saber dónde colocarme, porque nunca habíamos estado cariñosos sin más.

Se suponía que estaba por encima de la incertidumbre, sin embargo, que ya estaba bien y que al menos esa mañana me pegaría a él.

Una vez tomada la decisión, me hice un ovillo a su lado y me pegué a él cuando estiró el brazo y me rodeó la cintura para acercarme.

Los primeros quince minutos de película me fue difícil concentrarme en nada que no fuera el estar abrazada a él en su sofá viendo una película. Mi conciencia sobre su presencia estaba más alerta que nunca, y percibía su cuerpo duro cerca del mío, el suave ascenso y descenso de su pecho en mi costado cuando respiraba, el olor fresco de su piel y de su colonia.

Finalmente, sin embargo, me relajé por completo y me metí en la película. Estaba disfrutando de la tensión de la historia y de la comodidad de la situación, pero también de la trama. Todas las películas extranjeras tenían ciertas similitudes. Sabía que podían ser sexualmente más explícitas que las de nuestro país, pero me preguntaba cómo sería ver una escena de sexo con Caine, porque los dos solíamos estar muy atentos a las reacciones del otro.

Como sospechaba, la escena comenzó y empecé a sentir que se me aceleraba la respiración ante la sensualidad que llenaba la pantalla. Caine se tensó un poco cuando oímos los gritos de placer de la protagonista cuando su pareja le puso la boca entre las piernas.

Me recorrieron oleadas de deseo y leves descargas eléctricas entre las mías. Los pezones se me endurecieron viendo la escena de sexo abrazada por Caine.

Despacio, cogí su mano, que descansaba en mi cadera, me la llevé a los muslos y me la metí por debajo de la camiseta.

Sentí cómo inspiraba profundamente cuando le guie los dedos por debajo de la tela de mis braguitas, sin dejar de mirar la pantalla.

Su erección presionó contra mí.

—Creía que estabas dolorida —me susurró con la voz cargada de lujuria.

—Es un dolor agradable —le contesté como pude.

En respuesta movió los dedos sobre mi clítoris. Nuestra respiración se volvió superficial, la pareja de la pantalla haciéndolo al mismo tiempo que los dedos mágicos de Caine me llevaban al orgasmo. Grité, corriéndome contra sus dedos mientras los protagonistas continuaban en la pantalla.

De repente me encontré tendida de espaldas con Caine encima, quitándome la ropa interior con salvaje deseo. Jadeé, excitada por la lujuria que veía en sus facciones, y el deseo renovado creció dentro de mí mientras se quitaba los pantalones.

Al momento siguiente lo tuve dentro, penetrándome, empujando profundamente lleno de necesidad, mientras yo levantaba las caderas para encontrarme con él. Acostada bajo él, apretándole el precioso trasero mientras se movía, preguntándome si aquella locura que nos asaltaba podría calmarse alguna vez.

Con un grito de satisfacción, Caine se dejó caer sobre mí cuando alcanzó el orgasmo. Lo rodeé con las piernas y le abracé la espalda. Tenía la camiseta húmeda por el esfuerzo.

Me acarició con la nariz el cuello, dándome suaves besos mientras su respiración se normalizaba. Cuando se apartó fue para mirarme, no para alejarse de mí, para estudiar mi rostro.

—Podríamos quedarnos así para siempre. —Sus palabras roncas estaban llenas de satisfacción.

Le apreté el miembro con la vagina y vi la reacción en sus ojos y por el modo en que se suavizaron sus labios.

—No creo que pudiéramos interactuar con nadie estando así... —«Lo que por otra parte...»—. Pero no es mala idea.

Caine se divertía.

—Definitivamente, me atrae la idea, pero tenemos que comer algo. No me sentiría cómodo pidiéndole a Effie que nos trajera comida estando así.

Reí.

—Sí, creo que no lo haría. Podríamos pedírselo a mi amiga Rachel. Es imperturbable.

—Estoy bastante convencido de que esto la perturbaría.

—¡Oh, no, de veras que no! Rachel no conoce los límites. Una vez llamó a un niño de diez años «jodido gilipollas» a la cara, delante de su madre además.

Caine reprimió una carcajada.

—¿Delante de su madre?

—Para ser justos, el niño estaba comportándose como un jodido gilipollas.

Todavía temblando de la risa, Caine me abrazó y, cuando se tendió de lado, yo lo hice con él.

—¿Tu amiga Rachel busca trabajo? Siempre estoy dispuesto a contratar a gente que no se anda con gilipolleces.

—Lo sé. —Apoyé la mejilla en su pecho—. Me contrataste a mí.

Me acarició el trasero desnudo y me lo apretó con delicadeza.

—Tenía otros motivos para contratarte a ti.

Sorprendida, eché atrás la cabeza para mirarlo a los ojos.

—¿Estás diciendo que me contrataste porque te sentías atraído por mí?

—No creo que fuera consciente de ello —admitió, con cara de niño arrepentido—. Pero a toro pasado... sí. Cuando llegaste a la sesión de fotos, antes de que me dijeras quién eras y todo se viniera abajo, te eché una ojeada y decidí que iba a follar contigo.

Reí y le golpeé el pecho, juguetona.

—Qué romántico por tu parte. Y qué presuntuoso.

Se encogió de hombros, también él bromeando.

—¿Presuntuoso, yo?

Pensé en el hecho de que seguía dentro de mí y suspiré, vencida.

—Eres un arrogante.

—Dijo la sartén al cazo.

Sorprendida por sus palabras, murmuré.

—No soy arrogante.

—Pequeña, no dejas que nadie te tosa, y no me refiero solo a los tíos, sino a los amigos y a la familia. Te tienes en muy alta estima, como amiga y como mujer. Y haces bien.

—Valorarse no es ser arrogante.

Me miró, contemplativo.

—¿Eres buena en la cama?

¿Después de lo de la noche anterior tenía que preguntármelo?

—Sí.

Sonrió.

—¿Y en el trabajo?

—Desde luego que sí.

—Si quisieras acostarte con un hombre, ¿crees que también él querría acostarse contigo?

Pensé en mi historial con los hombres. A excepción de con Caine, había sido yo quien había marcado la pauta.

—Seguramente no todos.

—Pero casi todos.

Me encogí de hombros

—¿Ves? Eres una arrogante.

—Tengo seguridad en mí misma —le rebatí, pero entendí lo que insinuaba—. Vale, así que eres un hombre seguro de sí mismo y levemente arrogante. —Divertida, miré al techo mientras seguía pensando—. Nunca había creído que fuera arrogante.

Caine me acarició el mentón y me obligó a mirarlo.

—La arrogancia es detestable si es inmerecida, pero si realmente eres buena en algo y lo sabes, entonces serías hipócrita y perderías el tiempo fingiendo no serlo.

Aquello tenía lógica. Le sonreí.

—¿Sabes qué? Hay personas que son buenas en algo y no saben hasta qué punto. A eso se le llama ser humilde y modesto.

Negó con la cabeza, riendo.

—No soy ninguna de las dos cosas. ¡Qué aburrimiento!

Sus labios hambrientos acallaron mi risa.

21

Ver a Henry apoyado en mi escritorio cuando volvía de recoger unas fotocopias me creó ciertas dudas. Supe por su mirada de curiosidad, antes de que me preguntara nada, que quería saber qué estaba pasando entre Caine y yo.

Pero yo no estaba allí para hablar sobre la vida privada de mi jefe con sus amigos, aunque formase parte de ella, y después de haber pasado un día magnífico con Caine, no quería arruinar nuestra intimidad recién encontrada.

Me paré delante de él.

—Señor Lexington.

Sonrió.

—Lexie. —Ladeó la cabeza—. ¿Sabes? Si hubieras sido inteligente y hubieras elegido a este tío —se señaló a sí mismo—, habrías terminado siendo Lexie Lexington.

Solté un bufido.

—Entonces solo me habrían hecho falta unas botas vaqueras y un corazón roto para ser cantante de *country*.

Henry frunció el ceño.

—Uf, tienes razón. —Rio entre dientes—. Y una bien guapa.

—Henry, deja de coquetear conmigo.

—Solo estoy esperando a que el señor Carraway estalle y venga a decirme que me aleje de ti. Es muy posesivo con su secretaria.

Suspirando, lo aparté de mi mesa.

—¿Por qué no dejas de bromear y me dices lo que quieres decirme en realidad?

Henry me miró con cautela.

—Caine es un buen amigo. Supe que había algo entre vosotros desde el principio, y a pesar de que no es el tío más abierto del mundo, fue especialmente prudente contigo. No estaba bromeando cuando he dicho que es muy posesivo. No tienes ni idea de las veces que ha querido arrancarme la cabeza solo porque he dicho lo atractiva que eres. No fue para mí ninguna sorpresa encontraros juntos el sábado por la noche.

Crucé los brazos.

—No pensaba que para ti lo hubiera sido. Supe a qué jugabas la noche del baile de los Anderson. En serio, Henry, deberías considerar dejar las altas finanzas para dedicarte a ser casamentero.

Compuso un gesto divertido.

—Así que estáis juntos. No será una sorpresa para nadie. Para que lo sepas, la mayoría de su equipo ha estado especulando sobre vosotros dos desde que llegaste a la empresa.

Incómoda con la idea, fruncí el ceño.

—No se lo habrás dicho a nadie, ¿verdad?

—No. —Dio un paso hacia mí—. Lo que me lleva donde quería llegar. ¿Por qué lo mantenéis en secreto? Conozco lo suficiente a Caine para saber que le importaría una mierda que todo el mundo supiera que se está acostando con su secretaria, así que no es esa la razón.

Eso era. Esa era la pregunta que había visto en sus ojos desde que me lo había encontrado apoyado en mi escritorio.

—Henry, si Caine quiere contarte sus cosas, perfecto. Prueba y a ver qué te dice. Pero a mí no me preguntes nada. Nunca traicionaría su confianza.

Me estudió un momento. Se había puesto serio.

—Te importa —murmuró.

No repliqué. Tampoco hacía falta. Sabía desde hacía tiempo que Henry Lexington era más perspicaz de lo que aparentaba.

—Lexie —me dijo en voz baja, preocupado—, Caine no es... No importa lo que sienta por ti... No esperes...

El miedo me atenazó el corazón.

—¿Que no espere qué?

—Solo... —Se acercó y me apretó el hombro en un gesto reconfortante—. Eres una buena persona, y me alegro muchísimo de que te preocupes por él..., pero no quiero que te hiera.

El pesimismo me sobrecogió, y luché desesperada por quitármelo de encima. La opinión de Henry se basaba en lo que él sabía de Caine, pero no sabía cómo actuaba su amigo cuando estaba conmigo.

No sabía cómo había sido nuestro fin de semana, cómo había supuesto un nuevo comienzo para nosotros.

Me mantuve segura, dejando atrás la incertidumbre.

—Eso no pasará —le prometí.

—Sigo sin estar segura de que sea una buena idea lo de que nos vean juntos aquí. —Miré a nuestro alrededor, preocupada.

Era un jueves por la tarde soleado y Caine y yo habíamos ido a la calle Beacon a una reunión que incluía una comida temprana. Para mi sorpresa me había sugerido dar un paseo aprovechando la hora de comer cuando pasábamos por unos jardines públicos. Pasábamos por el puente, viendo a los turistas en botes navegando por el estanque de los cisnes.

—Creo que mientras no nos metamos mano, todo irá bien —dijo Caine.

Lo miré, notando su irritación. Sin duda, el indicativo de su enfado era el pulso en el músculo de la mandíbula.

Había pasado casi una semana desde la fiesta y nunca había sentido a Caine tan cercano. Aquella era la primera vez que me hacía saber cuánto le molestaba mantener en secreto nuestra relación.

No dije nada, sin saber cómo afrontar la situación porque en realidad no podíamos hacer nada. Desde luego, sabía que no podríamos seguir así para siempre, pero dado que él no me había dado ninguna muestra de que considerara nuestra relación como algo duradero, no veía ningún motivo para romperme la cabeza intentando encontrar el modo de enfrentarme a la familia de mi padre. Solo de pensarlo me daba dolor de cabeza.

Suspiré y dejé el sendero. La hierba me hacía cosquillas en las zonas de los pies que no me cubrían las sandalias. Me acerqué a la orilla del estanque para ver los patos y los gansos. Una ardilla, a la que le daba absolutamente igual mi presencia, pasó cerca y se subió a un sauce llorón. Expuse la cara al sol y cerré los ojos.

Segundos después, el brazo de Caine rozó el mío.

—¿En qué estás pensando? —me dijo.

—En la paz que se respira aquí. En lo sencillo que es todo. —Abrí los ojos para encontrarme con su mirada curiosa—. Hay gente corriendo, tomando el sol, haciendo yoga, leyendo, durmiendo, tomándose un descanso. Han dejado de lado sus preocupaciones. Las recuperarán en cuanto salgan de aquí.

—¿Y a ti qué te preocupa?

«Sinceramente, todo —pensé—. Tú, yo, mi abuelo, el trabajo.» Nada era seguro. Nada era permanente. Lo mío con Caine tampoco, ni desde luego mi posición en su empresa, porque cuando lo nuestro acabara tendría que irme. Y en cuanto a mi abuelo... Mi relación con él era tan precaria como secreta. Si me marchaba de Boston sería como si nunca hubiéramos pasado un solo día juntos.

Intenté sacudirme la repentina melancolía, preguntándome cómo podía haber pasado de la felicidad a estar tan asustada en cuestión de cinco minutos.

Le sonreí.

—Nada.

Su mirada se volvió penetrante, como si no me creyera. Se apartó y cuando lo hizo sentí un impacto húmedo en la cabeza.

Abrí los ojos como platos mientras Caine me miraba el pelo.

—¡No! —Negué.

Torció los labios.

—Sí.

Horrorizada, me reí, histérica.

—Por favor, dime que no acaba de cagarse en mi cabeza un pájaro.

Caine soltó una carcajada.

—¡Caine! —Lo vi muerto de risa y, de no haber sido por la hedionda plasta que tenía encima, me habría alegrado. Pero ¡no era divertido! Me toqué el pelo con cautela, temiendo localizar el desastre—. No tiene gracia. —Le golpeé en el brazo, y lloró de risa—. ¿Escoges este momento para comportarte como un niño? ¡Tengo una caca de pájaro en la cabeza!

—Para. —Intentaba recuperar el aliento, secándose las lágrimas. Se acercó a mí un paso—. Sigue diciendo eso y no podré parar de reír.

—No tiene gracia. —Arrugué la nariz—. Es asqueroso.

Sonrió, mirando el desastre.

—Es que estabas muy seria y, de pronto...

—Una caca de pájaro —terminé por él. Rio y levanté una mano, amenazándolo—. No te rías. Tengo que volver a la oficina. No puedo volver con una... —callé para no causarle más hilaridad diciendo de nuevo «caca de pájaro».

De repente la situación me hizo gracia.

Caine Carraway se estaba riendo como un crío por una caca de pájaro.

¿Quién lo hubiera dicho?

Cuando me vio reprimir una sonrisa me miró con ternura.

—Tendremos que ir a mi apartamento... —Miró a su alrededor hasta que vio algo—. De momento...

Confusa lo vi alejarse por un sendero y detenerse en un banco donde había dos chicos sentados. Les dijo algo y sacó la cartera. Vi que les daba dinero y ellos a cambio le entregaban sus botellas de agua.

Me conmovió.

—¿Cuánto te han costado? —Miré las botellas.

—Diez pavos. —Se encogió de hombros—. Pero te servirán para no tener que ir hasta mi apartamento con la mierda de pájaro pegada.

—¡Mi héroe!

Me lanzó una mirada de advertencia que no pudo con la alegría que sentía.

—Baja la cabeza —me ordenó.

Lo hice, sonriendo mientras me echaba agua en la cabeza para eliminar la plasta y luego me escurría el pelo. Agradecida, busqué en el bolso y le di un sobre de gel que siempre llevaba encima.

—Gracias. —Lo cogió y se lavó las manos.

—No, gracias a ti. —Alcé la vista hacia su apartamento, visible desde la calle Arlington—. ¿Tendré tiempo para lavármelo con champú?

—Haremos que lo tengas. No todos los días alguien se caga en mi secretaria.

Nos miramos a los ojos y la calidez me invadió mientras nos sonreíamos.

Fue como si..., como si todos mis miedos se desvanecieran en una oleada de esperanza.

Habitualmente, en cuanto ponía un pie en la acera de ladrillo rojo de la calle Charles me sentía en mi elemento. Era mi calle favorita de Boston, con sus lámparas de gas, sus tiendas de antigüedades, sus restaurantes y sus tiendas de ropa. El aire era fresco y, como en los jardines, te sentías en un pequeño oasis dentro de la ciudad.

Sin embargo, ese día no sentía la tranquilidad que solía acompañarme cuando paseaba por aquella calle.

Habían pasado quince días desde mi fin de semana con Caine. Él había dejado de levantar muros entre nosotros, pero parecía asimismo decidido a hacer pública nuestra relación, algo en lo que yo no estaba de acuerdo.

Miré la calle, llena de gente porque el fantástico verano seguía y era sábado. Aquel era el barrio de Caine, lo que aumentaba las posibilidades de que nos cruzáramos con algún conocido suyo, alguien que se preguntaría qué hacía Caine con vaqueros y camiseta por la calle con su secretaria. Yo tampoco llevaba ropa de trabajo. Había vuelto a usar pantalones cortos, camisetas de tirantes y sandalias planas.

Había sido idea de Caine pasar el día de compras. Faltaba una semana para el cumpleaños de la madre de Henry y tenía que comprarle algo. No había sido idea mía acompañarle, pero Caine podía ser muy persuasivo cuando quería... con la boca. Vale, sí, y también con la lengua.

Me estremecí recordando su método de persuasión en la cama aquella mañana.

Me hacía falta un poco de fuerza de voluntad.

—Si alguien nos ve, nos habrá visto —gruñó Caine, obviamente malhumorado.

Al parecer mi ansiedad no le había pasado desapercibida.

—Estamos jugando con fuego.

—¿En serio? —Se paró y miró concentrado el escaparate de una tienda de ropa femenina—. Creía que estábamos dando un puto paseo.

Oh, decía palabrotas. Estaba enfadado.

—Caine...

—Este te quedaría fantástico —dijo, cambiando de tema e indicando con la barbilla un vestido verde azulado de corte conservador, pero confeccionado con una tela que tenía una caída preciosa. Era elegante pero sexy.

—Pero no le sentaría bien a mi tarjeta de crédito.

Caine me cogió de la mano. Eché un vistazo a nuestro alrededor por si nos estaban mirando. No se dio cuenta de mi precaución porque estaba demasiado ocupado haciéndome entrar en la tienda.

—¿Qué haces? —le dije.

—Vas a probarte ese vestido.

Fruncí el ceño, confundida. ¿Intentaba pasar de nuestra discusión?

—No, no voy a probármelo.

La esbelta dependienta se acercó a nosotros con los ojos brillantes al ver a Caine. Unas semanas antes, la atractiva joven con cuerpo de modelo, peinado afro, pómulos altos y piel color café me hubiera causado un ataque de celos. Ya no. Desde luego, sentía todavía cierta excitación al saber que era yo quien había salido de su cama momentos antes, pero los celos resultantes de la falta de seguridad habían desaparecido. Podía manejar la situación. Además, me había dado cuenta de que Caine ya no se comportaba como un cavernícola conmigo en ese sentido.

Progresábamos.

Así que cuando señaló el vestido y pidió la talla seis le seguí la corriente.

Treinta segundos después estaba dentro de un pequeño probador.

Miré la etiqueta y palidecí al ver el precio. No podía comprarme aquel increíble vestido por muy bien que me sentara. Resoplé y me quité la camiseta de tirantes.

—Su cara me resulta familiar —oí que le decía la dependienta a Caine.

Puse los ojos en blanco. Ronroneaba como una gata.

Caine no respondió.

Sonreí.

Seguridad. Lo que significaba aquella palabra me relajó. Nunca me había sentido segura de los sentimientos de Caine. Aunque no hubiéramos hablado de cambiar los términos de nuestra relación, tampoco habíamos vuelto a hablar de su final, porque no queríamos que terminara. Yo no quería que terminara nunca.

Me quedé helada a medio vestir.

Me estaba enamorando de él.

—¿Trabaja usted por aquí? —Volvió a probar suerte la dependienta.

—Cerca —respondió Caine, y la cortina se movió un poco, sacándome de mis cavilaciones—. ¿Estás vestida?

Intenté que no se me notara la impresión por lo que acababa de descubrir. Me aclaré la garganta .

—A no ser que el vestido deba dejarme las tetas al aire, no.

—Listilla —murmuró, pero noté que se reía.

En el preciso momento en que acababa de ajustarme el vestido, entró en el vestidor, robándome la mayoría del espacio.

Lo miré a la cara, impaciente por encontrar el momento adecuado para decirle lo que sentía. Nunca había estado enamorada. ¿Había un momento adecuado para decirlo?

Caine estaba demasiado ocupado mirándome de arriba abajo para deducir nada de lo que me estaba pasando por la cabeza.

—Estás preciosa.

Me sonrojé de placer y acaricié la tela del vestido.

—Gracias.

Tiró de mí y me deslizó las manos por la cintura hasta las caderas. Me abrazó.

—Vas a llevarte este vestido.

Le acaricié los brazos con delicadeza y lo desanimé. Tenía que olvidar cualquier fantasía que tuviera sobre mí con aquel vestido.

—No, no me lo llevo. El precio es... es un robo.

—¿Quién ha dicho que vayas a comprarlo?

Fue a abrir la cortina pero lo detuve.

—Caine, no. —Me opuse terminantemente—. No vas a...

Se zafó de mí arqueando una ceja y salió del probador.

—Caine —siseé.

Jurando por lo bajo me apresuré a quitarme el vestido, pero me quedé quieta cuando lo oí hablar con la dependienta.

—Nos lo llevamos.

Resoplé y me puse mi ropa. Cuando salí del probador ya era tarde. Había comprado el vestido. No hice ningún comentario hasta que hubimos salido de la tienda. Llevaba el vestido en una preciosa bolsa de papel. Ya en la acera, me detuve.

Caine se detuvo también y cuando vio la cara que ponía suspiró.

—¿Qué?

—¿Por qué lo has hecho si te había pedido que no lo hicieras?

—Porque estás increíble con él y quería comprártelo. —Suspiró de nuevo—. Lexie, nunca te había comprado nada.

—¿Y qué?

—Que la semana pasada tú me compraste una película y un libro porque pensaste que podrían gustarme.

Seguía confundida.

—¿Y qué?

—Que la semana anterior me compraste un montón de cojines y otras cosas que no necesitaba para mi apartamento y para mi despacho.

Sonreí. Era cierto. Al fin me había sentido con confianza para incorporar a su vida un poco de calidez.

—Haces que parezca más un castigo que un regalo.

Caine ahogó una carcajada.

—Cierto. Pero era un regalo. Y me lo hiciste porque sí. El vestido te lo he regalado yo también porque sí. —Entornó los párpados y me derretí—. Y porque quiero follarte cuando lo lleves puesto.

Un delicioso escalofrío me recorrió.

—Así que es un regalo para los dos.

—Sí. O al menos un regalo con esperanza de recompensa.

Reí y me acerqué a él, olvidando por completo dónde estábamos.

—¿Alexa?

Una voz conocida me detuvo. Se me aceleró el pulso y me volví para mirar a mi abuelo.

Aunque habíamos hablado por teléfono, llevábamos semanas sin vernos. La revelación de Caine había dejado pendiente una charla mía con él. Poco antes lo hubiera defendido, pero después de saber la verdad me escondía de él e iba postergando el encuentro. Sospechaba que mi abuelo achacaba a mi relación con Caine la culpa de nuestro distanciamiento, que la desaprobaba más por eso. Viendo la cara que puso cuando se fijó en Caine, supe que aquella desaprobación no había disminuido un ápice. Siempre había creído que se debía a la preocupación por mí, pero ya dudaba de todo. ¿Se preocupaba por mí o le preocupaba que mi relación con Caine fuera a destapar todos los secretos que habíamos enterrado?

—Abu... —Callé de golpe cuando vi que mi abuela salía de la joyería de al lado. Intenté ocultar mi reacción a pesar de que el corazón se me salía del pecho.

Adele Holland tenía que haber sido una belleza. Seguía teniendo un pelo rubio ceniza, que llevaba muy bien peinado, y unos ojos azules muy atractivos. Miró a su marido, luego a mí y frunció el ceño, confusa. Caine se movió para llamar su atención. Entonces entendió y se puso pálida. Por supuesto, sabía quién era Caine. Vi cómo asumía que él era la razón de la extraña tensión.

—¿Edward? —susurró, ansiosa y asustada, ni mucho menos la dragona que todos decían que era.

—Bien, será mejor que nos vayamos. —El abuelo se aclaró la garganta y se despidió de nosotros con un breve gesto—. Señor Carraway. Señorita. —Tomó a la abuela del brazo y se marcharon.

Me quedé mirando el lugar donde acababan de estar, ignorando el dolor que amenazaba con partirme y que siempre despertaba aquel susurro que me acosaba: «No te han querido bastante ni tu padre, ni tu madre, ni tu abuelo... ni Caine.»

Me sentí sola. Sola, sin nadie que me quisiera y sin nadie en quien poder confiar.

—¿Alexa?

Miré a Caine y vi su furia. Viéndola me sacudí de encima el dolor y le sonreí, aunque sin ganas.

Eso lo enfureció más.

Con brusquedad echó a andar decidido en dirección contraria a mis abuelos. Lo seguí. Luego, de repente, giró sobre sus talones y vino hacia mí. Con determinación tiró de mí y pegó su boca a la mía. Solté un gritito de sorpresa y reaccioné instintivamente. No pude evitar hundirme en él y en la profundidad de su beso.

Cuando finalmente nos separamos, ambos jadeábamos. Caine me pasó el pulgar por la mejilla con suavidad, con los ojos brillantes de pasión y de furia.

—Me importa una mierda quien haya podido vernos.

Mi respuesta fue abrazarlo y, lo que me complació mucho, él me abrazó con fuerza también.

Estando allí de pie en la calle Charles, abrazada a Caine, me emocioné. Ese día no había descubierto únicamente que estaba enamorada de Caine, sino que al fin sabía por qué detestaba que mantuviéramos lo nuestro en secreto.

Sabía lo que sus revelaciones acerca de mi abuelo habían supuesto para mí y lo que significaba para mí que no pudiera reconocer públicamente nuestro parentesco. También creo que sabía que estaba empezando a poner en entredicho el amor de mi abuelo.

Caine no quería tratarme del mismo modo. No se avergonzaba de estar conmigo, de conocerme, de quererme en su vida.

Lo abracé con más fuerza.

Tal vez, solo tal vez, no era la única que estaba enamorándose.

22

—Estáis guapísimos. Dejadme haceros una foto a los dos juntos.

Effie cogió el iPhone y empezó disparar antes de que ni él ni yo pudiéramos protestar.

La risa burbujeó en mis labios mientras miraba a Caine. Ponía una cara que decía claramente «estoy siendo paciente solo porque se trata de Effie». Últimamente le ponía mucho aquella cara a su vecina.

—¿Crees que cree que vamos a algún estreno? —murmuré, bromeando.

Me miró.

—Haz que pare.

—Caine, deja de poner cara de enfadado. —Lo riñó Effie desde el otro lado de la habitación.

—Qué graciosas las dos. —Se apartó de mi abrazo y nos dedicó una mirada de advertencia que ambas sabíamos que no significaba nada—. Voy a pedir el coche. —Y salió de la habitación con los hombros tensos.

Vale, tal vez aquella noche no estaba de humor para bromas.

Íbamos los dos de etiqueta, Caine con un elegante esmoquin Ralph Lauren, y yo con un vestido de Jenny Packham que cometí el error de enseñar a Effie dos semanas antes y que ella le había enseñado a Caine, que me lo había comprado.

Había intentado discutir con él al respecto. No quería que creyera que quería o esperaba regalos caros por su parte. De todas formas, como había descubierto con el supuesto problema de los vuelos y el hotel en Seattle, Caine no discutía por cuestiones de dinero.

Decía que era su dinero y se inhibía de la conversación, lo que resultaba muy irritante, aunque no tanto cuando un precioso vestido aparecía en mi puerta.

Así que echádmelo en cara pero podía ser superficial en algunas ocasiones. Había trabajado para un reputado fotógrafo durante años, en alta costura. Había visto las prendas más hermosas jamás diseñadas y sabía apreciarlas. Estábamos hablando de Jenny Packham. La seda verde pálido era perfecta para una silueta alta como la mía. Llevaba un adorno de plata y pedrería a modo de cinturón, un escote profundo pero con clase y el bajo de la falda ribeteado en plata.

Me sentía una princesa.

Caine, en cambio, no se comportaba como un príncipe.

Las últimas semanas juntos habían sido espectaculares. Una mezcla de pasión, intimidad, risas... Nunca había sido tan feliz. Creía que Caine se sentía igual, pero esa noche estaba tenso y me preguntaba si no se debía a la conversación que habíamos tenido poco antes.

Aquella noche íbamos a la gala benéfica para el Alzheimer de Vanessa Van Hay Delaney. Los anfitriones eran sus hijos, Michelle y Edgar Delaney. Vanessa había sido un pilar de la sociedad de Boston durante casi cincuenta años, hasta que le habían diagnosticado aquella enfermedad. Había fallecido unos años después y, desde entonces, los Delaney daban anualmente una fiesta para recaudar fondos para la investigación del Alzheimer. Solo invitaban a la elite de la sociedad bostoniana a compartir su filantropía y era de los pocos casos en los que a Caine no le importaba que se supiera que daba dinero para obras benéficas, porque cualquiera con posición o poder en la ciudad donaba para aquella causa en concreto.

Su reputación de hombre feroz permanecía intacta.

Era la primera vez que acudía con él a una velada como su «pareja» y habíamos hablado de lo que la gente diría. No teníamos intención de anunciar que era su novia, sobre todo porque habría medios de comunicación cubriendo el evento, pero estaba segura de que yendo del brazo de Caine despertaría curiosidad. Le había pedido que no hiciera pública nuestra relación hasta que hubiera tenido ocasión de aclararlo todo con mi abuelo. De hecho no quería asistir al evento, pero el enfado de Caine por el hecho de tener que mantener nuestra relación en secreto iba en aumento. Le hacía sentir como si estuviéramos haciendo algo de lo que debíamos avergonzarnos. Así que había aceptado acompañarlo con la condición de que fuera en calidad de secretaria. Antes quería enfrentarme al abuelo y avisarlo de que cabía la posibilidad de que su familia se enterara de mi existencia. Caine no se había alegrado, pero había aceptado mis condiciones. Ahora se comportaba como si no quisiera que lo acompañara por la razón de su cabreo. Había insistido mucho en que fuéramos juntos al evento y ahora se comportaba como si hubiera preferido que no asistiera.

—Mmm. —Effie se guardó el iPhone en el bolsillo del kimono—. Está de mal humor.

—Dímelo a mí. —Sonreí.

—Irá bien. —Se rio—. Solo prométele que pasará un buen rato cuando volváis y le levantarás el ánimo.

—Effie, por favor, que es como un nieto para ti.

—Es un hombre. Y un hombre es un hombre.

Sacudí la cabeza. Una mujer de mente tan abierta, ¿cómo había soportado los años cincuenta siendo adolescente?

—Vámonos —me llamó Caine desde el recibidor.

Effie y yo salimos del ático tras él y Caine le dio un beso en la mejilla.

—Buenas noches, Effie.

—Buenas noches, cariño. —Le palmeó con afecto la mejilla—. Diviértete. Si no lo haces llevando a la mujer más hermosa del brazo es que algo no te funciona.

Caine le dedicó una sonrisa de cansancio.

Yo la abracé y nos fuimos los tres hacia su casa. Me guiñó el ojo justo cuando entramos en el ascensor. Sonreí, pero la mirada inquisitiva de Caine me quitó las ganas de hacerlo.

—¿A qué ha venido ese guiño? —me preguntó.

—Oh, Effie opina que podría hacerte cambiar de humor si te prometo una recompensa después de la fiesta.

—¿Consejos sexuales de Effie? —gruñó—. No me parece bien.

—Eso mismo le he dicho. —Me encogí de hombros como si nada—. En todo caso, voy un paso por delante de ella, así que no necesitaba su consejo.

Caine arqueó una ceja.

—¿Ah, sí?

Le sonreí con picardía.

—No llevo ropa interior.

Las puertas del ascensor se abrieron en el momento en que controlaba su cara de sorpresa y yo reía, triunfal. Caminamos por el garaje hasta el coche junto al cual el chófer nos aguardaba.

—Te mataría.

Le sonreí engreída.

—Tienes dos minutos para pensar en cualquier cosa menos en mí.

Caine me lanzó una mirada ardiente.

—Es difícil cuando estás sentada a mi lado y sé que no llevas ropa interior.

Estábamos en el coche, a unos minutos de la residencia de los Delaney. Compadeciéndome de él , intenté ayudarlo.

—Piensa en hummus, en comedias románticas, en ese chasquido que Linda no deja de hacer con la lengua...

—No es así como funciona. Quieres que piense en cosas que no me gustan. Se supone que tienes que hacerme pensar en cosas que no me ponen en absoluto, no en cosas que no me gustan.

—Uf, esta noche estás de un humor de perros —murmuré—.

De acuerdo. Piensa en Henry y Effie haciendo dulcemente el amor.

Caine se quedó de piedra justo cuando el coche se detenía.

—A eso me refería.

—Funciona, ¿verdad?

—Joder, sí. Ha funcionado. Ahora pasaré el resto de la noche agobiado.

La mansión de los Delaney se parecía bastante a la de los Anderson: era de una opulencia sobrecogedora. Sin embargo, en el baile anterior me había curado de espantos y me sentía más tranquila cuando Caine me llevó al interior guiándome con una mano apoyada delicadamente en mi espalda. Quizá porque Caine me acompañaba, no me había sentido nunca más segura.

—Alexa, estás más guapa que nunca —me saludó Henry, acercándose desde el centro del enorme salón.

Elegantes mesas vestidas para la cena bordeaban la mitad de la sala. Al otro lado había un escenario y a su izquierda una orquesta de cámara. En el centro estaba la pista de baile.

Dejé de contemplar el esplendor del salón de baile para fijarme en la pareja de Henry, una voluptuosa pelirroja que me sonaba de algo.

—Henry —le murmuré mientras me besaba en ambas mejillas. Me había puesto la mano en la cintura, pero supe que no significaba nada.

A pesar de todo, cuando me aparté vi nubarrones en los ojos de Caine.

Las últimas semanas habían probado mi teoría y Caine estaba más relajado cuando se me acercaban otros hombres.

Pero que lo hiciera Henry era otro cantar. Aquel hombre no podía dejar de flirtear, eso formaba parte de su encanto y yo era consciente de que no quería decir nada, pero que coqueteara conmigo cabreaba a Caine. Que riera conmigo cabreaba a Caine. Que me tocara cabreaba a Caine. Y que estuviera en general cerca de mí cabreaba a Caine.

Y eso me cabreaba a mí.

Henry era su mejor amigo. No quería ser una fuente de problemas entre ellos. Tenía la sospecha de que lo que fuera que hubiera entre ambos existía desde antes de que yo hubiera entrado en escena. Había una historia anterior que justificaba los celos enfermizos de Caine y me moría de curiosidad por saber cuál. Todavía no había encontrado el momento de mencionárselo.

Viendo la mirada de Caine, Henry puso los ojos en blanco y se apartó. Abrazó a su pareja y la acercó a nosotros.

—Caine, Lexie, esta es Nadia Ray. Es la mujer del tiempo del canal de televisión local.

¡Claro! La aparición de Nadia Ray en la televisión había causado furor unos meses antes. La audiencia de la WCVB había tocado techo cuando se había unido al equipo de meteorología.

—Encantada de conocerte —le dije, y Caine asintió a modo de saludo.

Nos sonrió con cierto nerviosismo y me pregunté si no se sentía como pez fuera del agua. Sabía bien lo que era eso.

—Este lugar es de locos, ¿verdad? —le dije, sonriéndole con los ojos.

Nadia suspiró aliviada.

—No estoy acostumbrada.

—Sé a lo que te refieres —asentí, echando un vistazo al salón. Me fijé en un camarero que servía aperitivos—. Pero los bocaditos de cangrejo suelen estar de muerte.

—Nada que ver con las delicias de cangrejo que solíamos tomar nosotros en el *delicatessen* del campus de Wharton. —Henry cerró los ojos, exagerando la importancia del recuerdo—. ¡Oh, qué tiempos!

—¿Así que son los rollitos de cangrejo lo que más recuerdas de tu paso por la Escuela de Negocios?

—No he dicho eso. —Abrió mucho los ojos, sonriendo de oreja a oreja—. Las mujeres también eran dignas de ser recordadas.

—Ah. Por eso te acuerdas más de los cangrejos.

Soltó un bufido.

—No estuvo tan mal. Vale... no estuvo demasiado bien.

—¿Cómo podías ir con él? ¿O es que eras peor? —le dije a Caine.

Caine no tenía ganas de bromear. Parecía incluso más incómodo que antes.

Y supe por qué. Suspiré exasperada.

—Caine nunca habla de Wharton. Es como si nunca hubiera estado allí.

Henry se puso serio y los dos intercambiaron una mirada oscura que no comprendí. Me sentí incómoda, pero antes de que pudiera decir algo Caine me lo impidió.

—Te conseguiré ese bocadito de cangrejo. Pero antes tenemos que saludar a los Delaney.

Prácticamente tiró de mí sin permitirme protestar. Miré por encima del hombro mientras me alejaba de Henry y de Nadia, disculpándome con una sonrisa.

—Eso ha sido una grosería —le siseé.

Me clavó los dedos en el vestido.

—¿Disculpa?

—Creo que lo correcto habría sido quedarnos con ellos un poco más. Nadia no está cómoda. Sé bien cómo se siente una en una situación así. Habría sido un detalle pasar un poco de tiempo a su lado.

—Estamos aquí por negocios.

—Creía que habíamos venido porque es una gala benéfica.

—Estamos aquí porque si los Delaney te invitan a un evento tienes que asistir. Poseen un tercio de las propiedades de Boston, Filadelfia y casi todo Providence. Eso es mucho dinero, y como hombre de negocios que se dedica a hacer dinero, no los ignoro. Así que estamos aquí por negocios.

Me puse tensa mientras nos acercábamos a los anfitriones.

—Me gustaría saber qué te pasa esta noche.

No me contestó. Se puso una máscara y me fue presentando educadamente a las personas con las que nos cruzábamos y que me miraban curiosas para después desviar su atención hacia otra parte.

Suspiré intranquila, buscando a un camarero.

Necesitaba una copa para soportar aquella multitud y al Señor Cabreado.

Caine estaba ocupado hablando con uno de los miembros de su consejo directivo, el padre de Henry y otro tipo que se dedicaba a las inversiones y al que yo no conocía, así que me las arreglé para acercarme a Nadia y rescatarla del grupo en el que Henry la había abandonado en la zona de baile por alguna razón.

—Pareces necesitar una —le dije, ofreciéndole una copa de champán.

Nadia sonrió agradecida. Tenía una sonrisa preciosa a juego con su figura, que la había convertido en buena parte en la chica del tiempo más popular de Massachusetts.

—Gracias. A Henry se lo ha llevado una gatita de la alta sociedad de la que no ha podido librarse sin ser maleducado.

—Henry es uno de los premios gordos. —Le sonreí, comprensiva—. Las mujeres que se han criado en este círculo lo consideran de su propiedad.

—Creo que empiezo a comprenderlo.

—Sinceramente, creo que le aburren —la tranquilicé.

—Bueno, yo soy de Beacon Falls, Connecticut. Allí la gente es ligeramente distinta. No es aburrida, desde luego. —Sonrió con sequedad.

La miré boquiabierta.

—Yo soy de Chester.

—¡No me digas! —Soltó una risita—. Crecimos a... ¿cuánto? ¿A una hora la una de la otra?

—El mundo es un pañuelo.

A partir de ese momento nos enfrascamos en una conversación acerca de lo que era criarse en Connecticut, la universidad, Boston, nuestros lugares favoritos de la ciudad. Lo que me gustó de ella fue que no me preguntó por mi relación con Caine, del mismo modo que yo no le pregunté por Henry. Ni siquiera hizo el menor comentario cuando la fantástica Phoebe Billingham pasó por nuestro lado flotando en Chanel y me lanzó una mirada que hubiera atemorizado a un león.

Y eso que fue algo bastante embarazoso.

Mi conversación con Nadia no fue embarazosa. Nos entendimos desde el primer momento y empecé a culpar a Henry interiormente por habérmela presentado. Conociendo su reputación con las mujeres probablemente lo suyo no duraría.

Podríamos haber estado charlando toda la noche sin necesidad de nadie más, porque estaba convencida de que ella estaba tan a gusto como yo, si Henry no hubiera venido a reclamarla.

—Lamento interrumpir, señoritas. —Me miró, la miró a ella y se le acercó con delicadeza—. Mi padre al fin está libre de vejestorios y quiero presentártelo.

Nadia palideció.

—¿Tu padre? —Me miró suplicante, pero no había nada que pudiera hacer yo aparte de sonreír a Henry mientras se la llevaba.

—Al fin —gruñó una voz familiar detrás de mí y una mano me cogió por la muñeca y tiró de mí hacia atrás.

Trastabillé en retroceso hacia el vestíbulo y me encontré con mi abuelo.

—¿Abuelo? —Miré a mi alrededor, pero el vestíbulo estaba prácticamente vacío, solo había en él miembros del equipo de seguridad y del servicio.

Sin pronunciar palabra, el abuelo me dio la espalda y echó a andar. Dudé por un momento si seguirlo o no. Notaba el dolor agudo de su traición como una daga en el pecho viéndolo alejarse.

Entonces me di cuenta de que estaba cansada de vivir en la incertidumbre. Corrí tras él y lo alcancé en una esquina. Avanzamos por un pasillo mucho más estrecho. Se detuvo delante de una puerta y la abrió.

—Entra —me dijo con suavidad.

Estaba en un precioso estudio. Estanterías de madera oscura profusamente tallada, llenas de libros, cubrían las paredes. Un escritorio igualmente tallado ocupaba un rincón, con un sillón de piel borgoña. Había un sofá con mantas de cachemira elegantemente dispuestas delante de la chimenea.

Mi abuelo cerró la puerta.

Vestido con un esmoquin de corte impecable, con la barba corta y cuidada, Edward Holland era la viva imagen de un caballero respetable. Sin embargo, yo ya no estaba segura de si no era solo una fachada.

Me miró con desaprobación.

—Tu abuela y yo hemos llegado hace apenas quince minutos y ya hemos oído a alguien especular sobre tu relación con Caine. ¿En qué demonios estabas pensando para venir aquí con él?

Me ardían las mejillas. Me sentía como una niña a la que regañan.

—No hemos dicho que sea otra cosa que su secretaria.

—Ah, bueno, entonces no hay nada de lo que preocuparse.

—No —negué yo con la cabeza, enfadada—. Evidentemente no es el momento adecuado para hablar de esto, pero tenemos que hablar. Caine no se siente cómodo ocultando que mantenemos una relación y, francamente, tampoco yo. Si estoy con él formaré parte de este círculo, y la gente se preguntará qué relación guardo con los Hollands. No tenemos que decidir ahora mismo si mentirles o no, pero ha llegado el momento de que hables con tu mujer.

—Nunca quise que formaras parte de esto. No quería que esta gente, que mi gente, te hiciera daño. —Me miró con preocupación—. ¿Caine y tú vais en serio, entonces?

—Sí. —Di un paso hacia él—. Sé que esto ahora parece una enormidad, y que necesitaréis tiempo para meditar y prepararos. Solo quería que supieras cómo están las cosas, porque tal vez no pase mucho tiempo antes de que alguien me lo pregunte y quisiera saber cómo responder. Creo que deberías hablar con la abuela antes de tomar ninguna decisión.

Se pasó la mano por el pelo.

—Esto va a ser un lío terrible —murmuró con un hilo de voz.

Prefería guardar el secreto a enfrentarse al drama que se montaría.

Aquello me hizo saltar.

—Lo sé todo, ¿sabes? Me lo ha dicho.

Mi abuelo frunció el ceño.

—¿De qué estás hablando?

Por poco que me gustara la idea de que el abuelo, la única familia que me quedaba, hubiera hecho algo terrible, lo que le había hecho a Eric, el padre de Caine, era despreciable. Tenía que saber por qué lo había hecho. Reuní el valor necesario para preguntarle lo que me había estado torturando durante semanas.

—¿Por qué lo hiciste? ¿Por qué lo encubriste?

La comprensión se manifestó en su rostro segundos antes de que el remordimiento le oscureciera la mirada.

—Estaba protegiendo a mi familia —dijo en voz baja, vencido, sabiendo lo pobre que era su excusa—. No fue hasta después, cuando me enteré de que el padre de Caine había... Bueno, la culpabilidad y la vergüenza pudieron conmigo. La única forma que conocía de aplacarlas era haciéndole un poco de justicia a Caine. Y la única forma de ser justo con él sin herir al resto de mi familia era desheredando y rechazando a mi propio hijo. Dejándolo sin dinero y sin posición. —Mi abuelo cabeceó—. Eso le dolió a Alistair más que ninguna otra cosa.

—¿Por qué no me dijiste que habías contribuido a tapar el asunto?

—Porque no quería que me miraras como estás haciendo ahora.

—No sé de qué otro modo mirarte. Ni siquiera sé si puedo creer nada de lo que me dices. Sinceramente, ni siquiera sé si me quieres.

—Alexa, claro que...

Pasé por su lado, abrí la puerta y lo dejé con la palabra en la boca, porque de pronto me di cuenta de que no estaba preparada para escuchar su respuesta, para creérmela.

—Tengo que volver antes de que Caine se pregunte dónde me he metido

Camino del salón de baile, intenté frenar el ritmo de los latidos de mi corazón. Las manos me temblaban, tenía un presagio.

Nunca se me había ocurrido, hasta que me enfrenté al abuelo, que había muchas posibilidades de que tuviera que renunciar a él cuando la verdad saliera a la luz. No sabía cómo perdonarlo todavía, y aunque lo hiciera, suponía que su familia no querría que tuviera nada más que ver conmigo. Empezaba a pensar que la verdadera razón por la que lo inquietaba tanto que se conociera la verdad era que se vería obligado a elegir...

Me detuve en el salón, mirando sin ver nada.

Y que los elegiría a ellos en lugar de a mí.

Como siempre, era plato de segunda mesa.

Necesitaba a Caine. Lo busqué pero no lo encontré.

—Se ha marchado con Regina Mason.

Miré a Phoebe, que se abrazaba la cintura tomando champán. Esperaba ver resentimiento en sus ojos, pero para mi sorpresa solo vi conmiseración.

Me puse a la defensiva.

—¿Se ha marchado?

Asintió con su preciosa cabeza, señalando hacia el mismo lugar por el que yo acababa de entrar.

Decidí no comentarle que rayaba en el acoso tener vigilado a Caine, así que le di las gracias y regresé al enorme recibidor. No había nadie. Tendría que buscarlo.

Volvía a tener el corazón desbocado, esta vez por una razón completamente distinta.

«Ya vale. No seas tonta. Caine nunca... Tiene que haber una explicación lógica.»

Escuchando los murmullos de una voz masculina al final del pasillo, me acerqué despacio, tratando de no temblar. Cerca ya de una puerta reconocí la voz de barítono de Caine, pero no la de la mujer.

—Después de todos estos años es muy decepcionante —decía ella.

Me detuve y miré por la rendija de la puerta lo que parecía ser una coqueta salita.

Fue como si todo el aire de los pulmones se me escapara.

Caine estaba junto a la ventana con una mujer hermosa abrazada a él. La sujetó por los brazos y ella le acarició el pecho.

—Regina... —le advirtió.

Miré muerta de incertidumbre cómo se desarrollaba la situación.

—Me estás rechazando.

Le hizo un pequeño puchero con sus labios operados. Me fijé en sus rasgos poco naturales. Era mucho mayor de lo que había pensado en un principio. ¿Quién demonios era?

«¡Quítale las manos de encima!»

Iba a entrar en tromba cuando Caine la apartó. Su expresión era dura. Me di cuenta por primera vez de su hostilidad, de su tremenda hostilidad.

—Sí, te estoy rechazando.

Ella arqueó una ceja y se apartó el pelo de la cara.

—Sabes que eso es muy arriesgado.

Caine frunció peligrosamente el ceño.

—No juegues conmigo, Regina. Podría destruirte.

Como si cayera de pronto en la cuenta de con quién estaba hablando, le sonrió con los labios apretados.

—No es necesario que te pongas agresivo, Caine.

Viendo que tensaba el músculo de la mandíbula, decidí que ya bastaba. No sabía quién era aquella mujer o qué estaba pasando, pero no los dejaría discutiendo sin más. Empujé la puerta y los dos me miraron, volviendo con brusquedad la cabeza.

Caine achicó los ojos al verme.

La mirada de Regina fue de engreimiento.

Me enfrenté a sus aires de superioridad con una mirada helada.

—Si nos disculpas —le dije con fingida arrogancia.

Captando la indirecta, desfiló por mi lado, con el precioso vestido de seda azul zafiro meciéndose a su paso. Me dedicó una sonrisa felina, una que me puso más tensa a nivel físico que psicológico.

Cerró la puerta tras ella y miré a Caine.

—¿De qué iba todo esto?

No me respondió.

—¿Estabas espiándome detrás de la puta puerta? —me espetó, indignado.

El modo en que me lo dijo me achicó.

—No, no lo hacía. He discutido con mi abuelo y te necesitaba. Phoebe me ha dicho que te había visto marcharte hacia aquí.

Creí que mi explicación lo calmaría, pero para mi sorpresa se puso hecho una furia. Mucho más furioso de lo que la situación merecía. Lo miré caminar como una fiera encerrada por la habitación, sorprendida de que no le saliera humo por las orejas.

El desasosiego que sentía se convirtió en miedo, en una dura sensación de terror en la boca del estómago.

—Caine, ¿qué está ocurriendo? —le pregunté con suavidad—. ¿Quién era esa mujer?

—No pasa nada. —Se detuvo de golpe y vi cómo ocurría, cómo se cerraba y me dejaba al margen—. Volvamos a la fiesta.

—No. —Me puse delante de la puerta, impidiéndole salir—. Vas a decirme qué estaba pasando.

—Nada que sea de tu incumbencia, Alexa.

—Mira, en eso te equivocas. Estoy muy segura de que querrías saber a qué atenerte si fuera yo quien hubiera estado encerrada con un hombre abrazado a mí.

Echaba chispas.

—Estás malinterpretando la situación, y no tengo el tiempo ni la paciencia para lidiar con tus celos e inseguridades esta noche.

Me hirvió la sangre.

—No te atrevas a hablarme así. ¿Qué demonios te pasa? Te has comportado como un cabrón toda la noche.

—Como un cabrón. —Resopló—. Qué fina, Alexa.

—No —siseé—. No te comportes así. Por favor.

Algo que vio en mi cara lo ablandó ligeramente.

—Aquí no —dijo finalmente—. No es el momento ni el lugar. Vámonos.

—¿Más tarde, entonces?

—Lexie. —Se me acercó y me cogió del brazo. No sabía bien qué pretendía pero permití que me guiara.

Me soltó en cuanto cruzamos la puerta.

La terrible sensación de que todo iba a salir mal regresó.

23

Me clavé las uñas en las palmas de las manos cuando el chófer paró en mi calle.

—¿Mi apartamento? —susurré.

No me contestó.

Tomé una gran bocanada de aire, intentando relajar la presión de mi pecho.

Después de horas de tensa conversación tendría que haberme sentido aliviada por el silencio. Se diría que el silencio supone menos esfuerzo que la charla forzada, pero la tensión de Caine sugería que estaba esforzándose mucho para seguir callado.

La cena de la gala benéfica había transcurrido entre exquisiteces y conversaciones banales que me habían entrado por un oído y salido por el otro. Cantantes y bailarines la habían amenizado, aunque apenas recordaba una pirueta de la bailarina. Había ignorado las miradas de preocupación de Henry y Nadia mientras Caine, sentado a mi lado, me hablaba solo si no podía evitarlo. Nadie más parecía darse cuenta de su frialdad porque la suya era proverbial, pero Henry era su amigo y presentía que algo iba mal.

Yo no solo lo presentía.

Su actitud me dolía y me enfurecía. Pasé la velada en una espiral de sentimientos infernales. De algún modo sabía lo que iba a ocurrir. El instinto me decía que tenía que encontrar la manera de dar un giro a los acontecimientos, pero en parte esperaba estar equivocada.

En cuanto Caine le dijo al conductor que nos llevara a mi apartamento, perdí toda esperanza.

—¿Caine?

Lo miré cuando el coche se detenía, preguntándome quién era la persona que me miraba con una máscara de frialdad, por qué volvía a aquella actitud después de unas semanas maravillosas. No me gustaba aquel hombre. Prefería el que había roto su fachada. ¿Dónde estaba? ¿Por qué había desaparecido después de la conversación con la tal Regina?

—Te acompañaré arriba —me dijo.

El chófer me abrió la puerta y me apeé, dándole las gracias. Esperé, tiritando al frío de la madrugada. En vez de pararse a mi lado, subió de dos en dos los escalones de la entrada.

Temblando ahora más que tiritando, caminé tan deprisa como el vestido y los tacones me lo permitían. Tenía náuseas.

—¿Las llaves? —Me tendió la mano abierta.

Lo miré.

Seguía distante. Helado.

Busqué en el bolso hasta dar con ellas. Me las quitó antes de que pudiera decir o hacer nada, y entramos en el edificio.

Lo seguí por las escaleras. Los tacones resonaban de un modo ofensivo. Cualquier ruido parecía ofensivo, aunque solo fuera porque yo era tremendamente consciente de que a él lo ofendía.

Aquel hombre que quería dejarme de la forma más rápida y discreta posible.

Mi dignidad rivalizaba con mi indignación.

Llegué a la puerta de mi apartamento. Caine ya la había abierto, pero me esperaba en el pasillo. Me indicó que entrase.

Achiqué los ojos, furiosa.

—Tú primero.

Seguía impasible, frío como el hielo.

—Estoy cansado. Ya hablaremos después.

—O entras primero o te sigo hasta la calle.

—No seas cría.

Su reacción exagerada de antes me había cabreado. En aquel momento hubiera dado cualquier cosa para sacarlo de aquel letargo.

—Tú primero —insistí.

Con un suspiro cansado entró en mi casa. Preparándome para lo que iba a ocurrir, solté el aire y lo seguí. Cerré la puerta sin hacer ruido y me dirigí a la sala de estar.

Caine miraba por la ventana. Me recordó la primera vez que había estado allí. El dolor me atravesó el pecho. El silencio entre nosotros era irrespirable. Era denso, frío y peligroso, como si pudiera golpearlo con el puño y lacerarme la piel.

Caine me oyó inspirar entrecortadamente y me miró. La luna le iluminaba la cara y vi que su expresión no había cambiado.

—¿Quién era esa mujer?

—No importa.

—Creo que sí que importa. Si esta conversación va a terminar como creo que terminará, importa muchísimo.

—¿Y cómo va a terminar?

—¡Ah, no! No te lo pondré tan fácil. Si quieres hacerlo, tendrás que hacerlo tú solo.

—Quedamos en que esto tendría un final.

—Creo que superamos ese acuerdo hace algún tiempo.

—¿Cuándo?

—No pretendas hacerme creer que no estás tan profundamente implicado en esto como yo.

—No estamos profundamente implicados, Lexie. Esto no era más que una aventura, como acordamos, y se acabó.

Aun sabiendo lo que pasaría, nada me había preparado para la sensación de pérdida que me invadió. Se me doblaron las rodillas y tuve que agarrarme al sillón para no caerme.

Mi reacción provocó el primer atisbo de emoción en su cara desde que habíamos salido de la mansión de los Delaney.

—Esto no era una simple aventura —susurré.

—Claro que sí —dijo, de nuevo sin ninguna inflexión.

Fue como oír a alguien arañando una pizarra. Me rechinaron los dientes.

—¿Por qué ha vuelto el Helado señor Carraway? —pregunté en voz alta, con tremenda amargura—. ¿Qué secretos escondes? Tiene que ser algo enorme para que haya vuelto. Creía haberme deshecho de él hace semanas.

—No sé de quién hablas. Soy un solo hombre.

—No, no lo eres. —Cabeceé y avancé un paso hacia él—. No me enamoré del hombre al que conocí en una sesión fotográfica, ni del que fue mi jefe unas semanas.

—Alex...

—Me enamoré del que bromea conmigo, que ríe conmigo, del que me escucha y me respeta, del que me despierta a diario haciéndome el amor y me da un suave beso de buenas noches después de haberme follado como si no hubiera un mañana, como si no tuviera nunca suficiente. Ningún hombre ha estado tan profundamente dentro de mí como ese hombre, en ningún sentido. Y por eso cuando me mira ve en mí como nadie lo había hecho. El primero me juzgó y me declaró culpable. Caine Carraway no. Él me hizo sentir segura por primera vez en toda mi vida. Y quiero que vuelva. Porque lo amo. Quiero que vuelva —le rogué.

No me miraba. Estaba de perfil, vuelto hacia la cocina.

—¿Caine?

Cuando finalmente me miró a los ojos en los suyos había un torbellino de emociones. Estaba hecho un lío, enfadado, desconsolado, desesperado y se sentía culpable por igual.

—Tú no me amas. —Negó con la cabeza. Su voz sonaba como papel de lija—. No puedes amarme porque no sabes quién soy. No te he permitido conocerme.

Nos miramos en tensión, como si cada uno tirara de un extremo distinto de una cuerda de piano. Un poco más y...

—Mentiroso —le espeté finalmente, sintiendo que un volcán de rabia contenida estallaba en mí.

—Ni siquiera tienes que acabar las dos semanas. Dame unos días para encontrar a alguien y daré por finalizado tu contrato.

—Cobarde.

Volvía a tener una expresión apagada. Se me acercó.

—No me quedaré aguantando esto.

El aroma de su colonia me envolvió cuando pasó junto a mí y el calor de su cuerpo me trajo recuerdos de los momentos que habíamos pasado juntos. Nunca había sentido tanto dolor en mi vida.

—Eso es —le dije, mis palabras tan vacías como las suyas—, no me elijas. Me he acostumbrado a no esperar más. —Dudó un segundo, encogiendo los hombros involuntariamente.

Di un paso lento hacia él.

—Espero que tus secretos te mantengan caliente por las noches —le susurré.

Se encogió de hombros, desembarazándose de cualquier emoción que hubiera podido sentir un momento antes y se marchó de mi apartamento por última vez.

En la oscuridad me tumbé en el sofá, perdida.

Oí su coche alejarse calle abajo y perderse en la distancia. Me subió un sollozo, como si mi llanto quisiera perseguirlo.

24

«Tiene cuatro mensajes.»

Miré el contestador automático. Hubiera ignorado el maldito trasto, pero la lucecita roja parpadeaba iluminando la oscuridad de mi habitación. Si quería tratar de dormir algo aquella noche, sería mejor que escuchara los mensajes o los borrara para que se detuviera el parpadeo.

No había sido un buen día.

Tenía la cara y los ojos hinchados. No había comido nada. Me había tomado dos copas de vino y las había vomitado. Como no tenía nada sólido en el estómago el vómito había sido líquido y rojizo.

Sonó el estribillo de *You Oughta Know,* de Alanis Morrisette en el móvil al menos una docena de veces, así que lo puse en modo silencioso. No me sirvió de nada, porque empezaron a llamar al fijo y a dejar mensajes en el contestador.

Sabía que si los escuchaba me sentiría peor.

Yo ya había descubierto que peor que el dolor de ver al hombre que amaba abandonarme era el dolor cruel y empalagoso de esa cosita llamada esperanza.

Se aferraba a mí. Me susurraba en el oído: «Todavía estás a tiempo. Podría cambiar de idea. Cuando llegues mañana a la oficina y te vea, querrá volver contigo.»

Y odiaba aquella esperanza. Odiaba que me hiciera sentir

tan débil y destrozada por culpa de Caine; era como si, sin él, sin esa esperanza, no pudiera volver a ser la de antes.

Odiaba que Caine tuviera ese poder sobre mí.

Y odiaba que la estúpida esperanza me hiciera pensar que quizás uno de aquellos cuatro mensajes fuera suyo.

«Podría haberte llamado para decirte que ha cambiado de idea.»

Suspirando, sintiéndome patética, pulsé el botón para escucharlos.

—«Mensaje recibido hoy a las nueve cero siete: "Lexie, soy yo. —La voz de mi abuelo, profunda, reverberó en la sala—. Detesto el modo en que nos separamos ayer, cariño. Llámame. Tenemos que hablar."»

Borré el mensaje. También necesitaba ser insensible al daño que me había hecho el abuelo.

—«Mensaje recibido hoy a las diez cuarenta y cuatro: "Lexie, soy Effie. ¿Qué ha ocurrido? Caine no me deja entrar en su apartamento. Se ha comportado como un capullo y nunca es así conmigo. Dice que va a cambiar las cerraduras. ¿Qué está pasando? Por favor, llámame."»

El dolor que sentía en el pecho se intensificó cuando noté el pánico en su voz. Caine la estaba echando de su vida también a ella. Me froté los ojos doloridos. ¿En qué me había metido de la noche a la mañana? ¿Qué gran secreto escondía para haber cambiado tanto?

Suspiré y apreté el botón una vez más.

—«Mensaje recibido hoy a las dos y veinte: "Hola, soy yo —dijo la alegre voz de Rachel—. Solo llamaba para saber cómo te fue anoche en el baile. Aún no puedo creerme que vayas a bailes. Porque era un baile, ¿no? ¿O era una gala? ¿O vosotros lo llamáis sencillamente una fiesta? ¿Cuál es la diferencia? ¿A alguien que no sea uno de esos engreídos le importa una mierda, en realidad? ¿Llevabas el Jenny Packhan? Por favor, no me digas que ese troglodita te lo arrancó y se cargó un vestido de tres mil dólares. Estaría más celosa todavía, aunque no dejaría de ser tu amiga. En todo caso, preciosa, llámame. Quiero todos los detalles."»

La angustia me cerró la garganta y me tragué las lágrimas. Había llorado lo suficiente como para llenar un pozo muy profundo.

No lloraría más. Tenía que rehacerme para enfrentarme a Caine al día siguiente con dignidad.

Me armé de valor y apreté el botón de nuevo, casi sin aliento, temblando de anticipación.

—«Mensaje recibido hoy a las tres cero dos: "Lexie... —La voz de Effie acabó con mi esperanza de saber algo de Caine—. Solo quería saber por qué Caine ha consentido en verme. Me ha contado lo que pasó, cariño. Lo siento. No sabes cuánto lo siento. He intentado razonar con él, pero... Pero creo que esconde algo. No te des por vencida. Cuando es tan frío conmigo sé que sus sentimientos son mucho más profundos de lo acostumbrado. Es su modo de sobrellevarlos. Yo... Por favor, no te rindas."»

El familiar picor en la nariz me avisó de la llegada de las lágrimas antes de que pudiera reprimirlas. Escuchar a Effie rogándome que ayudara a una persona a la que ambas queríamos pudo conmigo. Porque quería hacerlo... Dios, claro que quería si eso significaba que Caine volviera conmigo...

Sin embargo, él no me había dejado ningún mensaje.

En buena parte estaba herida sin remisión, cansada de ser la última para todos, harta de ser siempre la que ayudaba a los demás.

Y me di cuenta de que lo que más necesitaba en aquellos momentos era cuidarme. Toda mi vida estaba en la cuerda floja, por culpa de Caine.

Tenía un corazón que sanar y una carrera que reconstruir, y no sabía si me quedaba algo por lo que luchar con Caine.

25

La mirada de Caine cuando se acercó a mi mesa la mañana siguiente acabó con cualquier ápice de esperanza que pudiera quedarme. Aunque no fue frío, fue cuidadosamente educado.

Me levanté cuando se paró delante de mí y me alegré en parte de ver que tenía ojeras. Tenía cara de cansado. Seguía siendo guapo, pero de un modo descuidado que hubiera querido que no me atrajera tanto.

Me gustó ver que también a él lo había afectado la ruptura. A pesar de eso, nada había cambiado, lo supe por el modo en que me saludó, con un breve asentimiento.

—Me he puesto en contacto con la empresa de trabajo temporal. Me mandarán a alguien el miércoles.

El pánico me invadió. Solo estaríamos juntos hasta el día siguiente.

Reaccioné antes de pensar.

—Lo que sea que estés escondiendo, no hará que cambie lo que siento por ti.

El último intento.

Me miró a los ojos.

—Siento haberte hecho daño. Lo siento de veras. Pero es agua pasada. —Retrocedió un paso—. Desde luego me aseguraré de que te paguen un mes y de que puedas dar mi nombre como referencia.

—Dime que no me amas —le respondí con suavidad.

Se detuvo en la puerta de su despacho y volvió apenas la cabeza.

—No te amo.

Me derrumbé en la silla mientras él se encerraba de un portazo. Con la esperanza hecha añicos, me quedé completamente destrozada.

«Esto es lo que se siente.»

—Tu agenda está en mi ordenador, como todos tus contactos, las notas de las reuniones más recientes que tienen importancia para los asuntos que todavía están en marcha. —Puse un lápiz de datos sobre su mesa—. Lo he puesto todo aquí porque a tu nueva secretaria o a tu nuevo secretario le convendrá empezar con la nueva información. Mis anotaciones podrían confundirlos y no te conviene que eso pase. He dejado también notas sobre las tareas diarias, con instrucciones y tus preferencias, desde cómo quieres que se conteste un email corporativo o uno personal hasta cuál es tu tintorería favorita.

Lo miré por encima de mi iPad y vi que estaba meditabundo.

—Gracias, Alexa. Será de gran ayuda.

Su respuesta educada me dio ganas de gritar, pero conseguí reprimirme y controlar mi tendencia de hacerme la lista. Quería un final digno, sin sarcasmos ni salidas de tono.

—No hay de qué.

Miró los papeles de su mesa.

—¿Tienes alguna perspectiva de trabajo? Puedo ponerte en contacto con la agencia de colocación.

—No, gracias —le dije con calma—. Estoy pensando en tomarme un tiempo para reconducir mi carrera.

—Eso suena a que tienes un plan.

Me detuve a tiempo de no poner los ojos en blanco. ¿Cómo podía haberme acostado con aquel hombre en ese escritorio, en más de una ocasión, y que estuviéramos hablando como si fuéramos dos completos desconocidos?

El horrendo dolor que sentía en cada célula de mi cuerpo amenazó con superarme. Me lo sacudí de encima.

—Tenemos una reunión con Jeremy Ruger dentro de cuarenta minutos —le recordé.

Su mirada se afiló.

—Ruger es detestable. No tienes que ir si no quieres.

Sabía que Ruger era detestable. Era también el asesor financiero de Inversiones Winton, una pequeña empresa que había pasado de llevar asuntos de poca monta a ser un jugador importante en el distrito financiero desde que, hacía dos años, Ruger se había hecho cargo de sus finanzas.

Cuando Linda, la asesora financiera de Caine, había anunciado por sorpresa que volvía a estar embarazada y que ella y su esposo habían decidido que él volvería a trabajar y ella pediría una excedencia para estar con sus hijos, Caine había empezado a buscarle sustituto.

Habíamos conocido a Ruger en la fiesta del sábado por la noche. Podía ser un genio de las finanzas, de acuerdo, pero era también un miserable depravado que se había pasado toda la noche persiguiendo a las camareras guapas.

Yo no tenía por qué asistir a la reunión. Lo cierto era que seguramente no habría hecho falta que asistiera a la mitad de las comidas o reuniones de Caine. Pero sospechaba que, al igual que sus colegas, que siempre iban acompañados, me utilizaba para relajar el ambiente. Decía que la gente relajada era más fácil de persuadir.

—Siempre te he acompañado —le recordé—. Y, francamente, quiero asistir a esta. Quiero ver qué tiene este tío de especial para que te plantees aguantar sus bromas de mierda.

Creí que Caine se negaría a que acudiera porque implicaba pasar más tiempo juntos, pero no lo hizo.

Salimos del edificio justo a la hora de comer, y dado que habíamos quedado en un restaurante de la calle Congress, fuimos andando hasta allí. Entre la multitud era más fácil pretender que era imposible que mantuviéramos una conversación.

Ni siquiera lo intenté. Saludamos a otros compañeros que

también iban a comer y charlamos con ellos camino del ascensor. Cuando Caine me guio al interior de la abarrotada cabina, me tensé al notar su mano en mi espalda. Debió notarlo porque la apartó enseguida, como si se hubiera quemado.

Estábamos de pie, rozándonos porque era inevitable, y me rechinaron los dientes de la tensión. Prácticamente saltamos fuera en cuanto se abrieron las puertas, evitando mirarnos.

Nos encaminamos a la puerta principal, me la sostuvo, le di las gracias y salimos a la calle. Eché a andar por la acera llena de gente y me di cuenta de que iba sola. Caine se había quedado en la puerta saludando a alguien a quien no reconocí. Era una empresa grande, no podía conocer a todo el mundo.

Alguien me golpeó el hombro y retrocedí, intentando esquivar el tráfico de peatones. Miré a Caine otra vez, que venía ya hacia mí, y volví a incorporarme al flujo de gente.

Alguien vestido de negro pasó velozmente por la derecha junto a mí.

Un dolor agudo me quemó las entrañas, expandiéndose por todo mi cuerpo.

Me quedé completamente quieta, incapaz de procesar nada que no fuera aquel dolor.

—¿Alexa?

Capté la voz y parpadeé. Vi la borrosa cara de preocupación de Caine aparecer a mi lado.

Fui consciente del dolor y de una húmeda y cálida viscosidad en el vientre. Miré hacia abajo con las manos temblorosas cuando entendí qué estaba pasando.

Noté la sangre antes de verla.

—Lex, ¿qué demonios...? —oí que decía Caine.

Se me doblaron las rodillas, se me nubló la vista.

—¡Lexie! —Su cara de pánico se perdió en la más absoluta negrura—. ¡Necesitamos una ambulancia! ¡Que alguien llame a emergencias! —La oscuridad se cernía sobre mí—. Lexie, pequeña, aguanta. Joder, aguanta...

«¿Para qué?», pensé justo antes de alejarme flotando de la agonía camino de la seguridad.

26

Sentía las piernas rígidas. No podía moverlas con libertad y sentí cierto ahogo. Hacía demasiado calor, necesitaba aire.

Aparté las sábanas con los pies para liberarme.

—Eh —me susurró una voz profunda—. Cuidado.

«¿Caine?»

Un pitido distante se intensificó cuando traté de abrir los ojos. Parpadeé. La habitación, desconocida para mí, estaba muy iluminada. Me encontraba acostada en una cama mucho más pequeña que la mía, a cuyos pies vi a mi abuelo.

—¿Abuelo? —grazné. Tenía la boca tan seca que la lengua se me pegaba al paladar.

El abuelo me palmeó los pies. Parecía cansado. Iba desaliñado. No parecía él.

—Te vas a poner bien, cariño.

—Lexie.

Me volví hacia un lado. Caine estaba sentado al lado de la cama, con una mano mía entre las suyas, tan inclinado sobre mí que nuestras caras casi se tocaban. También parecía agotado.

Estaba confusa.

—¿Qué está pasando?

Caine frunció el ceño.

—¿No lo recuerdas? Estás en el hospital.

«¿En el hospital?» Arrugué la nariz y busqué el origen de

aquel pitido. Vi los monitores y la vía en mi brazo y finalmente lo entendí.

—¿En el hospital? —repetí.

Los recuerdos volvieron en avalancha.

La sombra de un cuerpo a mi derecha. La sangre.

Despertar en una camilla mientras me ingresaban en urgencias. La cara de ansiedad de Caine. Su camisa empapada de sangre. Su negativa a soltarme la mano cuando los médicos intentaban estabilizarme.

La mirada del cirujano corriendo hacia mí era lo último que recordaba.

El pitido de la máquina se aceleró siguiendo los latidos de mi corazón.

—Será mejor que le diga al médico que se ha despertado —dijo el abuelo, y salió de la habitación privada. Vi que fuera había un tipo corpulento con camiseta y vaqueros. Con las manos a la espalda, estaba atento a todo. Llevaba sobaquera. ¿Iba armado?

Entendí lo que me había sucedido y el pánico me invadió. Miré a Caine, que me apretaba más la mano.

—Alguien me ha apuñalado.

Me acordé de la sombra difusa que había pasado a mi derecha antes de que el dolor me golpeara en el estómago.

¿Por qué? ¿Por qué querría alguien atacarme?

La ira ardía en los ojos de Caine.

—Sí —me respondió, con la voz tensa—. Ni siquiera lo he visto. Cuando me he acercado tenías esa mirada extraña de dolor, desenfocada, y estabas muy pálida. Y entonces he mirado hacia abajo y he visto que la sangre te empapaba la camisa. Te has desmayado. Te hemos traído y has despertado un momento en urgencias, pero has vuelto a quedarte inconsciente. Ha llegado el cirujano y ha dicho que no creía que el arma hubiera tocado ningún órgano vital. Te han llevado al quirófano. Afortunadamente tenía razón. El cuchillo no ha tocado ningún órgano ni arteria principal. Ahora estás en una habitación privada. Al parecer tendrás que quedarte unos días en el hospital.

Por supuesto, eran buenas noticias teniendo en cuenta que alguien me había apuñalado, pero estaba más interesada en lo que Caine no me decía.

—¿Por qué iba a hacer alguien algo así? —Traté de incorporarme, pero un ramalazo de ardiente dolor me hizo gritar.

—Dios, Lexie —me regañó Caine—, acaban de apuñalarte. Intenta no moverte.

Lo fulminé con la mirada.

—Se me había olvidado la herida, ¿de acuerdo? —Hice una mueca porque seguía doliéndome—. Te aseguro que no lo volveré a hacer.

—Alexa, está despierta. —Levanté la vista hacia la suave voz rica en matices y descubrí que pertenecía a un joven de aspecto agradable—. Soy el cirujano, el doctor Fredericks. —Parecía muy joven y me preocupó que alguien así hubiera estado hurgando dentro de mí.

—Hola.

Me sonrió y se acercó, seguido de mi abuelo.

—Cuando ha llegado a urgencias la hemos llevado al quirófano para asegurarnos de que no había órganos vitales...

Escuché mientras repetía lo que ya me había dicho Caine.

—Así que, ¿estoy bien? —pregunté cuando terminó.

—Sí. Va a ponerse bien. Le recomiendo que permanezca ingresada en observación en el hospital durante unos días, solo para asegurarnos de que no hay infección, y después la mandaremos a casa. El tiempo de recuperación es de cuatro a seis semanas. La enfermera vendrá a hablar con usted de los antibióticos, el tratamiento contra el dolor y las curas. —Nos miró a Caine y a mí y, obviamente, sacó sus propias conclusiones, porque dijo—: Me alegro de que tenga ayuda. Por más que le pida que tenga cuidado al moverse hasta haberse recuperado, la primera semana es muy complicada. Necesitará que alguien la ayude.

Bajé los ojos. El médico se equivocaba y me pregunté cómo diablos iba a arreglármelas yo sola seis semanas.

—Gracias, doctor.

—De nada. Le hemos suministrado algo para el dolor, pero

si necesita más pulse el botón de llamada. Angela, su enfermera, no tardará.

Se marchó y cerró la puerta. Entonces me solté de las manos de Caine.

—Ahora que se ha ido, ¿alguno de los dos sería tan amable de explicarme por qué hay un tío enorme vigilando la puerta? Creo que podría tener algo que ver con el hecho de que me hayan apuñalado, pero en el pasado me he equivocado en situaciones similares. ¡Ah no, un momento! Nunca había estado en una situación parecida.

—Lexie... —El tono de advertencia de Caine me cabreó más.

—Ni se te ocurra.

—Te pido que mantengas la calma para no perderla yo —me espetó, levantándose de la silla.

—Por favor, Alexa —me pidió el abuelo con dulzura—. Nos ha costado mucho tranquilizarlo mientras estabas inconsciente.

La culpa me aguijoneó. Miré a Caine de soslayo. Era obvio que estaba muy preocupado por mí.

—Lo siento. Solo quiero... En parte quiero saber lo que sabéis y en parte no.

Caine intercambió una mirada con mi abuelo y se sentó a mi lado.

—Hemos pedido las imágenes de las cámaras de seguridad que hay fuera del edificio, y tengo amigos en el Departamento de Policía, así que se están moviendo rápido. También han repasado las imágenes de las cámaras de tráfico de la zona. En ellas se ve que fuiste abordada por un hombre que llevaba una sudadera negra con capucha y vaqueros también negros. Te rozó al pasar, se detuvo un momento y se marchó como si simplemente hubiera chocado contigo. No se quitó la capucha en ningún momento. Lo seguimos gracias a las cámaras de tráfico, pero lo perdimos en Faneuil Hall. La policía lo está buscando, pero de momento no hay pistas.

—Estamos investigando si alguien está resentido con Caine —terció el abuelo—. Pero también necesitamos saber si hubo alguien en tu pasado capaz de hacerte algo así.

La incredulidad me tenía paralizada.

—No. No se me ocurre nadie. Nadie que... Esto es algo... ¿Creéis que fue premeditado? —Estaba indignada y herida en más de un sentido—. ¿Por qué iba alguien a...?

La dureza en los ojos de Caine desapareció y me cogió la mano una vez más.

—No lo sé. Pero te prometo que voy a hacer todo lo posible por averiguarlo. De momento tengo seguridad privada protegiendo la habitación del hospital, y cuando te den el alta te llevaré a mi apartamento, donde vas a estar a salvo.

El horror me atenazó.

—Estás diciendo... ¿Estás diciendo que quien sea podría intentar matarme de nuevo?

Su silencio fue respuesta suficiente.

De pronto tenía más miedo que nunca. Me sentí acosada por la idea de que alguien estuviera a la espera de otra oportunidad para asesinarme. Jamás había temido salir de casa, caminar por la calle, pero ahora la sola idea de estar en un espacio abierto me causaba un terror profundo.

Jadeé. No podía respirar.

«No puedo respirar.»

Empecé a ver puntitos negros y me noté la piel sudorosa.

—Lexie. —Caine me apretó la mano y me apartó el pelo de la cara—. Respira profundamente, Lex. —Me lo demostró con el ejemplo.

Inspiró profundamente y soltó el aire poco a poco.

Me concentré en su cara y lo imité.

El pánico comenzó a aflojar su nudo mortal. Notaba las piernas y los brazos entumecidos y me sentía fatigada como nunca.

—¿Por qué está ocurriendo todo esto? —le susurré, cerrando los ojos.

Unos segundos más tarde sus labios cálidos me rozaron la frente.

—No voy a permitir que te pase nada.

Me relajé un poco más al calor de la voz ronca de Caine y sentí la oscuridad del sueño envolviéndome.

—Voy a tener que contárselo todo a Adele —oí decir a mi abuelo, como si hablara muy lejos—. Quiero ayudar en todo lo que pueda. No quiero dejar que Alexa haga frente a esto ella sola.

—No está sola. Me tiene a mí —dijo Caine con frialdad.

—Sí, pero ¿hasta cuándo?

—No te atrevas... Tú ni siquiera tienes derecho a estar aquí. Yo me ocuparé de Lex. Tú ocúpate de mantener la paz en tu familia, Edward. Lexie tiene claras tus prioridades. Serías un hipócrita si cambiaras de opinión ahora.

—¿Y eso me lo dices tú? Os estuve observando la noche del sábado y veo cómo te trata ahora. La has dejado.

—Nunca he dejado de ser su amigo. Ahora, lo último que necesita es que nos peleemos y, francamente, solo hay un Holland en esta habitación al que soporto, así que ¿por qué no haces lo que tan bien sabes hacer y te vas y dejas que yo me ocupe de ella?

—Es mi nieta, es de mi familia. Me voy a casa para hablarle a Adele de ella, y voy a traerla al hospital a conocer a su nieta. Y por Dios que nadie, ni siquiera tú ni tu guardia de seguridad, va a interponerse en mi camino.

Traté de seguir despierta para escuchar la respuesta de Caine, pero la oscuridad era demasiado cálida y acogedora...

27

Caine tuvo que irse del hospital. Eran muy estrictos con el horario de visitas, y aunque había llegado a un arreglo con ellos y con la policía para mantener a dos enormes guardias de seguridad ante mi puerta, no le permitieron quedarse. Me había olvidado de que habíamos roto y no quería que se fuera. Cuando me desperté mi abuelo se había ido y la policía estaba esperando para hablar conmigo. Caine estuvo a mi lado durante toda la conversación. Les conté todo lo que fui capaz de recordar, nada demasiado útil porque no le había visto la cara a mi atacante.

—Olía un poco a... —recordé—. A sudor rancio.

Los agentes se fueron con la cara sombría. Caine me apretaba tanto la mano que tuve que pedirle que no lo hiciera. Sabía que el ataque lo había dejado conmocionado y tenía que admitir que eso me aliviaba un poco el dolor de su rechazo. No me amaba, pero al menos se preocupaba por mí, y de momento me bastaba, porque estaba muerta de miedo y él era el único que me daba seguridad.

No quería que se fuera, y me pareció que él tampoco quería irse.

Así que, aunque no creía deberle nada, le brindé una sonrisa tranquilizadora y le dije que estaría bien.

—De todos modos estoy cansada. Dormiré toda la noche. Y has puesto a Stallone y a Schwarzenegger en mi puerta.

—Volveré mañana a primera hora. —Se puso la chaqueta con desgana y se inclinó a darme un beso en la frente. Vaciló y, en vez de besarme la sien, se inclinó un poco más y me besó los labios—. Intenta descansar.

Desconcertada, asentí y lo vi salir, preguntándome a qué demonios había venido aquel beso.

A la mañana siguiente me desperté antes de las horas de visita, dolorida. Angela, mi enfermera, me dio un calmante fuerte y me dijo que dejara de dar vueltas. Pero no podía evitarlo. Había dormido unas tres horas. Cualquier ruidito me despertaba y contenía sin darme cuenta la respiración, tratando de escuchar algo que no fuera el latir de la sangre en mis oídos. Me acordaba de que fuera había dos guardias de seguridad enormes y me quedaba adormilada hasta que el dolor agudo en el vientre volvía a despertarme.

El sueño intranquilo no es conveniente para las heridas por apuñalamiento.

Caine se presentó cuando empezó el horario de visita con pasteles y café. Me los puso delante y juro que, de haber querido él, me habría casado con él allí mismo.

—Gracias. —Le sonreí agradecida—. ¿Has dormido bien?

—Sí. ¿Y tú?

—También.

Ambos mentíamos. Parecía agotado y suponía que yo estaba hecha un desastre.

—Tengo un par de cosas que hacer hoy, pero Effie dijo que vendrá esta tarde. He llamado a Rachel para contarle lo ocurrido. Ha dicho que vendrá pronto. Yo me pasaré otra vez esta noche.

—Gracias —repetí—. En realidad, no tienes que cuidar de mí, ¿sabes?

Se enfadó.

—Lo que no significa que no te esté muy agradecida —me apresuré a asegurarle.

—Hay una posibilidad de que la persona que hizo esto lo hiciera para llegar hasta mí. —Se levantó bruscamente y empezó a ponerse la chaqueta—. No descansaré hasta llegar al fondo de la cuestión.

Yo no había hecho otra cosa que pensar en el posible culpable. Sabía que mi padre era capaz de hacer cosas bastante rastreras, y eso, unido al modo en que lo había estado tratando durante los últimos siete años y a que no sabía cómo lo había afectado la muerte de mi madre... Pero era absurdo. Descarté la idea, molesta por el simple hecho de habérmela planteado, tratando desesperadamente de pensar en quién más podía haber sido. Y aunque me fastidiaba que Caine estuviera en lo cierto, tuve una idea.

—¿Qué hay de esa mujer con la que estuviste hablando el sábado por la noche? Parecía estar amenazándote.

Le vi fruncir el ceño.

—Estoy casi seguro de que no fue ella, pero la estoy investigando también.

—Debemos contárselo a la policía.

—No —me espetó.

Palidecí, sintiendo de nuevo la desagradable sensación que había tenido el sábado.

—¿Por qué no?

—Porque... Confía en mí, por favor. —Me miró fijamente hasta que asentí, aunque sin demasiada convicción—. Estoy haciendo todo lo posible para averiguar a qué se debió el ataque, si fue algo fortuito o tiene que ver conmigo. No voy a parar hasta descubrir la verdad. Puedes creerme.

—¿Así que cuidas de mí porque te sientes culpable?

—Cuido de ti porque es lo que tengo que hacer.

Entorné los ojos. Volvía a portarse como «antes de que acuchillaran a Alexa».

—Guau, eso me hace sentir muy especial.

Caine suspiró.

—Ya te estás haciendo la listilla. Al parecer te encuentras mejor.

—Oh, sí. Un asaltante misterioso me rajó el vientre. Estoy contentísima.

Me dedicó una mirada oscura.

Resoplé.

—Puedes preocuparte por mí, ¿sabes? No voy a tomarme tu preocupación como una prueba de amor.

Nos medimos el uno al otro unos segundos y la mirada de Caine se fue suavizando.

—Lo lamento. Soy un capullo. Desde luego que estoy preocupado. Cuido de ti porque me preocupas, no por otro motivo.

—Como amiga tuya y nada más que eso —le aseguré, aunque se me partía el corazón—, lo aprecio y entiendo por qué lo haces. No espero que nada cambie porque me hayan apuñalado.

—¿Podrías dejar de repetirlo? —Apretó la mandíbula—. Cada vez que lo dices veo la escena.

—Disculpa.

Suspiró de nuevo, pero sonrió levemente, así que ya no estaba enfadado.

—Volveré esta noche.

En cuanto salió por la puerta me desplomé contra las almohadas y sentí las lágrimas quemándome los ojos. Odiaba admitirlo, pero la verdad era que su comportamiento del día anterior me había permitido volver a tener esperanzas. Su ternura, su afecto, la reacción tan violenta a lo que me había ocurrido tenían que significar que por fin se había dado cuenta de lo que sentía por mí.

Dios, había sido una completa imbécil.

—Cuando Caine me llamó me preocupé muchísimo. —Rachel se dejó caer en la silla, junto a mi cama—. Y entonces salí de casa y vi esto.

Dio una palmada al periódico sensacionalista y me lo dejó sobre las rodillas.

Una fotografía de Caine y mía ocupaba la mitad inferior de la primera página con el titular «La secretaria de Carraway atacada a la salida del *holding* financiero Carraway».

—¡Dios mío!

—Oh, y esto no es lo peor.
Cogí el periódico y lo leí en voz alta.

Ayer a la hora del almuerzo los empleados del distrito financiero, en plena hora punta, quedaron horrorizados al ver cómo la secretaria de Caine Carraway, Alexa Holland, era trasladada al hospital en ambulancia. Aunque no hubo testigos directos de los hechos, horas después se ha sabido que la señorita Holland, que aparece en la foto de arriba con el señor Carraway durante la gala benéfica de los Delaney para la investigación del Alzheimer que tuvo lugar la noche del sábado, fue brutalmente apuñalada frente al edificio Two International. Al parecer la señorita Holland se encuentra en pleno proceso de recuperación mientras la policía busca a su atacante.

No está claro si la señorita Holland fue víctima de un ataque premeditado o si, por el contrario, se encontraba en el lugar equivocado en el momento equivocado, pero lo que está claro es que el señor Carraway, del *holding* financiero Carraway, está haciendo uso de todos sus recursos para que quien atacó a su empleada sea llevado ante la justicia. Según una fuente de este diario, ha contratado seguridad privada para vigilar a la señorita Holland mientras permanezca ingresada en el hospital y está colaborando diligentemente con la policía para tratar de dar con el culpable. Todo esto plantea muchas preguntas, no solo sobre la naturaleza de la relación entre la hermosa secretaria y el rico consejero delegado, sino también acerca del misterioso secreto que parece rodear la familia de la señorita Holland. Según nuestro investigador, la señorita Holland es, en realidad, la hija de Alistair Holl...

Enmudecí.
—Vamos —me instó Rachel.

... la hija de Alistair Holland, el hijo del heredero de una fortuna en diamantes y empresario Edward Holland, que como es bien sabido desheredó por causas desconocidas a su primogénito hace casi veinte años. Alistair Holland se divorció de su esposa, Patricia Estelle Holland, dejándolos a ella y a su hijo Matthew para establecerse en Connecticut, donde se casó con Julie Brown, la madre de su hija, Alexa Holland. Edward Holland y su familia no han reconocido públicamente a la señorita Holland a pesar de que esta reside en Boston desde hace siete años. Edward Holland no ha querido hacer ningún comentario.

Miré a Rachel, que me miraba dolida.

—Rach —susurré.

—Mira. No pretendo restarle importancia al hecho de que has sido apuñalada y de que ahora mismo estoy muy asustada y muy alterada por lo que te ha pasado, pero no puedo creer que no me dijeras a qué familia perteneces. Quiero decir, sabía que tu padre era un hijo de puta, pero no sabía que fuera también de una de las familias más ricas y antiguas de Boston.

—No fue...

Me mordí el labio, preguntándome si mi abuelo le habría contado ya a mi abuela la noticia o si se habría enterado por la prensa sensacionalista. Me acordé de lo que le había dicho a Caine antes de dormirme, y de que su firme promesa había calmado un poco el daño que me había hecho. No por completo. Todavía no sabía cómo iba a perdonarlo, pero significaba mucho para mí que finalmente pensara en mí y no solo en su apellido. Estaba esperando que entrara por la puerta con mi abuela cuando había llegado Rachel. ¿Significaba aquella noticia en primera página que no aparecería?

—Esa rama de mi familia... Tengo sentimientos amargos al respecto. Lo cierto es que mi padre tuvo una aventura con mi madre y la mantuvo oculta durante años. Cuando mi abuelo lo desheredó, su mujer se divorció de él. Fue entonces cuando llegó, arrastrándose, a nosotras. No supe nada de la herencia ni del divorcio hasta hace siete años.

—Espera ... —Rachel frunció el ceño—. ¿Por qué lo desheredó tu abuelo?

Inspiré profundamente pensando en lo terrible que era la respuesta.

—No me corresponde a mí contártelo, Rach.

Por suerte, se conformó con eso.

—Así que en todo este tiempo no le has dicho a ningún Holland que vives en Boston.

—Mi abuelo lo sabía —admití tímidamente—. Nos hemos estado viendo a escondidas.

—Guau. —Me miró compasiva—. Tienes una vida muy complicada.

—No sabes hasta qué punto.

Me cogió la mano y me la apretó.

—Quiero que sepas que estoy aquí por ti. Entiendo que no pudieras contar nada de esto, pero ahora puedes hacerlo. Nadie debería tener que lidiar solo con toda esta mierda. Te quiero, Lex. Casi me da un infarto cuando Caine llamó para decirme lo que había pasado. Eres como de la familia. ¿Está claro?

Se me llenaron los ojos de lágrimas. Esta vez por un buen motivo.

—Gracias, Rach. Yo también te quiero.

Rachel se quedó un rato más, distrayéndome de la terrible situación en la que me encontraba, chismorreando sobre sus vecinos y los hijos de sus vecinos. Aunque era un poco injusto por su parte quejarse de cualquier otro crío del vecindario teniendo en cuenta cómo se las gastaba Maisy, la dejé explayarse porque, a su modo, Rachel era para mí como un bálsamo. Trajo la normalidad hasta la cama de aquel hospital, y yo necesitaba más que nada normalidad.

Salía ya de la habitación cuando mi abuelo llegó, solo.

Miré más allá de él, expectante, pero cerró la puerta tras él.

Se acercó y me dio un apretón cariñoso en la mano.

—Anoche se lo conté a Adele, cariño, pero ella es... Necesitará tiempo. Y con la noticia en primera página...

Traté de apartar la mano.

—Entiendo.

El abuelo no me soltó.

—Lo que no entiendes es que te amo y siempre te amaré. Cometí un error, Alexa, un terrible error del que me he estado arrepintiendo desde esa noche. Traté, a mi manera, de hacer las cosas bien, pero ese tipo de cosas no pueden hacerse bien. Lo siento. Siento haberte hecho daño y que te sientas traicionada, pero lo que más siento es que mi espantoso comportamiento te haya hecho dudar de mi amor por ti.

Las lágrimas me ardían en los ojos.

—Me siento muy sola.

—Nunca vuelvas a creer que lo estás. Me ha costado mucho tiempo, pero estoy aquí. No estás sola.

—Ojalá fuera tan sencillo.

—Hará falta tiempo. Puedo esperar.

Y empezó a esperar en aquel mismo instante, mientra yo, sentada en silencio, empezaba a tratar de perdonarlo.

Un rato después, mi abuelo y yo nos habíamos puesto a hablar un poco cuando Angela entró, nerviosa. Frunció el ceño mirando a Don, uno de los guardias de seguridad, mientras la puerta se cerraba.

—Son realmente desagradables —me dijo—. Fuera hay un individuo bajito y frenético que dice ser amigo suyo. Dice que se llama Benito.

«Dios.»

Me pregunté si un apuñalamiento garantizaba el perdón.

—Dile que pase.

Abrió la puerta de la habitación.

—Puede pasar, capullo —le espetó a Don cuando salió.

Reí y la herida me provocó una mueca de dolor. Tendría que evitar reírme durante una temporada. Benito entró y se quedó parado en cuanto me vio. Fue como verlo darse contra un muro. Palideció, mirando la escena con sus grandes ojos redondos.

—Oh, Dios mío. —Vino corriendo y me cogió la mano—. Alexa... He venido tan pronto como lo he sabido.

Le sonreí, confusa.

—Me alegro de verte, Benito. —«¿Qué haces aquí?»

Miró a mi abuelo, arqueando las cejas.

No quise darle explicaciones a Benito.

El abuelo se aclaró la garganta y se levantó.

—Te dejo a solas con tu amigo. —Se inclinó a darme un beso dulce en la frente—. Volveré mañana.

Asentí, moviéndome con precaución, y lo vi marcharse. Tuve que admitir que sentía cierto alivio por haberme decidido a salvar la brecha que nos separaba.

Benito me apretó la mano.

—¿Edward Holland es tu abuelo?

—No vamos a hablar de eso —le advertí.

Me soltó la mano para acercar la silla a la cama. Las patas chirriaron. Encontré aquel ruido muy molesto, pero esperé a que me explicara el motivo de su visita.

—Me siento fatal —empezó a decirme, gesticulando mucho—. No estarías en la cama de un hospital si no te hubiera despedido.

Resoplé, incrédula.

—¿Y has llegado a esa conclusión porque...?

—Ayer estuve trabajando en una sesión fotográfica en Nueva York. Y tú habrías estado allí conmigo, lejos del Two Internacional.

Ah. Ahora lo entendía. Benito pensaba que había sido un ataque fortuito, que no iba dirigido contra mí en particular. Yo, sin embargo, seguía convencida de que los secretos de Caine lo habían propiciado.

—No lo sabemos —lo tranquilicé—. No estamos seguros de lo que está pasando.

—Todo lo que sé es que me siento un malnacido por haberte despedido. La culpa ha estado atormentándome toda la mañana. He venido a disculparme.

La verdad era que no lamentaba que Benito me hubiera echado. Su despido me había cambiado la vida. De acuerdo que no estaba en mi mejor momento, pero los meses previos al ataque habían sido los más increíbles de mi vida. Aunque las cosas se habían vuelto una mierda, al menos me estaba replanteando mi futuro. Si Benito no me hubiera despedido habría seguido trabajando con él, como un satélite alrededor de la carrera de otra persona.

—No tienes por qué.

—Déjame hacerlo —me espetó con impaciencia.

—De acuerdo. —Suspiré—. Disculpa aceptada.

Achicó los ojos

—Ya podrías ser un poco más amable.

Arqueé una ceja.

—Vale. —Hizo una mueca, mirándome el vientre—. ¿Cómo te sientes?

Sus manos revolotearon sobre la herida como si tuviera miedo a que de un momento a otro pudiera convertirme en la teniente Ripley y un pequeño *alien* fuera a saltar sobre él.

—Como si estuviera preñada.

—¿Qué? —Me miró, confundido.

—Nada —murmuré.

—He echado de menos tu extraño sentido del humor, Alexa. —Me dio unas palmaditas en la mano con condescendencia.

Francamente, no creía tener un extraño sentido del humor, lo que pasaba era que Benito carecía de sentido del humor.

—Hay otra razón por la que he venido a verte.

—¿En serio?

«Por favor, no me ofrezcas mi antiguo trabajo.»

Iba a ser muy difícil rechazarlo, y sabía que me convenía volver a empezar.

—Antoine Faucheux me llamó hace unos días.

Aquello despertó mi interés. Lo insté a seguir.

—Al parecer, su hermana Renée está buscando ayudante para su empresa de gestión de eventos. En París. Es una empresa muy importante. Se ocupa de las bodas de la alta sociedad, de las fiestas de inauguración... Antoine quiere sugerirle tu nombre a su hermana, y me llamó para pedirme que te perdonara el tiempo suficiente para escribirte una carta de recomendación maravillosa.

Me quedé en silencio, mirándole, procesando lo que me decía. Un trabajo. En París. En gestión de eventos.

¿Iba en serio?

Benito hizo una mueca.

—¿No vas a decir nada?

—Estoy tratando de asimilarlo. ¿Acabas de decirme que alguien me está ofreciendo el trabajo de mis sueños, y lo hace justo al día siguiente de que algún psicópata me clavara un cuchillo en el vientre? Es un poco... abrumador.

—Por supuesto, querida. —Volvió a darme palmaditas en la mano, pero esta vez me miraba como si temiera que me pusiera a gritar llamando a la enfermera Ratched.

Había olvidado lo complicado que Benito podía llegar a ser.

—¿Le darás buenas referencias de mí?

—¿Qué clase de monstruo sería si no lo hiciera?

—Eso es un sí, ¿verdad?

Puso los ojos en blanco.

—Sí.

—Guau.

Eso lo cambiaba todo. Podría empezar de nuevo en París. No tendría que aguantar el más que probable rechazo de mi abuela y el resto de reacciones de los Holland a mi presencia en la ciudad. Estaría haciendo algo que siempre había querido hacer. ¡Y viviría en París! Escaparía del atacante, se debiera a lo que se debiese aquel infierno de situación.

Lo que más me seducía de aceptar un trabajo en París era que no tendría que preocuparme por tropezarme con Caine nunca más. Podría recoger los pedazos de mi corazón roto y llevármelos a otro continente. Eso me tranquilizaba. Tal vez en París tuviera ocasión de seguir adelante.

Mientras que si me quedaba en Boston, todo me recordaría a Caine.

—¿Qué pasa con esto? —Me señalé el vientre—. El médico dice que estaré convaleciente entre cuatro y seis semanas.

—Bueno, estoy seguro de que podrás llegar a un acuerdo con la hermana de Antoine.

Le dediqué una sonrisa sincera.

—Muchas gracias, Benito.

Él también sonrió.

—¿Estoy perdonado?

Reí.

—Estás perdonado.

28

Era una tortura.

El familiar y delicioso aroma de la colonia de Caine me hizo cosquillas en la nariz, y en otros lugares menos inocentes. Me abrazaba a su cuello mientras me llevaba en brazos, pegada a su fuerte cuerpo. Me quedé mirando con tristeza sus labios, que flotaban cerca de mi cara, y reprimí el impulso de darle un beso.

—¿Sabes? Con todo el dinero que tienes podrías haber instalado un ascensor en el ático y no tendrías que subirme en brazos —protesté medio en broma cuando me acostó en la cama de la habitación de invitados.

Me escrutó, con el ceño fruncido.

—¿Te he hecho daño?

El trayecto desde el hospital hasta el apartamento de Caine no había sido precisamente cómodo, pero no, no me había hecho daño. Al menos no físicamente.

—No —murmuré, y aparté la mirada.

Suspiró.

—¿Sigues enfadada conmigo?

«Sí, pero por una razón distinta. —Lo fulminé con la mirada. ¿Por qué no se apartaba?—. ¡Apártate de mí!»

—Sí.

—Trato de protegerte. —Se apartó y suspiré aliviada.

—Podría haberme quedado con Rach. Se ofreció a cuidarme.

—¿Y soportar a un niña de cuatro años que no tendría ninguna consideración contigo por el hecho de estar herida? Sin duda, una buena forma de que se te soltaran los puntos.

Como no podía discutírselo, seguí mirándolo furiosa.

Me sonrió.

—Nunca hubiera imaginado que serías tan mala paciente.

—Oh, me alegro de que esto te divierta. —Gemí cuando me incorporé para sentarme, y Caine se apresuró a ayudarme.

Lo detuve con un gesto. Ya tenía bastante de que me tocara un hombre al que ya no tenía derecho a tocar.

Mientras estaba en el hospital, alguien me había preparado la habitación de invitados de Caine. Siempre había sido preciosa, pero ahora había una televisión y un reproductor de DVD frente a la cama y una estantería con libros y revistas en un rincón, además de un e-book y un portátil en la mesilla de noche junto con... ¿Agujas de tejer? Me quedé mirándolas unos segundos y luego interrogué a Caine con la mirada.

Divertido, se explicó.

—Effie dice que tejer calma el alma.

—¿Parezco una mujer a la que le gusta hacer punto?

—No, pero tienes un punto de...

—Oh, genial, me apuñalan y te vuelves encantador.

—En serio. —Se acercó a ahuecarme las almohadas como la perfecta niñera—. ¿Qué mosca te ha picado desde que hemos salido del hospital?

—Tú. —Le aparté las manos de las almohadas—. ¡Tú, tú, tú! —¿Podía de verdad no ver lo difícil que me resultaba?—. Ya es bastante malo que tenga que quedarme aquí durante la recuperación. Podrías ayudarme un poco alejándote de mí.

Pareció sorprendido por mi arrebato..., hasta que poco a poco vi la comprensión llegar a su rostro. Se apartó de la cama.

—Tengo que estar aquí para ayudarte, Lex. Es inevitable.

Asentí con la cabeza y desvié la mirada, sintiéndome muy vulnerable ahora que le había dicho lo mucho que me afectaba que se me acercara.

—Pero Effie estará aquí la mayor parte del tiempo, ¿no?

—Sí.

—Bien.

—Supongo que no quieres ver una película conmigo, entonces.

Me dolió el pecho al recordar nuestra primera noche de cine juntos.

«Podríamos quedarnos así para siempre...»

Me quité aquello de la cabeza y cogí el portátil.

—Esta noche no.

Captó la indirecta y se dispuso a irse. Se detuvo en el umbral.

—¿Puedo traerte algo antes de dejarte sola el resto de la noche?

«¿Va a dejarme sola toda la noche?»

El pánico debió reflejarse en mi rostro, porque se ablandó.

—Me refería a sola en esta habitación. Estaré al final del pasillo.

La idea de que durmiera en el mismo pasillo que yo me frustró más todavía. Maldije mis sentimientos, tan complicados. Quería que estuviera, pero no quería que estuviera. ¡Qué gracia!

—Un vaso de agua.

Asintió, al parecer complacido de tener algo que hacer.

—Enseguida te lo traigo.

En cuanto se marchó exhalé despacio.

Oía mentalmente a Effie insistiendo en que no renunciara a Caine, instándome a seguir insistiendo hasta que me contara sus secretos.

En aquel momento estaba demasiado cabreada. Sabía que toda mi ira se debía a que el ataque me había asustado. Odiaba que me hicieran sentir como una víctima. Ese sentimiento se iba filtrando en todos los aspectos de mi vida. Me parecía que me estaba traicionando (lo consideraba más una debilidad que una fuerza) si luchaba por Caine cuando él se resistía tanto.

—Si no salgo pronto de esta habitación voy a gritar.

Effie me lanzó una severa mirada de advertencia.

—Si gritas no te prepararé más pasteles.

—Bien. Estoy engordando.

—Uf. Has estado comiendo como un pajarito desde que llegaste. La única razón por la que no te has desvanecido ante mis ojos son mis pasteles.

—Effie —gemí como una niña—. Necesito aire fresco. Por lo menos déjame salir a la terraza.

Para ser justos llevaba metida en la habitación de invitados de Caine toda la semana. Effie se dejaba caer por el apartamento mientras él estaba en la oficina. Apreciaba su ayuda más de lo que podía expresar. Se quedaba para asegurarse de que entraba y salía de la ducha sin hacerme daño. Me ayudaba todos los días a cambiarme de ropa y demostró ser, una vez más, bastante ágil y fuerte para su edad. Effie era también un gran canguro, porque a ratos me hacía compañía y otros se iba a la planta baja y me dejaba espacio. Además de Effie, otra persona con la que podía contar era con la señora de la limpieza de Caine, Donna, que estaba conmigo las dos veces por semana que venía a trabajar. Antes no la conocía y yo estaba bastante incómoda por las circunstancias. Aparte de Effie y Donna, Rachel y Sofie se dejaron caer también un par de veces, al igual que Henry y Nadia. Esos dos me entretenían incluso sin proponérselo. Era la fascinada testigo de la interacción de Henry con ella. La observaba constantemente con ternura, de una manera que no le había visto hacer con nadie. En cuanto a Nadia, estaba claramente enamorada de él. Cruzaba los dedos por ellos, porque Nadia me gustaba de verdad, y porque había llegado a encariñarme con Henry en los últimos meses. Alguien tenía que conseguir un «felices para siempre» al final de todo aquello.

En cuanto a mi abuelo, me iba llamando. Obviamente, habría sido injusto pedirle a Caine que le permitiera visitarme en su apartamento, así que solo charlábamos por teléfono. Seguía lidiando con las consecuencias de que su familia hubiera descubierto que yo estaba en Boston y con el hecho de haberse estado viendo conmigo a sus espaldas durante todo aquel tiempo. Al parecer hablaban mucho sin llegar a ninguna conclusión.

Creo que era su forma educada de evitar decirme que el resto de la familia, incluida mi abuela, no quería tener nada que ver conmigo.

Eso me dolía mucho y, sumado al rechazo de Caine, podría haberse convertido en la gran depresión del siglo XXI. Pero tenía otras cosas de las que preocuparme. Por ejemplo, del hecho de que todavía no había ninguna pista sobre la identidad de mi atacante.

—Eres una paciente terrible. Sabes que es por tu propia seguridad, así que no, no puedo dejarte salir a la terraza —se quejó Effie.

—Estamos Dios sabe a cuántos pisos de altura —me burlé—. Caine no creerá que ese tipo puede atacarme en la terraza, ¿verdad? Tendría que tener un fusil de largo alcance.

Effie palideció.

El corazón se me desbocó.

—No. Caine no puede considerarlo ni siquiera una posibilidad remota, ¿verdad? Quiero decir... Eso es... Sería una locura.

—Cariño, eso es bastante improbable, y Caine lo sabe. Pero ahora está paranoico en lo que a tu seguridad se refiere. Tú no lo viste cuando llegó a casa del hospital la primera noche. Estaba destrozado. Así que concédele esto al menos.

—¿Destrozado? —susurré, con el corazón acelerado por una razón diferente ahora.

—Te dije que siguieras luchando por una razón, Lexie. ¿De verdad crees que un hombre como Caine permite a alguien entrar en su vida como has hecho tú porque «se preocupa por ti»? —Esta vez era ella la que se burlaba—. No. Los sentimientos tienen que ser un poco más intensos.

—También te ha permitido a ti entrar en su vida —argumenté.

Se le iluminó la cara.

—Porque me quiere.

—A mí no me quiere.

—No. Solo está loco por ti. Hay una diferencia.

—No me hagas esto —le supliqué—. Me dijo mirándome a los ojos que no me amaba. No necesito que me des falsas esperanzas.

Effie frunció el ceño.

—No, lo que tú necesitas es una patada en el culo. Te dije que insistieras.

—Y yo te dije que todavía estoy demasiado cabreada para hacer otra cosa que no sea estar cabreada.

—Vas a tener que superarlo. Es una forma de ser muy fea.

Achiqué los ojos, indignada.

—Intenta ponerte en mi lugar y sentir mi furia. Alguien me puso en esta cama, alguien a quien no han encontrado todavía. Estoy sentada en este apartamento y me siento como un animal perseguido. Y durante este encierro quien me cuida es la persona a quien amo más de lo que nunca he amado a nadie, pero que me rechazó. Por favor, dime cómo puedo dejar de estar enfadada y dejaré de estarlo.

Effie se inclinó hacia delante, mirándome con dulzura.

—Te dices a ti misma que estando enfadada y amargada y sintiéndote perseguida le das al hijo de puta que te hizo esto demasiado poder. Te lo quitas de la cabeza y te concentras en mantenerte a salvo y mejorarte, y en obligar a Caine a darse cuenta de que no puede vivir sin ti. En vez de apartarlo (sí, me dijo que apenas dejas que se te acerque), te mantienes pegada a él, pasas todo el proceso de recuperación a su lado recordándole exactamente a qué está renunciando si te deja. Y justo cuando lo tengas donde quieres, entras a matar y lo obligas a que te dé las respuestas que mereces escuchar.

Dejé que el consejo de Effie me llegara hasta las entrañas.

Nos quedamos sentadas en silencio unos diez minutos, hasta que hube asimilado lo que me había dicho. Mientras ojeaba como si nada una revista sensacionalista, como si no acabara de regalarme la perla de sabiduría que había estado necesitando desesperadamente desde hacía días.

—¿Cómo has llegado a ser tan sabia, Effie? —le dije por fin.

—He sobrevivido setenta y siete años en este planeta —me respondió con ironía—, y tomando las decisiones correctas he logrado vivir durante casi todos ellos.

Oí las voces de Effie y Caine desde el dormitorio y me preparé. Me esforcé por escuchar lo que decían, pero sin suerte. Oí, sin embargo, cómo se cerraba la puerta de la entrada y contuve la respiración. Durante los últimos cinco días, cuando Caine volvía del trabajo, lo primero que hacía era subir a asegurarse de que estaba bien.

Por lo general me quejaba de que estaba aburrida, pero le decía que me encontraba bien; entonces él se ofrecía a traerme algo, le pedía lo que fuera, se marchaba y volvía con ello. Eso era todo.

Después de dar muchas vueltas al consejo de Effie, renuncié con decisión a la amarga ira que se había estado apoderando de mí y me agarré con fuerza a mi espíritu combativo.

Se me aceleró el pulso al oír el sonido de los pasos de Caine en las escaleras. Cuanto más cerca estaba, más rápido me latía el corazón.

De pronto estaba en la puerta mirándome con cara de agotamiento. Como siempre, una punzada dolorosa me atravesó el pecho al verlo.

—Hola —le dije.

Me sonrió con cansancio.

—Hola. ¿Qué tal hoy?

Me encogí de hombros.

—Aburrido. ¿Y tú qué tal?

Se le ensombreció el rostro.

—Nada todavía.

—Lo pillarás.

Me miró sorprendido y agradecido.

—¿Puedo traerte algo?

Inspiré profundamente.

«Allá voy.»

—¿Qué tal comida vegetariana? Podríamos pedirla. Ver una película.

Dudó.

—Oh. Si tienes trabajo, lo entiendo perfectamente. —Le sonreí a pesar de la decepción.

—No. —Negó con la cabeza—. Puede esperar. Tomar comida vegetariana contigo suena muy bien. ¿Qué te apetece que pidamos?

Escondí una sonrisa complacida y me encogí de hombros.

—Tú eliges. La película también.

No mucho después Caine estaba tendido en la cama junto a mí. Se había quitado el traje e iba en chándal y camiseta. Los envases del chino estaban en medio de la cama, entre ambos, y estábamos viendo una vieja película de Jean-Claude Van Damme.

—Ahora, ¿ves? —Señalé hacia la pantalla con los palillos—. Si fueras capaz de hacer eso posiblemente gobernarías el mundo.

Caine soltó una risita.

—¿Qué? ¿Tan cerca estoy? ¿Solo necesito aprender a saltar sobre un montón de cajas, hacerlas pedazos y aterrizar en esa posición sobre un mostrador?

—¡Sí! —insistí—. Acto seguido dominarás el mundo.

—Pues cuidado, mundo, porque allá voy.

Me reí.

—No se pueden partir cajas como esas de un salto.

Me miró con fingido enojo.

—Yo puedo hacer todo lo que me proponga, pequeña.

Disimulando la emoción que sentía porque había vuelto a usar aquel apelativo cariñoso, negué con cabeza.

—¿Sabes? Tu falta de confianza en ti mismo es bastante embarazosa. Deberías trabajar ese aspecto.

Caine se limitó a sonreír y pinchó un poco de mi cerdo *moo shu*.

Lo miré con cautela. Effie tenía razón.

Podría conseguirlo.
Solo hacía falta sigilo.

Fui sigilosa con Caine toda la semana siguiente.

Comenzaba a sentirme al fin un poco mejor. El médico había dicho que tenía que levantarme, que hacer un poco de «ejercicio suave» lo había llamado, así que pasaba mucho más tiempo en la planta baja. La frustración de Caine iba en aumento cada vez que tanto él como la policía llegaban a otro callejón sin salida en lo que a sospechosos se refería. Entendía que el tiempo que quería pasar conmigo le estaba pasando factura en el trabajo. Que no se quedara hasta las tantas en la oficina y no viajara por negocios implicaba que otra persona se ocupaba de todo eso, y sabía que era un fanático del control que detestaba delegar.

Así que cuando regresaba a casa por las noches traía consigo su mal humor como un sudario negro. Solo se relajaba cuando se quitaba el traje y se tumbaba conmigo para ver películas. Veíamos muchas películas y hablábamos. Sin embargo, nunca hablábamos de temas serios.

No sabía si era la falta de seriedad de nuestras conversaciones lo que me impedía atacar por sorpresa a Caine, pero por lo que podía ver, a pesar de nuestra cercanía, seguía tan lejos como el primer día de que me dejara entrar en su vida.

Pensé que tal vez estaba siendo demasiado prudente, así que, una noche, mientras estábamos viendo una película de Brad Pitt sobre Jesse James me decidí a pasar del sigilo y entrar a matar.

Caine estaba sentado con las largas piernas estiradas sobre la mesita de café. Yo estaba reclinada en la otra punta del sofá con las mías sobre su regazo. Estudié su perfil mientras él veía la película y, de no haber estado herida, entrar a matar hubiera tenido un enfoque mucho más físico.

Pero como tenía una herida en el estómago, tendría que conformarme con un ataque verbal.

—¿Puedes soportarlo? —le solté, refiriéndome a si podía soportar que entre nosotros solo hubiera una amistad.

Se volvió hacia mí y supe que había notado algo en mi voz que lo había alertado. Se había tensado.

—Alexa.

Le sonreí con tristeza.

—Siempre me llamas «Alexa» cuando no estás contento conmigo.

—No es cierto. —Le brillaban los ojos y me ruboricé de los pies a la cabeza.

Ah, sí. A veces me llamaba «Alexa» en la cama.

—Hablando de...

Volvió a mirar a la pantalla.

—No eches esto a perder. Fuera de estos muros, la vida está jodida. Esto... Esto es lo único que tengo. No lo eches a perder.

Dudé, con ganas de hacer lo que me pedía ya que estaba cuidando de mí. Pero no podía.

—Esto... Esto no es real.

—Gilipolleces —me espetó, fulminándome con la mirada. Parecía sinceramente ofendido por mi afirmación acerca de nuestra amistad—. Es lo único real. —Soltó un improperio, pero se calló y volvió a mirar la pantalla.

—Si lo que dices fuera cierto, no habría secretos entre nosotros.

La respuesta de Caine fue apartar suavemente mis piernas de su regazo, ponerse en pie y cruzar el amplio salón. Subió al piso de arriba. Todo el tiempo tuve el estómago encogido.

Regresó al cabo de media hora vestido con una camisa y pantalones, con el pelo recién lavado y cepillado.

—Voy a salir. —Me miró por encima del hombro antes de coger las llaves del coche.

La puerta se cerró.

Cerré los ojos y las lágrimas cayeron por mis mejillas. Enterré la cara en el sofá para ahogar los sollozos.

Un minuto después noté que me tocaban el hombro y miré

quién era sin apartarme la melena de la cara. Effie estaba a mi lado, sentada en el sofá, mirándome compasiva.

—Caine me ha pedido que te haga compañía mientras esté fuera.

Me puse de lado con cuidado para apoyar la cabeza en su regazo y lloré a moco tendido, furiosa de que el muy cabrón tuviera la capacidad de hacerme tanto daño.

29

—Bueno, parece que todo va bien. No hay signos de infección —dijo Liz.

Me quedé mirando a la enfermera que me hacía las curas un poco aturdida. Me sentía así desde que había salido por primera vez del apartamento de Caine escoltado por este, Arnie y Sly.

—He tomado el antibiótico, como me dijo —murmuré.

—Bien. Ahora que le he quitado las grapas, intente no olvidar que tiene una herida. Faltan por lo menos dos semanas para su completa cicatrización.

—Tardaré mucho en olvidarlo.

Me sonrió compasiva.

—Espero que no. ¿Han encontrado ya al responsable?

—No. —Me levanté para irme y Liz me sujetó—. Estoy dispuesta a seguir con mi vida, ¿sabe?, pero es como tener la soga al cuello...

Me apretó el brazo.

—Espero que lo atrapen pronto.

Sonreí agradecida y me acompañó hasta la sala de espera, donde Caine hablaba en voz baja por el móvil mientras Arnie y Sly vigilaban los accesos. En realidad, se llamaban Griff y Don, pero respondían con buen humor a los apodos que les había puesto.

Caine nos vio y colgó enseguida. Se guardó el móvil en el bolsillo y se nos acercó. Fue a Liz a quien se dirigió.

—¿Va todo bien?

—Hemos quitado las grapas. No hay infección. Lexie se está recuperando.

—Estupendo. —Le lancé una mirada mordaz—. Podré volver a casa.

Caine frunció el ceño.

—Si te refieres a la mía, entonces sí, puedes volver a casa.

—Caine...

—No discutas. —Me pasó el brazo por la cintura, dio las gracias a Liz, y me guio hacia la salida.

Sonreí por encima del hombro a Liz, agradecida. Traté de ignorar el cuerpo de Caine pegado al mío. Podía caminar sin necesidad de ayuda, pero no quería montar una escena en el hospital exigiéndole que me soltara.

Después de su marcha la noche anterior, Effie me había ayudado a subir al piso de arriba y me había acostado. No hacía falta decir nada. Creo que Effie estaba furiosa con Caine y, ahora sí, comprendía que había llegado el momento de que yo dejara de luchar por él. Cuando lo escuché regresar de su paseo al cabo de un rato, esperaba que viniera a mi habitación. ¿Para qué? No lo sabía. Para que me dijera algo, lo que fuera. Sin embargo, no vino, y fue entonces cuando decidí que era hora de tirar la toalla. Acostada en la cama hice una lista de todas las cosas que tenía que poner en orden en mi vida y que no giraban alrededor de Caine.

Resolver mi crisis profesional parecía un buen punto de partida. Renée, la hermana de Antoine, se había puesto en contacto conmigo y me había concedido dos semanas para pensarme su oferta antes de buscar a otra persona. Antoine me había enviado un par de correos en los últimos catorce días, pontificando acerca de las delicias y los beneficios de vivir en París. En el transcurso de la última semana me había prometido que, si lograba que Caine confiara en mí, me quedaría en Boston, a pesar de lo cual tendría que buscar otro trabajo, porque no podía seguir siendo su secretaria si nos embarcábamos en una relación seria.

Ahora, sin embargo, me planteaba aceptar la oferta de Renée.

Antes de pensar en París, sin embargo, tendría que enfrentarme a mi padre. Teníamos que aclarar muchas cosas. No podía quitarme de la cabeza que me había planteado la posibilidad de que hubiera querido hacerme daño, que por un momento había llegado a creer que él era el culpable de la agresión. Me horrorizaba habérmelo planteado siquiera. De hecho, más que horrorizada estaba convencida de que nunca podría empezar de nuevo en ninguna parte hasta que no terminara lo que tenía pendiente con mi padre. Debía hablar con él, y rogaba a Dios que consiguiera hacerme entender mejor sus actos. Si lo conseguía, podría perdonar a mi madre por elegirlo a él en lugar de a mí. Después de todo, el dolor que me había causado la elección de mi madre era la causa de todos mis problemas. ¿Cómo iba a pasar página y seguir adelante en París si no había asumido todo aquel dolor, todo aquel rechazo? No podría. Seguiría cargando con aquel peso.

—Estás muy callada. ¿Te duele? —me preguntó Caine al subir al coche.

—Estoy un poco dolorida, pero me encuentro bien. Realmente me gustaría que me dejaras volver a mi apartamento.

Suspiró.

—Hasta que demos con quien te hizo eso, no.

—¿Y si no lo encontramos?

—Entonces ya veremos.

—Te advierto que asumiré el riesgo.

No dijo nada. Lo miré. Miraba por la ventanilla, y en su reflejo vi una sombra de sonrisa.

Estuve a punto de decirle que iba a perderse todos mis comentarios de listilla, pero sabía que su respuesta, o más probablemente su silencio, me dolería más que las grapas que acababan de quitarme.

Volvimos al apartamento de Caine en silencio. Arnie y Sly subieron con nosotros y se marcharon después de comprobar que dentro no acechaba ningún peligro. Estaba harta de tanta seguridad. Dada la falta de pistas acerca de mi atacante, empezaba a sospechar que me había apuñalado un psicópata, al azar, en la calle. Las medidas de seguridad y el encierro en aquel apartamento me parecían excesivos.

—Tengo que volver al trabajo, pero Effie llegará pronto —me dijo Caine.

—Ya no hace falta que Effie venga. —Me quité los zapatos, y alcé una mano para detener a Caine, que se disponía a ayudarme—. Puedo arreglármelas sola. Estoy segura de que tiene cosas mejores que hacer que ayudarte a tenerme prisionera.

—No será por mucho tiempo, Lexie.

—¿Cómo te sentirías tú en mi lugar? —Fruncí el ceño, apoyándome en la pared en busca de equilibrio—. ¿No estarías agobiado?

En lugar de responder, porque no era necesario, dado que los dos sabíamos que también estaría agobiado, me recordó que lo llamara si necesitaba algo y se fue.

No lo llamé porque estaba decidida a no necesitar a aquel atractivo cabronazo nunca más.

Tal vez fuera la frustración lo que me hizo ir de un lado para otro del apartamento más de lo habitual aquella noche. Ahora que estaba decidida a ir a ver a mi padre antes de aceptar la oferta de Renée, quería hacerlo cuanto antes. Había tomado la decisión y quería empezar a vivir en función de esa decisión por muchas razones, entre ellas porque me distraería de pensar en dejar a Caine de una vez por todas. Porque cada vez que lo pensaba, la idea de no volver a verlo nunca más me daba miedo y me sentía desolada.

Y cualquier cosa era mejor que sentirme así.

Para no sentirme de aquel modo había pasado el día y parte de la noche haciendo planes. Le había escrito un correo electrónico a Renée en lugar de llamarla, porque había seis horas de diferencia horaria y en París era muy tarde. Esperaba tener noticias suyas a la mañana siguiente. Luego me había conectado para buscar apartamento. Como la tarea me superaba, había mandado un correo electrónico a Antoine pidiéndole consejo y había recibido su respuesta entusiasta prometiéndome hacer averiguaciones por la mañana.

Luego me había puesto a dar vueltas por el ático antes de acostarme temprano para evitar a Caine.

Me desperté en plena noche con dolor por culpa de tanto paseo y tanto desasosiego. Refunfuñando por mi estupidez, me levanté y bajé despacio y sin hacer ruido a la cocina, donde había dejado los calmantes. Estaba segura de haber dejado las pastillas en la encimera, pero no las encontré.

Me pasé los siguientes cinco minutos abriendo armarios y cajones. El dolor iba en aumento pero seguía sin encontrarlas. Maldije exasperada por la habitación tenuemente iluminada, tratando de acordarme de dónde diablos había puesto las pastillas. Me fijé en la mesa auxiliar situada cerca de la zona del comedor. Nunca la había usado porque hacía juego con la mesa del comedor y parecía más una obra de arte que un mueble, pero tal vez Effie hubiera guardado los calmantes al venir después de que Caine se fuera. Tan pronto como había aparecido le había dicho que agradecía que pasara tanto tiempo conmigo, pero que ya no necesitaba una niñera. Era de la misma opinión, por lo visto, porque después de prepararme café y darme un poco de conversación se había marchado.

Resoplé. Adoraba a Effie, pero cada vez que venía había algo que después no era capaz de encontrar porque lo había cambiado de sitio. No entendía cómo alguien con una casa tan desordenada como la suya podía ser una obsesa del orden en la de Caine.

Abrí el cajón de la mesa auxiliar y revolví el contenido, consistente en un batiburrillo de cosas. Nada. Ni rastro de los calmantes.

Estaba a punto de cerrar el cajón cuando algo que brillaba me llamó la atención. Se trataba de unas fotografías. Caine no tenía fotos enmarcadas y ni siquiera había visto ninguna guardada hasta ese momento. Decidí curiosear.

Saqué el montón de fotografías y las acerqué a la luz. La sensación de derrota y la decepción que sentía por mi relación con Caine alcanzaron de repente nuevas cotas de complejidad.

En todas las fotos salía yo. Había seis, y me acordé de que las habíamos tomado con su móvil. Dos las había hecho yo. Eran *selfies* de los dos en la cama. En una yo apoyaba la cabeza en la suya y sonreía a la cámara mientras que él parecía atolondrado. En la otra yo sostenía la cámara en alto mientras lo besaba.

Las otras cuatro fotografías las había tomado Caine. En una estaba tumbada en la cama, boca abajo, con la sábana hasta la cintura. Era una fotografía recatada pero sensual, porque aunque no enseñaba nada, miraba la cámara de un modo inaudito, con tremendo deseo: deseo por Caine.

Traté de retener las lágrimas que de pronto me inundaban los ojos.

En las dos siguientes estaba en Quincy Market, una semana antes de la agresión. Y en la última de pie en la puerta entre el dormitorio y el vestidor de Caine, vestida únicamente con su camiseta. Me quedaba muy grande de hombros y me colgaba, revelando mucha piel. Caine había bromeado diciendo que no sabía lo sexy que podía ser una camiseta de hombre. Yo me había dado la vuelta y había hecho una pose con la melena desgreñada.

Llorando a moco tendido, devolví las fotografías al cajón.

Le di una patada al aparador y el dolor del abdomen fue terrible. Con lágrimas ahora de dolor, avancé a trompicones por el pasillo, desesperada de pronto por dar con las pastillas y tener algo que hacer, otra cosa en la que concentrarme.

Las encontré inmediatamente en la mesa del teléfono, con lo que ya no tuve que seguir buscando y volví a pensar en las fotos.

Con la visión borrosa por las lágrimas, intentando contener el llanto para que Caine no me oyera, corrí a la cocina, tanteé en busca de un vaso y lo saqué del armario.

—¿Lexie?

Me puse rígida y metí el vaso bajo el grifo.

—Eh —me dijo con dulzura. Noté su calor en la espalda

cuando me cogió el vaso de las manos. Con la otra mano cogió las pastillas y, al hacerlo, quedé atrapada entre sus brazos—. ¿Te duele mucho?

—Estoy bien.

Se quedó en silencio un momento.

—No estás bien —me dijo luego—. Estás llorando.

—Te digo que estoy bien. Solo tengo que tomarme la pastilla. —Le cogí la mano e intenté quitarle el frasco—. Dámelas.

—Lex, déjame ayudarte.

—No necesito tu ayuda.

No necesitaba que me salvara un hombre que ni siquiera podía salvarse a sí mismo.

—Lex...

—¡Te he dicho que no necesito tu ayuda!

De pronto me cogió de los brazos y me obligó a volverme hacia él. Me resistí, tratando de zafarme con tanta energía como me permitía el dolor que sentía.

—Lexie, para —resopló, confuso.

No podía detenerme, no ahora que mis emociones se habían desatado.

No veía otra cosa que aquellas fotografías. No oía más que su negativa a amarme, que su rechazo, que sus mentiras.

—¡Aléjate de mí! —le grité, luchando abiertamente.

Me sujetó con más fuerza.

—Lexie, estate quieta.

Pero era incapaz.

Todo el dolor que había sentido en las últimas semanas estalló dentro de mi pecho con violencia. Gritaba y lloraba y le daba puñetazos en el pecho.

—Para. Te vas a hacer daño —lo oí protestar.

Tampoco eso me detuvo.

Me sujetaba tan fuerte que me dolía. Me zarandeó un poco.

—Basta —me ordenó—. Lexie, para.

Y al instante siguiente me estaba besando, desesperadamente.

Aturdida, dejé de luchar.

Dejé que me besara, que me acariciara los brazos y el pelo,

sujetándome mientras me besaba como si lo necesitara más que el aire para respirar.

Finalmente recuperé el sentido y me quedé quieta, sin mover ya los labios. Caine notó mi reticencia y suavizó el beso. Me acarició apenas los labios una vez, dos veces, antes de apartarse definitivamente.

Nos miramos, ambos igualmente confundidos por lo que acababa de suceder.

—Me marcho —fueron las primeras palabras que pronuncié—. No del apartamento. Bueno, sí, del apartamento, pero no solo eso. ¿Te acuerdas de Antoine Faucheux? Te lo presenté en el aeropuerto.

Me clavó los dedos en los brazos. Dudo de que se diera cuenta siquiera.

—Lo recuerdo —dijo, con la voz ronca.

—Su hermana me ha ofrecido un trabajo en su empresa de gestión de eventos, en París. Hoy he aceptado su oferta. Me marcho dentro de cuatro semanas.

Se quedó mirándome como si tratara de ver si hablaba en serio. Luego me soltó y retrocedió un paso.

—¿Es por eso que estabas llorando?

Noté un ramalazo de ira peor que el ramalazo de dolor que había sentido antes.

—Acabo de decirte que me voy de Boston, ¿y esa es tu reacción?

Apretó la mandíbula, fulminándome con la mirada. Al menos era una reacción. Prefería eso a la apatía con que me había formulado su pregunta.

—No, no estaba llorando por eso —le respondí, a pesar de todo—. He encontrado las fotografías.

Confundido, se encogió de hombros.

—¿Qué fotografías?

—Las que tienes de mí, de nosotros, en la mesa auxiliar.

Su respuesta fue retroceder unos cuantos pasos más, con cautela.

Volvieron a agolpárseme las lágrimas.

—Te estoy dejando, así que lo único que te quedará de mí serán esas dichosas fotografías.

Vi el telón de la impasibilidad cubrir su rostro.

Lo entendí por fin. Tal como Effie había dicho, Caine se mostraba más frío y distante que nunca cuando estaba decidido a ocultar lo que realmente sentía.

—No voy a quedarme para tener la misma discusión una y otra vez. Lo que te estoy diciendo es que cuando salga por esa puerta me iré odiándote, odiándote por echarme de tu vida cuando la verdad es que... La verdad es que me quieres. Sé que me amas, aunque lo niegues. Si fuera tú, Caine, no soportaría la idea de que me odiaras, por alejados que estuviéramos. Pero voy a odiarte si no dejas de mentirme. Así que una de dos, o me dices qué me estás ocultando o no me lo dices, pero nunca te perdonaré si no lo haces, eso seguro. —Me sequé las lágrimas—. ¡Y estoy tan cansada de no poder perdonar!

Esperé lo que me pareció una eternidad que Caine me respondiera. Cuando lo hizo, no supe si sentir alivio o preocupación. Asintió, con la mirada pétrea.

—Bien, ¿quieres la verdad?, te diré la verdad, pero antes tómate la pastilla.

—Creo que eso puedo hacerlo —le dije. No me había gustado su tono, entre frágil y brusco.

Me tragué la pastilla y me senté en el sofá. Caine estuvo dando vueltas un rato por el salón.

—¿No vas a sentarte? —Su creciente ansiedad me había acelerado el pulso.

«¡Dios mío! ¿Qué oculta?»

En lugar de sentarse, se detuvo frente a mí.

Estaba mareada.

Cuando me miró a los ojos el mareo aumentó. Estaba enfadado, no sabía si por mi culpa o consigo mismo.

—Caine —le susurré.

—Yo no soy el hombre que necesitas, Lex —dijo, y supe que estaba plenamente convencido de lo que decía.

Me sonrojé de rabia.

—Eso debo decidirlo yo.

—No, yo debo decidirlo.

Nos miramos mientras yo me tragaba una respuesta hiriente. Caine cruzó los brazos.

—Solo Henry y las personas directamente involucradas saben esto de mí. Me ha costado mucho asegurarme de que no se sepa.

«¡Oh, mierda! ¡Oh, Dios!»

—En la universidad trabajaba como camarero en un restaurante de lujo de Society Hill. Entré en Wharton con una beca y, aunque no vivía en un colegio mayor de Filadelfia, necesitaba dinero. Necesitaba dinero para sobrevivir, pero también para invertirlo. Conocí a Henry en la facultad. Él tenía contactos. Fue Henry quien me consiguió el trabajo en ese restaurante porque pagaban mejor que la mayoría. Mientras trabajaba allí una mujer mayor me hizo una proposición. Una mujer mayor muy rica.

Se me paró el corazón.

Caine no apartaba los ojos de mí.

—Me ofreció mucho dinero.

—¡Dios mío! —susurré. No podía creer lo que iba a decirme. De haber apostado todo lo que tenía por su secreto, habría perdido hasta la camisa—. ¿Lo hiciste? ¿Te acostaste con ella por dinero?

Asintió brevemente, tan tenso que parecía a punto de romperse.

—A su modo de ver, yo era perfecto. Era alumno de Wharton, no un ignorante cualquiera, pero también era pobre y ambicioso. Me hizo las preguntas correctas, averiguó lo necesario. Sabía lo que se hacía, sabía que dejaría que me manipulara. Y lo hice. ¿Qué demonios?, pensé. Solo será con ella.

Supe que no y fue como un mazazo. Tenía un nudo en el estómago

—Pero no fue así, ¿verdad?

Sacudió la cabeza.

—Era la clase de emoción que un ama de casa aburrida buscaba. Se lo contó a una amiga en la que confiaba y, antes de darme cuenta, ya no necesitaba el trabajo de camarero. Tenía una clientela —lo dijo con amargura—. Era perfecto. No había ninguna posibilidad de que el asunto se destapara porque ninguna de esas mujeres podía permitirse que la gente descubriera que pagaban a un universitario para que se acostara con ellas. Hice suficiente dinero en nueve meses para empezar a invertir. Y lo hice bien, y obtuve magníficos beneficios. Reinvertí las ganancias y así sucesivamente.

—Unas ganancias lo suficientemente cuantiosas como para fundar un banco.

Caine me miró como si me retara a que lo odiara.

—Henry me vio una vez con una de mis clientas y lo descubrió todo. Es el único que sabe lo bajo que caí para conseguir lo que quería.

—Por eso siempre que te pregunto por Wharton te pones a la defensiva. ¿Por qué te molesta tanto que hable con Henry? ¿Porque es el único que podría contarme la verdad?

—Por eso y porque merece una patada en el culo por cabrearme tonteando contigo.

Pasé de lo que decía, demasiado asombrada todavía por su revelación.

—Esa mujer de la fiesta de los Delaney era una de ellas, ¿no?

—Sí —admitió—. Regina es de Filadelfia. Rara vez me cruzo con las mujeres de aquella época de mi vida, pero sabía que estaba invitada.

—Por eso estuviste todo el día y durante la fiesta de tan mal humor. —Me levanté despacio y me observó con cautela—. Por eso me dejaste.

—Lo nuestro nunca funcionaría.

—¿Debido a tu pasado?

—Lexie, prácticamente vendí mi alma para llegar donde estoy. Soy un bastardo egoísta y tú... Tú lo has perdido todo para mantener la tuya intacta.

—Caine...

No pude decir nada. Me había quedado muda de la emoción.

Empezó a alejarse.

—No te vayas —le pedí.

Se detuvo, volviéndose ligeramente a mirarme.

—Te amo —le dije entre lágrimas—. Te amo con toda mi alma. Nada puede cambiar eso. Nada.

Resopló con incredulidad, enfadado.

—¿Ni siquiera el hecho de que fuera un chapero?

Di un respingo al oírlo. No era una verdad fácil de encajar. De no haberlo conocido, de no haber sabido que la vida lo había estafado desde el principio, tal vez no habría sido capaz de darle la perspectiva necesaria. Pero pude. No culpé a Caine de lo sucedido. Las culpé a ellas.

—Esas mujeres te utilizaron —repliqué. Eso pareció cabrear aún más a Caine—. No, lo digo en serio. Fueron ellas quienes te utilizaron —repetí—. Sí, tú también las utilizaste, pero no eras más que un crío.

—Dejé de ser un crío a los trece años, Lexie.

—Para ellas seguías siéndolo. Lo eras, quieras o no admitirlo, y estabas herido, destrozado. Conseguiste soportar lo que te pasó porque tenías una ambición a la que dedicarte. Lo que te ocurrió hizo que enfocaras tu vida hacia lo que deseabas, te dio ambición. Así que hiciste algo de lo que ahora te avergüenzas, pero que te ha traído hasta aquí. ¿Me gustaría que hubiera sido diferente? Sí. Me gustaría que tu pasado fuera otro. Estoy bastante segura de que tú también desearías que lo fuera. Pero no podemos cambiarlo. Ocurrió hace años. Ya no eres la misma persona. Solo tenemos que dejarlo donde le corresponde: en el pasado.

—No es parte del pasado —gruñó, enfurecido por mi comprensión—. Soy así, eso es de lo que soy capaz. Me valgo de cualquier medio para conseguir lo que quiero y no me importa una mierda si hago daño a alguien.

—No. —Negué con la cabeza, sin poder creerle ni por un segundo—. No eres así. No conmigo. —Le acaricié el pelo mientras con la otra mano le sujetaba la nuca tratando de acercarlo a mí—. Te estás mintiendo a ti mismo. Lo utilizas para mantenerme alejada. Pero es demasiado tarde. Ya estoy dentro de ti. Me amas, Caine. —Sonreí suavemente mientras él cerraba los ojos y apretaba la mandíbula, reacio a escucharme—. Me amas —repetí—, y nunca me harás daño. Y yo nunca te haré daño. Nunca voy a usarte como hicieron ellas, como han hecho todas, porque yo te quiero. Solo a ti. —Presioné mi frente contra su mandíbula, aferrándome a él—. Nadie va a entenderte como yo. Eres tan diferente conmigo, cariño. Cuidas de mí. Me haces sentir segura. No eres como crees ser. ¿No me dijiste una vez que las personas tienen varias facetas? Para mí eres mucho más que lo que sea que puedas haber hecho.

—Lexie —dijo con voz gutural—, te he contado esto para que dejes de soñar. Un hombre como yo no es capaz de ser tu caballero blanco. —Me agarró la mano, se la apartó de la nuca y me apartó de sí.

Yo hervía de ira.

—¡No quiero un maldito héroe!

Se estremeció al notar que la emoción me quebraba la voz.

—Nunca te he pedido que lo seas. —Apreté los puños—. Solo te quiero a ti, porque al margen de lo que puedas pensar, yo veo cómo eres realmente. Y no, no eres un maldito caballero blanco, pero eres lo que quiero.

No dijo nada y me quedé helada.

—No voy a quedarme —le advertí—. No seguiré luchando por ti. Se acabó. Si te marchas no será porque yo quiera. No quiero ni pensarlo. Y siempre te culparé a ti por lo ocurrido, siempre. Te echaré la culpa por estropear lo nuestro.

El silencio a nuestro alrededor pareció expandirse y cobrar densidad como un monstruo en la oscuridad. Nos quedamos frente a frente mientras ese monstruo destruía cualquier oportunidad de no romper para siempre. Finalmente, Caine me dio la espalda.

Salí de la habitación, suturando la herida abierta en mi pecho con lo último que me quedaba de fuerza mental y emocional. Llegué a la habitación de invitados con la herida temporalmente cerrada. Estaba decidida a mantenerla así el tiempo suficiente para largarme de Boston.

30

Caine:

Después de lo de anoche estoy segura de que entiendes por qué ya me es imposible quedarme. Durante bastante tiempo me aferré a la esperanza de que, si lograba llegar hasta ti, si te abrías a mí, si podías confiarme todos tus secretos, lo nuestro funcionaría. Pero puesto que estás decidido a mantenerme apartada de todo ello, he decidido seguir adelante con mi vida.

Me marcho a Connecticut a ver a mi padre. La agresión sacó a flote muchos asuntos pendientes que tengo que intentar resolver antes de irme a vivir a París.

Quiero darte las gracias por cuidar de mí durante estas últimas semanas, y quiero que sepas que aprecio todo lo que has hecho para intentar encontrar al desgraciado que hizo esto. Sinceramente, creo que ha desaparecido, pero eso ya no importa porque no estaré aquí el tiempo suficiente para que su posible reaparición signifique para mí una amenaza. Cuando regrese a Boston tomaré un avión a París en cuanto pueda con la intención de alquilar un piso, etc. Y aunque estoy agradecida de corazón por lo que has hecho, te agradecería que te mantuvieras alejado de mí cuando regrese a Boston. No quiero volver a verte. Quiero empezar de nuevo. Me lo debes.

Espero que encuentres la paz. Espero que encuentres la felicidad.

LEXIE

Ya de pie en el césped de la casa donde me había criado, seguía sintiendo una extraña mezcla de miedo y determinación. No sabía lo que esperaba sacar de aquello. Solo sabía que si quería seguir adelante con mi vida, tenía que hablar con él.

Salir de Boston había sido fácil. Salir del edificio de Caine, no tanto. Cuando se marchó a trabajar le escribí una nota de despedida y me dirigí a recepción. Arnie y Sly me esperaban.

Intentaron detenerme, pero cuando les recordé que era ilegal, me dejaron ir. Fueron veinte minutos de discusión antes de que se dieran cuenta de que hablaba en serio cuando decía que llamaría a la policía. Me sentí mal porque habían estado protegiéndome varias semanas, pero una vez tomada la decisión, nadie iba a interponerse en mi camino. Sin embargo, durante el trayecto hasta la estación de autobuses no podía sacudirme de encima la paranoia que me había provocado la agresión. No dejaba de echar vistazos por encima del hombro imaginando que alguien me estaba observando, sintiendo su mirada en la nuca.

Debido a eso y al hecho de que el viaje en autobús me recordaba que tenía la herida todavía tierna, no llegué demasiado boyante a casa de mis padres.

Nuestra casa era muy modesta. Mi madre la compró cuando vivíamos solas con su sueldo de maestra. Mi padre no había contribuido mucho a lo largo de los años, saltando de un trabajo a otro, así que nunca nos mudamos. Era una vivienda de una sola planta con dos dormitorios, con el frente triangular y un pequeño porche. La madera recién pintada era idéntica a la de la puerta del garaje anexo, la barandilla del porche e incluso la de la entrada. La casa en sí era de ladrillo amarillo pálido, muy singular. Aunque no era gran cosa, estaba bien cuidada. Incluso habían segado el césped recientemente. Era evidente que mi padre sabía cuidar de sí mismo mucho mejor que lo hizo en el pasado.

Me aparté el pelo que la brisa empujaba hacia mi cara y me di cuenta de que estaba temblando.

Traté de serenarme y respiré profundamente para aliviar la opresión del pecho.

«Vamos, Alexa.»

Conseguí llegar al porche y oí una tele. Llamé al timbre. El sonido del televisor cesó y oí unos pasos acercándose a la puerta.

Sentí náuseas.

Por alguna razón, me dolía la herida.

La puerta se abrió y me encontré ante un hombre guapo y alto. Era delgado, de hombros anchos, y tenía un espeso cabello negro salpicado generosamente de gris que contrastaba con sus ojos brillantes, también grises. Era la viva imagen de Edward Holland. Incluso con la ropa barata que llevaba daba la sensación de tener clase y dinero. Sus rasgos se suavizaron por la sorpresa.

—¿Alexa?

Sentí los labios entumecidos. De alguna manera me las arreglé para hablar.

—Hola, papá.

—¿Qué estás haciendo aquí? —Retrocedió para permitirme entrar en la salita de estar. La puerta cerrada de la izquierda daba a la cocina, y esta a un patio trasero enorme en comparación con la casa. La puerta del fondo daba a un pequeño pasillo con dos dormitorios dobles no muy amplios y un baño.

Miré alrededor y una ola de recuerdos me golpeó.

Después de tantos años el mobiliario seguía siendo el mismo. Fotos de los tres, como una familia, colgaban de las paredes.

—¿Lexie?

Nos miramos.

No había esperado encontrar nuestra casa... así. Seguía siendo «nuestra» casa.

Me había imaginado la casa sin ningún rastro de nosotras, despojado de todo cuanto no fuera él. Pero no. Veía a mi madre por todas partes.

Eso me distrajo momentáneamente, pero viendo su cara de desconcierto, me pregunté si alguna de las emociones que nos había demostrado había sido auténtica.

Me indicó el sofá.

—¿Por qué no te sientas, Lexie?

—Prefiero quedarme de pie.

—¿De qué se trata? No te he visto desde el funeral de tu madre, y creo que esta es la conversación más larga que hemos tenido en siete años. Así que, ¿qué ha ocurrido?

—Me agredieron —le solté.

Se puso lívido.

—¿Te agredieron?

Asentí.

—Salía del trabajo y un tipo me apuñaló. Llevaba una sudadera con capucha y no le vi la cara. Aún no lo han atrapado, pero la policía sigue investigando y cree que el ataque podría haber sido premeditado.

—¿Te apuñaló? —Se me acercó con las manos temblorosas. Me aparté de un respingo cuando me tocó y se quedó quieto.

—¿Cuándo? —susurró.

—Hace un par de semanas.

—¿Hace un par de semanas? ¿No deberías estar en casa recuperándote?

—Tenía que venir a verte.

—¿Qué hay tan urgente...?

—La policía me preguntó si había alguien que me tuviera tanto rencor como para hacerme algo así.

Cuando entendió a qué me refería fue como si le hubiera dado una patada en la boca del estómago. Se dejó caer en el sillón y me miró horrorizado.

—¿Crees que tuve algo que ver?

Bloqueé la culpabilidad que su reacción me había provocado.

—No. Pero por un momento lo hice. Me pregunté lo que mi marcha de casa había supuesto para mamá y para vuestra relación. Por un momento pensé en el hombre que había sido capaz de abandonar a una mujer moribunda, y me pregunté si el hecho de culpar a su hija desleal de la vida que tenía lo habría vuelto inestable.

—Eso es...

—Inverosímil, lo sé. —Suspiré y me senté con cansancio en el sofá—. Pero he pasado horas y horas en cama estas últimas semanas sin poder sacarme de la cabeza que por una milésima de segundo esa idea me asaltó. He estado en el apartamento de un amigo, protegida y cuidada, asustada de lo que había fuera, pero más asustada todavía de lo liada que estoy respecto a ti. Así que he venido a verte.

Cayó el silencio entre nosotros.

Finalmente, mi padre se aclaró la garganta.

—No soy el monstruo que imaginas que soy —dijo con la boca espesa.

—¿No? —Las lágrimas me quemaban los ojos—. ¿Cómo pudiste dejar a una mujer que tenía un niño al que cuidar...? ¿Cómo pudiste abandonarla estando moribunda? Yo no podría hacer algo así jamás. No podría haber vivido con el peso de algo así todos estos años.

Vi el brillo de las lágrimas en sus ojos y me sorprendió que no apartara la vista.

Cuando se equivocaba, o me mentía, o quería evitar una conversación, tenía la costumbre de mirar al suelo o a cualquier parte menos a los ojos.

—Me pasé años en una fase de negación, Lexie. Pude vivir con algo así porque lo borré de mi memoria. No me permitía recordarla como la mujer vibrante que había sido, una mujer confundida, sola y hermosa, que amaba a su hijo más que a nada en el mundo, pero que, como yo, era débil y podía ser egoísta. Muchos años después su recuerdo comenzó a atormentarme. No sé lo que pasó, solo sé que las excusas que me ponía, las razones que había estado esgrimiendo, ardieron hasta hacerme sentir el sabor de sus cenizas. No podía dejar de ver su rostro. Me derrumbé y os lo conté a tu madre y a ti.

—Así que tienes remordimientos, pero no tantos como para

pedir disculpas al hombre que perdió a su madre y a su padre en cuestión de meses.

Mi padre miró hacia otro lado. Apretaba tanto los brazos del sillón que clavaba los dedos en ellos.

—¿Pedirle disculpas? ¿Qué clase de disculpa podría ofrecerle ahora? Dejé que una mujer muriera porque tuve miedo y fui débil. —Volvió a mirarme—. Tienes que aceptar al hombre que soy, Alexa. Yo he tenido que hacerlo. No soy perfecto, ni mucho menos, y nunca lo seré. Soy débil y durante mucho tiempo fui un consentido.

Las lágrimas me rodaban por las mejillas hasta la barbilla.

—Dime una cosa. ¿Querías a mi madre? ¿Me querías?

Le temblaron los labios.

—Sí que os quería, y te quiero. Es que... Es que nunca tuve madera de marido ni de padre. No sirvo para eso.

Era la triste y horrible verdad, pero así era. No había ninguna solución mágica para tener un padre que se ocupara de mí siempre que lo necesitara, cuyo amor incondicional mitigara el rechazo de los demás, cuyo amor por mí superara siempre el amor por sí mismo.

Mi padre nunca sería un padre así.

Sin embargo, me produjo cierta satisfacción ver cómo había cambiado desde nuestra última conversación, siete años antes. Ahora tenía conciencia de sí mismo, y al menos supe que era plenamente consciente de sus carencias. No bastaba para aliviarme el dolor, ni tenía un verdadero padre, ni le devolvería la familia a Caine.

Me pregunté entonces si ese vacío interior que sentía desaparecería alguna vez o si tendría que acostumbrarme a él y tal vez algún día conocería a alguien capaz de hacerme olvidar la pérdida dándome tanto amor que la eclipsaría.

—¿Te preparo té? ¿Café? —me preguntó, inseguro.

Me dolía más el estómago, pero asentí.

—Un té, por favor. Y un vaso de agua. Necesito tomarme un calmante.

De alguna manera consiguió no mirarme con reprobación.

Seguramente se dio cuenta de que no aceptaría una reprimenda paternal suya.

La puerta en el fondo se cerró cuando entró en la cocina. Agotada de pronto, probablemente por la descarga de adrenalina, rebusqué el móvil en el bolso. Fruncí el ceño al ver que tenía diez llamadas perdidas de Caine.

¿No había leído mi nota?

Suspiré, aún más exhausta por tener que soportar su tozudez. Estaba contento de que desapareciera para siempre de su vida, ¡siempre y cuando me curara antes!

Idiota.

Tiré el teléfono dentro del bolso y me dejé caer en el sofá.

Oí un estrépito seguido de un golpe sordo y me incorporé en el sofá.

—¿Papá? ¿Estás bien?

Nada.

Se me aceleró el pulso.

—¿Papá? —grité, levantándome con cuidado para no tirar de la herida—. Papá, ¿estás bien? —Me acerqué a la puerta y la abrí. Me quedé petrificada cuando vi a mi padre tirado en el suelo de la cocina.

Corrí hacia él pero alguien tiró de mí y noté el calor de un cuerpo vigoroso. Unos brazos fuertes me agarraban por el pecho. Vi un repentino destello plateado.

El terror y la adrenalina me invadieron y, sin pensar lo que hacía, me eché atrás con todas mis fuerzas. El asaltante se golpeó contra los armarios. Oí un gruñido masculino de dolor y el tipo aflojó el abrazo lo suficiente para que pudiera soltarme.

Resbalando sobre las baldosas abrí de par en par la puerta del salón. Me impulsé hacia dentro agarrándome a la mesa auxiliar. Las fotos enmarcadas se estrellaron contra el jarrón preferido de mi madre con un estrépito de cristal que dejé atrás mientras corría hacia la puerta principal. Casi había llegado cuando me dio alcance.

Lloré de dolor cuando me cogió por el pelo y me arrastró hacia atrás. Intenté desasirme, gritando, intentando que me soltara.

Pero ya era demasiado tarde y me pasó un brazo alrededor de la cintura.

Todo el miedo que había pasado durante las últimas semanas volvió a mí. Del frío temor pasé a la furia abrasadora. Grité indignada y le di un codazo. Oí satisfecha su grito de dolor y me lancé hacia la puerta.

No fue suficiente.

Me agarró de la chaqueta, obligándome a retroceder. Le di patadas, grité y traté de darle codazos, pero paró los golpes y, con una fuerza muy superior a la mía, me derribó.

Vi una cara encapuchada frente a mí. Unos ojos oscuros y duros brillaban buscando los míos. Unos ojos que no reconocí en un rostro cubierto por un pasamontañas negro. No veía más que aquellos ojos y unos labios pálidos y finos.

Su rostro cubierto, el vacío en su mirada, eran aterradores.

Luché con todas mis fuerzas.

Sentí el goteo caliente de la sangre, seguido del escozor de un corte en el brazo.

Me había cortado al forcejear.

—Perra estúpida —siseó con voz profunda. Me soltó un brazo para darme un puñetazo en la cara.

Un ramalazo ardiente me recorrió la mejilla, la nariz y los ojos, aturdiéndome momentáneamente. Parpadeé para librarme de las lágrimas, tratando de centrarme en mi agresor en lugar de hacerlo en el dolor.

Volví a ver el destello plateado, esta vez bajando lentamente hacia mi cuello.

—Fallé la última vez. Fue una idiotez elegir los intestinos. Se mueven demasiado.

No podía resistirme ni tratar de desasirme por temor a que el filo del cuchillo volviera a cortarme la piel.

—¿Quién eres? —Traté de entretenerle para poder coordinar mejor mis pensamientos.

«¡Piensa, Lex, piensa! ¡Piensa!»

—¿No hubiera sido más fácil usar una pistola? —Respiraba con dificultad, sorprendida por mis propios pensamientos y preguntas. Aparte de en quién era o en por qué me había elegido, no podía dejar de pensar en el hecho de que si hubiera utilizado una pistola desde el principio seguramente ya me habría matado.

«¡Basta, Lexie!», me reconvine, enloquecida.

Tenía que salir viva de aquella situación, no reflexionar sobre las razones por las que mi agresor había elegido el arma.

En los ojos fríos de aquel individuo hubo un destello de emoción.

—Usar pistola es de cobardes.

Se dispuso a cortarme.

Volvió la cabeza hacia la puerta principal cuando oyó un estrépito. En cuanto alzó la cara apareció un enorme puño que lo golpeó con tanta fuerza que la sangre que le brotó de la nariz me salpicó en la cara.

Dejé de sentirme aprisionada por el peso de su cuerpo y el cuchillo se le cayó al suelo.

Asombrada, luché por levantarme y me llevé la mano a la garganta para palpar el leve corte que me había hecho, mirando al tornado que acababa de entrar en la casa de mi infancia.

Caine.

Cada poro de su cuerpo exudaba una furia inaudita cuando agarró a mi agresor por la pechera de la sudadera y lo levantó un palmo del suelo. Lo lanzó contra la pared con tanta violencia que los cuadros saltaron de los clavos y cayeron al suelo.

El atacante se abalanzó hacia Caine y le golpeó la mandíbula. Recogí el cuchillo e intenté ponerme en pie.

Miré a Caine, ignorando el dolor del vientre, dispuesta a ayudarlo si me necesitaba. La empuñadura del arma parecía a punto de derretirse en mi mano al calor de mis emociones.

Caine descargó otro puñetazo, esta vez en el bajo vientre del atacante, y lo dejó sin aliento. Agachó la cabeza y Caine le dio un rodillazo en la nariz.

Oí un crujido.

A partir de ese momento observé horrorizada la paliza que le propinó Caine. Siguió dándole puñetazos hasta que ya no pudo mantenerse en pie; cuando lo tuvo en el suelo, le quitó el pasamontañas, revelando la cara ensangrentada de un desconocido. Le dio otro puñetazo. Y otro.

Y otro.

—Caine —le susurré para que lo dejara—. ¡Basta, Caine! —Corrí hacia él y, sin tener en cuenta su reacción, le puse una mano en el hombro.

No obstante, se detuvo y me miró.

Se me llenaron los ojos de lágrimas cuando vi en los suyos el pavor mezclado con la furia.

Había temido por mí.

—Está inconsciente —le dije suavemente.

Se volvió hacia el tipo, que respiraba con dificultad. Tosió, separó ligeramente los labios y se formó entre ellos una burbuja de sangre.

—¿Quién eres? —le preguntó Caine.

El otro gimió y sacudió la cabeza.

Le entregué el cuchillo a Caine, que lo cogió y amenazó con él a aquel hijo de puta. Presionó la hoja contra su garganta.

—¿Quién coño eres? —insistió.

Como no le contestaba, ejerció más presión y la sangre empezó a teñir el filo.

—Creo que no te das cuenta de las ganas que tengo de matarte. Y lo haré. Se llama defensa propia y tengo un montón de dinero para pagar abogados caros que consigan que el tribunal vea las cosas como las veo yo.

Nada todavía.

Caine se inclinó hasta casi tocar la nariz del individuo con la suya.

—Has tocado a mi mujer —dijo, con la voz ronca de rabia—. Me muero de ganas de enviarte al infierno, pedazo de mierda. No voy de farol.

—De acuerdo. —El atacante tosió y alzó un brazo apenas un palmo del suelo antes de dejarlo caer de nuevo—. Matt... Matthew... Holl... Holland... me... contrató.

Se me doblaron las rodillas y Caine se volvió, sorprendido

también por lo que aquel tipo acababa de revelarnos, justo a tiempo para verme caer al suelo.

—¡Lex! —Se apartó del asesino a sueldo para acercarse a mí, que a gatas trataba de recuperar el aliento. Me pasó la mano por el pelo y me acarició la nuca—. Nena...

¿Mi hermanastro? ¿Alguien a quien ni siquiera había llegado a conocer había contratado a alguien para matarme?

Sentí náuseas.

Empujé a Caine a tiempo para vomitar bilis en el parqué de mi madre.

Me apartó el cabello de la cara y su calor me envolvió.

Alcé la cabeza al darme cuenta de que ya no prestaba atención a nuestro agresor.

Nos volvimos hacia el ensangrentado criminal, que había logrado sentarse en el suelo, con la espalda contra la pared. Con el ojo que no estaba totalmente cerrado por la hinchazón miraba hacia la puerta de la cocina. Caine y yo nos volvimos hacia allí.

Mi padre estaba en la puerta; la sangre le caía por la frente y apuntaba con una escopeta a nuestro atacante.

—No te preocupes —dijo bruscamente—. Este hijo de puta no irá a ninguna parte.

Seguro de que mi padre controlaba la situación, Caine me tocó el brazo con delicadeza.

—Lex, estás sangrando. Necesitas una ambulancia.

Me abrazó y apoyé la cabeza en su hombro.

—Estoy bien. Vamos a llamar a la policía y que arresten a este desgraciado. Deberían traer una ambulancia para él. —Lo miré, pero aquel pedazo de mierda no apartaba los ojos de mi padre. Su miedo me dio risa. No era más que un matón de tres al cuarto—. Apuesto a que te estás replanteando lo de usar pistola, ¿a que sí?

31

Me cosieron el brazo en Valley, el hospital local, con Caine y mi padre pendientes de mí. Mi padre tenía una conmoción cerebral leve, pero aparte de eso y de haber recibido algún que otro golpe, estaba bien.

Caine y él se ignoraban mutuamente y estando pendientes de mí les resultaba más fácil hacerlo.

—Estoy bien —les aseguré por enésima vez. Tenía un corte en el brazo, la nariz y un ojo hinchados y la herida del vientre me ardía, pero nada de eso importaba en comparación con mi estado emocional.

La policía nos había tomado declaración. Caine, con la camisa manchada de sangre, nos contó que en cuanto había leído mi nota había tomado un avión a Chester y que por eso había llegado justo después de que yo lo hiciera. Se lo contamos todo acerca de la agresión previa y los agentes se pusieron en contacto con la policía de Boston para confirmar nuestra historia. Nos dijeron que tendríamos que esperar un poco para marcharnos, y ese poco acabaron siendo varias horas. Estaba desesperada por llegar a casa, a Boston.

Nunca había estado tan agotada. Necesitaba un lugar tranquilo para digerir la violencia y la aterradora absurdidad de lo que acababa de pasarme.

Aunque a veces había pensado en meter a mi padre y a Caine

en una habitación y que mi padre se disculpara por lo que le había hecho y se arreglara todo por arte de magia, la realidad era muy diferente. Creció en mí una necesidad imperiosa de proteger a Caine. No quería que tuviera que permanecer en la misma habitación que el hombre que había destruido a su familia. Sin embargo, le estaba agradecida a mi padre por haberme apoyado aquel día y haberse ocupado de la situación como nunca le había visto hacer. En ese momento me había recordado mucho al abuelo.

—¿Señorita Holland? —Los policías que nos habían interrogado, el sargento Garry y el sargento Tailor, entraron en la habitación privada situada junto a urgencias.

—Hola —los saludé débilmente.

—¿Se encuentra bien? —me preguntó Garry.

Era un gorila de rasgos duros pero tenía unos ojos amables. Su compañero, en cambio, era apenas más alto que yo y flaco, con una mirada suspicaz.

—Sí. —Traté de disimular mi impaciencia—. Ha hablado, ¿no?

—Oh, sí. Se moría por hablar —me respondió Tailor—. Quiere hacer un trato.

—¿Y?

Garry se acercó otro paso a mí, con cara de compasión.

—Se llama Vernon Holts. Tiene una lista de antecedentes larguísima por hurto y asalto. En una ocasión, durante un registro en su domicilio, encontraron una importante colección de armas. Cuchillos, espadas... todo lo que tuviera filo.

—No me sorprende —murmuré.

Caine me cogió la mano.

—Dice que lo contrató para matarla un tal Matthew Holland. Holts afirma que ese hombre es su hermanastro.

—Lo es. —Traté de procesar aquello. Era demasiado surrealista. Era como estar fuera de mi cuerpo viendo la escena de una película—. No lo entiendo... —Miré a Caine en busca de respuestas—. Aquel artículo sobre mí se publicó después de la agresión. ¿Cómo se enteró Matthew de mi existencia?

—Tal vez se enteró por otro cauce —murmuró Caine.

—Aunque así fuera, no explica por qué quería hacerme daño. —Miré a mi padre, que estaba de pie en un rincón, mudo.

»¿Tú sabes por qué? —le pregunté.

Negó con la cabeza, perdido.

—Llevo años sin hablar con Matthew...

—Es culpa mía. —La voz de mi abuelo me sobresaltó.

El corazón empezó a latirme de un modo desenfrenado cuando lo vi entrar en la habitación.

—¿Qué estás haciendo aquí?

Dio un paso hacia mí. La policía lo miraba con recelo. Estaba pálido y su expresión era dura.

—Caine me llamó. Cogí un avión en cuanto me fue posible. —Me miró, ansioso—. Por favor, dime que estás bien.

—Me pondré bien —le aseguré—. ¿Por qué dices que es culpa tuya?

—Cambié el testamento. —Se presentó a los oficiales—: Soy Edward Holland, el abuelo de Alexa y de Matthew. —Se dirigió de nuevo a mí—. Ya era hora de que hiciera las cosas bien y dejara de anteponer sistemáticamente a la familia Holland a todo lo demás. Estaba orgulloso de ti... y me sentía impotente al no poder cuidarte como debería hacer cualquier familia. Matthew no tiene ni idea de lo que es trabajar duro —añadió, enfadado—, así que cambié el testamento. Matthew ha tenido todas las ventajas que pueda haber en esta vida al alcance de la mano y se ha vuelto un mimado. Cuando tanto yo como mi mujer hayamos muerto, heredarás el sesenta y cinco por ciento de nuestros activos. No sabía que Matthew había hecho un trato con mi abogado para que lo informara de cualquier cambio en mi testamento. Me enteré ayer durante una... discusión familiar acerca de... de ti, Alexa. Al muy cabrón se le escapó.

Me había quedado con la boca abierta, ni siquiera era capaz de hablar.

—Señor... —El sargento Garry se acercó al abuelo—. ¿Está diciendo que el motivo por el que Matthew Holland atacó a su nieta es una disputa por una herencia?

—Una disputa por una herencia. —Solté una carcajada amarga—. Contrató a un sicario para que me matara solo por dinero. —Miré a mi padre—. El dinero. El dinero es un veneno.

—Vernon Holts no es un asesino a sueldo —nos explicó Tailor.

Lo miré sin entenderlo.

—Afirma que conoció a Holland en un bar una noche, y que cuando se jactó de sus delitos y también de su habilidad con los cuchillos, este le ofreció cien mil dólares para que la asesinara a usted.

—Pero Holland no investigó al tipo. —Garry sacudió la cabeza con disgusto—. Si hubiera visto el historial de Holts se habría enterado de que ha tenido tres órdenes de alejamiento en los últimos seis años, de mujeres a las que acosó. Después de hablar con él... —Me miraba con gravedad—. Admite que Holland le pidió que lo dejara después del fracaso del primer ataque. Holts se negó. Al parecer el dinero era secundario, que lo fundamental para él era atrapar a su presa.

—Se obsesionó con Alexa —gruñó Caine detrás de mí.

—Eso creemos —convino Tailor—. Holts ha colaborado. Admite que siguió a Alexa cuando salió del hospital para instalarse en el ático del señor Carraway, que ha estado vigilando el edificio desde entonces. Con su declaración y la de su abuelo, la policía de Boston podrá cursar una orden de arresto para retener a Matthew Holland mientras dure la investigación.

—Otro asunto será que encuentren pruebas suficientes contra él para apoyar el testimonio de Holts —apostilló Caine, impacientemente.

Me quedé helada porque entendí a qué se refería.

—¿Matthew podría irse de rositas si no encuentran ninguna prueba para relacionarlo con el crimen?

—Es posible —dijo Garry, frustrado—. Holts, sin embargo, ha admitido su culpabilidad. Lo vamos a trasladar a Boston, y los agentes de allí se harán cargo de él.

Asentí con la cabeza, aturdida.

—Gracias por su ayuda.

Cuando se fueron, Caine rodeó la cama y me sujetó los brazos.

—Alexa, todo irá bien.

Solté un bufido.

—¿Cómo? Es como ver una porquería de película pegada al asiento y con el mando a distancia en la otra punta de la habitación. —Me incliné hacia él un poco—. Mi hermanastro contrató a un ex convicto desquiciado para matarme. ¿Sabes lo surrealista que es eso?

—Sí, lo sé. —Estaba furioso—. Sé lo que es capaz de hacer la gente por dinero. Lo he hecho yo y me lo han hecho. En esta habitación estás con otras dos personas que también lo entienden.

—Por eso no lo quiero —dije, con la voz ronca.

—Lo siento, Alexa —me dijo el abuelo.

Miré por encima de Caine hacia él.

—Sé que nunca tuviste intención... Sé que solo querías compensarme pero, por favor, sácame enseguida del testamento. Prométemelo.

Asintió, con los ojos acuosos.

—Siento mucho lo que hice.

—Déjalo ya. —Negué con la cabeza.

—Tiene razón —terció Caine—. Su intención era velar por los intereses de Alexa. Quienes deben considerarse culpables de todo esto son Matthew y Holts.

El abuelo no estaba muy convencido porque me miró con culpabilidad, pero asintió con gratitud a Caine.

—Los pecados del padre —dijo mi padre de pronto, con lentitud, como poseído.

Todos nos volvimos hacia él.

Parecía destrozado.

—Algunos estamos destinados a repetir los errores de nuestros padres.

—Alistair —le espetó el abuelo—, tú cometiste tus propios errores, errores gigantescos, pero no has tratado deliberadamente de hacer algo tan...

—Una mujer murió, de todos modos.

Caine apretó la mandíbula mirando a mi padre, como si se encontrara a las puertas del infierno.

—Caine —le susurré con incertidumbre, con el corazón roto.

—No voy a pedir disculpas. —Mi padre sostuvo la dura mirada de Caine—. Porque sé que no quieres que lo haga. Lo que quieres no podré dártelo nunca. Ojalá pudiera.

El silencio fue tan doloroso que me faltó el aire.

Entonces sucedió algo.

Caine asintió de un modo casi imperceptible.

Mi padre, al borde de las lágrimas, me miró.

—Os dejaré solos, pero supongo que nos veremos pronto. Siento mucho lo que te ha ocurrido, Alexa.

De alguna manera me las arreglé para hablar a pesar del nudo que tenía en la garganta.

—Gracias por estar hoy aquí.

Me dedicó una sonrisa triste.

—Tu madre me habría matado si dejo que te ocurra algo.

—¿Sí?

Pareció sorprendido de que lo dudara.

—Sí. No hubo día en que no te echara de menos.

Las lágrimas me rodaron por las mejillas antes de que pudiera detenerlas y enterré la barbilla en el hombro para ocultarlas. Caine, sin embargo, no me lo permitió. Me rodeó con sus fuertes brazos, y me atrajo hacia sí, de modo que no tuve más remedio que abrazarlo también. Enterré la cara en su pecho y dejé escapar los sollozos. Lloré por todo: por Caine, por nuestros padres, por la agresión de Matthew y Vernon, y porque sabía que a veces el amor se rompe en tantos pedazos que es imposible arreglarlo y no puedes conseguir un final feliz con todo el mundo.

Pero mientras Caine me besaba el cabello y me susurraba palabras cariñosas al oído, comprendí aliviada que no necesitaba un final feliz con todo el mundo sino solo con una persona.

—Te quiero —dije contra la calidez de su pecho.

Caine me apartó suavemente, lo suficiente para mirarme.

Tenía la cara hinchada y húmeda de lágrimas y estaba agotada, hecha un desastre. Sin embargo, me miró como si fuera la única persona de la habitación y la más hermosa que jamás hubiera visto.

—Yo también te quiero —me confesó con la voz ronca.

Lo abracé más fuerte, con renovada determinación y la sangre al galope.

—Vamos a casa a descansar —le propuse—. Tenemos que enfrentarnos a un par de hijos de puta que necesitan una lección de buenos modales.

—Aquí está mi chica —murmuró satisfecho, sonriendo.

32

No nos permitieron volver a casa hasta pasadas varias horas. Cuando llegamos a Boston nos llevaron a comisaría, donde tuvimos que responder otra vez a las mismas preguntas. Cuando por fin un taxi nos dejó delante del edificio de Caine, estaba mortalmente cansada.

Caine prácticamente me llevó en brazos escaleras arriba hasta su cama. Cuando me dejé caer en ella, se dedicó a quitarme las botas y los pantalones vaqueros con paciencia. Logré librarme de la chaqueta y tirarla al suelo mientras Caine bajaba las sábanas para que metiera las piernas debajo. Lo último que recordaba era a Cainc acostándosc a mi lado y tirando de mí con suavidad hasta abrazarme.

A la mañana siguiente la luz del sol que se colaba por las persianas me despertó. Estaba tumbada, pegada a Caine, indiferente a las heridas, con la cabeza apoyada en su pecho desnudo y una mano en su hombro. Él trazaba pequeños círculos en mi bíceps derecho.

—Estás despierto —le dije, con la voz ronca.

Deslizó su otra mano desde mi espalda a mi cadera.

—Sí.

Me incorporé lo suficiente para mirarlo. Habiéndosela notado en la voz, no me sorprendió ver la cautela en su rostro. Se me revolvió el estómago.

—Por favor, no lo hagas.

Me apretó con suavidad la cadera, entendiéndome sin que tuviera que explicarme.

—No lo hago. Solo quiero asegurarme de que entiendes en lo que te estás metiendo.

—Me estoy metiendo donde merezco estar —le dije, convencida de cada palabra—. Y tú también.

Caine se movió despacio hasta que estuve boca arriba para recostarse sobre mí, apoyándose en los brazos para no hacerme daño. Me miró detenidamente la cara con cada sentimiento suyo por mí ardiendo en los ojos. Me conmovió tanto que me quedé sin aliento.

—¿No lo entiendes? —dijo, con la voz ronca por la emoción—. Nunca había conocido a nadie como tú. No hay nadie como tú. Sigo esperando dejar de sentirme así, porque hay veces que no puedo soportarlo. He querido cuidarte todos los días, incluso desde antes de que te agredieran. Te quiero tanto que a veces siento que el amor me consume. Griff y Don me llamaron ayer en cuanto te marchaste del edificio y sentí pánico. El mismo pánico que sentí cuando te tuve en mis brazos en la calle y vi la sangre. Sentí que me moría. No sabía cómo iba a vivir sin ti si algo te ocurría.

—Caine —le susurré, abrumada por su confesión pero aliviada también. Aliviada de saber que yo no era la única con unos sentimientos tan profundos, tan intensos.

—Volví al apartamento, vi tu nota, y llamé a todo el que se me ocurrió que podría conseguirme un vuelo privado a Connecticut, porque estaba aterrorizado de que pudiera pasarte algo. Pero también porque... —La voz se le enronqueció—. En la nota me pedías que me mantuviera alejado y entonces finalmente me di cuenta de que lo decías en serio. No lucharías más. Te había perdido y la noche anterior te había visto por última vez. No podía... Durante todo el vuelo no dejaba de repetirme que, si lograba dar contigo, te diría que te amaba y que me quedaría a tu lado. Hasta ese punto soy egoísta.

—No eres egoísta.

—Lo soy. Y cada mañana me voy a despertar con esa sensación.

—¿Qué sensación?

—La de que te estoy engañando en cierto modo. La de que te he robado algo. —Le acaricié el ceño para que dejara de fruncirlo—. No quiero volver a escucharte decir que no me mereces.

—Pero es que no te merezco.

No hacía falta ser psicólogo para entender que las dudas de Caine acerca de su propia valía eran fruto del abandono y de la vergüenza por lo que la ambición lo había inducido a hacer. Caine era una mezcla compleja de confianza e inseguridades. Yo no sabía si alguna vez superaría las inseguridades, pero haría todo lo posible para ayudarlo a conseguirlo.

—Tampoco quiero cometer los mismos errores que mi padre.

—¿A qué te refieres?

—Amaba a mi madre más que a nada en el mundo. La amaba tanto que quiso mantenerla protegida dentro de su mundo. La amaba tanto que no supo ver que mi madre era una mujer desesperada por ser libre, que quería más, que quería vivir aventuras.

Amaneció.

Finalmente entendí el verdadero origen de su problema. Le cogí la cara e infundí hasta la última gota de mi amor en lo que estaba a punto de decir para que no dudara jamás de mis palabras.

—Yo no soy tu madre. No busco nada más de la vida. No necesito más. No estoy buscando un gran viaje. No lo busco porque ya lo he encontrado. Tú eres ese «algo más». Tú eres mi gran aventura.

Caine se quedó mirándome, asombrado.

—No puedo creer que después de todo lo que te he hecho pasar todavía sigas aquí.

—Viniste a buscarme —le susurré—. A pesar de lo que significaba para ti ver a mi padre, viniste para protegerme. Eso lo es todo para mí. Me salvaste la vida.

Sus ojos brillaban de emoción.

—Siempre te protegeré —me prometió.

—No es justo —respiraba pesadamente, intentando controlar el amor y el deseo que pulsaban en mí—. No podemos acostarnos hasta que se me cure esta maldita herida, y este me parece uno de esos momentos en los que el sexo sería perfecto.

—La expectación vale la pena. —Se rio y se tumbó de espaldas, relajado, tirando de mí para que me pegara a él—. Esas primeras semanas de trabajo contigo fueron los mejores preliminares de mi vida. Cuando te tuve desnuda en mi escritorio, estaba más duro de lo que nunca había estado.

Me reí.

—Fue un buen polvo.

—Sí que lo fue.

—Voy a echar de menos ese escritorio.

Caine se puso tenso.

—¿Qué quieres decir?

Lo tranquilicé, acariciándole el abdomen.

—Si vamos a tener una relación, una relación de verdad, no voy a seguir trabajando contigo. Buscaré otro empleo.

—Pero lo de París se acabó, espero.

Le di un beso dulce en el estómago.

—Lo de París se acabó. —Suspiré—. Tengo que enviar unos cuantos correos.

—Los dos tenemos mucho que hacer, así que vamos a disfrutar de treinta minutos de paz y tranquilidad.

Me acurruqué contra él.

—Soy absolutamente feliz.

Decir que la familia Holland quedó destrozada por la detención de Matthew Holland sería un eufemismo. Mis abogados trataban de preparar un caso contra mi hermanastro mientras este permanecía en libertad bajo fianza. La fianza la había pagado la familia materna, que se había tragado sus lamentos. Mi abuelo, sin embargo, aunque se negara a hacer comentarios para los medios de comunicación, se había puesto de mi parte y había cortado cualquier contacto con él, aparte de desheredarlo. Mi abuela era un hueso más duro de roer. Había creído al abuelo cuando le había contado que Matthew había sobornado al abogado de la familia para que le comunicara cualquier cambio en su testamento, pero Adele lo consideraba incapaz de algo tan vil como había sido intentar matarme.

No juzgaría a Matthew hasta que no hubiera pruebas sólidas contra él.

Por desgracia no había pruebas físicas que lo relacionasen con el caso, aunque la policía seguía trabajando para encontrarlas. Mi hermanastro no había pagado a Holts en efectivo sino con joyas, por lo que estaban tratando de vincular las de la casa de empeños a la que las había llevado Holts con Matthew, o con cualquier persona relacionada con él.

A mí Matthew Holland me parecía un niñato imbécil que vivía en su mundo de fantasía y que en un arranque había contratado a un hombre para deshacerse de la persona que se interponía en su camino hacia una riqueza que no podía ni soñar. Me preguntaba si me había considerado siquiera una persona antes del ataque de Holts y que, cuando salió mal, se había visto obligado a verme como tal y a entender el alcance de sus actos. Estúpido, ingenuo y aterrorizado, había perdido enseguida el control de Holts y de la situación. Dudaba de que en el futuro tuviera que preocuparme por mi seguridad en lo que a Matthew se refería.

Holts, sin embargo, era harina de otro costal. Me sentía mucho más segura sabiendo que Vernon Holts estaba en la cárcel y que, si mis abogados se aseguraban de ello, seguiría encerrado mucho tiempo. Esa tranquilidad me permitió concentrarme en empezar a ordenar las piezas de mi nueva vida. Me puse en contacto con Renée y Antoine para decirles que no podría aceptar el trabajo. Me disculpé por haberles hecho creer lo contrario y, afortunadamente, fueron muy comprensivos.

Llevaba ya dos semanas buscando un trabajo en el sector de la organización de eventos, en Boston. No había encontrado nada económicamente interesante y empezaba a preguntarme si aquel cambio de carrera iba a implicar comenzar desde cero otra vez.

La tercera semana, Caine me sugirió que hiciera lo que Charlie, mi cita a ciegas del partido de los Red Soxs, me había sugerido hacía ya meses: que montara mi propio negocio. La idea de fundar mi propia empresa, sin embargo, no me atraía tanto como a Caine. Suponía que tendría que llevarme trabajo a casa con frecuencia, y no quería. Aunque el trabajo invadiera hasta cierto punto mi vida privada, no quería que mi mundo girara alrededor de mi profesión. Yo no era así, e imaginaba que Caine y yo no nos veríamos mucho si cada uno estaba centrado en su propia carrera.

Cuando se lo expliqué, se apresuró a darme la razón y me recomendó incorporarme a la empresa de otra persona. Usó sus contactos para ayudarme. Mientras tanto, su oferta para que me quedara trabajando con él si no encontraba nada seguía sobre la mesa.

Lo que todavía no había estado sobre la mesa era el sexo.

Después de seis semanas de recuperación, aunque agobiada por el estrés de la causa contra Matthew y Holts y también por la búsqueda de un nuevo trabajo, me sentía mucho mejor físicamente.

Trataba de explicárselo sin éxito.

Había insistido en que me quedara en su apartamento hasta mi total recuperación y me trataba como si fuera de cristal. Me cubría de besos y suaves caricias, pero nada más. Después de besarme se apartaba.

—Pronto —me susurraba al oído.

Pues bien, ya estaba hasta el gorro de su «pronto». Yo lo quería «ahora». Había intentado llegar más lejos y se había mostrado inflexible. Me había pedido que fuera paciente, que era importante que me recuperara bien.

Caine ya tendría que haberse dado cuenta de que decirme lo que debía hacer fuera de la oficina no era buena idea. Mi respuesta fue volver a instalarme en mi apartamento. Tuve que admitir que había echado de menos mi casa. Me encantaba el ático de Caine, pero solo por su ubicación y porque me encantaban las vistas que tenía. Y porque Effie vivía al final del pasillo.

Pero mi lugar estaba en mi casa.

Y estaba recuperada, así que había llegado el momento de volver. Le envié un mensaje a Caine mientras estaba en el trabajo: «Solo quería que supieras que me he mudado a mi apartamento. Ha llegado la hora de que las cosas vuelvan a su cauce. Gracias por todo, compañero de habitación. Te quiero.»

Media hora más tarde, me respondió: «¿Te he dicho últimamente lo terca que eres? De acuerdo. Iré después del trabajo.»

«No puede estar sin mí.» Sonreí, feliz con su respuesta, y me pregunté si ese sentimiento desaparecería alguna vez.

Estaba mucho menos alegre cuando llegó tarde esa noche, agotado después de haber hecho un viaje de ida y vuelta a Nueva York, y se dejó caer sobre mi cama. Lo miré con una mezcla de ternura y decepción. Esa noche se suponía que iba a ser la noche en que finalmente haríamos el amor después de tantas semanas. No sabía cómo lo llevaba Caine, pero yo había superado el límite de la frustración.

¡Parecía tan cansado, sin embargo! Le acaricié el pelo y me pregunté si podríamos adaptar nuestra convivencia al ritmo de su carrera. Hasta entonces lo habíamos hecho bien. Caine se había asegurado de pasar tiempo conmigo a pesar de su apretada agenda. Cruzaba los dedos para que nunca dejáramos de ser tan considerados el uno con el otro.

Y el sexo... bueno, para eso solo teníamos que ser creativos.

Me acosté sonriendo en mi lado de la cama y puse el despertador al mínimo para despertarme sin que Caine lo hiciera. Tenía un plan mucho más placentero para despertarlo yo.

Completamente desnuda, me senté a horcajadas sobre Caine mientras todavía dormía. Era temprano, el sol acababa de despuntar y esperaba hacer despuntar otra cosa. Sonreí para mis adentros, el deseo hormigueando entre mis piernas, mientras empujaba suavemente la camiseta de Caine para ver sus duros abdominales.

Le acaricié la piel suavemente y encogió el vientre. Le subí lo más que pude la camiseta y me incliné a lamerle un pezón y luego el otro, mordisqueándoselo ligeramente antes de bajar, acariciándolo con los labios, inhalando su familiar aroma, saboreándolo.

Se endureció bajo mi trasero.

¡Sí!

Lo miré. Seguía con los ojos cerrados pero un ligero rubor le teñía las mejillas y se movía ligeramente, un poco inquieto, debajo de mí.

Traviesa, le acaricié con las nalgas la erección desplazándome hacia atrás y tuve que cerrar los ojos para controlar la lujuria que me traspasó al sentirla entre las piernas. Me armé de paciencia, resistiendo las ganas de despertarlo, bajarle los pantalones del pijama y deslizarlo dentro de mí. Le bajé los pantalones y la ropa interior para sacársela. Me la llevé a la boca, sintiéndome más húmeda al escuchar sus suaves gemidos.

Durante unos segundos jugué con él, le lamí la parte posterior antes de pasarle la lengua alrededor del glande. Caine alzó las caderas, metiéndomela más.

Chupé con ganas.

—Lexie —jadeó, y lo miré con los párpados entornados. Ya estaba despierto y se me pegaba—. Lex... —Su voz soñolienta, ronca, me excitaba mucho—. Pequeña...

Seguí chupando y masajeando con la mano la base de su pene. Su respiración se volvió entrecortada, tensó los muslos y supe que estaba cerca. Lo llevé casi al límite para dejarlo justo allí.

—Lexie —gimió, dejando caer la cabeza en la almohada—. ¿Intentas matarme?

—No exactamente. —Sonreí y me volví para bajarle del todo los pantalones. Me ayudó y se quitó la camiseta rápidamente mientras yo subía otra vez.

—¿Estás segura de que estás bien para esto? —Miró la cicatriz rosada de mi vientre. No era demasiado grande, pero allí estaba, recordándonos lo ocurrido.

Caine me abrazó contra su pecho, acariciándome la espalda, con los ojos llenos de deseo y ternura.

—Podemos esperar.

Negué con la cabeza y me incliné para rozarle los labios con los míos.

—No pienso esperar más. —Le di un beso voraz lleno de amor y de necesidad. Mi lengua bailó con la suya en un beso profundo y adictivo a medida que nos pegábamos el uno al otro.

Caine dejó de besarme para trazar un camino en descenso por mi cuello. Gemí, esforzándome por respirar, levantando las caderas contra su erección mientras me besaba los pechos. Cuando me chupó un pezón, perdí el control.

Me puse de rodillas, le cogí el pene y lo guie dentro de mí. Me dejé caer, y los dos jadeamos cuando se deslizó en mi interior. Su dureza me dejó sin aliento por un momento y nos quedamos quietos mientras mi cuerpo se adaptaba.

Suspiré moviéndome hacia arriba ligeramente y de nuevo hacia abajo. Una oleada de placer me recorrió.

Caine me sujetó por la nuca y acercó mi boca de nuevo a la suya, besándome con una avidez que se filtró en mí, que me hizo creer que nunca tendría suficiente. Empecé a cabalgarlo.

—Con cuidado, pequeña —trató de convencerme, gimiendo, todavía preocupado al parecer por mi herida.

—No —jadeé, con las manos apoyadas en sus hombros mientras me lo follaba con toda la desesperación que había estado acumulando durante semanas.

Los dos llegamos rápidamente al éxtasis. Las contracciones de mi orgasmo desencadenaron el suyo.

Me desplomé en sus brazos, enterrando la cara en su cuello. De alguna manera logré mover las piernas, totalmente lánguidas, y acostarme en su regazo.

Se movió dentro de mí y sonreí.

—¿Segunda ronda? —le pregunté con una sonrisa.

Me besó en el hombro.

—Voy a necesitar un minuto más o menos —dijo, divertido.

—¿Y después la segunda ronda?

Caine soltó una carcajada.

—Sí. Y entonces tendrás tu segunda ronda. —Me pasó los dedos por el pelo para sujetarme por la nuca y alejarme de sí. Lo miré fijamente, con satisfacción, hipnotizada por su atractivo rostro. Algo brilló en sus ojos al ver a los míos—. Joder, Lexie, segunda ronda —dijo—, pero esta vez yo estoy al mando.

No mucho más tarde, Caine me tenía debajo y se deslizaba dentro de mí, con tanta ternura que me conmovió. Se me llenaron los ojos de lágrimas. Me sostuvo la mirada empujando suavemente, tomándose su tiempo para avivar mi ardor. Fue intenso y conmovedor y mucho mejor que nunca. Ahora sabía, mientras me observaba fijamente, mientras me hacía el amor, lo que su mirada escondía.

Lo sabía porque, mientras empujaba, cada vez más fuerte, llevándome al orgasmo, me lo dijo.

—Te amo, Lex —me confesó con la voz ronca por la pasión—. Te quiero mucho, pequeña.

Se me escaparon las lágrimas antes de que pudiera detenerlas.

—Yo también te amo.

Me soltó una mano para acariciarme la frente con el pulgar. Al verme llorar algo en él se encendió y se movió más rápido, con acometidas más bruscas.

—¡Oh, Dios! —Quería tocarlo, pero Caine sabía que si controlaba mi placer lo incrementaba—. ¡Pequeña! —Mis gritos llenaron la habitación, coincidiendo con sus gemidos mientras me follaba con ímpetu. La tensión se rompió y grité cuando el impresionante orgasmo me atravesó, rompiéndome.

Inmediatamente Caine dejó de mover las caderas y se dejó llevar.

Le acaricié la espalda con delicadeza, maravillada.

—Nunca he sido tan feliz —le susurré, asustada por sentirme así.

Seguramente notó mi miedo, porque me besó el cuello y me abrazó más fuerte.

—Yo tampoco —me dijo—, pero tendremos que acostumbrarnos.

—¿Me lo prometes?

Levantó la cabeza para mirarme.

—No, porque creo que no quiero acostumbrarme. Si me acostumbro, sí...

—Te olvidarás de sentirte un privilegiado por serlo —terminé.

Asintió despacio.

—Sí.

Pensé en nuestros duros comienzos en la vida, los de Caine por supuesto mucho más que los míos. Pensé en las últimas semanas, en lo difíciles que habían sido, más para mí que para él.

Le acaricié con el pulgar el labio inferior.

—No creo que olvidemos nunca que debemos estar agradecidos por lo felices que somos.

—No. Supongo que no lo haremos.

Más tarde, ese mismo día, mientras Caine trabajaba, recibí una llamada de mi padre. No fue una conversación fácil, y no estaba segura de que una conversación nuestra fuera a serlo alguna vez.

Mi padre estaría conmigo durante el juicio de Matthew y Holts porque era, obviamente, uno de los principales testigos. Sin embargo, ninguno de los dos prometió que habría un futuro. Honestamente, parecía bastante improbable estando Caine entre nosotros.

Incluso en el caso de querer a mi padre en mi vida, ¿le daría cabida en ella? ¿Lo antepondría a Caine? No estaba segura de la respuesta, pero me desconcertaba un poco una vocecita interior me susurraba que elegiría a Caine.

Y entonces me di cuenta de que no era exactamente así.

Creo que habría elegido a Caine por encima de prácticamente cualquiera, pero que si teníamos hijos estarían ellos en primer lugar. Y conocía lo suficiente al hombre que amaba para saber que lo entendería de la misma manera. Demasiados adultos no lo habían tenido en cuenta siendo él un niño. En las últimas semanas Caine se había referido a «nuestros hijos» de pasada varias veces, haciéndome sonreír. Como si diera por supuesto que los habría ahora que había admitido que me amaba.

Nunca iba a permitir que un niño pasara por lo que él había pasado, ni yo tampoco.

Al darme cuenta de eso pensé en mi madre. Recordé lo que Caine me había dicho hacía ya muchos meses en Good Harbor.

Así que me senté para mantener una última conversación con ella, con la esperanza de librarme de parte de aquel dolor.

33

Querida mamá:

Lo más importante que me enseñaste es que las acciones y las decisiones de los padres repercuten en la vida de los hijos, a veces de manera indeseable. Ojalá esta lección fundamental fuese más positiva, porque la verdad es que fuiste una mujer optimista, cálida y dulce. Sin embargo, también eras débil. Y tengo que perdonarte tu debilidad, porque todos tenemos debilidades. Quería decirte que me hiciste daño cuando elegiste a mi padre en lugar de a mí. Quería decirte que nunca entenderé cómo pudiste amarlo tanto si él nunca amó a nadie tanto como se amaba a sí mismo. Y quería decirte que ahora me doy cuenta de que nunca fue asunto mío entenderlo.

Lamento haberte puesto en el brete de tener que elegir entre ambos.

Nadie puede evitar amar a quien ama.

Verte desperdiciar la dulzura de tu corazón en mi padre me paralizó. Durante mucho tiempo evité de forma deliberada sentir por alguien lo que tú sentías por él. Debido a eso a veces sentía que había días en que me limitaba a estar sentada viendo pasar la vida. Lo peor de todo es que ni siquiera se me ocurrió, metafóricamente hablando, parar un taxi y pedir que me llevara a alguna parte.

Hasta que llegó Caine y no tuve más remedio. Del mismo modo que, ahora me doy cuenta, probablemente tampoco tú tuviste más remedio.

Te perdono por amar a papá.

Incluso te perdono por amarlo más que a mí. Pero nunca podré olvidarlo.

La lección fundamental que enseñaré a mis hijos no será la que tú me enseñaste.

No va a ser tampoco la que los padres de Caine le enseñaron a él.

No sé todavía cuál será.

Solo sé que no pasará un día sin que mis hijos sepan que no hay nadie en este mundo con quien pueden contar más que conmigo.

No pretendo que te sientas culpable, mamá. Solo necesitaba finalmente decirte cómo me siento para poder seguir adelante. El pasado es el pasado y lo estoy dejando atrás con toda la ira que conlleva. Estoy probando esa cosa llamada paz y espero que, estés donde estés, puedas encontrar también esa paz sabiendo que dejo atrás los malos recuerdos y que yo te amaba.

Y sé que tú me amabas a mí. Adiós, mamá.

Lexie

Epílogo

—¿Sabes?, creo que tenemos que levantar la prohibición de ducharnos juntos —refunfuñó Caine mientras bajaba las escaleras y entraba en la cocina.

Resoplé y le tendí la taza de café antes de volver mi atención a las notas que tenía esparcidas sobre la encimera.

—Hubo una razón por la que nos lo prohibimos. Se llamaba llegar tarde al trabajo —murmuré distraída.

La taza me desapareció de la mano. Entorné los párpados leyendo la lista de tiendas que Nadia había mencionado, preguntándome cómo demonios iba a conseguir visitarlas todas en un día.

—No me importa.

—No te importa, ¿qué? —Saqué el mapa de Boston que había imprimido. Había usado el ordenador para situar las *boutiques* en el mapa y encontrar la mejor ruta para visitarlas todas.

—Llegar tarde.

—Tú eres el jefe —le recordé—. Puedes hacer lo que quieras. Yo tengo un jefe al que no le gustaría la excusa de mi retraso.

—Eso es porque Bree necesita echar un polvo.

—Caine... —Lo miré con desaprobación.

Hizo un aspaviento.

—Ah, por fin.

Confundida, arrugué la nariz.

—Me preguntaba si alguna vez ibas a levantar la vista de eso. —Golpeó la carpeta enorme que tenía frente a mí—. Un «buenos días» estaría bien.

Hice una mueca.

—Lo siento. Estoy empezando a acusar la presión. —Ladeé la cabeza y le dediqué una sonrisa suave, coqueta—. ¿Es que mis «buenos días» de esta mañana en la cama no te han parecido lo bastante efusivos? —Me refería al hecho de que le había despertado con él dentro de la boca.

Caine se inclinó sobre el mostrador y acercó su nariz a la mía.

—Lo de esta mañana ha estado muy bien, pero me gustaría que hubiera cierta continuidad cuando bajo a tomarme el café, o al menos que mi esposa me mirara. Tal vez incluso podría darme un beso o dos.

Sonreí y le acaricié la mejilla con la mano izquierda. Los tres diamantes de mi anillo de compromiso destellaron al lado de mi alianza.

—No quiero descuidarte. —Le rocé los labios con los míos a modo de disculpa—. Y te prometo que cuando Nadia regrese de la tierra de Noviodzilla volveré a ser yo.

Caine me besó con toda el alma. Gemí y me fundí con él, deseando con todo mi corazón que la boda de Nadia hubiera terminado ya.

Nadia había prosperado profesionalmente y era copresentadora del programa matinal más visto de Boston. De hecho, habían cambiado muchas cosas en treinta meses, desde que había visto todo mi mundo patas arriba y Caine por fin había admitido que me amaba.

Poco después de empezar a buscar trabajo, una amiga de Henry, Bree Stanton, una mujer de la alta sociedad que se había dejado los cuernos para fundar una empresa líder en gestión de eventos en Boston, me había ofrecido un empleo como planificadora de eventos del que me había enamorado casi al instante. Nos ocupábamos de la mayoría de los eventos más importantes del calendario social, bodas incluidas, y la de Nadia Ray era un gran acontecimiento, no solo debido a su fama, sino porque había logrado domar al indomable y escurridizo Henry. La boda de un Lexington era un buen negocio. La boda de un Lexington con una de las presentadoras favoritas de la televisión de Boston era un negocio todavía mejor.

No me sorprendió que Henry le pidiera a Nadia que se casara con él. Había visto desde el principio que no la trataba como a las demás. A pesar de su fama, Nadia era una mujer divertida y una amiga de verdad. Yo estaba loca de contento por Henry y encantada de que Nadia siguiera formando parte de mi vida.

Nadia me había pedido que organizara la boda. Bree estaba que no cabía en sí de gozo y me prometió una prima considerable si todo salía a la perfección. Así que sumaba a la felicidad de mis amigos un precioso y motivador aliciente por hacer realidad el día que Nadia quería. Desde que Henry le había propuesto matrimonio, se había transformado en una loca a la que apenas reconocía. Podía perdonarle la locura. Mi experiencia en la planificación de bodas durante los últimos dos años y medio me había demostrado que la mayoría de las novias, aunque no todas, se transformaban en caricaturas de sí mismas. Tenía la seguridad de que Nadia volvería a la normalidad cuando se marchara de luna de miel.

Afortunadamente, no tuve la oportunidad de convertirme en una de esas novias, porque Caine y yo no quisimos una gran boda. Invitamos a nuestros amigos más íntimos y a la familia. Effie, Henry, Nadia, Rachel y Jeff fueron testigos de nuestra pequeña ceremonia en la casa de veraneo de Caine en Nantucket, ahora nuestra casa de veraneo. No invité a mi abuelo, a pesar de que me hubiera encantado tenerlo conmigo, porque era injusto para Caine. Así que me quedé muy sorprendida al encontrarme con el abuelo la mañana de la boda, dispuesto a llevarme por el pasillo hasta el altar. Caine me había sorprendido invitándolo, y lo amé por ello un millón de veces más.

Tres meses después de la agresión sufrida, Caine me pidió que me mudara a vivir con él. En realidad, lo hizo solo unas cuantas semanas después. Pero hicieron falta tres meses para que yo accediera, más por no renunciar a mi precioso apartamento que por no querer vivir con Caine. Vivíamos juntos, de todos modos. Si no pasaba la noche con él en su casa, venía a la mía. Finalmente, se hartó de tantas idas y venidas. Un mes después me pidió matrimonio, y dos meses más tarde nos casamos.

Su apartamento era ahora nuestro apartamento, y estaba irreconocible. Habían desaparecido los taburetes de cuero blanco de la cocina y el predominio del color negro. El mobiliario era cómodo y de colores neutros, con cojines no tan neutros y mantas para emular el ambiente acogedor de mi antiguo apartamento.

Caine no había dicho palabra.

Para ser honesta, creo que apenas se daba cuenta.

Estaba acostumbrado a mi estilo y no le interesaban los muebles.

—No recuerdo que estuvieras tan desquiciada cuando nos casamos. —Caine frunció el ceño, mirando la gruesa carpeta que contenía los pormenores del enlace de Nadia.

—Porque no lo estaba. Por otra parte, la boda de Henry y de Nadia es de ciento cincuenta comensales. Nosotros invitamos a seis personas.

—Prefiero la nuestra —murmuró, sorbiendo café.

—Yo también. —Me reí de su petulancia, pero realmente no podía culparlo. La boda de Nadia y Henry se había apoderado de toda mi vida.

—Si no fueran amigos nuestros... —Miraba la carpeta de nuevo.

—No puedes quemarla —le dije.

Me sonrió.

—Deja de leerme el pensamiento.

—No quiero. —Era mi turno para burlarme—. Quiero meterme en tu cabeza y llevarte a la cama y dejar que me lleves por el mal camino. —Empujé el mapa de las tiendas, apartándolo de mí—. En vez de eso, me pasaré todo el día de tienda de novias en tienda de novias para encontrar los vestidos de dama de honor perfectos porque Nadia está obsesionada con que sean de diseñadores de la ciudad. —Me apreté los párpados, frustrada—. Si ella ni siquiera es de Boston.

Torció la boca.

—Por eso no deberías trabajar con amigos.

—A nosotros nos fue bien.

—Éramos amantes, nunca fuimos amigos. —Para dejar claro su punto de vista, se levantó para dejar la taza en el fregadero y de pasada me dio un beso en el cuello.

Tres años después y todavía hacía que se me encogieran los dedos de los pies.

—Eso no es cierto. Eres mi mejor amigo.

Caine me abrazó la cintura y me atrajo hacia sí.

—También tú eres mi mejor amiga, pequeña. Por eso te pido que apartes la carpeta de la fatalidad por esta noche y que salgamos a cenar y a pasar un rato agradable juntos.

No había nada en el mundo que me apeteciera más.

—No puedo. Cenamos con Nadia y Henry.

Mi marido apoyó la frente en mi hombro y gimió.

—¿Existe algo así como «pasar demasiado tiempo con los amigos»?

Negué, divertida.

—Quedamos con ellos hace mucho. Vamos a la inauguración de ese nuevo restaurante, el Smoke.

—¡Oh, qué nombre tan apetitoso! —comentó secamente, apartando el taburete de mi lado para que nuestras rodillas se tocaran—. La inauguración de un restaurante. Eso significa que los medios de comunicación estarán allí.

Solo de pensar en ello se agotaba, y lo entendía. Desde que Caine y yo nos habíamos ido a vivir juntos, la prensa sensacionalista había enloquecido. Fue aún peor cuando se nos vio salir con nuestros amigos. A Caine, Henry, Nadia y a mí nos gustaba ir juntos a las fiestas y los fotógrafos se afanaban en conseguir fotos de los cuatro. Por supuesto, era una noticia jugosa que Nadia estuviera saliendo con un Lexington, y una noticia aún más jugosa que la oveja negra de la familia Holland, es decir yo, hubiera acusado a su hermanastro de tratar de matarla y estuviera saliendo con uno de los hombres más ricos de Boston.

Oh, sí, aquello era muy buen material para los tabloides.

Para mi familia no tanto.

Tengo que decir en favor de mi abuelo que había estado a mi lado durante todo el proceso, tal vez en parte para compensar el hecho de haber encubierto la muerte de la madre de Caine, pero sabía que era un momento difícil para él porque mi abuela lo había dejado. Habían mantenido una relación fría y distante hasta la audiencia en la que se decidió que teníamos suficientes pruebas en contra de mi hermano para ir a juicio.

Mi abuela seguía negándose a conocerme, pero no la necesitaba. Si su rechazo me escocía un poco, solamente tenía que recordarme que estaba acostumbrada y que había aprendido hacía tiempo que solo quería a mi alrededor a la gente que me importaba y que se preocupaba por mí.

Vernon Holts y Matthew habían sido juzgados hacía siete meses. Holts había sido declarado culpable de tres cargos de asalto y uno de intento de asesinato. Seis semanas después lo condenaron a veintiocho años de reclusión en una prisión de máxima seguridad. Matthew, aconsejado por su abogado, se declaró culpable dado que las pruebas contra él eran abrumadoras. No solo teníamos el testimonio de Holts, sino también el rastro de las joyas que este había empeñado. Cada pieza llevaba a los Holland y a la familia de la esposa de Matthew. Eran piezas muy caras que se guardaban en la caja fuerte de los Holland, a cuyo código tenían acceso únicamente los miembros de la familia. Estaba también el testimonio del personal de mi abuelo que vio a Matthew retirar las joyas. Pero la puntilla había sido que estúpidamente había confesado el crimen a su suegro cuando Holts se había descontrolado. Ya fuera porque trataba de proteger a su hija y a su nieto de la estupidez de su yerno o por su sentido de la justicia, el suegro de Matthew se presentó como testigo en mi caso.

Matthew había sido declarado culpable de conspiración para cometer asesinato y condenado hacía un mes a veinte años. La reducción de la pena se debía a que se había declarado culpable.

Yo estaba feliz de que por fin hubiera acabado todo.

Cumpliendo su promesa, el abuelo me había sacado de su testamento. En cuanto a mi padre y a mí, tal como yo había sospechado que sucedería, habíamos perdido el contacto desde que había terminado el juicio. Tenía la intención de enviarle un regalo de cumpleaños y una tarjeta de Navidad todos los años, para que supiera que siempre lo recordaría, pero no había sido capaz de forjar una relación con él. Por triste que sea, a veces las personas se han hecho demasiado daño. A veces estamos mejor alejados.

Mi padre era un hombre mejor viviendo por su cuenta.

No era un cuento de hadas, pero era real.

Y estaba bien así.

Le dediqué a mi marido una sonrisa persuasiva.

—Ven a la cena esta noche y te prometo que mañana seré tuya.

—¿Todo el día? —Arqueó una ceja.

Arqueé la ceja derecha también yo.

—¿Estarás libre todo el día?

—Voy a darme a mí mismo el día libre. —Me acarició la rodilla y el ardor de su mirada me estremeció—. Estoy harto de polvos rápidos. Quiero tomarme mi tiempo.

—Bueno, entonces será mejor que apagues el teléfono. De lo contrario, Rick nos molestará todo el día.

Rick era el joven licenciado que Caine había contratado como secretario. Sí, era mejor eso que no que cualquier joven atractiva trabajara en estrecha colaboración con mi marido, pero solo en parte. Parecía que se hubiera tragado un palo y me olisqueaba altanero siempre que se me ocurría sorprender a Caine con una comida improvisada. Al parecer, y cito textualmente, estaba distrayéndolo.

—No me gusta tu secretario —le comenté.

Caine sonrió.

—Es bueno en su trabajo.

—Es un dolor de muelas.

—Eso es conveniente en su trabajo.

—No le gusto demasiado.

—Bueno —dijo con la voz ronca, metiéndome la mano por debajo de la falda—, si le gustaras tendría que despedirlo.

Detuve su mano antes de que llegara a su destino.

—Si empiezas, no vamos a poder parar —le susurré, ya excitada.

Apartó la mano solamente para cogerme la cara y darme un beso tierno en los labios. Se puso serio de repente, mirándome a los ojos.

—Durante mucho tiempo mi empresa era lo que conseguía que me levantara por las mañanas. Era lo que me motivaba cada segundo de cada día. Desde el momento en que comenzaste a trabajar para mí, fuiste tú la que me hizo levantarme por las mañanas. Eres tú quien me motiva cada segundo de cada día. Y todavía quiero más de ti. Mañana el día entero es nuestro, porque quiero hablar contigo acerca de algo.

Se me aceleró el pulso.

—¿Acerca de qué?

Me besó y me soltó.

—Hablaremos mañana.

—No, señor. —Lo agarré del brazo y tiré de él—. No se puede decir algo así y creer que seré capaz de pasarme el día entero sin saber a qué diablos te referías.

Suspiró.

—Preferiría que tuviéramos tiempo para hablar. Ambos tenemos que estar en el trabajo dentro de... —Echó un vistazo a su reloj y arrugó la frente—. Hace cinco minutos.

—Caine —le advertí—, o me lo dices ahora o voy a pensar lo peor.

—No es nada malo. —Me puso una mano en la rodilla—. Nena, no es malo en absoluto. Yo solo... He pospuesto hablar de ello porque has estado muy ocupada, pero estoy empezando a darme cuenta de que vas a estar ocupada hasta el día de la boda y aún faltan cuatro meses.

Sonreí con curiosidad.

—¿De que se trata?

—Quiero un hijo.

Me quedé helada por aquel anuncio tan repentino.

—Quiero un hijo nuestro. —Me cogió las manos, buscando mi mirada como cuando intentaba leer mi reacción—. Quiero intentar tener un bebé contigo.

La repentina oleada de emoción que imprimió en cada una de sus palabras me superaron. Cualquier respuesta quedó estrangulada en mi garganta mientras luchaba contra las lágrimas.

—¿Lexie?

Durante el año anterior había estado dándole vueltas a la idea de tener un bebé con Caine, hasta que la idea se volvió más insistente, hasta que se convirtió en un anhelo. Con nuestros horarios no hubiera sabido abordar el tema. Al principio de nuestra relación, Caine había mencionado los hijos de pasada, pero nunca lo habíamos discutido, por lo que no sabía cuándo se convertiría en una verdadera opción. Habíamos pasado por mucho en los últimos meses, con el juicio, por tanto que, simplemente, el momento adecuado parecía no llegar.

Así que sus palabras esa mañana lo significaban todo para mí.

Significaban que Caine y yo, si Dios quería, tendríamos finalmente una familia.

—¿Está pasando? —Sonreí, dejando correr las lágrimas.

Caine me envolvió en un abrazo y me besó las lágrimas.

—Pequeña, es real.

Era muy real.

Al fin.

Tenía lo que siempre había querido.

Y Caine... Caine tenía lo que siempre había necesitado.

OTROS TÍTULOS

EL AÑO EN QUE TE CONOCÍ

Cecelia Ahern

Jasmine tiene dos pasiones: su hermana y su trabajo. Cuando la despiden, se da cuenta de que ha perdido el rumbo de su vida. Durante las noches de insomnio, se entretiene observando a través de su ventana las escenas que monta su vecino, Matt. Este, un locutor de radio, también se ha visto forzado a dejar de trabajar después de que una de sus entrevistas terminara en escándalo...

Jasmine tiene muchas razones para detestar a Matt, y el sentimiento parece ser mutuo. Una Nochevieja, sus caminos coinciden. Y a medida que avanza el nuevo año, una amistad inesperada empieza a florecer...

Original y conmovedora, *El año en que te conocí* te hará reír, llorar y celebrar la vida.

LA CHOCOLATERÍA MÁS DULCE DE PARÍS

Jenny Colgan

Mientras amanece sobre el Pont Neuf y las callejuelas de París cobran vida, Anna Trent ya está despierta y trabajando; haciendo el mejor chocolate, el más suave y más delicioso, elaborado artesanalmente y muy apreciado.

Un mundo muy diferente al de la fábrica de chocolate en que trabajaba en su ciudad natal del norte de Inglaterra. El cambio ha sido posible gracias a su reencuentro con Claire, su profesora de francés, quien le ofreció la oportunidad de su vida: trabajar en París con Thierry, su antiguo novio, un maestro chocolatero.

Cargando con antiguas heridas, Anna se dispone a descubrir más cosas sobre el auténtico chocolate, sobre Claire y Thierry —y sobre ella misma— de lo que jamás había soñado.